Michael Kerawalla

Turoon

Der Ozean-Planet

Fantasy Roman

Michael Kerawalla

Turoon
Der Ozean-Planet

Fantasy Roman

Bibliografische Information der Deutschen Nationalbibliothek
Die Deutsche Nationalbibliothek verzeichnet diese Publikation
in der Deutschen Nationalbibliografie;
detaillierte bibliografische Daten sind im Internet
über www.dnb.de abrufbar.

Herstellung und Verlag: BoD – Books on Demand, Nordersted

ISBN: 978-3-7481-0922-8

Für Sabine

Inhalt

Das Buch

Das Velbenmädchen Saira führt ein glückliches und sorgloses Leben auf dem Planeten Wuun. Sie absolviert gerade eine Lehre als Magierin und ist bereits die beste Schülerin ihres Meisters. Doch eines Tages wird sie plötzlich von ihrem Heimatplaneten auf die Wasserwelt Turoon entführt. Nach einer Transformation zu einem Tiefseewesen soll sie dort für den Rest ihres Daseins als Sklave in einer Mine arbeiten. Sie erlebt zum ersten Mal die Schrecken der Sklaverei. Die stumpfsinnige, harte körperliche Tortur, die tägliche Unterdrückung und Erniedrigung durch ihre Aufseher und die Grausamkeit und Gefühlskälte ihrer Herren. Doch Saira ist nicht bereit dieses Schicksal so einfach zu akzeptieren. Schließlich gelingt ihr zusammen mit dem Ausbilder Cherou die Flucht und eine lange, abenteuerliche und höchst gefährliche Jagd quer durch den Ozean nimmt ihren Lauf. Dabei werden die beiden Flüchtlinge immer tiefer in ein Netzwerk aus Intrigen, Verrat, Krieg und Zerstörung hinein gezogen, an dessen Ende sogar die Vernichtung des gesamten Planeten droht! Wird es ihnen gelingen das scheinbar unabwendbare Schicksal ihrer Welt noch zu ändern, die Sklaven zu befreien und ihrer Heimat wieder Frieden zu bringen? Welche Rolle spielt dabei der mächtige Feuerkristall mit seinen gewaltigen magischen Kräften?

Das erste große Tiefsee-Fantasy-Epos voller Spannung und Action, Intrige und Hinterhalt, Gefühl und Leidenschaft, Magie und Mystik!

Vorwort

Michael Kerawalla hat mit »Turoon« einen spannenden Fantasy-Roman geschrieben, einen Mystery-Thriller, der es in sich hat: Spannung und Action, Intrige und Hinterhalt, Gefühl und Leidenschaft, Magie und Mystik. Aus diesen Ingredienzien webt er ein farbenprächtiges Epos, das es mit großen Bestsellern dieses beliebten Genres aufnehmen kann. Sein »Turoon« aber begibt sich in vollkommenes Neuland. Zu Beginn des dritten Jahrtausends nach Christi Geburt scheint uns der Mond näher zu sein als ein großer Teil unserer irdischen Welt... die weithin unerforschten Tiefen der Ozeane unseres Planeten. Wir stehen vor dem Sprung ins All ... und kennen die eigenen Meere noch nicht wirklich.

Vom Planeten Wuun wird das Velbenmädchen Saira aus ihrem sorgenlosen Leben gerissen und auf die Wasserwelt Turoon verschleppt. Nach einer Umwandlung in ein Tiefseewesen soll sie für den Rest ihres Lebens als Sklavin in einer Mine schuften. Entsetzt erlebt sie die stumpfsinnige Arbeit der Sklaven, ihre alltägliche Unterdrückung durch grausame, ja sadistische Wächter. Macht haben bedeutet für sie genussvolle Erniedrigung der ihnen ausgelieferten Schwächeren. Saira bäumt sich gegen ihr scheinbar unvermeidliches Schicksal auf. Mit ihrem Ausbilder Cherou gelingt ihr die Flucht. Doch wird es so etwas wie eine Rettung geben? Oder flieht sie nur in eine noch schlimmere, härtere Zukunft ... die vielleicht in einer Apokalypse, im Ende der Welt kulminiert?

Michael Kerawalla beherrscht die Klaviatur des Mysteryschreibers perfekt. Er nimmt uns mit in die Heimat Sairas. Wir folgen der angehenden Magierin in eine fremde Welt, in die sie verschleppt wird ... in eine Hölle, aus der es kein Entrinnen zu geben scheint. Wir sympathisieren mit Saira, wir bangen und hoffen mit ihr. Ist es die Fabulierkunst Michael Kerawallas, die uns fesselt... die uns von Seite zu Seiten hasten lässt? Zweifelsohne verfügt der Autor über großes Talent, uns Sairas Abenteuer förmlich hautnah miterleben zu lassen.

Das allein ist es nicht, was uns »Turoon« nicht aus der Hand legen lässt. So exotisch-fremdartig die Welt Turoons auch zu sein scheint ... irgendwo ist sie auch vertraut. Und in der Tat: Unser blauer Planet Erde ist im weitesten Sinne auch so ein Wasserplanet. Das Leben entstand im Wasser, bevor es an Land ging. Unsere frühesten Vorfahren lebten im »Urozean«. In den packenden Beschreibungen der fernen Welt erkennen wir immer wieder ... auch unseren Heimatplaneten. Wie nie zuvor werden aktuelle Probleme unserer Meere und somit des Lebens auf Planet Erde in so spannender und im besten Sinne unterhaltsamer Weise beschrieben: die Überfischung, das Korallensterben, die Zerstörung des Meeresgrundes durch Schleppnetze, Wasserverschmutzung, Erwärmung und Veränderung der Meeresströmungen.

Michael Kerawallas Opus erhebt nicht mahnend den Zeigefinger, hält auch keine moralischen Standpauken. Er bietet fesselnde Unterhaltung in einem einzigartigen Unterwasser-Mystery-Roman ... perfektes Kopfkino, das unbedingt den Weg auf die große Leinwand finden sollte. Er entführt uns in fernste Welten... und konfrontiert uns doch immer wieder mit der Zerstörung des einstigen irdischen Paradieses »Planet Erde«. Und mehr noch: Sein Buch schildert – als modernes Mysterymärchen in Zeiten utopischer Sciencefiction – den scheinbar aussichtslosen Kampf des Menschen gegen ein erdrückendes Schicksal. Aber ist das Aufbegehren gegen Widrigkeiten und schlimmes Schicksal wirklich aussichtslos? Glimmt nicht doch noch ein Funke der Hoffnung auf Freiheit in Frieden?

Michael Kerawalla hat kein moralinsaures Werk mit theoretischen Abhandlungen über brennende Nöte und drückende Probleme geschrieben, sondern einen packenden Roman, der einem immer wieder den Atem verschlägt. Zum Schluss hin baut sich ein Crescendo auf, das »Turoon« zu einem unvergleichlichen Leseerlebnis macht!

Walter-Jörg Langbein

Was einst geschah

Es herrscht wieder Frieden auf Wuun. Laut einer Legende sollen die Götter des Lichts einst ein Stück von Wuuns Sonne auf den Planeten hinab geschleudert haben. Dieser Sonnenstein wacht seitdem über diese Welt und steuert ihre Entwicklung. Er beschützt sie vor allen Einflüssen der dunklen Seite, so dass sich ein Paradies entwickelte, dessen Bewohner in völligem Einklang mit der Natur leben. Jahrmillionen verlieh die Sonne dem Stein seine Kraft, doch allmählich wurde ihr Licht schwächer. Eines Nachts drang die dunkle Seite unbemerkt in diese Welt voller Schönheit und Frieden ein. Sie brachte die Craggots, eines der Völker Wuuns, unter ihre Kontrolle und errichtete mit deren Hilfe eine Schreckensherrschaft, die ihresgleichen suchte. Eine Prophezeiung besagte, dass ein Velbe diese Herrschaft eines fernen Tages beenden sollte. So wurden die Velben, gut ein Meter große, menschenähnliche Bewohner der Wälder, gnadenlos gejagt und eingefangen oder getötet. Doch zwei Velbenmüttern in verschiedenen Dörfern gelang es, ihre Kinder während eines Überfalls zu verbergen. Das eine Kind, ein Junge mit Namen Keh, wurde später von den Wächtern des Lichts, den Dienern des Sonnensteins, gefunden und wuchs unter ihrer Obhut auf. Das zweite Kind, ein Mädchen mit Namen Hri, wurde von den Toddles, kleinwüchsigen, menschenähnlichen Waldbewohnern, entdeckt und aufgezogen. Beide führten ein heimliches Leben und wussten lange Zeit nichts voneinander, während es ansonsten schon längst keine frei lebenden Velben mehr gab. Die Wächter des Lichts schickten Keh eines Tages auf eine weite Reise. Er war der Auserwählte, der die Schreckensherrschaft der Finsternis beenden und Wuun wieder Frieden bringen sollte. Auf dieser Reise begegnete er Hri, deren Dorf später überfallen und zerstört wurde. So schloss sie sich Keh an und begleitete ihn fortwährend durch viele Gefahren und Abenteuer. Schließlich erfüllten beide nach langer Zeit die Prophezeiung und beendeten die Herrschaft der Finsternis. Durch die gegenseitige Hilfsbereitschaft aller Bewohner herrschte bald wieder die frühere Harmonie und die Wunden der Vergangenheit verheilten schnell. Heute leben die Völker Wuuns erneut in Frieden miteinander und nichts weist mehr auf die damalige, schreckliche Zeit hin. Nur in den Erinnerungen und Geschichten der Bürger lebt diese Epoche fort und wird zur Mahnung aller immer wieder erzählt. Auch Keh und Hri leben in einem Dorf mit anderen Velben zusammen. Ihre Tochter Saira ist inzwischen beinahe erwachsen und hat sich vorgenommen, eines Tages eine große Magierin zu werden. So geht sie fast täglich zu Torem, dem Meistermagier der Velben, in die Lehre und ist mittlerweile zu seiner besten Schülerin geworden.

Die Entführung

Keh liebte diese ausdauernden Spaziergänge in den endlosen Wäldern Wuuns. Es hatte lange gedauert, bis er und Hri sich nach dem Ende der Schreckensherrschaft der Finsternis daran gewöhnt hatten, dass ihnen hier nun keine Gefahr mehr drohte. Früher konnten sie sich nur mit äußerster Vorsicht durch die Wälder bewegen, da sie ständig befürchten mussten, von den Patrouillen der Craggots entdeckt und getötet zu werden. Doch diese schreckliche Epoche war, nicht zuletzt dank ihres Einsatzes, nun schon lange vorbei. So führten sie endlich ein glückliches Leben, nach dieser schlimmen Zeit der Entbehrungen und Gefahren. Nun, da ihre Tochter fast erwachsen war und größtenteils ihrer eigenen Wege ging, fanden sie auch wieder mehr Zeit für sich. So genossen sie unter anderem die ausdauernden Spaziergänge in den herrlichen Wäldern ihrer Welt. Hri war damals, während der Erfüllung der Prophezeiung, von einem Craggot niedergestreckt worden. Doch die Götter des Lichtes hatten Mitleid und schenkten ihr nochmals das Leben. Der Schmerz, den Keh während dieser kurzen Zeit empfunden hatte, war so unerträglich gewesen, dass er seither noch mehr auf Hri acht gab. Beide genossen die Zeit, die sie gemeinsam verbrachten, in vollen Zügen. Ihre Tochter hatte sich prächtig entwickelt und war inzwischen zu einem hübschen, jungen Mädchen herangewachsen, das die gleiche Liebe und Zuneigung genoss, die sich Keh und Hri entgegen brachten. Saira sollte auch heute wieder zum Unterricht bei Torem erscheinen, aber als Keh und Hri in ihre Hütte zurückkehrten, war Saira immer noch da.

»Nanu, wir dachten, du bist schon längst bei Torem!« rief Hri verwundert.

»Ja ich weiß, ich bin spät dran!« gab Saira zu und packte ihre Utensilien zusammen. »Was gibt's heute eigentlich zu essen?« fragte sie neugierig.

»Dein Leibgericht«, antwortete Hri schmunzelnd.

»Oh, fein!« rief Saira begeistert.

»Aber nur, wenn du rechtzeitig zurück kommst, sonst hab' ich alles aufgegessen«, zog Keh seine Tochter grinsend auf.

»Mama, das darfst du auf keinen Fall zulassen!« empörte sich Saira und wandte sich Keh zu. »Außerdem passt Paps dann nicht mehr in seine Kleider!« kicherte sie.

»Werd' ja nicht frech, junge Dame!« schimpfte Keh in gespieltem Ärger und drohte scherzhaft mit seiner Faust, worauf Saira sich beeilte, zur Tür zu gelangen.

»Ihr lasst mir auf jeden Fall was übrig!« maulte sie.

»Nur wenn du rechtzeitig kommst«, antwortete Hri grinsend und zwinkerte Keh verschwörerisch zu.

»Ooch, ihr seid gemein!« schimpfte Saira scheinbar beleidigt.

»Nun geh schon, wir lassen dir schon noch genug übrig!« rief Hri lachend, worauf Saira mit einem kurzen Wink hinaus rannte. Hri sah ihr mit amüsiertem Kopfschütteln nach.

»Willst du ihr wirklich was von dem guten Essen übrig lassen?« fragte Keh grinsend, worauf er von Hri nur einen strafenden Blick kassierte.

*

Saira beeilte sich, zur Seherhalle zu gelangen. Etwas außer Atem riss sie schließlich die Tür auf und rannte dabei fast noch Torem über den Haufen.

»Tut mir Leid, Meister, dass ich zu spät komme!« stammelte sie schwer atmend.

»Schon gut!« antwortete Torem schmunzelnd. »Der Tag ist noch lang, aber jetzt komm erst einmal wieder zu Atem.«

Saira setzte ihre Utensilien ab und schenkte ihrem Meister einen dankbaren Blick, während sie sich für einen Moment ausruhte. Als sich ihr Atem kurze Zeit später wieder beruhigt hatte, trat sie näher an die große runde Plattform in der Mitte der Halle heran. Diese wurde von einer hohen Kristallkuppel bedeckt, durch die man bei Nacht die Sterne beobachten konnte. In die Wände der geräumigen Halle waren komplizierte magische Symbole eingraviert. Darunter waren zahlreiche Regale angeordnet, welche neben verschiedenen Kräutern und Tinkturen auch vielerlei Geräte und Behälter für verschiedenste Aufgaben trugen. Saira schien stets aufs neue beeindruckt, wenn sie sich in der großen Halle umsah. Torem war gerade mit der Einstellung eines astronomischen Gerätes beschäftigt und achtete nicht auf Saira. In diesem Moment entstand plötzlich direkt neben ihr eine durchsichtige, bläulich fluoreszierende Scheibe, die sich schnell vergrößerte und von knatternden Blitzen durchzuckt wurde. Torems Kopf ruckte herum und er wollte Saira noch eine Warnung zu rufen, aber es war bereits zu spät! Die Blitze hüllten Saira ein, die viel zu überrascht war, um zu reagieren. Sie blickte nur mit offenem Mund auf die leuchtende Scheibe, als sie auch schon in diese hinein gezogen wurde und verschwand, während sich die seltsame Erscheinung einfach auflöste. Torem starrte entsetzt auf die Stelle, wo Saira eben noch gestanden hatte. Dann entfesselte er seine magischen Kräfte, aber es gelang ihm nicht mehr, die leuchtende Scheibe zurück zu holen. Auch hinterließ die magische Erscheinung keinerlei Spuren, anhand derer er sie hätte zurückverfolgen können. Nach einiger Zeit gab er seine Versuche auf und rief aufgeregt die Wächter des Lichts im Tempel der Lichter um Hilfe an. Die hochgewachsenen, wuchtigen Gestalten glichen im Körperbau den Velben, waren aber mehr als doppelt so groß wie diese. Die tiefen Falten auf ihren Gesichtern kündeten davon, dass sie bereits uralt waren. Sofort nahmen sie Kontakt mit dem Sonnenstein auf. Dieser hatte die Erscheinung ebenfalls registriert, konnte sie jedoch auch nicht aufhalten. Die Wächter des Lichts versprachen, alles in ihrer Macht liegende zu tun, um Saira zurück zu holen. Doch nicht einmal dem Sonnenstein gelang es, den Zauber zurück zu verfolgen. Sie fanden nur heraus, dass es sich dabei um eine Art Portal handelte, durch das Saira vermutlich auf eine andere Welt geschleudert worden war. Aber wo diese Welt lag und was für eine Welt das war, konnten sie vorerst nicht feststellen. So blieben die Wächter des Lichts und Torem in großer Sorge, zur Untätigkeit verdammt, zurück. Wie sollte er das nur Keh und Hri erklären? Was erwartete Saira dort, auf dieser fremden Welt? Sie hatte zwar schon einige Erfahrung als Magier, war also auch nicht ganz hilflos, und Torem hatte ihr durchaus beigebracht, wie sie sich in einer Notsituation verhallten sollte. Doch würden ihr diese Fähigkeiten in der anderen Welt etwas nützen? Konnte sie dort überhaupt überleben? Torem beschwor verzweifelt einen Dämon, der kurze Zeit später über der großen, runden Plattform der Seherhalle erschien. Diesmal war es Tarul, dessen wuchtige Gestalt über der Plattform schwebte. Sein lang gezogener Körper mit dem mächtigen Kopf reichte fast bis zur Spitze der Kristallkuppel. Die metallisch blau schimmernde Haut war mit vielerlei Auswüchsen übersät, die sich in ständiger Bewegung befanden. Seine drei großen, gelb leuchtenden Augen boten einen starken Kontrast zu seinem dunklen Körper. Nach kurzer Begrüßung schilderte Torem ihm, was vorgefallen war. Der Dämon konnte ihm zwar auch nicht weiter helfen, versprach jedoch bei der Suche behilflich zu sein. Da sich die Dämonen zwischen den Dimensionen bewegten, hatten sie noch bessere Möglichkeiten, den Ursprung des Portals zu finden. Schon kurze Zeit später lösten sich die Konturen des Dämons auf, als er sich auf die Suche begab. So blieb Torem letztlich alleine in der großen Halle zurück. Verärgert über seine Hilflosigkeit lief er ruhelos auf und ab. Er machte sich größte Sorgen um Saira. Nicht auszudenken, was ihr nun alles widerfahren konnte! Schließlich war er für sie verantwortlich. Panik stieg zuerst in ihm auf, doch dann siegte die Vernunft. Er musste die Nerven behalten und versuchen weiterhin alles zu tun, was in seiner Macht stand, um Saira wieder zu finden! So entfesselte er ein weiteres Mal seine gesamten magischen Kräfte. Doch was er auch tat war vergebens, das Velbenmädchen blieb vorerst verschwunden.

In einer fremden Welt

Es war immer das Gleiche! Sie entführten einfach ein Wesen aus dessen Heimatwelt, transformierten den Körper und er durfte sich danach um alles Weitere kümmern. Diesmal hatten sie ein Landlebewesen zu ihm gebracht. Das würde wieder einmal alles viel komplizierter machen. Jetzt musste er ihm zuerst das Schwimmen mit dem neuen Körper beibringen und auch die Echo-Ortung mit Hilfe des körpereigenen Sonars trainieren. Zudem würde diesmal der Schock erneut wesentlich schlimmer ausfallen, wenn sein Schützling bemerkte, dass er nun unter Wasser lebte und sein Körper dem eines Tiefsee-Bewohners glich. Viele hatten diesen Schreck nicht überlebt, oder waren nach kurzer Zeit wahnsinnig geworden. Nun gut, er musste eben abwarten, bis sein neuer Schützling erwachte. Es handelte sich um ein weibliches Wesen, soviel konnte er zumindest erkennen, da der Kopf und der Oberkörper kaum einer Verwandlung unterzogen wurden. Sie schien sehr jung zu sein, was ihre Chancen, die Bestürzung gut zu überstehen, deutlich erhöhte. Außerdem hatte sie ein recht hübsches Gesicht und ihr schlanker Körper würde ihr das Schwimmen wesentlich erleichtern. Sie lag auf dem Rücken vor ihm, hatte die Augen noch geschlossen und atmete etwas schwerfällig, aber gleichmäßig. Es konnte nicht mehr lange dauern, bis sie erwachte. Nun gut, in dieser Zeit musste er wenigstens nicht, wie die anderen Entführten, in den Feuerstein-Minen graben. Wenn alles gut ging, war sie in wenigen Tagen in der Lage, zusammen mit den übrigen Sklaven ihren Frondienst anzutreten. Die Herrscher mochten es gar nicht, wenn ein neuer Sklave zu lange brauchte, bis er die Arbeit aufnehmen konnte. Er hoffte nur, dass sie nicht zu zimperlich war, sonst hatte sie von Anfang an nur geringe Chancen zu überleben. Endlich regte sie sich. Die typischen Zuckungen durchfuhren ihren Körper, den sie im Moment noch nicht richtig unter Kontrolle hatte. Ihre Leuchtorgane begannen zu flackern, dann schlug sie die Augen auf und blickte ihn verwirrt an. Sie wollte hochfahren, aber es gelang ihr nicht. Er legte ihr eine Hand auf den Oberkörper und drückte sie sanft auf das Lager. »Bleib liegen«, sprach er freundlich zu ihr. »Hab keine Angst, ich tu' dir nichts.« Er strich ihr mit der anderen Hand zärtlich über den Kopf, wodurch sie sich ein wenig beruhigte. »Kannst du mich verstehen?« fragte er sanft. Sie nickte und gab einen kehligen Laut von sich. »Gut, hör mir genau zu! Du bist von deiner Welt hierher, nach Turoon, entführt worden. Dieser Planet ist eine Wasserwelt. Es gibt kein festes Land, deshalb haben sie deinen Körper umgewandelt, damit du hier leben kannst. Du siehst etwa so aus wie ich, nur dein Kopf und Teile deines Oberkörpers haben noch ihr ursprüngliches Aussehen beibehalten.« Er erhob sich und begann mit leichten Flossenschlägen neben ihr zu schweben, so dass sie ihn deutlich sehen konnte. Sein kräftiger Oberkörper trug einen kahlen Kopf mit großen, dunklen Augen und schmalem Mund. Zwei lange Arme entsprangen am oberen Rand seines Körpers. Sein langgezogener Unterleib spitzte sich merklich zu und trug an seinem Ende eine kurze Schwanzflosse, dafür fehlten die Beine vollständig. Doch das auffallendste Merkmal waren die breiten, dreieckigen Flossenflügel, die von seinen Schultern bis fast zum Rand des Hinterleibes reichten. Sie waren größtenteils transparent und trugen zahlreiche ovale Leuchtorgane, die ein gleichmäßiges, blauviolettes Licht ausstrahlten. Sie blickte ihn äußerst überrascht an, während er seine Erklärungen fortsetzte. »Du wirst am Anfang ziemliche Probleme haben, deinen neuen Körper zu kontrollieren und du wirst Schwierigkeiten beim Sprechen haben, aber das legt sich nach kurzer Zeit. Du atmest nun Wasser, was dir etwas mehr Mühe bereiten wird, doch auch daran hast du dich rasch gewöhnt. Ich werde dir alles beibringen, was du hier unten wissen musst und werde dich trainieren, damit du deinen Körper schnell beherrschen lernst. Mein Name ist übrigens Cherou. Wenn du nach ein paar Tagen so weit bist, wirst du, wie alle anderen auch, in den Feuerstein-Minen arbeiten. Die Arbeit ist sehr mühselig, wir werden dabei ständig bewacht und man behandelt uns auch nicht gerade sehr gut, aber wir bekommen wenigstens genug zu essen. Wir sind also nichts anderes, als Arbeits-Sklaven für die Duumars, aber das wirst du dann alles später kennen lernen. Wichtig ist jetzt erst einmal, dass du deinen Körper möglichst schnell beherrschen lernst. Hast du das verstanden?« fragte er eindringlich. Das Mädchen nickte zögernd und sah ihn dabei äußerst entsetzt an. Sie schaffte es, ein kehliges »Ja« zu formulieren. Den ersten Schock schien sie ja bisher ganz gut verdaut zu haben. »Hab keine Angst, in den nächsten Tagen stehst du noch unter meinem Schutz. Dir kann also nichts passieren. Du wirst dich schnell an das Leben hier gewöhnen, da es immer gleich abläuft: Arbeiten, essen, schlafen - tagaus, tagein!« Er blickte sie mitleidsvoll an. Es war einfach nicht recht, so ein junges Leben zu zerstören, es schlicht für die überheblichen Wünsche anderer zu missbrauchen. Aber was sollte er tun? Auch er war ein Sklave, mit dem Unterschied, dass er auf dieser Welt geboren war und schon sehr viel Erfahrung gesammelt hatte. Deshalb war er zum Trainieren der entführten Sklaven eingeteilt worden. Er hätte ihr gerne eine schönere Zukunft beschrieben, anstatt ihr erklären zu müssen, niemals nach Hause zurückkehren zu können und für den Rest ihres Lebens als Sklave zu arbeiten. So war aber nun einmal die grausame Realität! Er sah deutlich an ihrem Blick, dass sie seine Worte begriffen hatte und wie schon so oft brach ihm dieser Blick fast das Herz. Doch er hatte eine Aufgabe zu erfüllen, also verdrängte er wieder einmal sein Mitleid und begann damit, ihr das Sprechen beizubringen. Glücklicherweise lernte sie sehr schnell und fand sich auch mit der neuen Situation erstaunlich gut ab. Nach kurzer Zeit konnte sie ihm ihren Namen nennen. Sie hieß Saira.

*

Zum ersten Mal in ihrem Leben war Saira wirklich entsetzt. Sie hatte bisher ein sorgloses und glückliches Dasein auf Wuun geführt. Sollte das nun plötzlich alles vorbei sein? Sollte sie tatsächlich ihre

Heimat nie mehr wieder sehen und hier für den Rest ihres Lebens als Sklave arbeiten? In einem anderen Körper, auf dieser Welt für immer gefangen? Das konnte doch gar nicht sein und dennoch ließen Cherous Worte keine Zweifel zu! »Gibt es denn überhaupt keine Möglichkeit, zurückzukehren?« fragte sie verzweifelt.

»Tut mir Leid«, antwortete Cherou. »Bisher ist keiner der Entführten jemals wieder auf seine Heimatwelt zurückgekehrt. Dieses Glück wird keinem von uns zuteil. Die Duumars sind gnadenlos! Sie treiben uns so lange zur Arbeit, bis wir eines Tages in den Minen sterben. Einige haben zwar versucht wenigstens aus der Gefangenschaft zu entfliehen, aber sie haben alle den Versuch mit dem Leben bezahlt. Also schlag dir das gleich aus dem Kopf und versuch dich mit der neuen Situation abzufinden. Je schneller du das tust, um so besser für dich!«

Seine harten Worte trafen sie noch mehr. Es war also wahr, sie würde Wuun, ihre Eltern und all die anderen, liebenswerten Bewohner nie mehr wieder sehen! Der Gedanke war kaum zu ertragen! Einige Erinnerungen an ihre fröhliche Kindheit kamen ihr erneut in den Sinn. Sie sah die Gesichter ihrer Eltern vor sich, besorgt und verängstigt und außerstande zu begreifen, dass ihre Tochter nie mehr zurückkehren würde. Sie sah die Kinder im Dorf vor sich, mit denen sie immer gespielt und Streiche ausgeheckt hatte, nun völlig verstört und unfähig zu verstehen, dass sie nicht mehr da war. Das war zu viel! Sie begann auf ihrem Lager leise zu schluchzen und legte die Hände vors Gesicht. Schließlich überkam sie die Verzweiflung und sie begann heftig zu weinen.

*

Cherou ließ sich zu ihr herabsinken und strich ihr sanft über den Kopf. Er wusste, was nun kam. Er hatte es schon zu oft erlebt. Doch immer wieder brach es ihm fast das Herz, wenn er hilflos mit ansehen musste, wie die Trauer und das Entsetzen aus den wehrlosen Opfern herausbrachen. Wenn sie endlich die ganze Wahrheit und damit die Aussichtslosigkeit ihrer Situation erkannten. Jetzt würde sich entscheiden, ob die neue Sklavin diesen Schock überwand, oder daran zu Grunde ging. Er ließ sie einfach gewähren. Früher hatte er versucht, die Verzweifelten mit Worten zu trösten, aber so hatte er sich am Schluss eher Abneigung als Dank eingehandelt. Denn die Realität war nun einmal grausam, da halfen auch schöne Worte nichts mehr! Immer wieder wurde Sairas Körper von heftigen Zuckungen geschüttelt, während ihre Tränen als Schlieren zwischen ihren Fingern aufstiegen. Es dauerte lange, bis sie sich endlich wieder beruhigte, aber schließlich nahm sie die Hände vom Gesicht und blickte Cherou verzweifelt an. Der konnte diesmal einen mitleidvollen Blick nicht unterdrücken. »Kopf hoch, Mädchen, du schaffst das schon«, versuchte er Saira aufzumuntern. »Mach dir keine Sorgen, ich werde mich um dich kümmern, bis du dich hier eingelebt hast.« Sie schenkte ihm einen dankbaren Blick, schwieg aber ansonsten verbittert. »Du solltest als erstes probieren, mit deinem neuen Körper zurecht zu kommen«, lenkte er sie schließlich ab. »Versuch einmal, ob du dich erheben kannst.« Sie drehte den Kopf zu ihm und ihr Blick schien aus weiter Ferne zurückzukehren. Doch die Zuckungen ihres Körpers und das Flackern ihrer Leuchtorgane zeigten, dass sie sich bemühte, seiner Aufforderung nach zu kommen. Sie schaffte es allerdings nur, ihre hintere Flosse zu bewegen, wodurch es ihr aber nicht gelang, sich zu erheben. »Probier es lieber einmal mit deinen Flügelflossen«, riet Cherou und zeigte ihr gleichzeitig, was sie tun sollte. Doch auch dieser Versuch misslang ihr zunächst, bis Cherou sie in den Rand der Flügelflossen zwickte. Sie zog die Flossen mit einem leichten Aufschrei instinktiv zurück und blickte ihn vorwurfsvoll an. »Tut mir leid, aber so lernst du es am schnellsten«, entschuldigte er sich. »Jetzt weißt du, was du tun musst, um die Flossen zu benutzen.« Tatsächlich schaffte sie es nach kurzer Zeit, ihre Flügelflossen koordiniert zu bewegen und sich endlich aufzurichten. »Gut gemacht, du lernst ja recht schnell«, lobte er Saira. Sie trainierten noch einige

Zeit weiter und schon bald war sie in der Lage, einigermaßen gut zu schwimmen. Cherou brachte ihr auch bei, ihre Leuchtorgane zu steuern, was sie ebenfalls rasch lernte. Bis jetzt schien sie den Schock ganz gut verdaut zu haben. Die nächsten Tage würden zeigen, wie gut sie zurecht kam, aber bis jetzt sah alles ganz hoffnungsvoll aus. Bald war Saira ziemlich erschöpft, so beendete Cherou die Übungen für heute. Dann verschwand er kurz und kehrte mit einem Bündel langer, gelber Blätter zurück, deren Oberfläche mit zahlreichen Wucherungen übersät war. »Das ist unsere Nahrung hier unten«, erklärte er. »Wir nennen es Ploppkelp.«

»Sieht nicht gerade sehr appetitlich aus«, bemerkte Saira. »Wie heißt das Zeug?«

»Ploppkelp«, wiederholte Cherou grinsend und zerdrückte eine der Wucherungen auf einem Blatt. Sie zerplatzte mit einem leisen Plopp und eine Luftblase stieg daraus empor. »Daher hat die Pflanze ihren Namen«, erklärte er schmunzelnd. Dann nahm er sich einige Blätter und gab den Rest an Saira weiter, die vorsichtig daran zu knabbern begann. Die Blätter hatten fast keinen Geschmack, aber sie sättigten wenigstens.

»Schmeckt ja total fad«, maulte sie. »Gibt es denn nichts anderes zu essen?«

»Im Reich der Duumars leider nicht«, antwortete Cherou. »Draußen im Meer gibt es ganz leckere Sachen, aber hier füttern sie uns nur mit diesem Zeug. Es mag nicht sehr schmackhaft sein, aber Ploppkelp enthält alles, was wir zum Überleben brauchen. Gewöhn dich also besser gleich daran, was anderes gibt es nicht.«

»Na großartig!« schimpfte Saira. »Nicht einmal etwas Gescheites zum Essen bekommt man hier!«

»Auch noch Ansprüche stellen!« brummte Cherou amüsiert, worauf er von Saira einen verärgerten Blick kassierte. »Ruh' dich jetzt ein wenig aus. Ich muss den Duumars Bericht erstatten und habe noch ein paar andere Dinge zu erledigen, solange hast du erst einmal deine Ruhe vor mir«, meinte er zwinkernd. Als er ihren besorgten

Blick auffing, sprach er beruhigend: »Keine Sorge, ich sehe später wieder nach dir. So schnell wirst du mich nicht los!« Er bemerkte, wie ein kurzes Lächeln über ihr Gesicht huschte. Sie schien sich ganz gut mit der Situation abzufinden. Das ließ ihn hoffen, dass sie nachher die Zeit in den Minen auch verkraften würde. Dann schwamm er auf eine große, kreisrunde Markierung auf der gegenüber liegenden Wand zu. Als er sie fast erreicht hatte, entstand dort mit leisem Summen eine Öffnung, die den Blick auf einen erleuchteten Gang dahinter freigab. Cherou durchquerte rasch die Öffnung und winkte Saira noch einmal zu. Einen Augenblick später schloss sich die Wand wieder genauso leise, wie sie sich geöffnet hatte.

*

Der Duumar starrte Cherou mit seinen großen, gelben Augen an, während dieser ihm seine ersten Erfahrungen mit Saira schilderte. Am Ende seines Berichtes sah Cherou kurz zu dem krakenartigen Wesen auf, das mindestens fünf Mal so groß war wie er selbst. Doch er konnte auch diesmal dem kalten und gefühllosen Blick nicht standhalten.

Wie üblich ließ der Duumar einige Zeit verstreichen, während er Cherous Unbehagen auskostete, bevor er schließlich zufrieden brummte. »Wie lange wird sie benötigen, bis sie in der Lage ist, in den Minen zu arbeiten?« fragte Thurgun ungeduldig, während er mit einem seiner acht Arme nervös auf den Boden trommelte. Er war der oberste Leiter der Mine und stets darauf bedacht, dass ausreichend Feuerstein geschürft wurde. Da er vor einigen Tagen einen Sklaven durch einen tödlichen Unfall verloren hatte, wollte er ihn baldmöglichst ersetzen, damit seine Schürfmenge rasch wieder das alte Ergebnis erbrachte. Schließlich sahen es seine Vorgesetzten gar nicht gerne, wenn er weniger produzierte, als die anderen Minenbesitzer. Das konnte ihn sogar seine Stellung kosten, doch soweit würde er es niemals kommen lassen!

»Sie wird im Laufe der nächsten drei Hellphasen bestimmt so weit sein«, beeilte sich Cherou zu antworten. »Wie ich Euch bereits schilderte, lernt sie sehr schnell und sie ist jung und kräftig.«

»Das will ich für dich hoffen«, brummte der Duumar drohend und wandte sich endlich um, so dass Cherou nicht weiter seinem harten Blick ausgesetzt war. »Du kannst gehen!«

Erleichtert verbeugte sich Cherou und verließ dann hastig das Kontrollzentrum der Mine. Der unangenehmste Teil seiner Arbeit war für heute erledigt. Nun konnte er sich um sich selbst kümmern, sich noch ein wenig entspannen, bevor er zu Saira zurückkehrte und sie durch die Dunkelphase begleitete.

*

Saira hatte das Öffnen und Schließen der Wand mit Verblüffung beobachtet und schwamm nun vorsichtig näher. Doch als sie sich direkt vor der Markierung befand, geschah gar nichts. Die Wand blieb verschlossen! Verwundert schwamm sie vor der Markierung auf und ab, aber die Wand regte sich nicht. Sie streckte einen Arm aus und berührte kurz die Fläche. Sie fühlte sich völlig glatt und hart an, bewegte sich jedoch nicht. Saira spürte auch keine magische Signatur, was bedeutete, dass die Wand von keinerlei Zauber gesteuert wurde. Trotzdem hatte sie Cherou einfach hindurch gelassen, blieb aber bei ihr verschlossen. Das Einzige, was sie wahrnahm, war ein schwacher Energiefluss, der die Markierung durchzog. Das verwirrte Saira zunächst. Von ihrem Unterricht wusste sie, dass es zwar Magie gab, die sie aufgrund ihrer mangelnden Erfahrung noch nicht erkennen konnte. Doch jede Form von Magie hinterließ eine deutliche Signatur, die selbst unerfahrene Magier sofort wahrnahmen. Das hier war aber etwas völlig anderes. Sie verzichtete vorerst darauf, ihre magischen Fähigkeiten einzusetzen, da sie nicht wusste, ob sie nicht doch heimlich beobachtet wurde. Torem hatte ihr eingeschärft, in einer solchen Situation lieber ihre Fähigkeiten zu verbergen, da man nie wissen konnte, was man damit auslösen würde! So ließ sie schließlich von der Wand ab und begann ihre Umgebung genauer zu untersuchen. Jetzt erst bemerkte sie, dass die Seitenwände des Raumes eine leichte Biegung aufwiesen, so, dass sie eine Art Röhre bildeten. Sie bestanden aus einem harten, aber völlig glatten Material, wie es Saira noch nie zuvor gesehen hatte. Das Eigenartigste an den Wänden aber war, dass sie selbst das diffuse, bläuliche Licht abzugeben schienen, das in dem Raum herrschte, ohne dabei Wärme auszustrahlen! So etwas vermochten auf ihrer Heimatwelt Wuun nur die Elfen mit ihren magischen Kristallen herzustellen. Diese Wände waren jedoch weder kristalliner Natur, noch enthielten sie einen Zauber, der sie zum Leuchten brachte. Saira spürte auch hier nur diesen schwachen Energiestrom, der ihr schon bei der seltsamen Öffnung in der Wand aufgefallen war. Der Raum selbst war durch eine Querwand zweigeteilt, in deren Mitte eine breite, ovale Öffnung klaffte. Der hintere Teil, in dem sie zuvor erwacht war, enthielt ausser zwei an den Seitenwänden befestigten weichen Liegen nur noch eine spiegelnde Fläche. Saira betrachtete sich fasziniert darin. Sie war nun völlig unbekleidet. Ihr Kopf und ihr Oberkörper hatten sich, bis auf die extrem blasse Haut und Haarfarbe, kaum verändert, nur besaß sie nun keine Beine mehr. Dafür spitzte sich ihre lang gezogene untere Körperhälfte deutlich zu und endete in einer kurzen Schwanzflosse. Auch trug sie nun, wie Cherou, zwei große, dreieckige Flossenflügel, die vom Ansatz der Schwanzflosse bis zu den Schultern reichten. Deren Ränder waren von zahlreichen ovalen Leuchtorganen überzogen. Wie sie sich so betrachtete, sank sie langsam zu Boden, so dass sie sich mit einem Schlag ihrer Schwanzflosse immer wieder nach oben befördern musste. Einfach mit Hilfe feinster Bewegungen der Flügelflossen im Wasser zu schweben brachte sie momentan noch nicht fertig. Doch mit der Zeit würde sie das auch lernen. Saira war erst einmal froh, dass sie sich überhaupt zielgerichtet fortbewegen konnte und ihren neuen Körper schon einigermaßen beherrschte. Amüsiert betrachtete sie das flackernde Farbenspiel der Leuchtorgane, ließ sie aufleuchten und verlöschen. Wozu sie diese Leuchtorgane besaß, war ihr im Moment noch unklar. Da die Natur jedoch nichts umsonst erschuf, hatten sie sicher eine Funktion, die sie später bestimmt kennen lernen würde. Schließlich ließ sie sich erschöpft auf ihr Lager sinken und begann erst einmal damit ihre Erinnerungen zu verarbeiten. Wie war sie überhaupt hierher gekommen? Ihr kam erneut die blaue Scheibe in den Sinn, die plötzlich neben ihr entstanden war. Sie war dort hinein gezogen worden und schließlich hier in diesem neuen Körper erwacht, als Gefangene in einer fremden Welt, in der sie zukünftig als Sklave arbeiten sollte! Einer Welt, in der nichts so war, wie sie es kannte! Sie atmete ja nicht einmal mehr Luft, sondern Wasser, lief nicht mehr umher, sondern bewegte sich nun schwimmend fort. Nicht, dass ihr das Medium Wasser völlig fremd war. Auf ihrer Heimatwelt gab es schließlich auch Seen, in denen sie oft genug geschwommen und getaucht war. Es gab auch große Ozeane auf Wuun, die sie allerdings nie gesehen hatte, da sie viel zu weit weg von ihrer Heimat, den großen Wäldern, waren. Sie hatte nur viele Geschichten und Legenden davon gehört, die man sich unter den Bewohnern darüber erzählte. Faszinierende Geschichten von seltsamen Lebewesen und noch seltsameren Lebensräumen. Wenn auch nur ein kleiner Teil der Geschichten stimmte, so wartete da draussen eine völlig neue Welt auf sie! Einerseits faszinierte sie der Gedanke, andererseits ängstigte er sie doch zusehends. Cherou hatte zwar gesagt, dass er sich um sie kümmern würde, bis sie sich eingelebt hatte, aber ihr Lehrmeister Torem hatte ihr schon genug von anderen Welten erzählt. Von Kriegen, Lügen und Intrigen, dass Saira ihrem neuen Lehrmeister auf dieser Welt zuerst einmal verständlicherweise eher misstraute. Ihr blieb im Moment nichts anderes übrig, als stets so wachsam wie möglich zu sein und alles um sie herum genau zu beobachten. Sie musste möglichst schnell lernen, sich auf dieser Welt zurecht zu finden. Ausserdem war Saira durchaus nicht wehrlos. Auch wenn sie noch kein völlig ausgebildeter Magier war, besaß sie dennoch zahlreiche Möglichkeiten sich zu schützen und sich im Notfall sogar aktiv zu verteidigen! Sie war sich jedoch durchaus im klaren, dass diejenigen, die sie hierher entführt hatten, sehr mächtig waren und über große magische Kräfte verfügten. Denn zur Erschaffung eines derart großen, magischen Portals waren ungeheure Kräfte nötig! Da sie im Moment noch ganz auf sich allein gestellt war, musste sie ausgesprochen vorsichtig sein, um sich nicht zu früh zu verraten. Magiern mit solchen Kräften war sie keinesfalls gewachsen. Ihr blieb also nichts anderes übrig als abzuwarten, wie sich die Situation entwickeln würde. Während sie noch so vor sich hin sinnierte, hörte sie plötzlich, wie sich die Wand abermals öffnete. Sie schreckte aus ihren Gedanken hoch, während Cherou langsam herein geschwommen kam.

»Ah, du hast es dir schon gemütlich gemacht«, meinte er lächelnd. Dann sank er neben ihr zu Boden. »Wie geht es dir jetzt?« fragte er ein wenig besorgt.

»Ich bin noch sehr verwirrt«, gestand Saira. »In einem neuen Körper, eine völlig fremde Umgebung. Ich kenne und verstehe hier so vieles noch nicht ...«

»Du wirst dich mit der Zeit schon zurechtfinden«, antwortete Cherou verständnisvoll. »Ich werde versuchen, dir das Meiste zu erklären, soweit ich es vermag. Leider lassen uns die Duumars nicht viel Zeit, denn du sollst in wenigen Hellphasen schon deine Arbeit in der Mine aufnehmen. Aber keine Sorge, bis dahin hast du das Meiste begriffen, dafür werde ich schon sorgen.« Er zwinkerte ihr verschmitzt zu. »Nun ruh dich erst einmal aus, die Dunkelphase beginnt gleich.«

»Was für eine Dunkelphase?« fragte Saira verwirrt.

»Natürlich, das kannst du ja nicht wissen, da du nie in der Tiefsee gelebt hast«, bemerkte Cherou. »Wir sind hier so tief unten im Ozean, dass das Licht von der Wasseroberfläche nicht mehr zu sehen ist. Deshalb benutzen wir hier selbst gemachte Lichtquellen, die sich im Rhythmus des Lichtes von der Oberfläche verdunkeln oder erhellen. Du hast bestimmt schon bemerkt, dass die Wände in diesem

Raum hier leuchten. Ihre Helligkeit entspricht dem Licht an der Wasseroberfläche. Sie werden sich langsam verdunkeln, bis sie gar kein Licht mehr abgeben. Das ist die Dunkelphase. Wenn es an der Oberfläche wieder hell wird, beginnt die Hellphase.«

Saira nickte verstehend. »Deshalb habt ihr wohl auch diese Leucht-organe auf eurem Körper, weil es da draussen ständig dunkel ist.«

»So ist es«, antwortete Cherou beeindruckt. »Du lernst wirklich schnell!« lobte er sie. »Hier in der Stadt der Duumars ist es draussen aus Sicherheitsgründen nie ganz dunkel, nur im offenen Ozean ist das so«, erklärte Cherou. »Morgen werde ich dich ein bisschen herum-führen und dir einen Teil der Anlage zeigen. Du wirst begeistert sein«, versprach er lächelnd. »Aber jetzt wird es Zeit, dass wir uns zur Ruhe begeben. Möchtest du heute Nacht lieber alleine hier schlafen, oder soll ich bei dir bleiben?« fragte er freundlich.

Saira überlegte kurz. Einerseits vertraute sie Cherou noch nicht, andererseits ließ sie der Gedanke, hier ganz alleine die Nacht zu verbringen, doch schaudern. Irgendwie wirkte seine Anwesenheit beruhigend und wenn er ihr etwas zuleide tun wollte, dann würde sie ihm schon eine entsprechende Lektion erteilen. So antwortete sie schließlich: »Wenn es dir nichts ausmacht, wäre es mir lieber, wenn du bei mir bleibst.«

»In Ordnung«, meinte Cherou freundlich, schwebte zu der Liege an der Wand gegenüber und ließ sich darauf nieder. »Versuch jetzt zu schlafen, wir haben morgen einen anstrengenden Tag vor uns.«

»Du hast leicht reden!« antwortete Saira ein wenig vorwurfsvoll. »Dich hat man nicht in einen fremden Körper gesteckt, unendlich weit von zu Hause in einer völlig fremden Umgebung!«

Cherou drehte sich zu ihr. »Glaub mir, ich weiss wie du dich fühlst. Schließlich bist du nicht der erste Sklave, den ich betreue und hier einführe«, antwortete er verständnisvoll. »Ich weiss schon gar nicht mehr, wie viele Sklaven ich auf ihr Leben hier vorbereitet habe. Ich selbst bin zwar hier geboren, aber ich habe schon genug erlebt, um zu wissen, wie ihr euch fühlt.« Er machte eine kurze

Pause. »Wenn du hier überleben willst, dann wirst du all deine Kräfte brauchen! Deshalb ist es auch in Zukunft wichtig, dass du die Ruhepausen nutzt. Je früher du dich daran gewöhnst, um so besser.«

Abermals trafen sie seine harten Worte, aber schließlich sah sie ein, dass er Recht hatte. Nur wenn sie wach und ausgeschlafen war, konnte sie Fehler vermeiden, alles um sie herum rechtzeitig erkennen und rasch reagieren. »Entschuldige bitte, ich wollte nicht unhöflich sein«, sprach sie leise.

»Ist schon gut«, antwortete er versöhnlich. »An deiner Stelle würde es mir genau so gehen.« Er hoffte, dass diese Dunkelphase wenigstens ruhig vergehen würde. Viele der Sklaven hatten die erste Dunkelphase nicht überlebt oder waren vor lauter Angst wahnsinnig geworden. Cherou hatte sich schon mehrmals fluchtartig in Sicherheit bringen müssen, wenn die Sklaven vor Wut, Verzweiflung oder in Panik auf ihn losgegangen waren. Oft war er nur knapp mit dem Leben davon gekommen! Lange würde er diese Aufgabe nicht mehr erfüllen können, denn allmählich forderte das Alter seinen Tribut. Auch die vielen schlimmen Erfahrungen, die er während dieser Zeit gemacht hatte, waren nicht spurlos an ihm vorüber gegangen, hatten ihn ausgelaugt und viel Kraft gekostet. Doch wenn er der Aufgabe nicht mehr gewachsen war, dann war er auch für die Duumars wertlos, was sein sicheres Ende bedeutete. Er konnte nur hoffen, dass dieser Zeitpunkt nicht all zu schnell kam.

»Gibt es denn wirklich keine Möglichkeit, jemals wieder nach Hause zu kommen?« fragte Saira mitten in seine Gedanken hinein.

»Ich habe dir doch schon erklärt, dass es aussichtslos ist, sich solche Hoffnungen zu machen!« brummte er verärgert. »Schlag dir das aus dem Kopf, deine Heimat ist jetzt hier!« Saira blickte ihn daraufhin mit einer Mischung aus Wut und Verzweiflung an, worauf es ihm leid tat, dass er sie so angefahren hatte. »Zumindest hat es bisher niemand geschafft, wieder in seine ursprüngliche Heimat zurück zu kehren«, sprach er versöhnlicher.

Saira ließ sich zurück sinken und kämpfte gegen die aufsteigenden Tränen an. Sie schluckte mehrmals heftig und schaffte es vorerst, die Verzweiflung nieder zu ringen. Doch während sie so da lag, kamen ihr erneut die vielen schönen Erinnerungen in den Sinn. Ihr Leben war bisher glücklich und völlig sorgenfrei verlaufen. Nun sollte all das mit einem Mal vorbei sein und sie sollte hier den Rest ihres Lebens als Sklave verbringen! Sie wusste durchaus von den vielen Erzählungen ihrer Eltern was dies bedeutete. Wieder überkam sie die Verzweiflung, aber sie wollte dieses Schicksal einfach nicht so ohne weiteres hinnehmen. Irgendwie musste es eine Möglichkeit geben, nach Hause zurück zu kehren. So lag sie noch lange wach, während ihre Gedanken kreisten. Doch schließlich kam sie zu dem Schluss, dass die einzige Möglichkeit darin bestand abzuwarten, bis sie sich hier ausreichend zurecht fand. In diesem Fall würden ihre magischen Fähigkeiten ihr sicherlich sehr von Vorteil sein. Doch durfte sie diese vorerst nur mit größter Vorsicht anwenden, damit niemand ihre Kräfte zu früh erkannte. Dann hatte sie vielleicht eine Chance von hier zu fliehen. Diese Gedanken verschafften ihr zumindest eine gewisse Befriedigung und sie fiel schließlich in einen unruhigen Schlaf.

*

Irgendwann in der Nacht erwachte Saira aus ihren wirren Träumen. Die Wände hatten sich inzwischen vollständig verdunkelt, trotzdem war da ein wenig Licht, das von ihren und Cherous Leuchtorganen stammte. Saira war überrascht, dass sie trotz des schwachen Lichtes alles um sie herum genau erkennen konnte, fast so klar, wie zur Hellphase. Anscheinend waren die Augen der Tiefseebewohner ausgesprochen empfindlich und funktionierten auch noch bei sehr geringen Lichtintensitäten. Cherou lag schlafend neben ihr, was sie an seinen ruhigen, tiefen Atemzügen erkannte. Seine Leuchtorgane glommen nur schwach, flackerten manchmal kurz. Saira vermied es, das Licht ihrer Leuchtorgane zu verstärken, da sie befürchtete, Cherou so auf-zuwecken. Sie ließ sich zurück auf ihre Liege sinken und versuchte sich zu entspannen. Jetzt war sie froh, dass sie Cherou darum gebeten hatte, diese Nacht bei ihr zu bleiben. Seine Nähe vermittelte doch eine gewisse Sicherheit und die Tatsache, dass er einfach nur ruhig neben ihr schlief, zeigte ihr, dass sie vorerst nichts von ihm zu befürchten hatte. Wäre er jetzt nicht bei ihr gewesen, als sie in der Dunkelheit in dieser völlig fremden Umgebung erwachte, hätte sie wahrscheinlich doch erst einmal ziemliche Angst bekommen. Zwar hatte sie durchaus schon ausserhalb ihres Elternhauses übernachtet, war aber trotzdem stets in einer vertrauten Umgebung erwacht, ganz im Gegensatz zu dieser Nacht. Cherous ruhige Atemzüge und die Sicherheit, dass ihr vorerst niemand etwas zuleide tun würde, ließen sie schließlich doch erneut in einen ruhigeren Schlaf hinab gleiten.

*

Saira schlug erst wieder die Augen auf, als sie von irgend etwas leicht geschüttelt wurde. Sie schreckte hoch und blickte in Cherous grinsendes Gesicht.

»Aufwachen, Jungflosse!« meinte er schmunzelnd und hielt ihr einige Büschel Ploppkelp vors Gesicht.

Saira sah ihn zuerst verwirrt an, bis sie endlich vollends erwachte und bemerkte, dass die Hellphase schon begonnen hatte. Sie rieb sich kurz die Augen und richtete sich dann auf.

»Konntest du wenigstens schlafen?« fragte Cherou freundlich und reichte ihr etwas von dem Ploppkelp.

»Ein bisschen unruhig, aber es ging«, antwortete Saira noch etwas verschlafen und streckte ihren steifen Körper. Dann ergriff sie den Tang, biss hinein und verzog gleich darauf missmutig das Gesicht. Cherou betrachtete sie schmunzelnd, während sie lustlos auf den Blättern herumkaute und die ersten Bisssen hinunter würgte. Saira bemerkte seine amüsierten Blicke. »Nun schau mich nicht so an, das Zeug schmeckt wirklich total fad!« schimpfte sie in gespieltem Ärger, was Cherou nur zu einem noch breiteren Grinsen veranlasste. »Gibt es hier wirklich nichts Besseres zu essen?« maulte sie scheinbar verzweifelt.

»Tut mir leid, was Besseres kann ich dir nicht bieten«, antwortete Cherou schulterzuckend. »Iss auf, auch wenn's nicht schmeckt, du musst bei Kräften bleiben«, empfahl er ihr.

»Zeigst du mir nachher gleich ein wenig die Umgebung?« fragte Saira hoffnungsvoll. »Mir wird es in diesem kleinen Raum hier nämlich langsam zu eng«, gestand sie.

»Gerne, aber vorher muss ich dir noch etwas beibringen, damit du dich da draussen besser zurecht findest«, antwortete Cherou.

»Ach schade«, meinte Saira enttäuscht. »Ich hatte gehofft, wir gehen gleich nach dem Essen raus.«

»Es wird nicht lange dauern«, versprach Cherou. »Jetzt iss endlich deinen Tang vollends auf!«

»Ist ja schon gut«, beschwichtigte Saira und stopfte sich das letzte Bündel Ploppkelp in den Mund.

Als Saira endlich alles aufgegessen hatte begann Cherou mit seiner Unterweisung. »Ich habe dir doch erzählt, dass es dort draussen im Meer oft ganz dunkel ist. Mit unseren Leuchtorganen können wir zwar die nähere Umgebung erhellen, das reicht aber nicht aus, um einen größeren Überblick zu bekommen. Dafür benutzen wir unseren Sonar.« Als er Sairas verständnislosen Gesichtsausdruck bemerkte, erklärte er es ihr. »Wir benutzen Schall, um die weitere Umgebung abzutasten.« Dann gab er einen kurzen, durchdringenden Pfeifton von sich. Saira sah ihn immer noch verwundert an. »Schließe die Augen und versuche auch einmal, einen solchen Ton zu produzieren«, forderte er Saira auf.

Saira wusste zwar erst nicht, was er damit bezweckte, tat dann aber, wie ihr geheißen, und nach einigen Versuchen gelang es ihr tatsächlich, einen gleichartigen Ton zu erzeugen. Im nächsten Moment „sah" sie ein leicht unscharfes, farbloses Bild ihrer Umgebung, obwohl ihre Augen geschlossen waren. Sie riss die Augen auf und starrte Cherou verblüfft an.

»Deinem Gesichtsausdruck nach zu urteilen, hast du gerade deine Umgebung gesehen«, bemerkte Cherou amüsiert.

»Ja, das habe ich tatsächlich!« bestätigte Saira überrascht.

»Aus dem Schall, den deine Umgebung reflektiert, wird in deinem Kopf ein Bild erzeugt«, erklärte er. »Probiere es gleich noch einmal und dreh dich dabei langsam um, so dass du auch die anderen Bereiche des Raumes abtastest.«

Saira schloss abermals die Augen und drehte sich nach jedem Pfiff ein Stück weiter, bis sie sich einmal im Kreis gedreht hatte. »Das ist toll, ich konnte den ganzen Raum sehen«, meinte sie begeistert. »Allerdings war das Bild teilweise recht unscharf.«

»Das wird mit der Zeit noch besser werden, wenn du mehr Erfahrung gesammelt hast«, versicherte Cherou. »Jedoch wird das Bild nie ganz scharf werden. Dazu benötigen wir eine andere Methode, nämlich die Klicks«, erklärte er, worauf Saira ihn erneut verwundert ansah. Dann gab er eine Reihe lauter Klicklaute in immer kürzeren Abständen von sich, bis die Laute miteinander verschmolzen und einen seltsam quietschenden Ton verursachten. »Wir besitzen ein spezielles Organ, das diese Klicks erzeugt«, erklärte Cherou und schwamm näher an Saira heran. »Es befindet sich etwa an dieser Stelle.« Er tippte mit ausgestrecktem Finger auf eine Stelle an ihrem Halsansatz. »Versuch dich einfach darauf zu konzentrieren und wünsche dir, dass es klickt.«

Saira tastete mit ihren Fingern nach der Stelle und bemerkte eine größere Verdickung unter der Haut. Dann schloss sie die Augen, um sich besser konzentrieren zu können. Nach kurzer Zeit spürte sie erstmals den Kontakt zu dem Organ und versuchte einige Laute zu produzieren. Es dauerte eine ganze Weile, doch dann gelang es Saira gleich eine lange Salve lauter Klicklaute zu erzeugen. Im nächsten Moment sah sie wieder ein farbloses Abbild ihrer Umgebung. Diesmal war der Ausschnitt kleiner, dafür aber um so detailreicher und schärfer.

»Gut gemacht!« lobte Cherou sie. »Ich schätze, diesmal war das Bild deutlicher.«

»Oh ja, viel genauer und schärfer!« bestätigte Saira begeistert.

»Mit ein bisschen Übung wirst du deine Klicks bald einzeln erzeugen können und die Lautstärke und Geschwindigkeit genau kontrollieren. Es ist sehr wichtig, dass du das beherrschst, denn nur so kannst du dich in absoluter Dunkelheit zurecht finden. Unsere Augen kommen zwar mit sehr wenig Licht noch gut zurecht, aber wenn es völlig dunkel ist, nützen sie dir nichts. Deine Leuchtorgane können nur die unmittelbare Umgebung in geringem Abstand zu dir erhellen. Im offenen Meer hilft dir das aber nicht, wenn in weitem Umkreis um dich herum nur Wasser ist. Wenn du schnell schwimmst, wirst du so nie rechtzeitig irgend welche Hindernisse erkennen. Das schaffst du nur mit dem Sonar!«

Saira nickte verstehend. »Dann ist es wohl besser, ich übe noch ein bisschen, damit ich schnell lerne, das Sonar zu gebrauchen.«

»Das würde ich dir raten«, bestätigte Cherou. So verblieben sie noch einige Zeit in der Kammer, bis Saira wenigstens die Lautstärke ihrer Pfeiflaute und Klicks kontrollieren konnte. Später würde es draußen noch genug Möglichkeiten geben, die Orientierung mit Hilfe des Sonars zu erlernen. Dann war es endlich soweit und Saira durfte ihre Unterkunft zum ersten Mal verlassen. Zusammen mit Cherou konnte sie die Öffnung in der Wand problemlos passieren und fand sich in einem röhrenartigen Gang wieder, in dessen Wänden in regelmässigen Abständen Leuchtkörper eingelassen waren. Während sie neben Cherou schwamm, bemerkte sie mehrmals die Markierungen weiterer Wandöffnungen. Zahlreiche Abzweigungen erschwerten Saira die Orientierung, bis sie plötzlich das Ende der Röhre erreichten. Der Anblick, der sich ihr bot, verschlug ihr den Atem. Sie befanden sich über einer weiten Ebene, die, soweit Saira sehen konnte, überzogen war mit verschiedensten Bauten, welche zum Teil riesige Ausmaße und bizarre Formen besaßen. Jedes Bauwerk war mit zahlreichen bläulichen Leuchtkörpern versehen, was der Szenerie ein gespenstisches Aussehen verlieh. Dazu kam noch die seltsame Geräuschkulisse von ab- und anschwellendem Rauschen, Dröhnen, Stampfen und Donnern, die vom Rande des Plateaus entsprang. Dort befanden sich besonders große Gebäude mit hohen, turmartigen Auswüchsen, aus denen lange, dunkle Schwaden aufstiegen. Das Wasser war dort so warm, dass es flimmerte und die Umgebung unscharf erscheinen ließ. Der schaurig schöne Anblick verursachte gemischte Gefühle in Saira. Einerseits faszinierte sie diese fremdartige Umgebung, andererseits machte sie ihr Angst. Auf ihrer Heimatwelt Wuun lebten sie als einfache Waldbewohner in völligem Einklang mit der Natur. Ausser einigen einfachen Werkzeugen zur Metall- und Holzbearbeitung kannten sie keine Technik oder gar Industrie und Fabriken, mit denen sie nun auf Turoon erstmals konfrontiert wurde.

Cherou bemerkte durchaus den Zwiespalt ihrer Gefühle. Schließlich war es vielen neuen Sklaven so ergangen, als sie zum ersten Mal diesen Anblick erlebten. Er schwebte schweigend neben ihr, um ihr die Zeit zu geben, sich daran zu gewöhnen und um ihr ein wenig Sicherheit zu vermitteln. Schließlich drehte er sich langsam zu ihr und meinte schmunzelnd: »Ich sehe, du bist beeindruckt!«

»Das ist phantastisch!« hauchte Saira überwältigt. »Dieser Ort muss tausende von Einwohnern beherbergen!«

»Ich habe sie zwar nie gezählt, aber da könntest du durchaus recht haben«, bemerkte Cherou amüsiert. »Auf deiner Heimatwelt gibt es wohl keine so großen Städte?« fragte er vorsichtig.

»Oh nein, keines unserer Dörfer ist so groß wie dieses hier. Bei weitem nicht!« bestätigte Saira. Dann wurde ihr die Geräuschkulisse bewusst und sie fragte Cherou, wo denn dieser Lärm herkam.

Der deutete auf die großen Gebäude mit den Türmen am Rande der Stadt. »Dort drüben, in den großen Gebäuden, produzieren sie die Energie, die in der Stadt benötigt wird, in dem sie Feuerstein verbrennen. Damit treiben sie große Maschinen an, die diese Geräusche verursachen«, erklärte er.

Saira sah ihn verwundert an. »Was sind Maschinen?« fragte sie.
»Das weiss ich auch nicht so genau. Ich habe sie noch nie gesehen.
Uns Sklaven ist der Aufenthalt dort nicht gestattet und die Duumars
mögen es gar nicht, wenn man zu viele Fragen darüber stellt«, antwortete
Cherou warnend. »Ich weiss nur, dass dort der Feuerstein verbrannt
wird, den wir in den Minen abbauen. Deswegen ist es dort auch so
warm, dass das Wasser flimmert.«

»Warum darf man keine Fragen darüber stellen?« fragte Saira
verständnislos.

»Weil wir hier nur Sklaven sind und uns das nach Meinung der
Duumars nichts angeht!« antwortete Cherou leicht verärgert. »Gewöhn'
dich besser gleich daran, dass wir hier fast keine Rechte haben und
nur zum Arbeiten da sind!«

Saira sah ihn zuerst bestürzt an, als sie seine harten Worte erneut
trafen. Dann aber erinnerte sie sich wieder an die Geschichten, die
in ihrem Dorf erzählt wurden. Geschichten von einer schlimmen Zeit
in der Vergangenheit, als ihre Welt von dunklen Mächten regiert
worden war. Viele Bewohner ihrer Heimat Wuun mussten damals
auch als Sklaven arbeiten und hatten Schreckliches erlitten. Saira
war erst nach dieser schlimmen Zeit geboren und hatte stets nur
glückliche Tage erlebt, weshalb sie sich die geschilderten Ereignisse
nur schwer vorstellen konnte. Doch nun sollte sie diese am eigenen
Leib erfahren!

»Komm mit, ich zeige dir nun deinen künftigen Arbeitsplatz«,
unterbrach Cherou ihre Gedanken. »Bleib bitte dicht bei mir, sonst
könntest du in ziemliche Schwierigkeiten geraten«, sprach er noch
warnend zu ihr.

»Wie meinst du das?« fragte Saira erstaunt.

»Das wirst du noch früh genug erfahren«, antwortete Cherou
ausweichend. »Komm jetzt!« Dann stieß er sich ab und schwamm
über die Stadt hinweg.

Saira folgte ihm äußerst verwirrt, blieb aber immer in seiner Nähe.
Es war für sie, als fliege sie über die Stadt, während die verschiedenen

Gebäude unter ihr entlang glitten. Dieses Gefühl nahm ihr wieder etwas von der Angst, die sich allmählich in ihr breit machte. Da Cherou nur langsam vor ihr her schwamm, nutzte sie die Gelegenheit, einige der Gebäude in ihrer Nähe zu mustern, um sich ein wenig von ihren wirren Gedanken abzulenken. Soweit sie erkennen konnte, waren die Bauwerke aus einem dunklen, glatten Gestein gefertigt, wobei keiner der Bauten dem anderen glich. Scheinbar waren sie nach dem jeweiligen Geschmack des Bewohners erbaut worden, oder man hatte sie ihrem Zweck entsprechend angepasst. Auch war keine feste Geometrie zu erkennen, sondern die Gebäude waren einfach nur willkürlich, mit ausreichendem Abstand zueinander, in die Ebene gesetzt worden. Dies war aus Sairas erhöhter Position nun deutlich erkennbar. Die Faszination über die dritte Dimension, in der sie sich nun ebenfalls bewegen konnte, berauschte sie durchaus und ließ sie für einen Moment die Sorgen vergessen, die sie plagten. Gleichzeitig spürte sie aber auf einmal die Signaturen starker Schutz- und Abwehrzauber, welche die ganze Stadt umgaben. Einige davon waren so stark, dass schon eine leichte Berührung damit den sicheren Tod bedeutete! Saira erschauerte, als sie weiter schwamm. Obwohl die Umgebung der Stadt scheinbar nur aus Wasser bestand, war ein Entkommen doch unmöglich. Die Wasserschichten in einiger Entfernung über der Stadt waren die reinsten Todesfallen! Deshalb führte Cherou sie auch nur in geringer Höhe über die Gebäude. Kein Wunder, dass etliche Sklaven beim Fluchtversuch ihr Leben ließen! Viele waren bestimmt schon an dieser unsichtbaren Barriere umgekommen, die jeden Fluchtversuch zum Scheitern verurteilte. Nach längerer Zeit erreichten sie den Rand der großen Siedlung und Cherou steuerte auf eine gut beleuchtete Felswand zu. Auf deren oberen Rand hielt er an und ließ sich herab sinken. Saira tat es ihm gleich und blickte dann auf eine helle, etwa rechteckige Fläche in einigem Abstand unter ihnen.

Cherou deutete auf eine Gruppe von Lebewesen, die genauso aussahen wie er selbst und in einer Reihe entlang des Rechtecks arbeiteten.

»Das dort sind die anderen Lingits, mit denen du zukünftig Feuerstein schürfen wirst«, erklärte er.

»Dann nennt sich euer Volk also Lingits?« fragte Saira.

»So ist es«, bestätigte Cherou.

Weiter hinten patrouillierte ein Wesen, dessen dreieckiger Körper etwa dreimal so groß war wie ein Lingit. Durch die vier extrem langen Schreitbeine und das vorderste Gliedmaßenpaar, das kräftige Scheren trug, wirkte es wesentlich größer, als es in Wirklichkeit war.

»Dahinter siehst du Torg, unseren Aufseher«, erklärte Cherou. »Er gehört zu den Draughs, die für die Duumars arbeiten. Solange er gut gelaunt ist, lässt er uns in Ruhe, aber wenn nicht, kann er ganz schön gemein werden. Dann verhältst du dich am besten so ruhig wie möglich und arbeitest so gut du kannst, sonst quält er dich mit seinem Sonar.«

Saira sah ihn verständnislos an. »Wie meinst du das?«

»Lebewesen, die größer sind als wir, haben einen viel lauteren Sonarschall. Dieser laute Schall kann für uns sehr schmerzhaft sein, weshalb er von diesen Wesen auch als Waffe gebraucht wird. Noch größere Bewohner der Tiefsee haben einen so lauten Sonar, dass sie uns damit betäuben oder sogar töten können! Aber das wirst du selbst noch erfahren, wenn du lange genug hier bist.«

Saira sah ihn entsetzt an. Diese fremde Welt erschien ihr mit jedem neuen Augenblick immer unheimlicher und bösartiger.

»Verhalte dich einfach so unauffällig wie möglich und tu' das, was man von dir verlangt, dann hast du am wenigsten Ärger«, riet Cherou ihr. »Und geh' den Draughs besser aus dem Weg. Sie sind ziemlich launisch und aggressiv! Die Aufseher in den anderen Minen behandeln die Lingits nämlich oft noch viel schlechter, als Torg! Einige von denen sind extrem grausam und boshaft und quälen ihre Lingits wo sie nur können. Du kannst von Glück sagen, dass du unter Torg arbeiten darfst. Er behandelt uns wenigstens einigermaßen gut.«

Saira war schockiert von Cherous Äusserungen und allmählich stieg die Angst wieder in ihr hoch. Im selben Moment bemerkte Saira einen riesigen Schatten in einiger Entfernung über sich. Ein lang gezogenes Lebewesen mit großem Kopf und einem langen Flossensaum über und unter dem hinten spitz zulaufenden Körper zog über sie hinweg. Es war mindestens zwanzigmal so groß, wie sie selbst.

»Das ist ein Galanx«, erklärte Cherou. »Sie patrouillieren um das Reich der Duumars herum. Sie gehören zu den Wächtern, die hier alles beobachten und notfalls bekämpfen. Hier drinnen bist du sicher vor ihnen und das ist auch gut so, denn ihr Sonar ist so stark, dass sie dich damit sogar für lange Zeit betäuben können! Sie haben auch schon einige Fluchtversuche vereitelt, denn sie haben sehr feine Sinne und spüren jedes Lebewesen in der Umgebung auf. Zusätzlich ist das gesamte Gebiet von unsichtbaren Zaubern umschlossen, die kaum zu durchdringen sind. Einige davon sind sehr gefährlich, wenn nicht sogar tödlich für jeden, der ihnen zu nahe kommt! Schon deswegen ist eine Flucht praktisch nicht möglich.«

Saira hätte fast geantwortet, dass sie diese Zauber schon bemerkt hatte, nickte dann aber nur resigniert. »Deswegen sollte ich wohl auch in deiner Nähe bleiben«, meinte sie.

»Du lernst schnell, Jungflosse«, antwortete Cherou grinsend. »Dann werde ich dich jetzt in deine zukünftige Arbeit einweisen.« Er stieß sich abermals ab und gebot Saira ihm zu folgen.

Etwas weiter oben erkannte Saira in geringer Entfernung ein weiteres hell erleuchtetes Areal. »Ist das auch eine Mine?« fragte sie.

»Ja, das ist die Gilgoia-Mine. Auch da schürfen sie Feuerstein. Die Lingits, die dort arbeiten, wirst du noch kennen lernen, weil sie die gleiche Schlafstätte nutzen, wie die Lingits aus der Sergon Mine, in der wir arbeiten. Merke dir diesen Namen gut. Du musst stets wissen, in welcher Mine du arbeitest, wenn man dich fragt!«

Saira nickte ihm zu und versuchte sich den Namen „Sergon" so gut wie möglich einzuprägen. Nach kurzer Zeit erreichten sie ein weiteres erleuchtetes Areal, das aber deutlich kleiner war, als die beiden bisherigen Minen. Cherou tauchte hinab und ließ sich dann zusammen mit Saira auf den Minengrund sinken.

»Diese Mine ist zu klein, um ausreichend Feuerstein zu gewinnen. Deshalb benutzen wir sie nur zum Training für die neuen Sklaven«, erklärte Cherou. Dann ergriff er eine Art Pickel und reichte ihn Saira.

Obwohl das Material wie Metall schimmerte, war es doch deutlich leichter als die Metallwerkzeuge, die Saira auf ihrer Heimatwelt Wuun schon benutzt hatte. Dann zeigte ihr Cherou eine bequeme Arbeitsstellung, indem sie einfach den unteren Teil ihres Körpers nahe der Schwanzflosse nach hinten abknickte und so eine Art kniende Stellung einnahm. Anfänglich fiel es ihr schwer, so die Balance zu halten, aber mit der Zeit lernte sie, mit leichten Bewegungen ihrer Flügelflossen aufrecht zu bleiben.

»Versuch nun, etwa handgroße Stücke aus dem Feuerstein am Boden zu schlagen«, riet ihr Cherou. »Sei aber vorsichtig! Du darfst nicht zu fest zuschlagen, sonst fängt der Feuerstein an zu brennen!«

»Seit wann kann etwas im Wasser brennen?« fragte Saira verwundert.

»Diese Steine können es!« versicherte Cherou, holte kräftig aus und drosch mehrmals kräftig mit seinem Pickel auf den Boden. Auf einmal knisterte es und an einer der getroffenen Stellen zuckten kleine blaue Flammen hoch. Langsam aber stetig breitete sich das Feuer in alle Richtungen aus, bis Cherou mit einer raschen Bewegung Sand darüber warf, woraufhin die Flammen erstickten. »Wie du gerade gesehen hast, kann man das Feuer ganz einfach mit Sand löschen. Du musst nur schnell genug sein. Deshalb bekommt jeder Lingit bei Arbeitsbeginn, ausser seinem Werkzeug, noch einen Behälter mit Sand. Es kommt nämlich immer wieder vor, dass sich der Feuerstein beim Schürfen entzündet.«

Saira hatte die Szene mit ungläubigem Staunen beobachtet und sah nun Cherou überrascht an. »Das ist wirklich seltsam, Steine die im Wasser brennen! So etwas habe ich noch nie gesehen«, gab sie erstaunt zu.

»Komm, probier es doch selbst einmal!«, forderte Cherou Saira auf.

Saira hackte zuerst zaghaft auf das überraschend weiche Gestein ein und erzeugte nur einige sehr kleine Brocken. Aber nach einigen Versuchen schaffte sie es schließlich ausreichend große Stücke zu brechen ohne sich dabei sonderlich anzustrengen. Dann forderte Cherou sie auf, so fest wie möglich auf den Boden einzuhacken, um selbst ein Feuer zu erzeugen. Sie brauchte wesentlich mehr Versuche als Cherou, was nicht zuletzt daran lag, dass er deutlich kräftiger war als sie. Dann zuckten doch einige kleine Flammen aus dem Boden, die sich auch wieder langsam ausbreiteten. Rasch griff Saira in den Behälter mit Sand und warf eine größere Menge davon über das Feuer, das daraufhin sofort erlosch. Saira atmete erleichtert auf.

»Gut gemacht!« lobte Cherou seinen Schützling. »Da du so geschickt bist und alles so schnell lernst, kannst du schon morgen deine Arbeit in den Minen aufnehmen.«

»Was, schon morgen?« rief Saira entsetzt. »Ich hatte gehofft, das bliebe mir noch ein paar Tage erspart.«

»Diesen Gefallen würde ich dir gerne tun, aber die Duumars verlangen von mir, jeden neuen Sklaven so schnell wie möglich in die Minen zu bringen«, versicherte ihr Cherou. »Wenn ich das nicht tue, muss ich mit höchst unangenehmen Strafen rechnen. Du kannst bestimmt verstehen, dass ich das unter allen Umständen vermeiden will. Ausserdem arbeiten wir dort ja auch zusammen. Du brauchst dich also nicht zu fürchten. Erst wenn ich einen neuen Sklaven ausbilden muss, werde ich dich für einige Zeit alleine lassen. Bis dahin hast du dich schon längst eingelebt und brauchst meine Hilfe nicht mehr.«

»Das geht mir alles zu schnell. Ich weiss doch noch viel zu wenig von dieser neuen Welt«, argumentierte Saira verzweifelt.

»Das was du wissen must, habe ich dir schon beigebracht. Mehr ist nicht nötig, da du den Rest deiner Zeit in der Mine verbringen wirst. Versuch dich damit abzufinden. Dir bleibt nämlich keine andere Wahl!« versicherte Cherou mit harter Stimme.

Saira sah ihn zuerst entsetzt an, als ihr klar wurde, wie recht er doch hatte. Dann wandte sie sich abrupt von ihm ab und sank in sich zusammen. »Das ist einfach nicht fair ...« flüsterte sie den Tränen nahe.

»Ich weiss«, antwortete Cherou verständnisvoll. »Aber ich kann auch nichts dagegen tun. Ich bin genau so wie du nur ein Sklave. Glaube mir, ich lebe hier schon sehr lange. Wenn es eine Möglichkeit gegeben hätte etwas zu ändern, dann hätte ich sie bestimmt genutzt. Aber die Duumars und ihre Helfer sind einfach zu mächtig und grausam. Sie haben uns nie eine Chance gelassen und werden es auch in Zukunft nicht tun. Wir sind dazu verdammt hier als Sklaven zu leben und zu sterben!«

Saira hob kurz den Kopf und bedachte Cherou mit einem verzweifelten Blick. Dann sank sie vollends zusammen und begann heftig zu weinen. Als Cherou sie stützen wollte, stieß sie ihn weg, worauf er sich in einigem Abstand zu ihr nieder sinken ließ und mit trauriger Miene abwartete. Diesmal dauerte es lange, bis sich Saira wieder im Griff hatte. Die Erinnerungen an ihre Heimat, ihre Eltern und Freunde, die sie nun nie mehr wieder sehen würde, überkam sie erneut und der Schmerz war kaum zu ertragen! Doch was blieb ihr anderes übrig, als sich mit ihrem Schicksal abzufinden. Wie Cherou gesagt hatte, blieb ihr keine andere Wahl, als das Unvermeidliche zu akzeptieren. Nun war Turoon ihre neue Heimat, und hier würde sie als Sklave für eine grausame, brutale und rücksichtslose Rasse von Magiern weiter leben. Zumindest vorerst! Saira dachte nicht daran, sich einfach in ihr Schicksal zu ergeben. Irgendwann würde ihr die Flucht gelingen und irgendwie musste sie es einfach schaffen nach Wuun zurück zu kehren! Das hier war nicht ihre Welt und sie würde sich schon gar nicht mit einem Leben als Sklave abfinden. Niemals! Also schüttelte sie mit trotzigem Gesichtsausdruck ihre Tränen ab und wandte sich erneut Cherou zu.

Der war froh, dass sie sich wieder gefangen hatte. Er kannte diesen Ausdruck von den Gesichtern der anderen Sklaven, die er schon trainiert hatte, nur zu gut. Wenigstens hatte sie sich endlich mit der Situation abgefunden. So würde es auch für ihn wesentlich leichter sein, sie morgen in die Mine zu führen. Er näherte sich ihr behutsam. »Geht es dir besser?« fragte er vorsichtig, worauf Saira nur stumm nickte. »Dann sollten wir die verbleibende Zeit nutzen und deinen Sonar noch etwas trainieren. Es kommt durchaus vor, dass manchmal die Beleuchtung ausfällt. Dann musst du dich in der Dunkelheit zurecht finden und auch ohne Licht weiterarbeiten können.«

So verbrachten sie noch längere Zeit damit, Sairas Schallortung soweit zu verbessern, dass sie sich selbst in absoluter Dunkelheit noch zurechtfand. Auch das Abtasten und Erkennen von Gegenständen funktionierte am Schluss recht gut, so dass Cherou es schließlich dabei beließ und Saira noch in den erlaubten Gebieten herumführte. Er zeigte ihr unter anderem den Ort, an dem Ploppkelp angebaut und geschnitten wurde. Hier legten sie eine kurze Pause ein und stillten erst einmal ihren Hunger. Viele der dort beschäftigten Lingits warfen Saira bedauernde Blicke zu, als sie erfuhren, dass sie in den Minen arbeiten sollte, während Saira diese Lingits um ihre einfache Tätigkeit beneidete. Sie war froh, als Cherou sie endlich weiter führte. Am Ende der Hellphase brachte Cherou Saira wieder in den Raum zurück, der ihr bisher als Wohnstätte gedient hatte.

»Bevor du morgen deine Arbeit aufnimmst, solltest du noch ein paar Verhaltensregeln kennen und auch beachten. Das erspart dir viel unnötigen Ärger und Schmerz!« erklärte Cherou freundlich aber bestimmt. »Es ist uns während der Arbeit nicht gestattet, miteinander zu sprechen. Wenn du etwas sagen willst, dann beschränke dich auf ein paar kurze Worte und spreche möglichst leise. Die Draughs haben ein äußerst feines Gehör und können dich auch auf größere Entfernung gut hören. Also sei vorsichtig, sonst wirst du bestraft!«

Saira sah ihn verunsichert an, nickte dann aber verstehend.

»Versuche immer gleichmässig und konzentriert zu arbeiten, sonst kann es sein, dass du dich oder einen der anderen Lingits mit deinem Werkzeug verletzt. Wenn du nicht weiter arbeiten kannst, müssen die anderen Lingits dafür um so mehr arbeiten, weil sie die fehlende Menge Feuerstein zusätzlich schürfen müssen. Dazu wirst du auch noch für deine Fahrlässigkeit bestraft«, erklärte Cherou mit ernster Miene.

Saira nickte nur wieder resigniert.

»Verhalte dich Torg und den anderen Draughs gegenüber stets unterwürfig, auch wenn dir das am Anfang schwer fällt! Sie stehen in der Rangordnung über uns und verlangen deshalb entsprechenden Respekt. Auch wenn sie ihn nicht verdient haben, weil sie uns die meiste Zeit hindurch ziemlich schlecht und niederträchtig behandeln. Sonst können sie äußerst gemein und grausam sein, was für dich sowohl schmerzhafte, als auch erniedrigende Folgen hat!« ermahnte sie Cherou. »Wenn du Torg ansprichst, oder auf eine Frage antwortest, so nenne ihn stets Genjai Torg. Das ist ein Titel, der ihn als höher gestelltes Wesen ausweist. Wenn du den Namen des Draughs, der dich anspricht, nicht kennst, so nenne ihn einfach nur Genjai. Vergiss das niemals, oder du wirst es sehr bald bereuen, da kannst du sicher sein!« versprach Cherou ernst.

Allmählich kroch in Saira wieder die Angst hoch. Ihr wurde klar, dass jeder kleine Fehler, den sie beging, recht unangenehme Folgen für sie haben würde. Sie musste sich in kurzer Zeit so viel merken, musste so viele Dinge beachten, dass sie berechtigte Zweifel hegte, anfänglich alles richtig zu machen.

Cherou sah ihr deutlich an, wie sie sich fühlte und strich ihr mit einer Hand über die Wangen. »Du brauchst dich nicht zu fürchten. Ich werde so gut wie möglich auf dich aufpassen und dich beschützen, bis du dich eingelebt hast und alleine zurecht kommst«, versprach er mit beruhigender Stimme. »Es erscheint dir im Moment noch alles schwerer und komplizierter als es eigentlich ist, weil du noch neu bist, aber du wirst dich schnell einleben. Die Tage verlaufen sowieso immer gleich. Arbeiten, essen, schlafen! Ich habe dir ja schon gesagt, wenn du tust, was man von dir verlangt und die Regeln befolgst, die ich dir genannt habe, hast du nichts zu befürchten. Bleib einfach immer in meiner Nähe und verhalte dich unterwürfig, dann geschieht dir nichts«, versprach er und schenkte ihr ein aufmunterndes Lächeln. »Keine Sorge, andere Sklaven vor dir haben sich weniger geschickt angestellt als du und haben sich trotzdem problemlos eingelebt. Du wirst sie morgen kennen lernen. Ausserdem bin ich die ganze Zeit bei dir, so lange, bis ich dir auf die Nerven gehe«, meinte Cherou grinsend und zwinkerte Saira zu.

Sie schaffte es sogar ein wenig zu lächeln. Zwar beruhigten seine Worte Saira nicht gänzlich, aber hinter Cherous rauer Art erkannte sie trotzdem eine ganze Menge Mitgefühl und Hilfsbereitschaft. Sie hoffte nur, dass er sie zumindest in den nächsten Tagen vor dem Schlimmsten bewahren würde.

»Nun wird es Zeit, dass wir uns zur Ruhe begeben. Morgen müssen wir zum Beginn der Hellphase aufstehen, damit wir rechtzeitig bei der Mine eintreffen«, erklärte Cherou ernst. »Die ersten Tage sind immer sehr anstrengend, deshalb solltest du unbedingt die Ruhezeiten nutzen. Es gibt auch während der Arbeitszeit eine längere Pause, damit wir ausreichend von deinem geliebten Ploppkelp essen können«, erklärte Cherou abermals grinsend, worauf ihn Saira mit einem strafenden Blick bedachte. Dann strich er ihr nochmals über die Wangen. »Versuch jetzt zu schlafen und mach dir keine Sorgen. Ich werde so gut wie möglich auf dich aufpassen, Jungflosse!« versprach er.

Sklave

Obwohl Saira etwas nervös und verängstigt war, fand sie in dieser Nacht doch noch Schlaf, was nicht zuletzt daran lag, dass Cherous Anwesenheit ihr eine gewisse Sicherheit vermittelte. Sie erwachte erst wieder, weil sie plötzlich kräftig geschüttelt wurde. Als sie die Augen aufschlug, blickte sie in Cherous freundliches Gesicht.

»Wach endlich auf, Jungflosse!« sprach er schmunzelnd.

Es dauerte einen Moment, bis Saira vollständig wach war. Sie sah sich verschlafen um. Der Raum war nur schwach erleuchtet und auch Cherou hatte seine Leuchtorgane gedämpft, damit sie nicht geblendet wurde. Sie rieb sich den Schlaf aus den Augen und gähnte erst einmal herzhaft. Dann hielt ihr Cherou ein Bündel Ploppkelp hin.

»Hier, iss schnell auf, damit wir rechtzeitig los können«, forderte Cherou sie auf.

Gehorsam schlang Saira diesmal kommentarlos den Tang hinunter. Dann verließen sie den kleinen Raum und machten sich auf den Weg zur Mine.

»Wie geht es dir?« fragte Cherou freundlich, während er neben ihr schwamm.

»Ein bisschen nervös und ängstlich«, gab Saira zu.

»Verständlich«, meinte Cherou. »Aber mach dir keine Sorgen, ich bin ja da!« Dann zwinkerte er Saira aufmunternd zu, die ihm einen dankbaren Blick schenkte.

Als sie in die Nähe der Minen kamen bemerkte Saira einen ganzen Strom von Lingits, die unter ihnen entlang schwammen. Die immense Anzahl ließ sie schaudern. »Sind das alles Sklaven?« fragte sie erstaunt.

»Allerdings!« bestätigte Cherou bitter. »Mein ganzes Volk lebt hier als Sklaven. Manche davon schon in der dritten Generation! Draußen im Meer gibt es keinen einzigen freien Lingit mehr! Sie wurden alle einst von den Duumars eingefangen und versklavt«, erklärte er mit traurigem Blick.

Saira blickte ihn entsetzt an, schwieg aber, um Cherou nicht noch weiteres Leid zuzufügen. Statt dessen beobachtete sie, wie sich der schier endlose Strom der Sklaven allmählich in mehrere Richtungen aufteilte, während sie darüber hinweg schwammen. Sie warf einen kurzen Blick zu Cherou hinüber, aber der schwamm nur mit ausdruckslosem Gesicht neben ihr. Trotzdem spürte sie, wie ihn dieser Anblick schmerzte. Es mussten tausende von Sklaven sein, die hier lebten und arbeiteten! Sie konnte sich gut vorstellen, was in ihm vorging, hatte dann aber keine Zeit mehr, weiter darüber nachzudenken, da die Sergon-Mine in Sicht kam. Sairas Nervosität nahm sprunghaft zu, als sie mit Cherou zusammen tiefer sank. Auf dem gut beleuchteten Plateau hatten sich schon eine ganze Menge Lingits versammelt. Die meisten warteten mit apathischem Gesichtsausdruck einfach ab. Nur wenige registrierten ihre Ankunft. Einige blickten kurz zu ihnen hinauf, wandten sich dann aber teilnahmslos ab. Bis auf einige wenige bedauernde Blicke bemerkte Saira kaum eine Reaktion auf ihre Ankunft. Die ganze Szene wirkte gespenstisch, da keiner der Lingits etwas sagte. Die Stille lastete wie ein schweres Tuch auf Saira, während sie endlich den Grund der Mine erreichten. Sie selbst wagte auch nicht zu sprechen, um nicht unangenehm aufzufallen. Sie warf Cherou einen hilflosen Blick zu, der darauf mit einem beruhigenden Kopfnicken antwortete und ihr mit einer Geste bedeutete, einfach still abzuwarten. Saira sah sich mit ziemlichem Unbehagen um. Die Teilnahmslosigkeit der Lingits verwirrte sie immer mehr. Was hatte man diesen Kreaturen nur angetan, dass sie sich so verhielten? Wieder kroch die Angst in ihr hoch und sie bewegte sich, ohne dass sie es selbst bemerkte, noch näher auf Cherou zu. Dem einzigen Wesen, das ihr zumindest ein wenig vertraut war und von dem sie sich ein bisschen Schutz erhoffte. Auf einmal hörte sie ein leises Stampfen, das schnell lauter wurde. Kurze Zeit später wurde die Silhouette eines Draughs sichtbar, der auf die Mine zu eilte. Als das langbeinige Wesen die Mine betrat, erschauerte Saira bei dem erschreckenden Anblick, der sich ihr bot.

Der Draugh schien mehr als zehn Mal so groß zu sein wie sie. Der dunkle Panzer, der das ganze Wesen umgab, war mit unzähligen Auswüchsen übersät. Die riesigen Scheren an dem vordersten Extremitätenpaar wirkten genau so bedrohlich, wie die mächtigen Kieferwerkzeuge, die scheinbar niemals still standen. Nun kam auf einmal Bewegung in die Gruppe der Lingits. Wie auf einen unsichtbaren Befehl hin schwammen sie zu ihrem Arbeitsplatz und begannen Feuerstein zu schürfen. Nur Cherou rührte sich nicht vom Fleck. Der Draugh hielt kurz inne und blickte sich mit seinen kristallin glänzenden Stielaugen um. Sein Blick blieb schließlich auf Saira und Cherou haften. Er stampfte auf sie zu und baute sich vor den beiden Lingits auf.

»Ist die neue Sklavin etwa schon zur Arbeit bereit?« dröhnte seine raue Stimme.

Cherou verbeugte sich kurz. »Sicher, Genjai Torg, ganz wie ihr es wünscht«, versicherte er freundlich.

Der Draugh musterte nun Saira mit seinem kalten Blick. »Wie ist dein Name, Sklavin?«

»Mein Name ist Saira, Genjai Torg«, antwortete das Lingit-Mädchen höflich und verbeugte sich kurz.

Der Draugh lachte rau. »Wie es scheint, hast du wieder einmal ganze Arbeit geleistet, Cherou!«

Der verbeugte sich mit einer Eleganz, die kaum noch zu überbieten war. »So wie ihr es von mir gewohnt seid«, antwortete Cherou freundlich.

Saira bemerkte durchaus den Spott in Cherous Stimme, ließ sich aber nichts anmerken. Auch der Draugh reagierte nicht darauf. Entweder bemerkte er ihn nicht oder er überging ihn einfach.

»Dann weißt du sicher auch, dass es euch während der Arbeitszeit untersagt ist zu sprechen. Es sei denn, du musst etwas melden oder ich stelle dir eine Frage«, wandte sich Torg erneut an Saira.

»Das ist mir bekannt, Genjai Torg«, versicherte Saira so ruhig sie konnte.

»Gut, dann begebt euch jetzt auf eure Plätze und beginnt mit der Arbeit«, forderte Torg die beiden Lingits auf.

Cherou gab Saira einen kurzen Wink, damit sie ihm folgte. Er reihte sich in eine Lücke zwischen den anderen Lingits ein. Saira begab sich auf den Platz neben ihm. Sie grüßte den Lingit neben sich mit einem freundlichen Lächeln, doch der bedachte sie nur mit einem bedauernden Blick und beachtete sie dann nicht weiter. Etwas verwirrt nahm sie ihr Werkzeug zur Hand und begann zu schürfen. Sie fühlte sich nicht gerade wohl, zwischen den stur vor sich hin hackenden Lingits und spürte auch, wie Torg sie immer wieder beobachtete. So fiel es ihr am Anfang schwer, sich auf ihre Arbeit zu konzentrieren. Wenigstens schenkte Cherou ihr ab und zu einen freundlichen Blick, was sie zumindest ein wenig beruhigte. Als ihr Sammelbehälter erstmals mit Feuerstein gefüllt war, hörte sie hinter sich Torg heran stampfen und wurde recht nervös. Der Draugh kontrollierte kurz das gefüllte Gefäß. »Du leistest gute Arbeit, weiter so!« lobte er Saira und tauschte den vollen Behälter gegen einen leeren aus. Dann stampfte er mit dem gefüllten Container davon und stellte ihn am Rand der Miene ab, wo er später von einem anderen Draugh übernommen wurde.

»Wenigstens hat er heute gute Laune«, raunte Cherou und zwinkerte Saira zu, die daraufhin erleichtert lächelte und sich wieder ein wenig entspannte. Der Lingit neben Saira warf ihr einen abschätzenden Blick zu. Saira spürte deutlich die Abneigung, die er ihr entgegen brachte. Die abweisende Art der meisten Lingits hier wirkte sehr befremdlich auf sie und löste ein massives Unbehagen bei ihr aus, zumal sie den Grund dafür nicht kannte. Vielleicht konnte Cherou ihr später eine Antwort darauf geben. Die gesamte Atmosphäre in der Mine, das krampfhafte Schweigen der Lingits und die ständig Beobachtung durch den Draugh wirkte zunehmend belastender auf Saira. Allmählich schmerzten ihr auch noch die Arme von der anstrengenden Arbeit, während sich die Stunden scheinbar endlos dahin zogen. Auf einmal schreckte sie auf, als ein extrem lauter

Heulton die Mine durchzog. Im nächsten Moment ließen die Lingits ihre Werkzeuge fallen und schwammen in den hinteren Bereich der Mine.

»Komm, es ist Essenspause«, erklärte Cherou und ließ ebenfalls sein Werkzeug fallen. Saira tat es ihm erleichtert nach und folgte Cherou zu den anderen Lingits. Dort befand sich ein großer Behälter. Der darin enthaltene Ploppkelp wurde von einem älteren Lingit an die Arbeiter verteilt. Als Saira an der Reihe war, zögerte der alte Lingit kurz, übergab ihr dann aber mit einem freundlichen Lächeln ihre Portion. Saira bedankte sich mit einem kurzen Kopfnicken und lächelte zurück. Dann zog sie sich zusammen mit Cherou an den Rand der Mine zurück und verspeiste ihren Tang.

»Wie geht es dir?« fragte Cherou leise.

»Völlig erschöpft und die Arme tun mir weh«, antwortete Saira müde.

»Dann ruh' dich jetzt aus. Die Hälfte der Arbeitszeit hast du ja schon hinter dir«, bemerkte Cherou aufmunternd. »Wenn es dir zu anstrengend wird, arbeite einfach etwas langsamer. Ich werde dich so gut wie möglich unterstützen, dann bemerkt es Torg nicht.«

Saira schenkte ihm ein dankbares Lächeln und sah sich unsicher um. »Warum sind die eigentlich alle so abweisend?« fragte sie so leise sie konnte.

»Das erkläre ich dir später, nach der Arbeit«, flüsterte Cherou. »Mach es dir lieber noch ein bisschen bequem, bevor wir weiter arbeiten müssen.«

Damit musste sich Saira erst einmal zufrieden geben, also versuchte sie sich noch ein wenig zu entspannen. Trotzdem ging die Pause viel zu schnell vorbei und sie musste wieder zurück an die Arbeit. Diesmal schien sich die Zeit unendlich zu dehnen und Saira war durchaus nicht sicher, ob ihre Kräfte bis zum Ende der Arbeitszeit ausreichten. Irgendwann hämmerte und grub sie nur noch mechanisch vor sich hin, spürte, wie jeder Muskel ihrer Arme schmerzte und jede Bewegung zur Qual wurde. Cherou hatte ihr angedeutet, kleinere

Brocken zu schlagen, die nicht so schwer waren, aber auch das half irgendwann nichts mehr. Hätte Cherou ihr nicht geholfen, so hätte sie nie die vorgeschriebene Menge erreicht. Schließlich nahm sie kaum noch die Umgebung wahr, hörte nicht einmal mehr das Signal, welches das Ende des Arbeitstages ankündigte. Erst als Cherou sie behutsam am Weiterarbeiten hinderte, erwachte sie aus ihrer Trance. Zuerst blickte sie ihn nur verständnislos an, bis seine Stimme zu ihr durchdrang.

»Es ist vorbei, du hast es geschafft!« sprach er eindringlich.

Es dauerte einen Moment, bis sie begriff, was er sagte. Endlich ließ sie erleichtert ihr Werkzeug fallen.

»Komm, ich führe dich jetzt ins Sammellager, dort wo auch die anderen Lingits ihre Ruhestätte haben«, erklärte Cherou und gebot ihr zu folgen.

»Ist es weit weg?« fragte Saira total erschöpft.

»Nein, nur ein kurzes Stück von hier aus«, versicherte Cherou. »Dort werde ich mich erst einmal um dich kümmern, also halte durch, wir sind gleich da.«

Wieder ergab sich Saira in ihr Schicksal und folgte Cherou so gut sie konnte, aber die Strecke schien ihr ewig weit zu sein. Das Schauspiel vom Morgen wiederholte sich nun in umgekehrter Richtung. Große Schwärme von Lingits verließen die Minen und schlossen sich zusammen, um ihre Ruhestätten aufzusuchen. Auch Saira und Cherou wurden von einem großen Pulk begleitet, bis sie endlich ihr Ziel erreichten. Cherou führte Saira in eine riesige, gut beleuchtete Höhle in der sich bereits viele Lingits versammelt hatten. Die meisten hatten es sich einfach nur auf dem weichen Sandboden bequem gemacht. Nur einige wenige unterhielten sich leise miteinander. Etwas weiter abseits, am Rande der Höhle, hielt Cherou schließlich an und ließ sich zu Boden sinken, gefolgt von Saira, die froh war, sich endlich ausruhen zu können. Cherou bat sie darum, sich auf den Bauch zu legen, damit er ihr gegen die Schmerzen helfen konnte. Bereitwillig kam Saira seinem Wunsch nach und Cherou begann systematisch bestimmte Stellen auf ihrer Rückseite zu massieren. Die Wirkung war verblüffend. Innerhalb kurzer Zeit entspannten sich ihre verkrampften Muskeln und die Schmerzen ließen rasch nach.

»Fühlst du dich jetzt besser?« fragte Cherou nach der Behandlung.

»Oh ja! Schon viel besser!« antwortete Saira begeistert und räkelte sich wohlig im Sand. »Wie hast du das gemacht?« fragte sie neugierig.

»Ich arbeite auch als Heilkundiger, deshalb kenne ich mich auf diesem Gebiet ein wenig aus«, antwortete Cherou. »Ruh dich jetzt aus, du hattest heute einen schweren Tag. Hast dich aber gut gehalten«, lobte er sie.

»Ich hatte schon gedacht, der Tag geht nie zu Ende!« seufzte Saira müde.

»Das ergeht jedem am Anfang so, aber bald hast du dich an die Arbeit gewöhnt«, versicherte Cherou.

»Kannst du mir jetzt vielleicht erklären, warum die Lingits mir gegenüber so abweisend sind?« fragte Saira flüsternd.

»Du bist in ihren Augen ein so genannter Thae'Kor, eine Art falsches Wesen«, erklärte Cherou nach kurzer Pause. »Du bist weder ein Lingit noch das, was du vor deiner Verwandlung warst. Natürlich sind alle Thae'Kors aus einer anderen Welt und kommen aus einer anderen Kultur. Einer Kultur, die uns oft sehr fremdartig, ja manchmal sogar bizarr erscheint. Daraus resultierten oft sehr seltsame Verhaltensweisen, die auf uns Lingits meist sehr abstoßend wirken. Viele von uns haben da schon schlechte Erfahrungen gemacht. Allerdings gehen auch verschiedene Gerüchte über euch um, die größtenteils jedoch nicht der Realität entsprechen. Aber viele von uns schenken diesen Geschichten trotzdem Glauben, deshalb mögen die meisten Lingits euch nicht.« Als er ihren verunsicherten Blick auffing, meinte er beruhigend: »Mach dir keine Sorgen, du hast von ihnen nichts zu befürchten. Halt dich erst einmal fern von ihnen. Irgendwann werden sie dich schon akzeptieren.«

»Hoffentlich!« entgegnete Saira. »Im Moment fühle ich mich nämlich noch höchst unwohl zwischen den anderen Lingits.«

»Das ist verständlich«, antwortete Cherou. »Aber wenn du dich unauffällig benimmst und deine Arbeit machst, stören sie sich bald nicht mehr an deiner Herkunft.«

Saira räkelte sich noch einmal behaglich im Sand. »Ich glaube, ich schlafe gleich auf der Stelle ein. Ich bin so müde, dass ich kaum noch die Augen offen halten kann.«

»Dann solltest du dich besser auf den Rücken drehen«, riet ihr Cherou. »Sonst atmest du heute Nacht Sand ein und das kann sehr unangenehm werden. Dann bekommst du einen Hustenanfall und weckst die anderen Lingits auf, womit du dich ziemlich unbeliebt machst.«

»Wie du meinst...«, entgegnete Saira gähnend und drehte sich auf den Rücken. Kurze Zeit später kündeten ihre tiefen, gleichmäßigen Atemzüge davon, dass sie eingeschlafen war.

Cherou machte es sich neben ihr bequem und betrachtete sie nachdenklich. Zum ersten Mal seit langer Zeit war er sich über seine Gefühle nicht mehr ganz im Klaren. Früher hatte er ausser Mitleid nie etwas für die entführten Sklaven empfunden, aber bei Saira war das etwas Anderes. Ihre liebenswürdige, humorvolle und manchmal noch kindliche Art wirkten sehr anziehend auf ihn und machten sie ausgesprochen sympathisch. Erstmals fühlte er wieder eine gewisse Zuneigung, wie er sie schon lange nicht mehr erlebt hatte. Eigentlich konnte er sich solche Gefühle nicht leisten, denn er hatte eine Aufgabe zu bewältigen und würde sicher noch viele neue Sklaven betreuen und einarbeiten müssen. Außerdem war sie ja nicht einmal ein echter Lingit, aber irgendwie schien das keine Rolle zu spielen. Die lange Einsamkeit und das stumpfsinnige, harte Leben forderten allmählich ihren Tribut. Im Moment wusste er noch nicht, wie er mit seinen Gefühlen umgehen sollte. Also würde er sich erst einmal so gut wie möglich um Saira kümmern, in ihrer Nähe bleiben und sie beschützen, so gut er konnte, bis er sich über die Situation im Klaren war. Mit diesen Gedanken schlief er schließlich zufrieden neben ihr ein.

*

Torem war der Verzweiflung nahe. Es war bereits früher Vormittag und noch immer hatte er keine Spur von Saira entdeckt. Der Zauber, der das Portal erschaffen hatte, war so komplex, dass nicht einmal der Sonnenstein in der Lage war, seine Herkunft zu ermitteln. Eine Unmenge an Fallen, falschen Fährten, Täuschungs- und Abwehrzaubern durchwebte das unentwirrbare Geflecht aus Magie. Nur ein sehr starker Magier mit enormem Wissen konnte solch einen Zauber wirken. Doch was für ein Wesen war dieser Magier? Mussten sie weitere Angriffe von ihm fürchten? Wie konnten sie sich seiner erwehren? Der Sonnenstein hatte zu diesem Zweck bereits einen extrem starken Schutzschirm um den Planeten gelegt, doch auch er bot keinen absoluten Schutz vor erneuten Angriffen. Bisher hatten jedoch keine weiteren Entführungen stattgefunden. Obwohl die Magier Wuuns alle mit höchster Aufmerksamkeit ihre Umgebung überwachten, konnten sie bislang keine ungewöhnlichen Aktivitäten feststellen. Auch die Dämonen versuchten vergebens eine Spur von Saira zu entdecken. Die Tarnung des Portals war so perfekt, dass sich sämtliche Spuren in den höheren Dimensionen im Nichts verloren. So sehr sich auch alle bemühten, sank die Wahrscheinlichkeit das Velbenmädchen doch noch zu finden rapide.

*

Saira hackte, grub und schaufelte so schnell sie konnte, aber der riesige Berg aus Feuerstein, der sich vor ihr auftürmte, schien mit jedem Schlag ihres Werkzeugs immer schneller zu wachsen. Sie wusste nicht mehr, wie lange sie hier schon arbeitete. Ihr gesamter Körper bestand nur noch aus Schmerzen. Trotzdem versuchte sie mit aller Macht noch schneller zu arbeiten. Sie drosch immer heftiger auf den Feuerstein ein. Schlug immer größere Stücke aus ihm heraus und warf sie in den Sammelbehälter neben sich, der parallel zu dem Berg auch ständig weiter zu wachsen schien. Ihre Kräfte schwanden rasend schnell, ihr Werkzeug wurde mit jedem Schlag schwerer, doch mit der Kraft der Verzweiflung hackte sie weiter. Plötzlich schlug sie einmal zu hart zu und der Feuerstein ging rasend schnell in Flammen auf. Sie versuchte noch verzweifelt den Brand zu löschen, da stand schon der gesamte Berg in Flammen. Entsetzt sah Saira, wie sich brennende Stücke aus ihm lösten und hinab polterten. Der Berg wurde fortwährend instabiler. Immer größere Stücke lösten sich und prallten um sie herum zu Boden. Saira war wie gelähmt, kam einfach nicht von der Stelle, als der gesamte Berg schließlich in sich zusammen brach. Mit gewaltigem Getöse stürzte er hinab und begrub sie unter Tonnen von brennenden Trümmern ...

Saira fuhr hoch und sog erschrocken eine ganze Menge Wasser ein. Es dauerte einen Moment, bis sie begriff, dass alles nur ein böser Traum gewesen war. Zitternd und verwirrt sah sie sich um. Obwohl die Lichter der Halle erloschen waren, konnte sie doch gut sehen. Die Lingits um sie herum schliefen tief und fest, nur ihre Leuchtorgane glommen oder flackerten leicht. Zu ihrer Erleichterung bemerkte Saira, dass sie niemanden aufgeweckt hatte. Auch Cherou schlief neben ihr mit tiefen, ruhigen Atemzügen. Sie ließ sich zurück sinken und machte es sich wieder bequem. Doch der Traum hatte sie so sehr aufgewühlt, dass sie zuerst keine Ruhe fand. Erst als sie sich näher an Cherou anschmiegte und seine Nähe spürte, beruhigte sie sich wieder und verfiel schließlich in einen ruhigen Schlaf.

*

Plötzlich wurde Saira heftig geschüttelt. Verwirrt öffnete sie ihre Augen einen Spalt weit und erblickte noch verschwommen Cherous lächelndes Gesicht. »Was ist los, warum weckst du mich denn schon?« maulte sie verschlafen. »Ich bin doch gerade erst eingeschlafen!«

»Von wegen!« antwortete Cherou amüsiert. »Wenn du deine Augen aufmachst, kannst du sehen, dass die Hellphase bereits begonnen hat.«

Zögernd kam Saira seiner Aufforderung nach und blinzelte zuerst geblendet. »Aber ich bin doch noch so müde ...«

»Ich weiß«, bemerkte Cherou verständnisvoll. »Deshalb habe ich dich ja so lange wie möglich schlafen lassen. Jetzt müssen wir uns jedoch auf den Weg zur Mine machen, sonst bekommen wir nichts mehr zu essen.«

Saira war inzwischen vollständig wach und bemerkte, dass sich die große Höhle bereits größtenteils geleert hatte. So erhob sie sich etwas schwerfällig und folgte Cherou auf dem Weg zur Mine. Kurze Zeit später erreichten sie das hell erleuchtete Plateau, wo der alte Lingit vom Vortag bereits frischen Tang unter den Arbeitern verteilte. Auch Cherou und Saira reihten sich unter den wartenden Lingits ein. Als Saira an der Reihe war, zögerte der alte Lingit wieder.

»Ah, unsere Neue!« meinte er lächelnd und zog ein dickes Bündel Ploppkelp hervor. »Für dich habe ich eine extra große Portion reserviert.« Er beugte sich etwas nach vorne und flüsterte: »Aber sag's nicht weiter«, wobei er verschmitzt zwinkerte.

Saira senkte zuerst verlegen den Blick, bedachte ihn dann aber mit einem amüsierten Lächeln und antwortete nach kurzem Zögern: »Versprochen!« Sie nickte ihm dankend zu, worauf der alte Lingit ihr noch einmal mit Verschwörermiene zuzwinkerte.

Cherou hatte die ganze Szene amüsiert verfolgt. Als er schließlich an der Reihe war, reichte der alte Lingit auch ihm eine Portion Tang.

»Pass gut auf sie auf, sie ist noch so jung!« flüsterte der alte Lingit freundlich und ein wenig besorgt.

»Ganz bestimmt, alter Freund!« antwortete Cherou flüsternd und nickte ihm dankend zu. Dann gesellte er sich zu Saira am Rand der Mine.

»Wenigstens ist der Lingit bei der Essensausgabe nett zu mir«, sprach Saira leise.

»Der alte Flemm ist zu jedem nett. Er ist auch einer der ältesten Lingits und hat schon so einiges erlebt«, erzählte Cherou.

»Ihr beiden kennt euch wohl schon recht lange«, fragte Saira neugierig.

»Allerdings!« bestätigte Cherou. »Er hat mich und viele andere Lingits in den Minen eingearbeitet und mir fast alles beigebracht, was ich heute weiss. Eines Tages wurde er zu alt für die schwere Arbeit. Dann haben sie ihn der Essensausgabe zugeteilt. Das war sein Glück, denn wenn jemand nicht mehr zur Arbeit taugt, wird er in der Regel ...« Er wickelte einen der Tangstengel um seine Hand und zerriss ihn dann mit einem Ruck, worauf Saira ihn entsetzt ansah. »Aber der alte Flemm hat einfach zu viel Erfahrung, um ihn einfach los zu werden. Keiner versteht mehr vom Tang-Anbau und auch in der Kunst des Heilens kennt er sich besser aus, als jeder andere.«

»Willst du etwa damit sagen, dass man euch ...« Saira suchte nach Worten, »... einfach umbringt, wenn ihr zu schwach oder alt seid?« flüsterte sie schließlich entsetzt.

Cherou blieb ihr die Antwort schuldig, aber der Blick, den er ihr zu warf, schien ihre Behauptung zu bestätigen. In diesem Moment betrat Torg die Mine und ging gleich auf einige Lingits los, die sich zu spät erhoben hatten. »Wollt ihr wohl arbeiten, ihr faulen Schmarotzer, oder soll ich euch die Flossen stutzen!« schnaubte der Draugh lauthals und ließ seine großen Scheren drohend aufeinander schlagen, worauf sich die Lingits beeilten, ihre Plätze einzunehmen.

»Pass auf, heute hat er schlechte Laune!« raunte Cherou Saira zu.

Sie warf einen kurzen Blick über sie Schulter und sah, wie sich der Draugh drohend hinter ihnen aufbaute. Wieder kroch die Angst in ihr hoch. Obwohl sie sich vom vorherigen Tag noch nicht erholt hatte, versuchte sie so schnell und konzentriert wie möglich zu arbeiten, wenngleich ihr schon nach kurzer Zeit die Arme wieder schmerzten. Auch die anderen Lingits arbeiteten noch verbissener und die angstvolle Stille, die über der Mine lag, wirkte äußerst beklemmend auf Saira. Doch ihr Martyrium wurde noch verschlimmert, als Torg zu einem späteren Zeitpunkt plötzlich einen der Lingits völlig grundlos anschrie und ihn beschuldigte zu langsam zu arbeiten. Dann ergriff er schon den Lingit mit seinen großen Scheren und zerrte ihn brutal nach hinten. Der bettelte vergeblich um Gnade, als Torg ihn vor sich in den Sand presste und anschließend mit extrem lauten Sonarimpulsen traktierte. Sein Opfer wälzte sich schreiend und winselnd im Sand, während Torg ihn gnadenlos immer weiter quälte. Das Geschrei des Lingits war für Saira kaum zu ertragen. Die Sonarimpulse waren selbst für sie noch schmerzhaft laut, wie schlimm musste es dann erst für den armen Lingit sein! Als Saira zögerte, zischte Cherou ihr zu: »Mach weiter!« Saira warf ihm einen verzweifelten Blick zu, befolgte aber seine Aufforderung. Torg machte keine Anstalten, seine Bestrafung zu beenden, sondern quälte den Lingit immer weiter mit seinem Sonar.

»Wann hört er denn nur endlich damit auf?« flüsterte Saira den Tränen nahe.

»Kümmere dich nicht um ihn und arbeite weiter, sonst bist du als nächstes dran!« zischte der Lingit neben ihr drohend. Sein Blick ließ keinen Zweifel daran, wie ernst er es meinte.

In diesem Moment beendete Torg endlich das Martyrium seines Opfers und ließ ihn frei. Der Lingit schwamm torkelnd zu seinem Platz zurück. Er zitterte so stark, dass er kaum sein Werkzeug halten konnte.

»Lasst euch das eine Lehre sein! So wird es jedem von euch gehen, der nicht richtig arbeitet!« rief Torg drohend und baute sich wieder hinter den Lingits auf.

Saira war einerseits erleichtert, andererseits hatte sie die grausame Bestrafung, die dazu noch völlig unberechtigt war, so erschüttert, dass sie sich kaum auf die Arbeit konzentrieren konnte. Jedesmal, wenn der Draugh in ihre Nähe kam, zuckte sie zusammen, in der

Erwartung, als nächste bestraft zu werden. Trotzdem strengte sie sich an, um so viel Feuerstein wie möglich zu schürfen, auch wenn ihre Arme schrecklich schmerzten. Schließlich erschien ihr das Signal, das die Essenspause einleitete, wie eine Erlösung. Sie holte sich wortlos ihren Tang und ließ sich etwas weiter abseits der restlichen Sklaven auf dem Sand nieder. Der alte Flemm hatte ihr diesmal nur einen mitleidsvollen Blick zugeworfen. Auch Cherou ließ sich neben ihr nieder. Als Saira mit ausdruckslosem Gesicht wortlos auf ihrem Tang herumkaute, fragte er besorgt:

»Ist mit dir alles in Ordnung?«

Saira warf ihm nur einen kurzen Blick zu und nickte. Immer wieder ging ihr die schreckliche Szene der Bestrafung des Lingits durch den Kopf. Immer wieder hörte sie das entsetzliche Geschrei des gequälten Opfers. Zum ersten Mal in ihrem Leben verspürte sie richtige Angst. Sie wusste im Moment einfach nicht, wie sie damit umgehen sollte, da spürte sie Cherous Hand auf ihrer Schulter.

»Ich weiß, wie du dich fühlst«, sprach er sanft. »Uns allen ist es am Anfang ähnlich ergangen. Auch wir mussten lernen, mit der Ungerechtigkeit und der Grausamkeit unserer Herrscher zu leben. Versuch dich einfach durch die Arbeit von deinen Gefühlen abzulenken.« Darauf schenkte er ihr noch einen aufmunternden Blick. »Irgendwann macht es dir nichts mehr aus!«

Davon war Saira zwar weniger überzeugt, aber sie warf Cherou trotzdem einen dankbaren Blick zu. Dann war die Pause auch schon wieder zu Ende.

*

Der Rest des Arbeitstages verlief ohne weitere Zwischenfälle, so dass Saira zu ihrer Erleichterung keine weiteren Bestrafungen mehr miterleben musste. Sie versuchte zwar, Cherous Rat zu befolgen und konzentrierte sich so gut wie möglich auf ihre Arbeit, aber die gedrückte Stimmung in der Mine konnte sie doch nicht vollständig

ignorieren. Auch den anderen Lingits schien es nicht besser zu er-
gehen. Mit ausdruckslosen Gesichtern hackten, gruben und schaufelten
sie noch verbissener als sonst, während Torg mit drohend geöffneten
Scheren hinter ihnen patrouillierte und scheinbar jede Bewegung
genau kontrollierte. Die Zeit schien sich unendlich zu dehnen und
zum ersten Mal in ihrem Leben sehnte Saira das Ende des Tages herbei.
Sie fühlte kaum noch ihre Arme und auch der Rest ihres Körpers
wollte nicht mehr gehorchen. Noch nie zuvor war sie jemals so erschöpft und am Rande ihrer Kräfte gewesen, als endlich das erlösende
Signal das Ende der Arbeitszeit verkündete. Sie ließ einfach ihr
Werkzeug fallen und beeilte sich, trotz ihrer Müdigkeit, die Mine so
schnell wie möglich zu verlassen. Kurze Zeit später schloss Cherou
zu ihr auf und schwamm schweigend neben ihr her. Auch er hing
seinen Gedanken nach. Obwohl er schon viele Bestrafungen miterlebt
hatte, war er doch jedes Mal wieder entsetzt, wenn einer der Lingits
die Tortur ertragen musste. Das brutale und ungerechte Verhalten
der Draughs machte ihn manchmal heute noch wütend, vor allem,
weil ihm die Lingits völlig wehrlos ausgeliefert waren. Er hatte
gehofft, dass Saira nicht gleich mit diesem dunklen Kapitel ihres
Daseins konfrontiert wurde. Auf der anderen Seite wusste sie nun,
was sie erwartete, wenn sie sich nicht in die Ordnung fügte. Es
würde sich zeigen, wie sie damit umgehen konnte.

*

Thurgun blickte sichtlich zufrieden auf die ihm vorliegende
Information über die Menge an Feuerstein, die seine Sklaven heute
in der Sergon-Mine geschürft hatten. Das Ergebnis übertraf die
abgebaute Menge aus der Gilgoia-Mine deutlich. Torgs kleine Straf-
aktion hatte also durchaus ihre Wirkung nicht verfehlt und die Lingits
zu noch mehr Leistung angetrieben. Auf diesen Draugh war, wie
immer, Verlass! Thurgun würde ihm demnächst seinen Dank in
Form eines kleinen Lingits zukommen lassen, den der Draugh dann

genüsslich zerreißen und verspeisen konnte. »Zu mehr waren diese Lingits sowieso nicht zu gebrauchen!« dachte Thurgun abfällig. Wenigstens leistete die neue Sklavin gute Arbeit. Zuerst hatte er sich geweigert einen Thae'Kor in seine Gruppe aufzunehmen. Da aber im Moment kein echter Lingit zu bekommen war, hatte er schließlich notgedrungen eingewilligt, um möglichst schnell den fehlenden Sklaven zu ersetzen. Bisher hatte er seine Entscheidung nicht bereut. Pegrell, der Leiter der Gilgoia-Mine, würde nun bestimmt vor lauter Ärger mit seinen acht Armen rudern, weil seine Schürfmenge geringer war, dachte sich Thurgun schadenfroh und rieb vier seiner Arme aneinander. Das musste gefeiert werden, dachte er gut gelaunt und machte sich auf den Weg zum Vergnügungsviertel.

*

Saira ließ sich am Rande der großen Schlafhöhle etwas abseits der anderen Lingits zu Boden sinken und machte es sich im weichen Sand so bequem wie möglich. Ihr ganzer Körper schmerzte und die schrecklichen Erlebnisse des heutigen Tages machten ihr immer noch zu schaffen. Sie wollte einfach nur noch ihre Ruhe haben. Immer wieder erlebte sie im Geiste die grausame Bestrafung des Lingits. Sah, wie Torg ihn brutal ergriff und weg zerrte, ihn dann mit seinem Sonar quälte, hörte die schrecklichen Schreie des wehrlosen Opfers, spürte die Angst der restlichen Lingits! Allmählich kam Panik in ihr auf und sie begann unbewusst zu zittern, während sie mit schreckgeweiteten Augen ins Leere starrte. Cherou bemerkte es, legte behutsam einen Arm um ihre Schultern und fragte besorgt: »Was ist denn los mit dir?«
»Ach Cherou, diese schreckliche Bestrafung, ich kann es einfach nicht ...« der Rest ging in leisem Schluchzen unter, als sich ihre Anspannung endlich in Form eines heftigen Weinkrampfs löste. Cherou drückte sie zärtlich an sich, während sie ihn zitternd umklammerte. Er hatte nicht erwartet, dass sie dieses Erlebnis so sehr

61

entsetzte. Sie musste bisher ein recht behütetes Leben ohne Angst und Gewalt geführt haben, sonst würden sie solche Ereignisse nicht so erschüttern, mutmaßte er.

Tatsächlich hatte Saira bisher eine völlig unbeschwerte Kindheit genossen und kannte praktisch keinerlei Gewalt oder Grausamkeit. Auf ihrer Heimatwelt Wuun führten alle ein friedliches Leben. Zwar hatte es in der Vergangenheit des Planeten einmal eine schlimme Zeit gegeben, als die Mächte der Finsternis auf ihrer Welt Angst und Schrecken verbreitet hatten. Doch das war lange vor Sairas Geburt gewesen. Die Wunden dieser schrecklichen Zeit waren längst verheilt und die Bewohner Wuuns führten wieder ein ruhiges und harmonisches Leben. Man stand sich gegenseitig bei und respektierte einander. So war auch Saira wohl behütet aufgewachsen, mit all der Liebe und Zuneigung, wie man es sich nur wünschen konnte. Deshalb erschreckte sie auch das grausame Verhalten auf Turoon so sehr und verunsicherte sie zutiefst. Es dauerte lange, bis Saira sich wieder beruhigt hatte und ihren Griff lockerte. Cherou schob sie sanft von sich, streichelte ihr zärtlich über die Wangen und fragte behutsam: »Geht es dir jetzt besser?«

Saira hob den Blick und sah ihn mit tränenverschleierten Augen an, nickte dann aber wortlos.

»Ich kann gut verstehen, dass dich das brutale Verhalten von Torg schockiert. Wir alle mussten erst lernen, uns damit abzufinden. Die meisten versuchen einfach nicht daran zu denken, oder konzentrieren sich nur auf die Arbeit. Etwas anderes bleibt uns auch nicht übrig, sonst würden wir alle vor Angst verrückt werden!« erklärte Cherou verständnisvoll.

Saira schluckte ein paar Mal kräftig und fragte dann unsicher: »Habt ihr euch denn nie dagegen gewehrt?«

»Oh doch, es gab sogar regelrechte Aufstände deswegen!« versicherte Cherou. »Aber die Duumars und ihre Helfer haben sie mit brutaler Gewalt beendet und die Anführer auf so grausame Weise bestraft, dass wir es seither nicht mehr gewagt haben uns aufzulehnen.

Es würde auch nur zu weiterem sinnlosem Blutvergießen führen.«
Saira sah ihn wieder entsetzt an. »Warum sind denn alle nur so grausam und ungerecht auf dieser Welt?« fragte sie schließlich verständnislos.

»Die Duumars und ihre Helfer haben ihre eigene Auffassung von Gerechtigkeit. So lange sie stärker sind als wir, wird sich daran auch nichts ändern!« erklärte Cherou. »Mach dir keine Gedanken darüber. Wir haben uns alle schon die gleiche Frage gestellt und kommen auch zu keiner Lösung. Wir müssen es eben akzeptieren, so schwer es uns auch fällt. Wir haben keine andere Wahl!« Dass einige der Lingits auch schon Selbstmord in den magischen Fallen begangen hatten, weil sie die Grausamkeiten nicht länger ertragen konnten, behielt Cherou lieber für sich, um Saira nicht noch mehr zu schockieren. »Aber mach dir keine Sorgen, die neuen Sklaven hat Torg bisher immer verschont, weil sie sich erst an die harte Arbeit gewöhnen müssen. Du hast also im Moment nichts zu befürchten«, versicherte Cherou. »Nun versuch dich zu entspannen. Du hast heute viel gearbeitet und musst dich erholen.«

Saira nickte und blickte ihn dann etwas verlegen an. »Würdest du mich ein wenig halten?« fragte sie schließlich leise.

Cherou schenkte ihr ein verständnisvolles Lächeln und meinte: »Gerne, wenn es dir gut tut.« Dann machte er es sich neben Saira bequem, legte einen Arm um sie und drückte sie sanft an sich, während sich Saira an ihn schmiegte. »Gut so?« fragte er freundlich.

»Ja, danke!« antwortete Saira leise. Cherous Nähe tat ihr gut und wirkte beruhigend auf sie. Allmählich entspannte sie sich und ihre Angst ließ nach.

Auch Cherou genoss die sanfte Berührung ihres Körpers. Es war lange her, seit er das letzte Mal ein Lingit-Mädchen in den Armen gehalten hatte. Es tat einfach gut, die Nähe eines anderen Wesens zu fühlen, auch wenn Saira kein echter Lingit war. Sie unmittelbar neben sich zu spüren war mehr als angenehm und Cherou fühlte erstmals seit langer Zeit wieder ein Gefühl der Zuneigung. Er streichelte

Saira sanft über den Kopf und bemerkte kurze Zeit später, wie sie in seinen Armen einschlief.

*

Am nächsten Morgen schreckte Saira mit dem Klang des Wecksignals hoch und sank gleich darauf wieder stöhnend in den Sand. Ihr ganzer Körper schmerzte und bei jeder Bewegung schienen sämtliche Muskeln zu rebellieren.

»Bleib liegen und bewege dich möglichst wenig«, riet ihr Cherou freundlich und hielt ihr einige fremdartig aussehende Blätter hin. »Hier, iss das, dann fühlst du dich gleich besser und die Schmerzen lassen nach.«

Saira stopfte sich die Blätter gehorsam in den Mund und verzog kurze Zeit später angewidert das Gesicht.

»Ich habe mir gleich gedacht, dass dir die Blätter bestimmt gut schmecken,« meinte Cherou breit grinsend. »Man könnte sich glatt daran gewöhnen.«

Saira würgte die Blätter hinunter und trank erst einmal einige Schlucke Wasser, um den grässlichen Geschmack los zu werden. »Brrr, das schmeckt ja scheußlich!« schimpfte sie.

»Ihr Jungflossen wisst einfach nicht, was gut ist«, zog Cherou sie auf.

»Von wegen!« maulte Saira. »Da schmeckt ja euer Ploppkelp noch regelrecht lecker dagegen!«

»Wie ich sehe, kommst du allmählich auf den Geschmack«, frotzelte Cherou weiter.

»Du bist unmöglich!« schimpfte Saira in gespieltem Ärger.

»Und du siehst süß aus, wenn du dich ärgerst«, konterte Cherou.

Saira fuhr hoch und stemmte die Arme in die Seiten. »Das sagt mein Vater auch immer, wenn er Mutter oder mich mit seinen Späßen aufzieht!«

»Er hat ja recht!« bestätigte Cherou grinsend. »Dir scheint es ja schon wieder ganz gut zu gehen,« behauptete er nach einer kurzen Pause.

Tatsächlich hatten die Schmerzen deutlich nachgelassen und Saira konnte sich wieder leichter bewegen. »Das scheußliche Kraut hat wirklich geholfen!«

»Ich kann dir gerne noch mehr davon besorgen, wenn es dir so gut schmeckt«, meinte Cherou so beiläufig wie möglich.

Saira bedachte ihn mit einem vernichtenden Blick. »Du bist wirklich unmöglich!«

»Und ich bin hungrig, also lass uns zur Mine schwimmen«, meinte Cherou mit einer auffordernden Geste. »Zu deinem geliebten Ploppkelp«, worauf er von Saira erneut einen strafenden Blick kassierte.

»Frecher Kerl!« brummte sie in gespieltem Ärger. Als Cherou los schwimmen wollte, hielt sie ihn noch kurz zurück und senkte verlegen den Blick. »Danke übrigens, dass du gestern so lieb und verständnisvoll zu mir warst.«

Cherou schenkte ihr ein liebenswürdiges Lächeln. »Ist schon in Ordnung, Jungflosse«, antwortete er freundlich. Dann schwammen sie zusammen los. »Übrigens wird die Wirkung der Blätter mit der Zeit nachlassen. Versuche bis zur Essenspause durchzuhalten. Ich habe Flemm darum gebeten, dir nochmal einige Blätter zusammen mit dem Tang zu geben, damit du den heutigen Tag durchstehst.«

»Danke, das ist wirklich lieb von dir«, antwortete Saira gerührt. »Auch wenn das Zeug absolut scheußlich schmeckt!«

*

Zu Sairas Erleichterung verliefen die nächsten Arbeitstage ohne weitere Zwischenfälle, so dass sie keine Bestrafungen mehr miterleben musste. Auch gewöhnte sie sich allmählich an die harte Arbeit und das eintönige Dasein.

Dagegen konnte sich Thurgun ganz und gar nicht daran gewöhnen, dass in der Gilgoia-Mine erneut deutlich mehr Feuerstein abgebaut worden war, als in seiner Sergon-Mine. Dieser hinterhältige Pegrell hatte sich einfach einen weiteren Sklaven besorgt und trieb seine

Arbeiter zum Äußersten. Ihm war wirklich jedes Mittel zum Erfolg recht, aber er sollte nicht lange triumphieren. Wenn seine Herren diesem Sklaventreiber Pegrell einen weiteren Mitarbeiter genehmigten, so mussten sie auch ihm zusätzliche Sklaven zuteilen. Also machte sich Thurgun sofort daran, sein Vorhaben in die Tat umzusetzen. Er würde es diesem Schinder Pegrell schon zeigen!

*

Bereits zwei Hellphasen später wurde Cherou nach der Arbeit zu Thurgun gerufen. Als er kurze Zeit später in die Schlafhöhle zurück kehrte konnte sich Saira schon denken, was er ihr zu sagen hatte.

»Leider muss ich schon wieder einen neuen Sklaven einlernen«, erklärte Cherou bedauernd. »Sie werden ihn schon zur nächsten Hellphase liefern.«

»Was, so schnell!« rief Saira überrascht.

»Ich bin selbst erstaunt, dass Thurgun erneut einen Sklaven anfordert«, antwortete Cherou.

»Dann bist du also schon morgen nicht mehr mit mir in der Mine«, meinte Saira enttäuscht und gleichzeitig verunsichert. Sie hatte gehofft, dass noch einige Zeit vergehen würde, bis sie völlig auf sich allein gestellt in der Mine arbeiten musste.

»Es ist ja nur für wenige Hellphasen, bis ich den neuen Sklaven eingearbeitet habe«, versuchte Cherou sie zu trösten. »Mach dir keine Sorgen. Du wirst auch sehr gut alleine zurecht kommen. Inzwischen muss ich dich ja nicht einmal mehr rechtzeitig wecken, du Traumschwimmer!«

Über Sairas Gesicht huschte ein kurzes Lächeln. Sicherlich hatte sie sich einigermaßen eingelebt, aber Cherous Nähe gab ihr doch immer noch einen gewissen Halt. Zudem hatte sie von den anderen Lingits nichts zu befürchten, die sie zwar ausgrenzten, ansonsten aber in Ruhe ließen. Jedoch fühlte sie sich bei dem Gedanken durchaus nicht besonders wohl, nun gänzlich auf sich allein gestellt zu sein. »Ich schätze, du wirst mir sehr fehlen«, gestand sie leicht verlegen.

»Keine Sorge, du schaffst das schon!« versicherte Cherou. »Wie gesagt, es ist ja auch nur für wenige Hellphasen. Wenn es irgendein Problem gibt, kannst du dich ja jederzeit an Flemm wenden. Er wird dir bestimmt behilflich sein.« Ich werde dich ebenso vermissen, ergänzte er im Geiste, sprach es aber lieber nicht aus. Auch wenn er es sich am Anfang nicht eingestehen wollte. Er hatte diese warmherzige, manchmal noch ein wenig naive Thae'Kor doch lieb gewonnen und empfand mehr für sie, als bloße Sympathie. »Außerdem musst du dich dann für ein paar Hellphasen nicht mit mir herumärgern!« scherzte er, um seine Gefühle zu verbergen.

»Das tue ich nicht«, widersprach Saira sanft. »Auch wenn du manchmal unmöglich bist!« meinte sie zwinkernd.

»Wer ... ich?« fragte Cherou mit gespielter Empörung und setzte dabei das harmloseste Gesicht auf, zu dem er fähig war.

»Ja, du!« bestätigte Saira.

»Und du bist die frechste Jungflosse, die mir je begegnet ist!« konterte Cherou und zwickte sie in die Bauchgegend, worauf Saira kichernd zusammen zuckte. Dann machten sie es sich auf dem weichen Sand nebeneinander bequem und Cherou strich ihr sanft über die Wange. »Mach dir keine Sorgen, du kommst bestimmt auch ganz gut alleine zurecht. Solange du gut arbeitest und nicht weiter auffällst, kann dir nichts passieren.«

»Das hoffe ich«, antwortete Saira unsicher.

»Und ich hoffe, dass der neue Sklave genau so schnell lernt, wie du«, gestand Cherou. »Ich muss zwar in dieser Zeit nicht in der Mine arbeiten, aber es war in der Vergangenheit oft nicht leicht, die Sklaven auf ihr neues Leben hier vorzubereiten.«

»Es ist schon grausam genug, einfach von der Heimatwelt hierher entführt zu werden!« bemerkte Saira verärgert. »Doch dann zu erfahren, dass man den Rest seines Lebens als Sklave arbeiten soll, ist zumindest am Anfang kaum zu ertragen!«

»Das ist für mich auch immer der schwerste Moment, das kannst du mir glauben!« bestätigte Cherou mit gesenktem Blick.

Saira sah ihn darauf hin nur mitleidig an. »Das kann ich gut verstehen, so erginge es mir wahrscheinlich ebenso«, bestätigte sie verständnisvoll. »Möchtest du darüber reden?«

»Ein andermal vielleicht«, antwortete er ausweichend. »Genießen wir lieber noch einmal diese Dunkelphase zusammen.«

»Wie du möchtest«, antwortete Saira und schenkte ihm ein liebenswürdiges Lächeln. Dann schmiegte sie sich noch näher an Cherou heran und beide genossen die Nähe des anderen.

*

Der Abschied am nächsten Morgen fiel beiden schwer und Saira hatte durchaus ein mulmiges Gefühl, als sie zum ersten Mal alleine zur Mine schwamm. Doch der Tag verlief wie gewohnt. Nur während der Pause vermisste sie Cherou, weil die anderen Lingits sie einfach ignorierten und sie in dieser Zeit nun ganz alleine war. Nach der Arbeit nutzte Saira erstmals die Zeit, um sich in der Nähe der Schlafhöhle näher umzusehen. So unauffällig wie möglich bewegte sie sich in den erlaubten Gebieten und untersuchte die magischen Barrieren und Fallen die sie umgaben. Viele der Zauber waren ihr noch fremd, andere viel zu stark, um sie zu überwinden. Schließlich kehrte sie, ohne eine geeignete Stelle gefunden zu haben, in die Schlafhöhle zurück, weil die Dunkelphase begann. Saira hoffte in anderen Bereichen fündig zu werden. Irgendwo gab es gewiss einen Zauber, den sie überwinden konnte. Sie musste nur Geduld haben und sich unauffällig weiter umsehen. Bestimmt würde sie eine Stelle finden, durch die sie entwischen konnte. Vielleicht gab es dann da draußen irgend eine Möglichkeit, mit dem Sonnenstein, oder den Dämonen Kontakt aufzunehmen, damit sie endlich nach Hause zurückkehren konnte. Bei diesen Gedanken kamen ihr erstmals wieder Erinnerungen an ihre frühere Heimat Wuun in den Sinn. Erinnerungen, die sie bisher weit von sich geschoben hatte, da sie zu schmerzhaft waren. Sie dachte erneut an ihre Eltern, deren Verzweiflung sicher keine Grenzen kannte, nun ihrer einzigen Tochter beraubt, die sie so liebevoll und gütig aufgezogen hatten. Wo Saira eine völlig unbeschwerte Kindheit verbrachte. Wieder sah sie vor ihrem geistigen Auge ihr Dorf inmitten der prächtigen Wälder ihrer Heimatwelt. Sah deren Bewohner, die bestimmt alle um sie trauerten, vor allem die Kinder und Jugendlichen, die mit ihr zusammen aufgewachsen waren...Nein! Sie durfte nicht daran denken! Es schmerzte einfach zu sehr! Sie schluckte heftig, als ihr von neuem Tränen in die Augen stiegen. Wie sie es auch immer anstellte, irgendwie musste sie wieder nach Hause zurückkehren! Dieser schreckliche Ort, voller Grausamkeit und Brutalität, würde nie zu ihrer Heimstätte werden! Auch die anderen armen entführten Opfer gehörten nicht hierher! Vielleicht konnte Saira ihnen helfen, endlich wieder in ihre Heimat zurückzukehren. Doch dazu musste sie erst einmal von hier weg! So nahm sie sich vor, bis zu Cherous Rückkehr weiter intensiv nach einer Stelle zu suchen, die ihr die Flucht ermöglichte. Es musste doch eine Chance geben, von hier zu entfliehen! Irgendwo gab es bestimmt eine Stelle in der magischen Wand, die sie unauffällig mit ihren magischen Kräften durchdringen konnte. Sie durfte nur nicht aufgeben, musste aber auch vorsichtig sein, damit sie sich nicht verriet. Die Aussicht auf eine baldige Flucht von diesem schrecklichen Ort wirkte beruhigend auf Saira. Mit diesen Gedanken schlief sie schließlich zufrieden ein.

*

Sie hatten ihm schon wieder ein Landlebewesen geliefert! Warum entführten sie nicht wenigstens Wesen von anderen Wasserwelten, das würde ihm seine Aufgabe doch sehr erleichtern. Es war nochmals ein weibliches Wesen, eigentlich noch viel zu jung und zu zierlich für die Arbeit in den Minen. Cherou ahnte bereits, dass dies abermals ein schweres Stück Arbeit sein würde. Wenn sie den Schock überhaupt überwand, blieb immer noch fragwürdig, wie geschickt sie sich anstellte und wie schnell sie lernte. Er konnte nur hoffen, dass sie sich genau so rasch einlebte wie Saira. Doch angesichts ihrer zierlichen Gestalt schien es nicht sehr wahrscheinlich, dass sie für das Schürfen von Feuerstein besonders geeignet war. Das bedeutete eine längere Einlernzeit und darüber wäre Thurgun bestimmt wieder mächtig verärgert! Auch Torg würde beim Anblick des zarten Wesens gewiss nicht gerade begeistert sein. Es standen Cherou also erneut eine ganze Menge Unmut und Schwierigkeiten bevor. Nun gut, es war nicht das erste Mal, dass er mit solchen Problemen konfrontiert war. Er würde seine Aufgabe auch diesmal so gut wie möglich erfüllen. Seine Gedanken schweiften kurz ab zur Mine, in der Saira nun erstmals ganz auf sich alleine gestellt war. Er hoffte, dass es ihr soweit gut ging und dass sie zurecht kam. Schließlich musste er sich sogar eingestehen, dass er sie tatsächlich vermisste. Dieses Gefühl hatte er lange nicht gekannt, aber es war angenehm, wieder einmal für ein weibliches Wesen eine gewisse Zuneigung zu empfinden. In diesem Moment regte sich die neue Sklavin und Cherou musste sich wiederum ganz auf seine bevorstehende Aufgabe konzentrieren. Abermals musste er einem Geschöpf klar machen, dass man es seiner Zukunft beraubt hatte. Da schlug die junge Sklavin zum ersten Mal in ihrem neuen Leben die Augen auf.

*

Der nächste Arbeitstag verlief ebenso ereignislos. Obwohl Torg die Lingits zu noch höherer Leistung nötigte, um Cherous Fehlen auszugleichen, fand Saira nach der Arbeit noch genug Kraft, um ihre Suche nach einer geeigneten Stelle zur Flucht fortzusetzen. Wieder streifte sie so vorsichtig wie möglich an den magischen Barrieren entlang, achtete darauf, von niemandem beobachtet zu werden. Zum Schutz legte sie noch einen Wach-Zauber um sich, der ihr die

Annäherung anderer Lebewesen melden würde. Ihre Suche blieb auch diesmal längere Zeit erfolglos. Sie wollte schon für den heutigen Tag aufgeben und zur Schlafhöhle zurück schwimmen, als sie auf einmal die Signatur eines bekannten Zaubers spürte. Vorsichtig näherte sie sich der Stelle und sah sich um. Das Gelände war hier völlig offen und kein Lebewesen konnte sich unbemerkt anschleichen. Zwar war Saira nun auch gut zu sehen, aber so weit von der Schlafhöhle entfernt war ihr bisher noch kein größeres Lebewesen begegnet. Vorsichtig tastete sie den Zauber ab, prüfte seine Funktion und seine Grenzen. Er war kompliziert, aber Saira war durchaus in der Lage, ihn soweit zu begrenzen, dass eine Öffnung entstand, durch die sie unbemerkt entwischen konnte. Triumphierend rieb sie sich die Hände. Endlich hatte sie eine Möglichkeit zur Flucht gefunden! Schon wollte sie sich auf den Zauber konzentrieren, um ihn soweit zu begrenzen, dass sie in der Lage war, hindurch zu schlüpfen. Da alarmierte sie plötzlich ihr Wach-Zauber über die Annäherung eines fremden Lebewesens! Saira sah sich erschrocken um, konnte aber zuerst nirgends etwas erkennen. Erst, als sie den Kopf hob, sah sie einen großen Galanx direkt von oben auf sie zu schwimmen. Er hatte sie wohl noch nicht entdeckt, weil er so gemächlich dahin schwamm, aber er konnte sie jeden Moment erspähen! Panik stieg in ihr auf. Hier in dem offenen Gelände gab es keinerlei Versteckmöglichkeiten. Wenn dieser Wächter sie bemerkte, hätte das bestimmt sehr unangenehme Folgen für sie, denn sie durfte sich hier eigentlich nicht aufhalten! Der Galanx kam immer näher! Was sollte sie nur tun? Verzweifelt sah sie sich um, aber es gab wirklich keine Möglichkeit sich zu verstecken! Schon war der Galanx so nah, dass er sie jeden Moment entdecken würde! Da tat Saira das einzig Richtige. Sie ließ sich auf den Sand sinken und wirkte einen Zauber, der sie unsichtbar machte. Das Problem war nur, dass dieser Zauber sehr viel Kraft kostete, so dass sie ihn nicht lange aufrecht erhalten konnte. Ausserdem beherrschte sie ihn noch nicht vollständig. Solange sie sich nicht bewegte, war alles in Ordnung. Doch jede noch so kleine

Bewegung würde zumindest ihre Konturen sichtbar machen, weil am Rand des Zaubers geringe Unregelmäßigkeiten auftraten, die nur ein erfahrener Magier unterbinden konnte. Dazu würde jedes leichte Flackern ihre Leuchtorgane durch den Zauber hindurch schimmern und sie verraten! Der Galanx war nun genau über Saira. Sie spürte sogar die Wasserströmungen, die sein Körper verursachte. Trotz ihrer Panik versuchte sie ruhig zu bleiben. Jetzt nur nicht bewegen und ja kein Licht abgeben! Der Galanx schien sie nicht bemerkt zu haben, denn er musterte nur scheinbar gelangweilt die Umgebung. Dann blickte er genau in ihre Richtung. Hatte er doch ihre Konturen bemerkt? Sein Blick blieb länger auf sie gerichtet. Saira wagte kaum zu atmen. Da entsann sie sich, dass der Zauber sie nur rein optisch schützte. Wenn er jetzt seinen Sonar benutzte, würde er sie sofort entdecken! Der Blick des Wächters war immer noch auf sie gerichtet. Saira konnte kaum noch ein Zittern unterdrücken. Zudem entzog ihr der Zauber immer mehr Kraft, so dass sie ihn bald nicht länger aufrecht erhalten konnte, aber der Galanx bewegte sich nicht von der Stelle. Sie ließ ein Stoßgebet los, dass er endlich weg schwimmen sollte, doch erst als Saira schon einer Ohnmacht nahe war, zog der Galanx schließlich mit langsamen Bewegungen weiter. Völlig entkräftet löste Saira den Zauber auf und lag schwer atmend im Sand. Das war gerade noch einmal gut gegangen! Sie hob den Kopf und sah sich vorsichtig um, aber es war niemand in der Nähe. Selbst diese Bewegung kostete sie enorme Anstrengung, doch sie musste zurück schwimmen, bevor die Dunkelphase begann, sonst würde man ihr Fehlen bemerken. So mobilisierte sie schließlich all ihre Reserven und schleppte sich mit letzter Kraft zur Schlafhöhle. Der Weg schien unendlich weit zu sein. Allmählich begann ihr sogar schon die Sicht zu verschwimmen. Sie sah den Eingang der großen Höhle nur noch als unscharfe, leuchtende Kontur und hoffte, mit keinem anderen Lingit zusammen zu stoßen, während sie hindurch schwamm. An der nächstmöglichen Stelle ließ sie sich in den Sand sinken, dann brach sie bewusstlos zusammen.

*

Die neue Sklavin hatte den ersten Schock recht gut überwunden. Doch schon beim Versuch ihren neuen Körper zu beherrschen tat sie sich schwer. Die Koordination ihrer Bewegungen war noch recht plump, aber sie gab sich Mühe, das musste Cherou ihr zugestehen. Es dauerte lange bis sie einigermaßen schwimmen konnte und auch die Kontrolle über ihre Leuchtorgane fiel ihr nicht leicht. Am Ende der Hellphase stand fest, dass ihre Ausbildung wohl doch deutlich länger dauern sollte, als die von Saira. So schwamm Cherou schon mit einem mulmigen Gefühl zu Thurgun. Er wusste genau, dass der Duumar nicht gerade erfreut über seine Meldung sein würde. Tatsächlich reagierte der Leiter der Mine sehr verärgert auf Cherous Nachricht. Wieder einmal verfluchte er sämtliche Lingits und natürlich seinen Konkurrenten Pegrell, dessen Ausbeute auch diesmal deutlich über der von Thurgun lag. Cherou war froh, als der wütende Duumar ihn endlich entließ. Das Training der neuen Sklavin würde sicher sehr anstrengend für sie und Cherou werden, aber es war ja nicht das erste Mal, dass er mit solchen Schwierigkeiten konfrontiert wurde. Auch sie würde schon bald soweit sein, dass sie ihre Arbeit in den Minen aufnehmen konnte, obwohl Cherou bezweifelte, dass sie dort lange durchhielt. Sie brauchte eben nur ein wenig mehr Zeit und ein intensives Training. Sollten sich seine Vorgesetzten nicht so anstellen. Bis jetzt hatte er noch jedes der entführten Wesen zu einem guten Sklaven ausgebildet.

*

Saira schreckte aus dem Schlaf hoch, als sie wieder einmal unsanft wachgerüttelt wurde.

»Hey, willst du heute vielleicht nicht mitarbeiten, Thae'Kor?« fragte jemand unwirsch und schüttelte sie weiter, bis Saira endlich die Augen aufschlug.

Sie brauchte einen Moment, bis sie vollends wach war und den Lingit erkannte. Es war der Sklave, der direkt neben ihr arbeitete. »Na los, steh schon auf, du Traumschwimmer!« sprach der Lingit überraschend sanft. »Wenn du zu spät kommst, gibt's nichts mehr zu essen.« Dann warf er ihr einen mitleidigen Blick zu und schwamm davon.

Saira war immer noch total erschöpft von ihrem Erlebnis am Vortag. Hätte der Lingit sie nicht geweckt, wäre sie heute sicher zu spät zur Arbeit gekommen. Er hatte sie somit sogar vor einer Bestrafung bewahrt, aber warum tat er das? Sonst war er doch immer so abweisend und unfreundlich gewesen? Verwirrt erhob sich Saira und schwamm so gut sie konnte zur Mine. Flemm erschrak, als er sie sah.

»Nanu, Jungflosse, du siehst ziemlich erschöpft aus!« meinte er besorgt. »Hast dich wohl in letzter Zeit ein bisschen überanstrengt.« Dann reichte er Saira ein extra großes Bündel Ploppkelp und mischte noch die Ranken einer anderen Pflanze darunter. »Hier, das gibt dir wieder Kraft!« sprach er zwinkernd zu ihr. Saira bedankte sich freundlich und ließ sich auf dem weichen Sand nieder, um ihre Mahlzeit zu verspeisen. Die andere Pflanze schmeckte überraschend gut und nach kurzer Zeit fühlte sie sich auch schon kräftiger. Auf den alten Flemm war im Notfall eben immer Verlass. Ein wenig später begann schon die Arbeit. Als Saira ihren Platz neben dem Lingit einnahm, der sie freundlicherweise geweckt hatte, schenkte sie ihm ein verlegenes Lächeln und bedankte sich flüsternd. Der Lingit warf ihr wieder einen mitleidigen Blick zu und brummte mürrisch, dann huschte aber doch noch kurz der Ansatz eines Lächelns über sein Gesicht. Danach verlief zunächst alles für einige Zeit wie gewohnt, doch plötzlich wurde es dunkel! Saira erschrak heftig, als die gesamte Beleuchtung der Mine ausfiel. Instinktiv ließen die Lingits ihre Leuchtorgane aufblitzen. Saira brauchte etwas länger, bis sie es ihnen gleich tat. Ein kurzes Raunen ging durch die Gruppe, da erscholl auch schon Torgs kräftige Stimme: »Arbeitet weiter! Es wird bestimmt gleich wieder hell werden!« So machten sich die ersten Lingits bereits an die Arbeit, indem sie sich nun mit Hilfe ihres eigenen Lichts und ihres Sonars orientierten. Sie schienen solche Ausfälle durchaus gewohnt zu sein, ganz im Gegensatz zu Saira, die sich erst einmal an die neue Situation gewöhnen musste, was ihr wirklich nicht leicht fiel. Für die Lingits war es, als Tiefseebewohner, völlig normal, sich in absoluter Finsternis zu bewegen. Saira dagegen hatte den größten Teil ihres Lebens bei Tageslicht zugebracht und fühlte sich nun in der Dunkelheit ausgesprochen unwohl. Auch fiel ihr zunächst, durch die seltsamen Lichtspiele der Leuchtorgane, die Orientierung schwer. Die ganze Szene wirkte absolut gespenstisch auf sie. Die in einer Reihe arbeitenden, leuchtenden Lingits und dahinter der Draugh, dessen gesamter Körper mitsamt den langen Extremitäten ein rotes, diffuses Licht abstrahlte. So als würde er von innen heraus glühen! Der Anblick wirkte fast schon hypnotisch auf sie und es fiel ihr schwer, den Blick davon zu lösen. Noch schwere war es für sie, bei diesen Lichtverhältnissen zu arbeiten. Sie versuchte so viel Licht wie möglich auszustrahlen, um wenigstens besser sehen zu können, bemerkte aber rasch, dass sie so mehr Energie verbrauchte als sonst. Nun war sie heute sowieso schon geschwächt und jetzt auch noch dieser Vorfall. Ihr blieb wirklich nichts erspart!

»Benutz' lieber deinen Klicksonar, das spart Kraft«, flüsterte der Lingit neben ihr und sah sie mitleidsvoll an.

Saira schenkte ihm einen dankbaren Blick und nickte ihm zu. Ihre ersten Versuche blieben allerdings erfolglos, weil die Klicklaute der anderen Lingits das „Bild", das sie durch ihren Sonar empfing, verschwimmen ließen. Erst mit der Zeit gewann das Bild an Schärfe und war bald fast so klar, wie das Bild, das sie mit ihren Augen wahrnahm. So konnte sie endlich das Licht ihrer Leuchtorgane drosseln und trotzdem noch ihr Umfeld deutlich erkennen. Der Lingit hatte recht. So war die Arbeit wirklich weniger anstrengend, stellte Saira erleichtert fest. Trotzdem war sie bis zur Pause schon sehr erschöpft, weil es doch recht lange dauerte, bis die Beleuchtung wieder eingeschaltet wurde. Saira hoffte, dass wenigstens der Rest des Tages ohne weitere Zwischenfälle ablief.

*

Thurgun starrte wütend auf die ihm vorliegenden Informationen. Der lange Ausfall der Beleuchtung sorgte dafür, dass in dieser Hellphase noch weniger Feuerstein als zuvor abgebaut wurde! Dagegen hatte dieser Sklaventreiber Pegrell schon wieder eine beachtliche Menge abgeliefert. So konnte das nicht weiter gehen! Torg war einfach zu gutmütig und trieb die Sklaven nicht ausreichend an. Es wurde Zeit, dass er ihnen wieder eine Lektion erteilte, damit sie endlich genug Feuerstein lieferten. Nun, das dürfte kein großes Problem sein, schließlich wusste Thurgun ganz genau, wie man den Draugh ködern konnte. Auch diesem alten Halunken Pegrell würde er zukünftig das Leben etwas schwerer machen. So ein paar größere Unfälle waren manchmal eben unvermeidlich ...

Eine kurze Freundschaft

Zu Beginn der nächsten Hellphase erwachte Saira wieder rechtzeitig. Diesmal war sie nach der Arbeit sofort in die Schlafhöhle zurückgekehrt und hatte sich zur Ruhe begeben, um sich wenigstens etwas zu erholen. Die Erlebnisse der letzten Zeit hatten sie sehr viel Kraft gekostet, doch zumindest wusste sie nun, dass es durchaus eine reale Chance zur Flucht gab! Die entsprechende Stelle für ihr Vorhaben, hatte sie ja schon gefunden. Jetzt musste sie nur noch den geeigneten Zeitpunkt ermitteln, damit sie nicht erneut einem der Wächter vor die Flossen schwamm. Dafür benötigte sie aber erst einmal wieder Kraft, denn zu diesem Unternehmen brauchte man wache Sinne und einen klaren Kopf! Die Aussicht darauf, diesen schrecklichen Ort bald verlassen zu können hob ihre Laune merklich. So machte sie sich auf den Weg zur Mine und ließ sich von Flemm ein großes Bündel Tang reichen, das sie gut gelaunt verspeiste. Ihre gute Laune verflog allerdings recht schnell, als Torg die Mine betrat. Man bemerkte schon an seinem stampfenden Gang, dass er wieder einmal ziemlich übel gelaunt war und er machte auch keinen Hehl daraus, dies offen zu zeigen. Er ging regelrecht auf einige der Lingits los und scheuchte sie an ihre Plätze, während er dazu derbe Verwünschungen von sich gab. Dann trieb er sie gnadenlos an und kontrollierte immer wieder die Sammelbehälter für den Feuerstein. Die Lingits arbeiteten so hart und schnell wie sie nur konnten, doch das schien dem Draugh nicht zu reichen. Schon nach kurzer Zeit ergriff er einen der Sklaven und zerrte ihn nach hinten. Saira wusste genau was jetzt kam und es erfüllte sie mit dem gleichen Entsetzen, wie schon beim ersten Mal. Dann hörte sie wieder das Geschrei und Gewimmer des gequälten Lingits und auch diesmal war es kaum für sie zu ertragen. Mit bitterem Gesichtsausdruck und zitternden Händen arbeitete sie weiter, so gut es ging, versuchte nicht hinzuhören. Doch es gelang ihr einfach nicht, das Leid des gemarterten Lingits zu ignorieren. Wieder schien sich die Bestrafung endlos in die Länge zu ziehen.

Erneut stiegen Saira Tränen in die Augen und sie flehte leise, dass Torg endlich aufhörte. Nach einer scheinbaren Ewigkeit ließ der Draugh letztlich von seinem Opfer ab und stieß wieder einige wüste Drohungen und Beschimpfungen aus, während er die Sklaven gnadenlos weiter drangsalierte. Doch damit nicht genug! Vor der Pause erfolgte eine erneute Bestrafung und auch nach der Pause musste einer der Lingits dran glauben. Noch nie in ihrem Leben hatte Saira so das Ende eines Tages herbeigesehnt. Die Angst stand allen Lingits ins Gesicht geschrieben und die Spannung war unerträglich. Auch Saira hatte noch nie in ihrem Leben so viel Angst empfunden, wie heute. Sie wusste wirklich nicht, wie lange sie das noch aushalten würde. Nach einer scheinbaren Unendlichkeit ertönte schließlich das erlösende Signal zum Arbeitsende. So schnell wie möglich verließ Saira die Mine, diesen Ort des Schreckens, und kehrte zu der Schlafhöhle zurück. Diesmal war sie völlig verstört. Die Grausamkeit und Brutalität, die sie heute erleben musste, war nahezu unerträglich für sie. Wie schön und friedlich war doch das Leben auf ihrer Heimatwelt im Gegensatz zu diesem Ort. Nun gesellte sich auch noch ein Gefühl dazu, das sie so lange verdrängt hatte: Heimweh! Das war mehr als sie ertragen konnte. So zog sich Saira an die Wand der Höhle zurück und begann bitterlich zu weinen, als die ganzen Erinnerungen an ihr früheres Leben sie mit einem Mal wieder überkamen. Sie wünschte, Cherou wäre jetzt an ihrer Seite. Er hatte sie in solchen Fällen stets getröstet und ihr etwas Halt gegeben, aber er war weit fort und sie war mit ihrem Schmerz völlig allein. So lag sie zusammengekauert an der Wand, während die aufkommende Verzweiflung ihre Pain weiter anfachte und sie immer wieder von neuen Weinkrämpfen geschüttelt wurde. Irgendwann spürte sie, wie ihr jemand sanft über die Haare strich. Als sie den Kopf hob, sah sie durch ihren tränenverschleierten Blick eine weibliche Lingit, die sie sorgenvoll betrachtete.

»Was ist denn los, Kleines? Warum weinst du denn so sehr?« fragte sie liebenswürdig.

Aber Saira war nicht in der Lage zu antworten, sondern wurde schon wieder von Tränen geschüttelt. Die Lingit-Frau nahm sie sanft in die Arme, was sich Saira dankbar gefallen ließ. Es tat einfach gut, jemanden bei sich zu haben, an den man sich in solchen Momenten anschmiegen konnte. So weinte Saira noch länger vor sich hin, während die Lingit-Frau sie hielt und zärtlich streichelte. Endlich versiegten die Tränen und der Schmerz wurde allmählich erträglicher. Saira richtete sich etwas auf und blickte die Lingit-Frau dankbar an, während diese ihr ein liebenswürdiges Lächeln schenkte.

»Na, geht's wieder?« fragte ihre Trösterin freundlich.

Saira nickte und schluckte heftig. »Ja, danke«, flüsterte sie heiser. Dann rieb sie sich die letzten Tränen aus den Augen.

»Was ist denn passiert, dass du so weinen musst?« fragte die Lingit-Frau.

Da erzählte ihr Saira von den heutigen Erlebnissen, von Torgs grausamen Bestrafungen und von der Angst, die sie deshalb ausgestanden hatte. Die Lingit-Frau hörte geduldig zu und streichelte Saira dabei immer wieder. Schließlich sagte sie: »Ich kann gut verstehen, dass dir das alles sehr nahe geht und dich erschreckt. Du bist noch recht jung und hast wohl in deinem Leben noch nie solche Brutalität erfahren. Vielen von uns ging es am Anfang genau so, denn wir Lingits sind ein friedliches Volk. Es fällt uns bis heute schwer, mit der Brutalität und der Ungerechtigkeit zu leben, aber wir haben keine Wahl. Wir können uns nur gegenseitig Halt geben, deshalb hat uns das harte Schicksal, das wir alle teilen, noch enger zusammen rücken lassen. Wir helfen eben einander so gut es geht. Das gilt auch für dich!«

»Aber ich bin doch ein Thae'Kor und die anderen Lingits mögen mich nicht besonders!« widersprach Saira.

»Das scheint nur so zu sein. In Wirklichkeit lassen wir keinen im Stich. Du gehörst vielleicht noch nicht richtig zur Gemeinschaft, aber wir kümmern uns trotzdem um alle in unserer Mitte und sind füreinander da«, antwortete die Lingit-Frau. »Oh, ich habe mich ja noch gar nicht vorgestellt, verzeih bitte! Mein Name ist Genvin.«

»Und ich bin Saira.« Sie richtete sich ein wenig auf und blickte ihrer Gönnerin ins Gesicht, die Saira daraufhin ein liebevolles Lächeln schenkte. Genvin war fast so groß wie Cherou und von kräftiger Statur. Sie war zwar deutlich jünger als er, schien aber auch schon einiges erlebt zu haben. »Danke, dass du so nett zu mir bist!« meinte Saira schließlich und senkte verlegen den Blick.

»Ist schon gut, Kleines!« antwortete Genvin freundlich und strich ihr zärtlich über die Wange. »Dann arbeitest du also in der Sergon-Mine unter dem Aufseher Torg?« fragte sie kurze Zeit später, worauf Saira nickte. »Na, dann sind wir ja Nachbarn. Ich arbeite in der Gilgoia-Mine.«

»Das ist doch die Mine direkt nebenan!« meinte Saira überrascht.

»So ist es!« bestätigte Genvin.

»Ist euer Aufseher auch so brutal und gemein?« wollte Saira wissen.

»Die Draughs sind alle brutal und gemein. Für sie sind wir nur Abschaum!« brummte Genvin.

»Warum bestrafen sie euch denn so oft völlig grundlos?« fragte Saira verständnislos.

»Das wissen wir nicht, wahrscheinlich macht es ihnen einfach Spaß, uns zu quälen«, antwortete Genvin, worauf Saira sie entsetzt ansah. »Ich schätze, du wirst noch eine ganze Menge mehr solcher unangenehmer Erfahrungen auf dieser Welt machen«, sagte Genvin resignierend. »Aber lass den Kopf nicht hängen. Wir Lingits helfen uns gegenseitig, auch wenn wir manchmal etwas mürrisch sind«, sprach sie und zog anschließend eine Grimasse, wodurch sie Saira doch noch ein Lächeln entlockte. »Hab' keine Angst, du schaffst das schon!« meinte Genvin schließlich aufmunternd.

Saira schenkte ihr darauf hin einen dankbaren Blick. Jetzt wurde ihr auch klar, warum der Lingit, der neben ihr arbeitete, neulich so hilfsbereit war und sie sogar vor einer Bestrafung bewahrt hatte.

Die abweisende Art der Lingits war also nur vordergründig. Ganz im Gegensatz zu den Bewohnern Wuuns, dauerte es bei ihnen eben länger, bis sie Neulinge in ihrer Mitte akzeptierten. Im Notfall standen sie aber auch diesen bei. Das ließ Saira hoffen, unter den Lingits mit der Zeit noch weitere Freunde zu finden. Sie war also doch nicht so allein, wie es am Anfang schien. Auch Genvins Nähe wirkte angenehm und beruhigend auf Saira, so fragte sie schließlich etwas verlegen: »Genvin, würdest du heute Nacht bei mir bleiben?«

»Gerne, wenn es dir gut tut!« antwortete sie freundlich.

Saira sah sie darauf hin so hilfesuchend an, dass Genvin sie gerührt an sich drückte. »Keine Angst, ich bin da!«

*

Inzwischen hatte Thurgun das Ergebnis dieser Hellphase erhalten. Obwohl Torg die Sklaven diesmal hart ran genommen hatte, war die abgebaute Menge an Feuerstein nicht viel größer geworden. In der Gilgoia-Mine war die Ausbeute auch heute deutlich höher. Es wurde Zeit, dass er diesen Schinder Pegrell endlich in seine Schranken wies. Thurgun schickte einen kurzen, magischen Befehl aus, der an seinen treuesten Helfer gerichtet war. Für diese Art von schmutzigen kleinen Aufträgen war er genau der Richtige. Auf ihn konnte er sich verlassen und er würde bestimmt auch diesmal nicht versagen! Es dauerte eine Weile, dann wurde das Gitter der Atemwasser-Versorgung angehoben. Ein kleiner Ganva schob sich daraus hervor und ließ sich auf die Tischplatte vor Thurgun sinken. Das Wesen, das kaum größer war als die Hand eines Lingits, sah einer irdischen Schwimm-krabbe ähnlich. Sein stark gepanzerter Körper war mit zahlreichen stacheligen Auswüchsen übersät. Leuchtorgane auf dem Panzer und den kräftigen Scheren kennzeichneten es als Tiefseebewohner.

»Ah, da bist du ja, mein böser Freund!« bemerkte Thurgun erfreut.

»Was wünscht Ihr von mir?« fragte der Ganva etwas unwirsch.

»Ich hätte da eine kleine, gemeine Aufgabe für dich«, sprach Thurgun grinsend und legte ein winziges Säckchen vor dem Ganva ab.

»Was ist das?« fragte dieser.

»Eine geringe Menge Kalyss-Pulver«, erklärte Thurgun. »Sobald Feuerstein hiermit in Berührung kommt, beginnt er sofort zu brennen.«

»Was soll ich damit machen?« fragte der Ganva scheinbar gelangweilt.

»Du brauchst dieses Pulver nur zur Gilgoia-Mine bringen und an einer geeigneten Stelle auszuschütten, wodurch dort versehentlich ein hübsches, kleines Feuer ausbricht, wenn du verstehst, was ich meine«, bemerkte Thurgun so harmlos wie möglich.

»Darf dieses hübsche, kleine Feuer vielleicht auch ein wenig größer sein?« fragte der Ganva hämisch.

»Nun, da hätte ich nicht unbedingt etwas dagegen«, antwortete Thurgun grinsend. »Ich sehe, wir verstehen uns.«

»Ich vermute, Ihr werdet auch diesmal für eine entsprechende Belohnung sorgen«, stellte der Ganva beiläufig fest.

»Habe ich dich denn jemals enttäuscht?« fragte Thurgun mit gespielter Empörung.

Der Ganva blieb ihm die Antwort schuldig. Statt dessen griff er sich das Säckchen mit dem Kalyss-Pulver und verschwand auf dem gleichen Weg, wie er gekommen war.

*

Genvins Abschied von Saira am nächsten Morgen war sehr herzlich gewesen und Saira war froh, endlich eine Freundin unter den Lingits gefunden zu haben. Sie hatte zum ersten Mal seit langer Zeit wieder so etwas wie Geborgenheit bei Genvin gefühlt und dafür war sie der Lingit-Frau ausgesprochen dankbar. Mit neuem Mut machte sich Saira zur Mine auf und wollte sich in Zukunft nicht mehr von Torgs Brutalität einschüchtern lassen. Sollte er doch versuchen sie ungerechterweise zu bestrafen, dann würde sie ihm schon eine entsprechende magische Lektion erteilen. An diesem Tag war der

Draugh jedoch wesentlich besser gelaunt. Er drangsalierte die Lingits zwar weiterhin durch seine Drohungen und Beschimpfungen, ließ sie aber ansonsten in Ruhe. Wie es schien, würde dies wieder ein ganz normaler Arbeitstag für Saira und die anderen Sklaven werden, doch es sollte anders kommen ...

*

Inzwischen hatte der kleine Ganva die Gilgoia-Mine erreicht und schlich an deren Rand entlang zur Reihe der arbeitenden Lingits. Seine geringe Größe und die dunkle Färbung seines gepanzerten Körpers machten ihn auf dem umgebenden Gestein fast unsichtbar. So näherte er sich unbemerkt dem Lingit am Rande der Gruppe. Nun kam der schwerste Moment, denn der Ganva musste die Deckung der Felsen verlassen und auf den hellen Sand kriechen, wo er gut zu sehen war. Schließlich sollte es wie ein Unfall aussehen, den einer der Sklaven verursacht hatte. Das zwang ihn aber so nah wie möglich an den Lingit heranzukommen und das Säckchen mit dem Kalyss-Pulver im richtigen Moment zu entleeren, ohne dass es dieser bemerkte. Das war durchaus nicht einfach und vor allem auch nicht ganz ungefährlich. Denn wenn der Lingit im falschen Moment zur Seite rutschte, konnte er den Ganva einfach zerquetschen. So kletterte der Ganva vorsichtig von den Felsen herunter und schlich sich behutsam von schräg hinten an den Lingit heran. Der war vollkommen in seine Arbeit vertieft und blickte starr nach vorne auf seine Werkzeuge. Der Ganva grub sich nun etwas in den Sand ein, um sich zu tarnen. Dann schob er sich unter dem Sand vorsichtig näher, bis er den Lingit fast erreicht hatte. Er zögerte kurz und sondierte noch einmal die Lage, aber bisher schien ihn niemand entdeckt zu haben. Also legte er das letzte Stück so behutsam wie möglich zurück, bis er direkt bei dem Lingit saß. Der türmte sich nun neben ihm auf und der Ganva konnte durch die Vibrationen des Sandes jede seiner Bewegungen spüren. Rasch öffnete er das Säckchen mit dem Pulver.

Als der Lingit mit seinem Werkzeug wieder auf den Feuerstein einschlug, schleuderte der Ganva den Inhalt über den Sand. Wie es Thurgun versprochen hatte, begann der Feuerstein sofort zu brennen. In diesem Moment machte der Lingit mit einem erschrockenen Aufschrei einen Ruck zur Seite und klemmte eines der Beine des Ganva unter sich ein. Der versuchte sich verzweifelt zu befreien, was ihm aber nicht gelang. Keiner der Anwesenden ahnte, dass sich der Feuerstein unter der Mine durch die Erwärmung des Gesteins fast vollständig aufgelöst hatte. Als Folge war eine riesige Gasblase entstanden, die nur noch von einer ganz dünnen Schicht aus Feuerstein, nämlich dem Boden der Mine, bedeckt war. Kaum hatte dieser Feuer gefangen, fraß sich der Brand innerhalb weniger Momente bis zu der Gasblase durch. Bevor die Lingits das Feuer überhaupt richtig bemerkten, wurde die gesamte Mine von einer gewaltigen Explosion zerrissen, die keiner der Anwesenden überlebte!

*

Cherou und Jir, die neue Sklavin, waren an diesem Morgen erst später zur Ausbildungs-Mine aufgebrochen, was beiden das Leben rettete. Die nahe Explosion und die heftige Druckwelle wären ihnen innerhalb der offenen Mine zum Verhängnis geworden. So befanden sie sich noch über der Stadt, als sich die gewaltige Detonation ereignete. Cherou erkannte die heranrollende Welle als Erster und zog Jir so schnell er konnte hinunter, um zwischen den Gebäuden Schutz zu suchen. Sie umklammerten den Pfahl einer Lampe und Cherou versuchte, Jir so gut wie möglich mit seinem Körper zu schützen, als die Druckwelle auch schon über sie hinweg raste. Doch selbst die Ausläufer verursachten noch extrem starke Wasserwirbel zwischen den Gebäuden. Die beiden Lingits wurden hin und her geworfen, während Unmengen von Sand aufwirbelten und das Atmen erschwerte. Dann war plötzlich ein metallisches Kreischen zu hören und Cherou erkannte, wie direkt über ihnen eine der

Dachkonstruktionen brach und hinab stürzte. Im letzten Moment löste er die Umklammerung um den Lampenpfahl und wurde zusammen mit Jir auf die Strasse gewirbelt. Da krachte das herab fallende Teil auch schon mit lautem Getöse auf den Boden. Doch nun waren sie schutzlos den wütenden Wassermassen ausgeliefert und wirbelten haltlos umher. Cherou hielt Jir so fest, wie er konnte, und hoffte nur noch, dass sie sich nicht allzu schwer verletzten, während sie immer schneller durch die Häuserschluchten getrieben wurden. Da schleuderte sie das Wasser mit großer Wucht gegen eine Wand.

*

Die Lingits in der Sergon-Mine fuhren erschrocken hoch, als sie die gewaltige Explosion wahrnahmen. Im nächsten Moment fiel erneut die Beleuchtung aus, was die Szene noch unheimlicher machte. Dann raste auch schon die Druckwelle über sie hinweg. Da die Mine in einer Senke lag, wurden nur größere Mengen Sand aufgewirbelt, ansonsten richteten die Ausläufer der Welle keinen Schaden an. Kurze Zeit später flackerte die Beleuchtung wieder auf und stabilisierte sich. In diesem Moment fielen vor Saira mehrere Dinge in den Sand. Als sie genauer hin sah erkannte sie, dass es sich um Leichenteile von Lingits handelte! Mit einem entsetzten Aufschrei sprang sie hoch.

»Was ist los?« rief Torg verärgert und stampfte zu ihr hinüber. Als er bemerkte, was Saira so erschreckt hatte, wandte er sich ihr zu und meinte lapidar: »Was regst du dich denn so auf, sind doch nur ein paar zerfetzte Lingits.« Dann ergriff er die Körperteile mit seinen Scheren und trug sie weg, während Saira ihm bestürzt nachsah. »Na los, arbeite gefälligst weiter!« herrschte sie der Draugh an. Saira kam dem Befehl zögernd nach und reihte sich wieder zwischen den anderen Lingits ein. Kurze Zeit später hörte sie hinter sich plötzlich ein lautes Knacken und Knirschen. Sie drehte vorsichtig den Kopf zur Seite und traute ihren Augen nicht. Der Draugh fraß die Leichenteile einfach auf! Entsetzt blieb ihr Blick an der widerlichen Szene haften. Dann wurde ihr übel und sie wandte sich voller Ekel ab. Sie schluckte ein paar Mal kräftig, um den Würgereiz zu mildern. Danach versicherte sie sich noch einmal, dass sie nicht träumte, aber es war wirklich so! Was sie da sah, geschah tatsächlich! Wieder stieg die Übelkeit in ihr auf. Der Lingit neben ihr bedachte sie nur mit einem bedauernden Blick, als er bemerkte, wie sie erneut heftig schluckte.

*

Cherou rutschte benommen zu Boden. Endlich ließen der Lärm und die wilden Wasserwirbel nach. Er versuchte sich vorsichtig zu bewegen, was ihm problemlos und ohne Schmerzen gelang. Er schien also unverletzt zu sein, was ihm bei dem kräftigen Aufprall schon fast wie ein Wunder vorkam. Aber wo war Jir? Cherou fuhr in die Höhe, worauf ihn doch noch ein heftiger Schmerz durchzuckte. So ganz schadlos hatte er den Aufprall also nicht überstanden. Er sah sich rasch um. Zunächst konnte er die Sklavin nirgends entdecken, doch dann sah er ihren Kopf zwischen einigen Trümmern hervor schauen. So schnell sein geschundener Körper es zuließ, schwamm er zu ihr hinüber. Sie hatte Glück gehabt. Die Trümmer, unter denen sie lag, waren nur klein und nicht scharfkantig. Cherou befreite sie rasch und konnte auf den ersten Blick erkennen, dass sie, außer einigen leichten Abschürfungen, keine nennenswerten Verletzungen davon getragen hatte. Als Cherou sie vorsichtig anhob, schlug sie die Augen auf und blickte sich verwundert um.

»Was ... ist ... passiert?« fragte sie verwirrt.

»Die Flutwelle hat uns beide getrennt und du bist zur Seite geschleudert worden«, erklärte Cherou sanft. »Du scheinst aber unverletzt zu sein. Kannst du dich bewegen?«

Jir erhob sich ein wenig umständlich und bewegte ihre Arme und Flossen. »Scheint nichts gebrochen zu sein«, antwortete sie schließlich zuversichtlich. Dann sah sie in einiger Entfernung eine Kreatur und machte Cherou darauf aufmerksam.

Der erkannte sofort die krakenartige Silhouette der sich nähernden Duumars. »Komm, wir müssen weg von hier. Wenn die uns finden, bekommen wir Ärger!« Er nahm Jir bei der Hand und schwamm mit ihr zusammen nach oben. Von dort aus war das Ausmaß der Zerstörung deutlich sichtbar. Die Flutwelle hatte die umliegenden Gebäude nur leicht beschädigt, aber am Stadtrand, näher bei den Minen, waren einige der Bauten fast vollständig zerstört. Ein gewaltiger Vorhang aus Sand verdeckte die Sicht in diese Richtung. Irgendwo dort musste sich das Unglück ereignet haben. Erleichtert stellte Cherou fest, dass die Flutwelle jedoch nicht aus Richtung der Sergon-Mine gekommen war. Da konnten sie vorerst sowieso nicht hin. Sie mussten erst abwarten, bis sich der Sand wieder gesetzt hatte. Gerade als Cherou umkehren wollte, hörte er plötzlich ein tiefes, dumpfes Grollen und Poltern, gefolgt von einem gewaltigen Rauschen, das sich aber rasch entfernte. Dann verebbte das Geräusch genau so schnell, wie es begonnen hatte. Nur die Mauer aus Sand in einiger Entfernung wurde noch einmal kräftig durcheinander gewirbelt.

*

Die heftigen Vibrationen, welche durch die Explosion entstanden, hatten zur Folge, dass an einem nahen Abhang gewaltige Mengen an Steinen und Geröll abrutschen und in die Tiefe stürzten. Diese lösten einige mächtige Flutwellen aus, die sich mit hoher Geschwindigkeit von der Stadt der Duumars weg bewegten. In den tiefen Bereichen des Ozeans verursachten diese Wellen kaum Schäden, doch für ein hoch gelegenes Riff, das knapp unter der Wasseroberfläche lag, stellten sie eine enorme Bedrohung dar. Die Flutwellen erreichten das entfernte Riff erst viele Stunden nach der Explosion. Kurz davor stieg der Meeresgrund steil an, so dass sich schon die erste Flutwelle zu einem gewaltigen Berg aus Wasser auftürmte. Zuerst zog sich das Wasser von dem Riff zurück und legte große Teile davon trocken. Dann raste die erste haushohe Welle heran und brach direkt über dem Riff. Mit brachialer Gewalt schossen die Wassermassen darüber hinweg und verursachten entsetzliche Schäden. Die sensiblen Kalkskelette der Korallen wurden von der Welle regelrecht zertrümmert und die Bewohner des Riffs entweder erschlagen, oder von den scharfkantigen Kalkschalen zerfetzt. Schon diese erste Welle richtete verheerende Schäden an, doch die nachfolgenden Flutwellen führten zu einer vollständigen Zerstörung des Gebietes. Am Schluss blieb von dem einst so prächtigen Riff nur noch eine tote Trümmerwüste übrig.

*

Inzwischen hatte in der Sergon-Mine die Essenspause begonnen und Saira saß wie üblich etwas abseits und kaute appetitlos auf ihrem Tang herum. Ihr saß immer noch der Schreck über die gewaltige Explosion in den Gliedern und die Szene, als der Draugh die Leichenteile der Lingits einfach verspeist hatte, entsetzte sie zutiefst. Sie schreckte hoch, als einer der Lingits sie ansprach.

»Hey, Thae'Kor, falls Cherou dir das noch nicht gesagt hat, wenn wir nicht mehr zur Arbeit taugen, dann wirft man uns den Draughs zum Fraß vor!«

Saira sah den Lingit entsetzt an. Es war ihr Nachbar, der sie auch schon geweckt hatte, damit sie nicht zu spät zur Arbeit erschien. »W ... Was!« stotterte sie ungläubig.

»Falls du mir nicht glaubst, dann frag die anderen Lingits«, sprach ihr Nachbar unsanft. »Sie werden es dir bestätigen. Jeder hier weiß das, also gewöhn dich am besten auch gleich daran!« Danach ließ er sich neben ihr zu Boden sinken.

Sein Blick bestätigte Saira, dass er sich durchaus nicht über sie lustig machte. Er meinte das tatsächlich ernst!

»Ich weiß, der Gedanke ist nicht leicht zu ertragen«, sagte der Lingit nun doch etwas versöhnlicher. »Als du vorhin so betroffen warst über das Verhalten von Torg, wurde mir klar, dass du noch nicht Bescheid weißt. Doch auch du sollst die Wahrheit kennen.«

Saira bedachte ihn zuerst mit einem entsetzten Blick, bedankte sich dann aber für seine Offenheit.

»Schon gut, Thae'Kor, nimm es einfach als Ansporn, möglichst lange am Leben zu bleiben«, riet ihr der Lingit.

Saira sah ihn zuerst mit bitterer Miene an, doch dann kehrte eine gewisse Entschlossenheit in ihren Blick zurück und sie bemerkte trotzig: »Mein Name ist übrigens Saira, nicht Thae'Kor.«

Der Lingit bedachte sie mit einem ironischen Seitenblick. »Und mein Name ist Gorv«, stellte er sich vor.

In diesem Moment kam Torg wieder in die Mine gestampft, doch zur Überraschung aller scheuchte er sie nicht zurück an ihre Arbeitsplätze, sondern bat um Gehör. »Um allen Spekulationen vorzubeugen, habe ich mich erkundigt, was die Explosion heute ausgelöst hat. In der Gilgoia-Mine hat es einen schrecklichen Unfall gegeben. Sie wurde dabei komplett zerstört!«

Ein erschrockenes Raunen ging durch die Reihen der Lingits. »Oh nein!« flüsterte Saira entsetzt. Genvin! Was war mit Genvin? War sie noch am Leben? »Hat jemand überlebt?« fragte Saira schließlich verzweifelt und vergaß dabei ganz die übliche Ehrenbezeichnung für den Draugh, doch dieser bemerkte es gar nicht.

»Nein, es gibt keine Überlebenden!« versicherte Torg niedergeschlagen. Selbst ihm schien der Tod des Aufsehers der Gilgoia-Mine nahe zu gehen.

Diesmal war die Reaktion der Lingits wesentlich heftiger. Neben Saira brachen noch andere in Tränen aus, als sie vom Tod ihrer Angehörigen und Freunde hörten. Torg ließ sie längere Zeit gewähren, denn auch er war entsetzt über diesen schrecklichen Unfall. Doch seine Herren forderten weiterhin den Tribut seiner Sklaven und so brachte er sie schließlich dazu wieder ihre Arbeit aufzunehmen. Den meisten fiel es schwer, sich nach dieser bitteren Nachricht auf die Arbeit zu konzentrieren, aber Torg ließ sie diesmal in Ruhe. Er war froh, dass die Lingits überhaupt weiter arbeiteten. Bestimmt würde die heute abgebaute Menge an Feuerstein geringer sein als sonst, aber das dürfte Thurgun ja nun nicht mehr stören, nachdem er seinen größten Konkurrenten ruiniert hatte.

*

Nach der Arbeit hatte sich Saira an den Rand der Schlafhöhle zurück gezogen, wo sie nun mit Tränen gefüllten Augen da lag nachdem sie Genvins Tod beweint hatte. Auch die anderen Lingits saßen mit traurigen Gesichtern da oder weinten um ihre Angehörigen und Freunde. Wenn doch nur Cherou jetzt da wäre! Wie schon die Tage davor vermisste Saira ihn schmerzlich. Da berührte jemand zaghaft ihre Schulter. Saira sah auf und erkannte Gorv, der Lingit, der neben ihr arbeitete. Auch er machte ein trauriges Gesicht, dem nun die übliche Härte fehlte, die es sonst ausstrahlte. »Wir Lingits wollen zusammen unsere Toten betrauern. Da du nun ebenfalls zu uns gehörst, möchte ich dich dazu einladen«, sprach er freundlich zu ihr.

Saira rieb sich die Tränen aus den Augen und antwortete mit rauer Stimme: »Danke, das ist sehr nett von dir!«

»Dann komm mit!« forderte Gorv sie auf und reichte ihr eine Hand.

Saira erhob sich ein wenig steif, ergriff mit dankbarem Blick seine Hand und ließ sich von Gorv zur Mitte der Halle geleiten. Dort hatten sich schon mehrere Lingits innerhalb eines großen Kreises niedergelassen. Gorv und Saira gesellten sich dazu und warteten ab, bis alle Lingits ihre Plätze eingenommen hatten. Dann wurde es plötzlich still. Saira sah Gorv etwas verunsichert an, aber der machte nur eine beruhigende Geste. Dann begannen die Lingits zu singen, doch sie sangen ohne Worte. Sie stimmten eine ausgedehnte Weise an, die von uralter Herkunft schien. Die Einheit ihrer Stimmen und der fremdartigen Melodie brachte Trauer und Schicksalsergebenheit zum Ausdruck. Auf Saira hatte sie schon fast eine hypnotische Wirkung und es dauerte nicht lange, da gesellte sich ihre Stimme zu dem großen Chor dazu. Gemeinsam wogen sich die Lingits im Takt der Melodie und gaben sogar manchmal kurze Sonarimpulse ab, die sich harmonisch in den Gesang einfügten. So verschmolz Saira scheinbar mit all den anderen Lingits und zusammen trugen sie nun ihren Schmerz und ihre Trauer vor. Sie teilten sich das Leid, das sie alle ertrugen und gaben sich gegenseitig Kraft, um die Mühsal und den Schmerz allmählich zu überwinden. Ihr Geist schien wie in einem Ozean aus Gefühlen und Träumen zu schwimmen, der sich aus den Seelen aller Anwesenden zusammen setzte und sie sanft in der Dünung wog. Das Gefühl war gleichzeitig berauschend, strahlte aber auch eine angenehme Ruhe aus, die sich wohlig über die wallende Trauer und Angst legte, die jeder in sich trug und diese schließlich, wie ein weiches Tuch, bedeckte. Der Schmerz verging allmählich und machte einem Gefühl behaglicher Geborgenheit Platz. So segneten sie auch ihre Verstorbenen und verabschiedeten sich von ihren Seelen, die nun in Frieden den Ozean verließen und zu einer höheren Ebene aufstiegen, wohin ihnen die Lebenden nicht folgen konnten.

*

Thurgun war ziemlich verärgert. Was hatte dieser verdammte Ganva nur angestellt? Er sollte doch nur ein Feuer legen. Keiner hatte etwas davon gesagt, dass er gleich die ganze Mine sprengen sollte. Konnte man sich denn auf niemanden mehr verlassen? Noch während er vor sich hin grübelte, öffnete sich die Tür und Pegrells wuchtiger Körper füllte den Rahmen aus. Der Duumar zitterte vor Wut, während sich sein Gesicht zu einer wütenden Fratze verzog. »Du Sohn eines Dorgons hast mich ruiniert!« brüllte er ausser sich. Dann stieß er sich ab und wollte sich auf Thurgun stürzen. Der wich im letzten Moment aus, so dass ihn Pegrell verfehlte und gegen die Konsole krachte. Doch der alte Duumar schien den Schmerz überhaupt nicht zu spüren, denn er fuhr sofort herum und bekam diesmal Thurgun zu fassen. Wütend prügelte er auf ihn ein, bis sich sein Gegner von dem Schreck erholte und Pegrell heftig gegen die Wand schleuderte.

»Du bist von Sinnen, Pegrell. Ich habe nichts mit der Zerstörung deiner Mine zu tun!« rief Thurgun verärgert.

»Elender Lügner!« kreischte Pegrell ausser sich und warf sich wieder auf seinen Gegner, doch diesmal war Thurgun vorbereitet. Blitzschnell wich er aus, bekam einen Arm von Pegrell zu fassen und schleuderte ihn erneut gegen die Wand. Der schüttelte sich kurz benommen, was Thurgun ein wenig Zeit verschaffte. Der alte Pegrell war nun wohl völlig übergeschnappt, dachte sich Thurgun. Es wurde allmählich Zeit, diesen Wahnsinnigen aus dem Weg zu räumen! In diesem Moment brüllte Pegrell auf und stieß sich nochmals ab. Da warf ihm Thurgun einen magischen Energiediskus entgegen. Der alte Duumar war auf diesen Angriff überhaupt nicht vorbereitet und sprang direkt in die Flugbahn des Diskus. Die folgende Entladung tötete ihn auf der Stelle und sein Körper sank leblos zu Boden.

Thurgun atmete auf. Endlich war er seinen größten Konkurrenten los. Zwar musste er jetzt dessen Leiche beseitigen, aber das war kein Problem. Schließlich war es nicht die erste Leiche, die er heimlich verschwinden ließ! Schon früher hatte er so manchen Widersacher aus dem Weg räumen müssen, sonst hätte er nie so schnell die Leitung dieser Mine übernehmen können. Für die Draughs würde der Kadaver des alten Duumars auf jeden Fall ein Festmahl sein!

*

In dieser Nacht schlief Saira zum ersten Mal mitten unter den Lingits. Deren Nähe tat ihr einfach gut und sie fühlte sich endlich wieder ein wenig geborgen. Die meisten Lingits hatten ihre abweisende Haltung abgelegt und behandelten sie nun wie eine der Ihren. So schwamm Saira am nächsten Morgen mit einem ganz neuen Gefühl zur Mine. Endlich hatten sie die Lingits in ihrer Mitte aufgenommen. Ihre Freude wurde noch größer, als sie Cherou mit der neuen Sklavin auf die Mine zu schwimmen sah. Sie schwamm ihnen ein kurzes Stück entgegen und begrüßte Cherou fröhlich. Sie wäre ihm am liebsten um den Hals gefallen, aber die anderen Lingits mussten ja nicht gleich erfahren, was sie für ihn empfand. Auch Cherou begrüßte sie freudig, aber diskret. Dann stellte er Saira die neue Sklavin vor. Saira hieß sie willkommen, während Jir sie ein wenig schüchtern grüßte. Saira stellte fest, dass sie etwas jünger und kleiner war, als sie selbst. Durch ihren zierlichen Körper wirkte Jir fast schon zerbrechlich und Saira fragte sich, wie sie die schwere Arbeit in der Mine überhaupt leisten sollte. Doch sie behielt ihre Bedenken vorerst für sich und begleitete Cherou und Jir zur Mine. Kurze Zeit später erschien Torg und Saira machte sich mit den anderen Lingits an die Arbeit, während Cherou ihr noch einmal freundlich zuzwinkerte. Als der Draugh die neue Sklavin erblickte, verfinsterte sich sein Blick.

»Was bringst du mir denn da für eine halbe Portion?« knurrte er verärgert.

»Für die Auswahl der Sklaven bin ich nicht zuständig!« konterte Cherou. »Da müsst Ihr Euch an die Duumars wenden, Genjai.«

Torg gab ein tiefes, drohendes Brummen von sich und starrte Cherou wütend an, der dem Blick aber mühelos standhielt. »Also gut, dann geht jetzt an die Arbeit!« schnaubte Torg.

Jir war unter dem drohenden Blick des Draughs zusammen gesunken und war froh, sich von ihm entfernen zu dürfen. Cherou führte sie zu den anderen Sklaven und reihte sie zwischen sich und Saira ein. Saira konnte deutlich die Angst in ihren Augen sehen und warf ihr deshalb ein aufmunterndes Lächeln zu, was Jir mit einem kurzen, dankbaren Blick quittierte. Sie stellte sich überraschend geschickt an und arbeitete anfangs gut mit. Doch wie nicht anders zu erwarten, ermüdete sie schnell, so dass sie zur Essenspause schon ziemlich erschöpft war. Saira wusste durchaus, wie sich das arme, junge Geschöpf fühlte und kümmerte sich zusammen mit Cherou um Jir so gut es ging. Nach der Pause fiel Jir die Arbeit immer schwerer. Cherou unterstützte sie nach Kräften und auch Saira half aus, damit sie die nötige Menge an Feuerstein schaffte. Nach der Arbeit mussten sie Jir dann sogar noch beim Schwimmen stützen. Sie war so erschöpft, dass sie in der Schlafhöhle der Lingits schon nach kurzer Zeit die Augen schloss. Saira tat das zierliche Geschöpf leid. Wie konnten die Duumars nur so ein junges Mädchen für so eine harte Arbeit auswählen? Da Jir inzwischen eingeschlafen war, hatten Cherou und Saira endlich ein wenig Zeit füreinander. Sie zogen sich an den Rand der Höhle zurück und Saira erzählte Cherou von ihren Erlebnissen während seiner Abwesenheit. Dabei verschwieg sie ihm wohlweißlich die geheimen Ausflüge, um eine Fluchtmöglichkeit zu finden, und ihr Erlebnis mit dem Galanx. Cherou ließ sie gewähren und hörte gebannt zu, während er ihre Nähe genoss. Schließlich gestand ihm Saira, wie sehr sie ihn in dieser Zeit vermisst hatte. Auch Cherou war es nicht anders ergangen und er war froh, endlich wieder bei ihr zu sein. Beide genossen nun die gemeinsame Zeit und hofften, nicht mehr so schnell getrennt zu werden. Bald schon war es Zeit, sich zum Schlafen nieder zu legen und die beiden Lingits machten es sich neben Jir bequem. Saira schmiegte sich an Cherou und beide waren froh wieder vereint zu sein, während sie schließlich zusammen einschliefen.

*

Thurgun war sehr verärgert, als er Torgs Bericht über die neue Sklavin hörte. Mit dieser halben Portion würde er seine Produktion wohl kaum steigern können. Zwar war nun sein größter Konkurrent ausgeschaltet, doch er hatte immer noch einen Ruf zu verlieren und den würde er sicher nicht wegen dieser Sklavin riskieren. So hatte er Torg angewiesen, wieder einmal etwas Überzeugungsarbeit zu leisten. Er wusste, dass er sich auf den Draugh verlassen konnte. Er würde diesem kleinen Ding schon beibringen genug Feuerstein zu fördern. Ansonsten sollte sie eben auch nach einem schlimmen Unfall seinen Speiseplan bereichern!

*

Am nächsten Morgen hatte Cherou ziemliche Probleme beim Aufwecken von Jir. Sie schlief so fest, dass er sie mehrmals heftig schütteln musste bis sie endlich wach war. Sie war vom Vortag immer noch völlig erschöpft, doch nachdem Flemm ihr eine üppige Mahlzeit aus Tang bescherte, kam sie schnell wieder zu Kräften. Anfänglich arbeitete sie auch gut mit, nicht zuletzt deshalb, weil Saira und Cherou ihr manchmal den einen oder anderen Brocken Feuerstein heimlich zusteckten. So hielt sie bis zur Essenspause durch, danach erlahmten ihre Kräfte allerdings zusehends. Bei Torgs nächstem Kontrollgang war ihr Sammelbehälter nicht ausreichend gefüllt, so dass der Draugh sie erst einmal mit wüsten Beschimpfungen eindeckte. Dann ergriff er sie und zerrte sie brutal nach hinten. Saira fuhr entsetzt herum. Sie konnte nicht glauben, dass Torg Jir gleich am zweiten Arbeitstag bestrafen würde, aber genau das tat er! Während Jir entsetzt wimmerte und schrie, warf der Draugh sie vor sich in den Sand, presste sie zu Boden und traktierte sie dann mit seinem Sonar. Saira wandte sich Hilfe suchend an Cherou.

»Bitte, tu' doch irgendwas!« flüsterte sie verzweifelt.

Doch Cherou senkte nur mit bitterer Miene den Blick. »Tut mir leid, ich kann ihr nicht helfen«, antwortete er niedergeschlagen.

»Aber ... das kann er doch nicht tun!« meinte Saira entsetzt und wandte sich wieder zu Jir um, die sich hilflos schreiend und wimmernd unter dem Draugh wand.

Gorv legte ihr eine Hand auf die Schulter. Sein Blick hatte wieder die gewohnte Härte, als er zu ihr sprach: »Niemand kann ihr da helfen! Arbeite einfach weiter, sonst bist du die Nächste, die bestraft wird!« Seine energische Stimme verlieh seinen Worten auch diesmal die entsprechende Wirksamkeit.

Saira sah ihn gleichzeitig entsetzt und verzweifelt an, doch Gorv schüttelte nur bedauernd den Kopf. Schließlich kam sie zögernd seiner Aufforderung nach, aber Jirs Geschrei war unerträglich für sie. Irgend jemand musste diesem armen Wesen doch helfen! Sie konnten nicht einfach nur hilflos zusehen, wie das junge Geschöpf sinnlos gequält wurde! Wieder stiegen Saira vor lauter Verzweiflung Tränen in die Augen. Warum hörte Torg denn nicht endlich auf? Schließlich hielt Saira es nicht mehr aus. Wenn keiner der Lingits helfen wollte, dann musste sie es eben tun! Saira blickte kurz über die Schulter, um Richtung und Entfernung zu bestimmen, dann wirkte sie mit einer knappen, kaum sichtbaren Handbewegung, eine magische Stoßwelle. An der Luft hätte diese Stoßwelle den Draugh einfach nur von den Beinen geholt, doch durch die wesentlich höhere Dichte des Wassers war die Wirkung der Stoßwelle entsprechend größer. Torg wurde nicht nur umgeworfen, sondern mit großer Wucht gegen die hinter ihm liegenden Felsen geschleudert. Dort brach er mit einem erschrockenen Aufschrei zusammen. Die Lingits fuhren verwundert herum und staunten nicht schlecht, als sie Torg weiter hinten reglos zwischen den Felsen liegen sahen. Sie stellten ihre Arbeit ein und näherten sich ihm vorsichtig, während Saira nur überrascht zu der Stelle hinüber schaute.

»Wie hast du das gemacht?« flüsterte Cherou erstaunt.

»Was?« fragte Saira so harmlos wie möglich.

»Du weißt genau, wovon ich rede!« antwortete Cherou leicht gereizt.

»Kümmere dich lieber um Jir, sie braucht jetzt deine Hilfe!« gab Saira trotzig zurück.

Cherou bedachte sie mit einem wütenden Blick. »Darüber reden wir noch!« Dann schwamm er zu Jir hinüber und untersuchte sie. Das zarte Geschöpf war fast ohnmächtig und erschrak, als Cherou sie berührte, doch er konnte sie schnell beruhigen. In diesem Zustand konnte sie auf keinen Fall mehr weiter arbeiten. So nahm Cherou sie behutsam auf seine Arme und brachte sie zur Schlafhöhle zurück, während die anderen Lingits sich in respektvollem Abstand um Torg scharten.

»Ist er tot?« fragte einer der Sklaven.

»Nein, nur bewusstlos.« Er sprach es mit einem gewissen Bedauern aus und deutete auf die Atemöffnungen im Panzer des Draughs, durch die in regelmäßigen Abständen ein Schwall Wasser austrat.

»Dann sollten wir besser weiter arbeiten«, meinte ein anderer Lingit. »Wenn er aufwacht und sieht, dass wir nicht arbeiten, bestraft er vielleicht noch mehr von uns!«

Das überzeugte auch die anderen Lingits und sie nahmen rasch ihre Arbeit wieder auf. Inzwischen war Cherou zurückgekehrt und gesellte sich zu Saira. »Ich habe sie zur Schlafhöhle zurück gebracht und ihr einen beruhigenden Extrakt gegeben. Sie schläft jetzt und wird vor morgen früh nicht wieder aufwachen«, erklärte er kurz. Dann wandte auch er sich erneut seiner Arbeit zu. Saira bemerkte durchaus seine Verärgerung, vor allem weil er sie nicht weiter beachtete, doch sie war sicher, das Richtige getan zu haben. Wenigstens hatte sie diesem Scheusal von Draugh endlich einmal eine Lektion erteilt! Zwar sollte der Zauber gar keine so große Wirkung haben, aber es war nun eben so geschehen, daran konnte sie jetzt auch nichts mehr ändern. Sie musste nur in Zukunft mehr darauf achten, dass sie nun von Wasser und nicht mehr von Luft umgeben war. Sie hatte sich schon so sehr daran gewöhnt, dass sie es meist gar nicht mehr wahrnahm. Doch in dieser Umgebung herrschten andere Gesetze, die sie beim Einsatz von Magie besser berücksichtigen sollte, damit ihr nicht noch weitere Missgeschicke passierten!

Allmählich regte sich Torg wieder und schüttelte schließlich die Benommenheit ab. Dann stellte er sich wieder auf seine Beine und probierte sämtliche Gliedmaßen aus. Sein starker Panzer hatte ihn vor Verletzungen bewahrt. Doch was war eigentlich geschehen? Woher war nur die Druckwelle gekommen, die ihn hierher geschleudert hatte? Torg sah sich um, konnte aber nirgendwo etwas entdecken, was die Druckwelle ausgelöst haben könnte. Auch seine Sklaven arbeiteten einfach weiter, so als sei nichts geschehen. Irgend etwas stimmte hier nicht! Schnell stellte er fest, dass die Sklavin, die er zuvor bestraft hatte, nun fehlte. »Wohin ist diese halbe Portion verschwunden?« knurrte er verärgert.

Cherou drehte sich herum und antwortete so freundlich er konnte: »Eure Bestrafung hat ihr zu sehr zugesetzt, Genjai. Sie war nicht weiter arbeitsfähig, deshalb habe ich sie zur Schlafhöhle zurück gebracht und behandelt. Morgen wird sie ihre Arbeit jedoch wieder aufnehmen können!«

»Diese halbe Portion verträgt aber auch wirklich gar nichts!« rief Torg verärgert. »Dann werdet ihr eben alle für sie mitarbeiten, sonst stutz ich euch die Flossen!« drohte er verärgert.

»Gewiss, Genjai!« antwortete Cherou untertänig und nahm seine Arbeit wieder auf.

*

Nach der Arbeit schwammen Saira und Cherou schweigend nebeneinander zur Schlafhöhle zurück. Doch Cherou wechselte kurz vor dem Eingang die Richtung und bat Saira ihm zu folgen. Er führte sie zu einer Felsgruppe in einiger Entfernung, wo sie ungestört waren und keiner ihr Gespräch mithören konnte.

»Was hast du in der Mine getan, um Torg gegen die Felsen zu schleudern?« kam Cherou gleich zum Thema.

»Wie meinst du das?« fragte Saira so harmlos wie möglich.

»Saira, halt' mich bitte nicht zum Narren!« antwortete Cherou mühsam beherrscht. »Ich habe dich genau beobachtet, bevor Torg gegen die Felsen krachte. Wie hast du das gemacht? Besitzt du etwa magische Kräfte?«

»Und wenn's so wäre?« maulte Saira verärgert zurück. »Dieser grausame Kerl hat doch nur seine wohlverdiente Strafe bekommen!«

»Das ist kein Spiel, Saira!« brauste nun Cherou auf. »Wenn du tatsächlich magische Kräfte besitzt und die Duumars finden es heraus, dann bist du so gut wie tot!«

Saira sah ihn aufgrund seiner heftigen Reaktion zuerst verwundert an, senkte darauf aber beleidigt den Blick.

»Versteh doch!« meinte Cherou nun schon fast flehend. »Wenn die Duumars herausfinden, dass du magische Kräfte besitzt, dann bist du eine viel zu große Gefahr für sie. Ihre ganze Macht beruht nur auf ihren magischen Fähigkeiten. Wenn sie nun erkennen, dass du ihnen ebenbürtig bist, dann werden sie dich töten, das ist sicher!«

Saira hob kurz den Blick, wandte sich darauf aber wortlos von ihm ab.

Cherou rollte mit den Augen. Als er Saira berühren wollte, zog sie sich von ihm zurück, was ihn schließlich wütend machte. Verärgert ergriff er einen Arm von ihr und drückte Saira gegen die Felswand.

»Aua, du tust mir weh!« rief Saira verängstigt.

»Dann hör auf dich so lächerlich zu benehmen und beantworte endlich meine Frage!« rief Cherou wütend. »Schließlich will ich nicht, dass man dich tötet!« Er machte eine kurze Pause und lockerte seinen Griff. »Dafür mag ich dich nämlich viel zu sehr ...« sprach er leise und mit abgewandtem Blick.

Saira sah ihn überrascht an und senkte dann verlegen den Blick. »Tut mir leid, ich wollte dich nicht verärgern!« entschuldigte sie sich. Nach einer kurzen Pause gab sie es schließlich zu: »Ja, ich besitze magische Kräfte, aber ich bin kein ausgebildeter Magier, sondern noch eine Schülerin.«

Cherou nickte verstehend. »Dann hör mir jetzt genau zu. Du darfst deine Kräfte nicht mehr so offen zeigen. Wenn wir Glück haben, hat sonst niemand etwas davon mitbekommen. Du schwebst sonst in höchster Gefahr, hast du das verstanden?« fragte Cherou eindringlich.

Saira nickte betroffen.

»Gut, dann verhalten wir uns nun so unauffällig wie möglich, in der Hoffnung, dass der Vorfall schnell vergessen wird!« meinte Cherou versöhnlich.

»Ich werde mir Mühe geben«, versprach Saira kleinlaut. Als Cherou darauf zur Schlafhöhle zurück kehren wollte, hielt sie ihn noch einmal zurück. Er sah sie fragend an.

»Da ... ist ... noch etwas, was ich dir sagen muss«, begann Saira zögernd zu sprechen. »Ich ... weiß nicht, wie lange ich das hier noch aushalte. Vor kurzem hat Torg erst die drei Lingits völlig grundlos bestraft, dann ist Genvin gestorben und jetzt behandelt Torg auch noch Jir so grausam. Ich ertrage das alles nicht mehr länger.« Sie zögerte noch einmal kurz. »Cherou, ich will fort von hier und ich habe auch schon eine geeignete Stelle dafür gefunden!«

Cherou bekam große Augen. »Du willst fliehen?« fragte er überrascht.

Saira nickte entschlossen.

»Während du fort warst, habe ich heimlich die Schutzzauber überprüft und eine Stelle gefunden, durch die ich unerkannt entkommen kann«, gestand Saira nun.

Cherou atmete geräuschvoll aus. »Ich habe schon befürchtet, dass es eines Tages so weit kommen wird, aber ich habe nicht damit gerechnet, dass es so schnell gehen würde«, meinte er nachdenklich. »Aber so einfach ist das nicht! Du kennst unsere Welt überhaupt nicht und da draußen im offenen Meer lauern unzählige Feinde auf uns. Wir schmecken nämlich einigen Meeresbewohnern recht gut und auch der Ozean selbst ist oft tückisch und kann schnell zur tödlichen Falle werden, wenn man ihn nicht kennt. Du würdest da draußen alleine keine zwei Hellphasen überleben!«

»Du vergisst meine magischen Kräfte«, meinte Saira selbstbewusst.

»Die werden dir auch nichts nützen, wenn du die Gefahren nicht kennst und nicht weißt, wie du dich in solchen Situationen verhalten sollst. Glaub mir, ich weiß, wovon ich rede. Ich kenne diese Welt besser als die meisten anderen Lingits!« versicherte Cherou.

»Ich werde da draußen schon irgendwie klar kommen«, antwortete Saira zuversichtlich. »Und selbst wenn nicht. Lieber sterbe ich in Freiheit, als mich von den Draughs hier weiter unnötig quälen zu lassen und danach auch noch von ihnen aufgefressen zu werden! Ich halte dieses Leben in Gefangenschaft und die ständige Angst einfach nicht mehr länger aus!« Ihre Stimme drohte zu kippen.

Cherou sah sie überrascht an. »Dann haben sie dir auch davon schon erzählt.«

»Allerdings!« antwortete Saira mit bitterer Stimme.

Cherou ließ bedauernd den Blick sinken und schien nachzudenken. »Selbst wenn du da draußen am Leben bleibst, wohin willst du dann schwimmen?« fragte er nach einer Weile.

»Erst einmal so weit weg wie möglich von hier«, gab Saira zurück.

»Wie willst du das schaffen? Du kennst doch diese Welt überhaupt nicht!« meinte Cherou leicht verärgert. »Wenn du einfach nur drauf los schwimmst, landest du ganz sicher schon nach kurzer Zeit im Magen eines Dorgons oder Peltais!«

»Dann komm doch einfach mit!« war Sairas überraschende Antwort. »Mit deiner Erfahrung und meinen magischen Kräften schaffen wir es bestimmt gemeinsam dort draußen zu überleben!«

Cherou sah sie verblüfft an. »Du willst, dass wir zusammen fliehen?«

Saira nickte heftig. Mit Cherou an ihrer Seite würde sie sich dort draußen, in den unbekannten Tiefen des Ozeans, viel sicherer fühlen. Außerdem war der Gedanke, ihn einfach hier zurück zu lassen, nur schwer zu ertragen. Sie mochte Cherou und hatte sich in seiner Nähe stets geborgen gefühlt. Sich jetzt von ihm zu trennen, würde bestimmt recht schmerzlich sein, deshalb hoffte Saira inständig, dass er sie auf der Flucht begleiten würde.

Auch Cherou gefiel der Gedanke ganz und gar nicht, Saira dort draußen in diesem riesigen, gefährlichen Ozean mit seinen unzähligen Gefahren alleine zu lassen. Dafür mochte er sie viel zu sehr. Doch nun einfach mit ihr zu fliehen, ohne ein Ziel vor Augen zu haben, erschien ihm nicht ratsam. Sicher war der Gedanke verlockend, endlich der Knechtschaft der Duumars zu entfliehen und mit Sairas magischen Kräften schien dieses Ziel erstmals in greifbare Nähe zu rücken. Aber was kam danach? Die Duumars würden sie quer durch den Ozean hetzen! Die erfolgreiche Flucht zweier Lingits war das Letzte, was sie gebrauchen konnten! Wenn er und Saira das heil überstehen wollten, dann brauchten sie Verbündete, die ihnen Asyl gewährten und im Kampf gegen die Verfolger beistanden. Doch wer wäre da draussen schon dazu bereit, den mächtigen Duumars die Stirn zu bieten? Noch während er nachdachte, fing er Sairas flehenden

Blick auf. Also ließ er sie an seinen Überlegungen teilhaben und bat sie um ein wenig Geduld, da er die Situation erst überdenken musste. Außerdem wurde es allmählich Zeit in die Schlafhöhle zurückzukehren, da die Dunkelphase gleich begann. Saira willigte schließlich etwas enttäuscht ein. Sie verstand durchaus seine Beweggründe, bat ihn aber, nicht zu lange zu überlegen. Dann folgte sie Cherou in die Schlafhöhle.

*

In dieser Nacht überlegte Cherou fieberhaft, wohin sie fliehen sollten und wer ihnen gegen die Duumars und deren Helfer beistehen würde. Doch ihm fiel keine vernünftige Lösung ein, bis er sich an ein lange zurückliegendes Gespräch mit Flemm erinnerte. Dieser hatte ihm einst erzählt, wie es zur Machtübernahme durch die Duumars gekommen war und dass damals die Qails erbitterten Widerstand geleistet hatten. Die Qails, jenes sagenumwobene Volk, hatte mit allen Mitteln versucht, die Duumars aufzuhalten und die Versklavung der Lingits zu verhindern. Doch die Duumars waren bereits zu stark und zerschlugen den Widerstand der Qails mit aller Härte, so dass diesen nur noch die Flucht blieb. Viele Legenden rankten sich um dieses Volk, das seitdem irgendwo in den Weiten des Ozeans im Exil leben soll. Etliche Geschichten erzählten von wundersamen Fähigkeiten, die diesen Wesen zu eigen sein sollten und dass sie die einzige Hoffnung wären, um die Duumars eines Tages zu entmachten. Doch wo sollte man nach ihnen suchen? Es gab nur einige Gerüchte, wo sie sich seither aufhielten, aber auch die beschrieben den Ort nur sehr vage. Immerhin war es ein erster Anhaltspunkt, in welche Richtung eine Flucht möglich war. Dass die Qails versuchten, ihren Aufenthaltsort geheim zu halten war unter diesen Umständen durchaus verständlich. Konnte man den Geschichten Glauben schenken, so stellten sie sehr wohl eine ernst zu nehmende Bedrohung für die Duumars dar. Sie besaßen zwar keine magischen Kräfte, waren aber in der Lage, nahezu jede Art von Energie zu erzeugen und diese natürlich auch als Waffe einzusetzen. Warum sie damals dennoch im Kampf gegen die Duumars unterlagen, blieb bis heute ein Rätsel. Sicher war nur, dass diese Lebewesen irgendwo da draußen noch existierten. In diesem Moment reifte in Cherous Kopf ein verwegener Plan. Er musste nur noch mehr über den jetzigen Aufenthaltsort der Qails herausfinden. Dabei konnte ihm sicher Flemm mit seinem reichhaltigen Wissen behilflich sein. Gleich morgen, in aller Frühe, würde er ihn aufsuchen und befragen. Der alte Lingit war bestimmt in der Lage ihm die nötigen Informationen zu liefern. Dann stand einer erfolgreichen Flucht nichts mehr im Wege, in deren Verlauf sich die Geschichte Turoons wandeln sollte! Sie würde die Machtverhältnisse dieser Welt neu ordnen und ihr ein neues Antlitz verleihen!

Flucht

Wie er es sich vorgenommen hatte, suchte Cherou am nächsten Morgen Flemm auf. Seine Besuche zu dieser frühen Stunde waren nichts Außergewöhnliches, denn es war die einzige Zeit, in der die beiden Lingits sich ungestört unterhalten und Erfahrungen austauschen konnten. Flemm war zwar überrascht über das plötzliche Interesse seines ehemaligen Schützlings an den Qails, gab ihm aber bereitwillig Auskunft. So erfuhr Cherou an diesem Morgen alles, was er für die Flucht benötigte. Ihm war durchaus klar, dass er seinem Lehrmeister nichts vormachen konnte und dieser bald begriff, wozu er die Informationen brauchte. Doch er wusste auch, dass er Flemm absolut vertrauen konnte. Sie verabschiedeten sich herzlich voneinander, jedoch nicht ohne eine Ermahnung von Flemm, dass Cherou gut auf sich und seine Begleiterin aufpassen sollte. Cherou sah Flemm überrascht an, als dieser scherzhaft polterte: »Glaubst du etwa, ich hätte nicht die Blicke gesehen, die ihr euch ständig zuwerft? Ich bin vielleicht alt, aber ich sehe noch sehr gut!«

»Dir bleibt wirklich nichts verborgen«, antwortete Cherou ein wenig verlegen.

»Einer muss ja schließlich auf euch Jungflossen aufpassen!« entgegnete Flemm grinsend. »Nun beeil dich, damit du zurück bist, bevor die beiden Mädchen aufwachen.«

So schwamm Cherou nach einem letzten Gruß schnell wieder zur Schlafhöhle, wo Saira und Jir noch ruhten. Nur wenige Lingits waren um diese Zeit schon wach, doch sie beachteten ihn nicht weiter.

*

Als Jir erwachte und ihr klar wurde, dass sie an diesem Tag wieder in die Mine zurückkehren musste, war sie zunächst noch äußerst verängstigt. Cherou und Saira versicherten ihr jedoch, dass sie ihr bei der Arbeit behilflich seien und sie nichts zu befürchten hätte. Es

104

dauerte ein wenig, bis sie sich soweit beruhigt hatte, dass sie schließlich zusammen zur Mine schwimmen konnten. Dort begann Jir aber schon beim Anblick von Torg zu zittern und stellte sich bei der Arbeit vor lauter Angst sehr ungeschickt an. Doch Saira und Cherou unterstützten sie nach Kräften und selbst Gorv half aus, als er bemerkte, wie ängstlich das Mädchen war. So war ihr Sammelbehälter immer gut gefüllt, was Torg durchaus mit Zufriedenheit registrierte. Bis zur Pause hatte sich Jir schließlich wieder soweit beruhigt, dass sie den Rest des Tages besser arbeitete. Letzlich war sie sogar stolz darauf, mit den anderen Arbeitern mithalten zu können, was Cherou und Saira mit einem amüsierten Lächeln quittierten. Die Angst, die sie an diesem Tag ausgestanden hatte und die harte Arbeit forderten letztendlich ihren Tribut und sie schlief an diesem Abend rasch ein. Dies gab Cherou und Saira die Möglichkeit, sich wieder ihren Plänen für die Flucht zu widmen. Cherou führte Saira zu der gleichen Stelle, an der sie schon am Abend zuvor miteinander gesprochen hatten.

»Hör zu, Saira, ich weiß jetzt, wohin wir flüchten können!« kam Cherou ohne Umschweife zum Thema, worauf ihn Saira gespannt ansah. Dann erzählte Cherou ihr von den Qails, wie sie einst den Duumars Widerstand leisteten und was er von Flemm über ihren jetzigen Aufenthaltsort wusste. Zwar hatte auch er nur Vermutungen geäußert. Allerdings waren an der beschriebenen Stelle immer wieder Qails beobachtet worden, so dass ihre Existenz dort als ziemlich gesichert angenommen werden konnte. Saira war von der Idee sofort begeistert, wurde von Cherou aber in ihrem Eifer gebremst, als er meinte:»Ich werde dich dorthin führen, aber nur wenn du da draußen genau das tust, was ich dir sage! Der Weg ist sehr weit und gefährlich. Du kennst unsere Welt kaum und Eigenmächtigkeiten können deshalb sehr schnell tödliche Folgen haben. Darum musst du mir versprechen in meiner Nähe zu bleiben und mir zu gehorchen! Nur unter dieser Bedingung werde ich dich begleiten, hast du das verstanden?« fragte er eindringlich.

Saira nickte nach kurzem Zögern.

»Gut, dann wird es Zeit, dass ich dir über einige der größten Gefahren im Meer berichte und dir zeige, wie du dich richtig verhältst«, bemerkte Cherou. »Wenn wir da draußen angegriffen werden, bleibt keine Zeit mehr für Erklärungen. Dann musst du wissen, was zu tun ist, oder du bist verloren! Deshalb werde ich dir während der nächsten Hellphasen nach der Arbeit die wichtigsten Regeln und Fertigkeiten beibringen, wie man im offenen Ozean überlebt. Allerdings kann ich dich nicht auf alles, was uns dort erwartet, vorbereiten. Im Notfall musst du dich eben auf dein Gefühl verlassen, oder du tust einfach das Gleiche wie ich.« Dann begann Cherou damit Saira die einzelnen Fressfeinde, deren Jagdmethoden nebst ihren Stärken und Schwächen zu erklären. Er brachte ihr bei, was sie tun musste, um sich ihrer zu erwehren, sich vor ihnen zu verbergen oder ihnen aus dem Weg zu gehen. Schon nach kurzer Zeit schwirrte Saira der Kopf von den zahlreichen Informationen, doch sie versuchte, sich so viel wie möglich zu merken und ließ sich bereitwillig von Cherou unterweisen. Am Schluss gestand sie ihm, dass sie sich die Flucht nicht so schwierig vorgestellt hätte.

»Das ist klar, denn du kennst unsere Welt ja kaum«, antwortete Cherou verständnisvoll. »Wahrscheinlich ist das Leben auf deiner Welt nicht ganz so gefährlich wie bei uns.«

»Nein, das ist es wirklich nicht«, bestätigte Saira. »Wir müssen nicht ständig befürchten aufgefressen zu werden.«

»Vielleicht schmeckt ihr einfach nicht gut genug«, bemerkte Cherou grinsend und kassierte prompt einen strafenden Blick von Saira.

»Sag mal, sollten wir Jir nicht auch mitnehmen?« fragte sie nach einer Weile. »Ich habe die Befürchtung, dass sie hier nicht lange überleben wird.«

»Auf gar keinen Fall!« antwortete Cherou energisch. »Sie ist viel zu schwach und würde uns nur behindern. Hier ist sie besser aufgehoben. Die anderen Lingits werden sich um sie kümmern.« Als er Sairas skeptischen Blick sah, ergänzte er verständnisvoll: »Glaub mir, es ist besser so. Im Meer hat sie keine Chance zu überleben. Schon für uns beide wird es schwer genug sein, doch mit ihr zusammen ist es aussichtslos. Mir wäre es auch lieber, wir könnten sie mitnehmen, aber sie würde da draußen sicher nicht durchhalten.«

»Wahrscheinlich hast du recht«, lenkte Saira nach einer Weile ein. »Aber ein schlechtes Gewissen habe ich trotzdem wegen ihr.«

»Das verstehe ich gut«, bemerkte Cherou verständnisvoll. »Wir haben aber keine andere Wahl, sonst ist unser Vorhaben gleich von Anfang an zum Scheitern verurteilt.«

Das sah Saira schließlich ein und nickte ihm zu.

»Gut, dann komm jetzt, es wird Zeit, dass wir zur Höhle zurückkehren, sonst fallen wir noch auf«, meinte Cherou freundlich.

*

Es folgten zwei weitere Abende, an denen Cherou Saira unterwies. Am zweiten Abend ließ sich Cherou dann auch gleich die Stelle zeigen, wo Saira die magischen Sperren umgehen wollte. Aus einem Versteck heraus deutete sie schließlich in eine bestimmte Richtung der vor ihnen liegenden offenen Fläche. Cherou war zunächst skeptisch, da es keinerlei Deckung gab, aber Saira versicherte ihm, dass es die einzige Stelle sei, an der sie die magische Wand durchdringen konnten.

»Das ist der einzige Zauber, der mir bekannt ist und den ich gefahrlos einschränken kann, ohne dass es bemerkt wird«, beteuerte sie.

»Bist du dir absolut sicher, dass du es schaffst?« fragte Cherou unsicher. »Ich möchte nicht, dass unsere Flucht gleich hier zu Ende ist.«

»Ganz bestimmt!« versicherte Saira. »Ich habe es ja schon einmal probiert«, gab sie dann kleinlaut zu.

Cherou fuhr herum und fauchte sie wütend an: »Du hast was ...? Wie konntest du nur so leichtsinnig sein!«

»Ich musste doch sicher gehen, dass es funktioniert!« verteidigte sich Saira. »Keine Sorge, ich weiss schon, was ich tue, oder traust du mir das etwa nicht zu?« fragte sie herausfordernd.

Cherou bedachte sie mit einem verärgerten Blick. »Sicher traue ich dir das zu, aber es war trotzdem leichtsinnig!«

»Das war es eben nicht!« konterte Saira ärgerlich. »Von Magie verstehe ich nämlich ein wenig mehr als du!« Sie sah ihn trotzig an.

Cherou wusste nicht warum, aber irgendwie amüsierte ihn Sairas trotzige Reaktion und ein Lächeln stahl sich auf sein Gesicht. »Also gut, jetzt hast du mich erwischt!« gab er schließlich zu. »Da bist du ausnahmsweise besser als ich.«

»Das will ich wohl meinen!« schimpfte Saira halb ernst. »Was gibt es denn da zu lachen?«

»Weil du süß aussiehst, wenn du dich ärgerst!« konterte Cherou grinsend.

Saira boxte ihn gegen die Schulter. »Du bist unmöglich!« schimpfte sie in gespieltem Ärger.

»Pass auf!« zischte Cherou plötzlich und zog Saira tiefer in die Deckung der Felsen. Auf ihren fragenden Blick hin deutete er nach vorne, wo ein Galanx in einiger Entfernung gemächlich vorbei schwamm. »Die machen mir am meisten Sorgen. Wenn uns einer von denen entdeckt, sind wir so gut wie tot!« flüsterte Cherou besorgt.

»Ziehen sie regelmäßig ihre Runden um das Gebiet?« fragte Saira leise.

»Eben nicht! Sie patrouillieren, wie es ihnen gefällt. So kann man nie wissen, wann sie erscheinen!« antwortete Cherou.

Diese Erfahrung hatte Saira auch schon gemacht, verschwieg Cherou aber ihre Begegnung mit dem Galanx. »Dann müssen wir eben darauf hoffen, dass uns bei der Flucht keiner von ihnen entdeckt. Zumindest kann ich mit einem Wachzauber dafür sorgen, dass wir ihn rechtzeitig bemerken, bevor er uns sieht«, erklärte sie beruhigend.

»Hoffen wir, dass uns dein Zauber vor einer Entdeckung bewahrt«, bemerkte Cherou unsicher. »Also gut, dann ist es in dieser Dunkel-phase soweit. Wenn alle schlafen, schleichen wir uns hinaus und versuchen von hier aus zu entkommen.«

Saira nickte nur bestätigend. Es fiel ihr schwer, ihre Aufregung zu unterdrücken. Endlich war es soweit! Endlich konnte sie diesen schrecklichen Ort verlassen!

»Gut, dann lass uns jetzt zurück schwimmen. Ich weiß, dass du aufgeregt bist, aber versuch trotzdem ein wenig zu schlafen, bis wir uns davonstehlen. All unsere Sinne müssen wachsam sein, wenn wir es schaffen wollen«, riet Cherou ihr.

»Ich werde es probieren«, versprach Saira, sie war sich jedoch sicher, dass es ihr nicht gelingen würde.

Später in der Schlafhöhle schmiegte sie sich an Cherou. Seine Nähe tat gut und wirkte beruhigend auf sie. Nun war ihr durchaus leicht mulmig zumute. Zwar hatte sie diesen Augenblick schon länger herbei gesehnt, aber nun tatsächlich von hier zu fliehen, war doch etwas völlig Anderes. Jetzt war sie froh, dass Cherou sie begleitete. Mit ihm zusammen fühlte sie sich sicherer und seine große Erfahrung würde ihnen bestimmt viel nützen. Nach allem, was Cherou ihr über diese Welt erzählt hatte, wäre sie da draußen niemals alleine zurecht gekommen und bald schon in tödliche Gefahr geraten. Ihre Gedanken kreisten noch eine Weile um dieses Thema, bis sie schließlich doch in einen leichten Schlaf fiel.

Auch Cherou hing seinen Gedanken nach. Auf der einen Seite freute er sich, bald wieder frei zu sein, auf der anderen Seite wusste er, dass sie im offenen Ozean ständig auf der Hut vor ihren Verfolgern sein mussten. Es würde eine lange und gefährliche Reise zu den Qails werden und er sollte dabei noch gut auf diese Jungflosse aufpassen, die ihm mittlerweile ans Herz gewachsen war. Ihre magischen Fähigkeiten würden ihnen zwar nur bedingt etwas nützen, bei seinen späteren Plänen waren sie jedoch ein nicht zu unterschätzender Vorteil. Aber erst einmal mussten sie von hier entkommen und den weiten Weg zu den Qails meistern. Doch Cherou war zuversichtlich, dass sie es schaffen konnten. Dann würden hoffentlich für sein Volk wieder bessere Zeiten anbrechen.

*

Saira schreckte hoch, als sie jemand leicht anstieß. Cherou schwebte mit stark gedämpften Leuchtorganen vor ihr und gebot ihr mit einer Geste leise zu sein. Sie schüttelte ihre Benommenheit ab und sah sich kurz um. Die Lingits um sie herum schliefen alle tief und fest. Niemand würde also ihr Verschwinden bemerken. Cherou gebot ihr mit einer weiteren Geste zu folgen. Saira zögerte allerdings noch kurz und warf Jir noch einmal einen bedauernden Blick zu. Am liebsten hätte sie das junge Mädchen zum Abschied gestreichelt, ließ es aber sein, um sie nicht noch versehentlich zu wecken. In Gedanken versprach sie ihr zurückzukehren und sie aus der Gefangenschaft zu befreien. Dann folgte sie Cherou aus der Höhle. Draußen bewegten sie sich so vorsichtig wie möglich, um jegliche Entdeckung auszuschließen. Saira wirkte wieder ihren Schutzzauber, der sie vor der Annäherung anderer Lebewesen warnen würde. Schließlich erreichten sie erneut die Felsgruppe kurz vor dem offenen Gelände, über dem die magische Barriere lag. Cherou spähte achtsam aus der Deckung heraus, konnte aber nirgends eine Bewegung ausmachen. Auch Sairas Schutzzauber sprach nicht an, so dass die Durchquerung des Geländes bis zur Barriere sicher zu sein schien.

»Nun, bist du bereit?« fragte Cherou erwartungsvoll.

Saira nickte entschlossen.

»Gut, dann lass uns von hier verschwinden«, flüsterte Cherou.

Vorsichtig, nach allen Seiten sichernd, schwammen sie los. Nach kurzer Zeit erreichten sie unbehelligt die Barriere, vor der sie zu Boden sanken. Während Saira sich sofort an die Arbeit machte und den Zauber vor ihnen begrenzte, sicherte Cherou die Umgebung. Es schien ewig zu dauern, bis es endlich soweit war, dass sie die Barriere durchdringen konnten. Am liebsten hätte er Saira zur Eile gemahnt. Doch er wusste, dass er sie jetzt nicht stören durfte und dass sie ihr Bestes gab, um sie so schnell wie möglich hier heraus zu holen. Nach scheinbar unendlich langer Zeit drehte sie sich schließlich freudestrahlend um.

»Ich habe es geschafft, der Weg ist frei!« verkündete sie stolz. »Die Öffnung ist aber nicht groß genug für uns beide, deshalb musst du genau hinter mir bleiben, sonst bemerken sie uns!«

»In Ordnung, dann schwimm voraus«, antwortete Cherou erleichtert und machte sich bereit, Saira zu folgen. Die erhob sich und schwamm los. Cherou folgte ihr auf dem gleichen Weg, bis sich Saira nach einer kurzen Strecke wieder zu Boden sinken ließ.

»Wir sind durch!« sagte sie aufgeregt. »Jetzt muss ich nur noch den Zauber wieder erweitern.«

»Gut, dann mach schnell!« antwortete Cherou, der sich auf dem offenen Gelände gar nicht wohl fühlte. Wieder sicherte er die Umgebung, sah sich dabei aber gleichzeitig nach einem Versteck für sie beide um. In einiger Entfernung erkannte er eine Gruppe von Felsen, die ihnen ausreichend Deckung bieten würde. Keinen Moment zu früh, denn plötzlich schlug Sairas Wachzauber Alarm! Sie fuhr herum und konnte in der Ferne die undeutliche Silhouette eines Galanx ausmachen, der langsam näher kam. Cherou hatte ihre Reaktion bemerkt und entdeckte im gleichen Moment den Wächter. »Wir müssen weg von hier!« zischte er und deutete auf den Galanx.

»Ich kann jetzt nicht weg, bis ich den Zauber wieder hergestellt habe, sonst entdecken sie uns sofort!« antwortete Saira erregt.

»Wenn wir nicht verschwinden, dann sieht uns der Galanx!« konterte Cherou panisch.

»Geh und versteck dich, ich komme hier schon alleine klar!« forderte Saira ihn auf. Als er zögerte meinte sie beruhigend: »Keine Sorge, ich weiß mir durchaus zu helfen.«

»Ich kann dich doch nicht einfach alleine zurück lassen!« antwortete Cherou verzweifelt.

»Nun geh schon!« zischte Saira erregt. »Ich bin ja gleich fertig!«

Cherou zögerte immer noch, obwohl der Galanx schon gefährlich nahe war.

»Geh endlich und bring dich in Sicherheit!« forderte Saira ihn energisch auf. »Ich schaffe das schon!«

Zögernd setzte sich Cherou in Bewegung, während der Galanx bereits fast in Sichtweite war. Schließlich beeilte er sich mit einem letzten verzweifelten Blick die Deckung der Felsen zu erreichen, derweil Saira ihre Arbeit erleichtert fortsetzte. Nur noch ein paar magische Eingriffe, dann war sie fertig. Doch der Galanx war schneller! Als Saira über die Schulter spähte, sah sie ihn direkt auf sich zu kommen. Sie geriet kurz in Panik, während Cherou aus der Deckung heraus die Szene völlig hilflos mit ansehen musste. Er staunte nicht schlecht, als Saira direkt vor seinen Augen plötzlich unsichtbar wurde. Im nächsten Moment war der Galanx auch schon heran geschwommen. Sein mächtiger Schatten fiel auf Cherou, der sich erschrocken weiter hinter die Felsen zurückzog.

Saira hatte sich derweil zu Boden sinken lassen und versuchte sich nicht zu bewegen, während sie fieberhaft daran arbeitete, den Schutzzauber zu vervollständigen und dabei gleichzeitig unsichtbar zu bleiben. Der Galanx schwebte nun genau über ihr und sie spürte die Strömungen, die seine Schwimmbewegungen auslösten. Er wandte den Kopf mehrmals hin und her und verharrte kurze Zeit direkt über Saira, wobei er langsam tiefer sank. Sein riesiger Körper kam immer näher und Saira erkannte erst jetzt mit Schrecken, wie groß diese Wächter eigentlich waren. Der Galanx sank immer noch tiefer und Saira konnte jetzt fast schon sämtliche Details auf seiner glatten Haut erkennen. Wenn er sie berührte, würde er sie sofort bemerken! Dann war ihre Flucht hier bereits zu Ende. Der untere Flossenstrahl des Galanx war schließlich nur noch eine Armlänge entfernt und Saira wollte schon in Panik aufschreien. Er sank weiter langsam hinab. Saira war schon bereit, sich zur Seite zu werfen, um nicht unter dem riesigen Körper begraben zu werden, als der Wächter sich endlich wieder in Bewegung setzte. Der Rand seines Flossen-strahls streifte sogar kurz ihren Körper und Saira geriet schon in Panik, dass er sie nun entdecken würde. Doch der Galanx schien es nicht zu bemerken, sondern wirbelte mit seinen Schwimmbewegungen nur eine große Menge Sand auf und zog schließlich gemächlich weiter. Als er endlich ausser Sichtweite war, löste Saira den Unsichtbarkeitszauber erleichtert auf und erhob sich zitternd, während sie schnell noch den Schutzzauber endgültig wieder herstellte. Dann beeilte sie sich zu Cherou zu gelangen, der sie freudig in die Arme nahm und erleichtert an sich drückte.

»Ich dachte schon, der Galanx hätte dich entdeckt!« flüsterte er besorgt.

»Er hat mich sogar einmal kurz berührt, bemerkte es aber zum Glück nicht!« antwortete Saira erregt und ließ sich dann erschöpft zu Boden sinken.

»Hast du die magische Barriere verschlossen?« fragte Cherou nach kurzer Pause.

Saira nickte und versuchte sich zu beruhigen.

»Dann ruhe dich erst einmal aus und komm wieder zu Kräften« empfahl Cherou, worauf Saira ihm einen dankbaren Blick zuwarf. Dann wandte er sich um und spähte aus der Deckung heraus. Er konnte keine Bewegung entdecken und der Galanx war auch nicht zurückgekehrt. Sie mussten aber schleunigst von hier weg. Sie waren noch viel zu nahe an der Stadt der Duumars und konnten jederzeit entdeckt werden. Er wartete für kurze Zeit und beobachtete weiter die Umgebung, aber alles blieb ruhig. Schließlich wandte er sich wieder Saira zu.

»Wie geht es dir, kannst du bereits weiter schwimmen?« fragte er freundlich.

»Es wird schon gehen«, versicherte Saira und erhob sich.

»Gut, dann komm!« forderte er Saira auf und verließ mit ihr zusammen die Deckung. Vorsichtig schwammen sie immer am Boden entlang, um nicht gesehen zu werden. Allmählich verblasste das Licht, das aus der Stadt zu ihnen herüber schien und machte der unendlichen Nacht der Tiefsee platz. Im diffusen Halbschatten des letzten Lichtes bemerkte Cherou eine Gruppe von Höhlen innerhalb eines großen Riffs und steuerte darauf zu. Dort war das Licht so schwach, dass die beiden Lingits ihre Leuchtorgane zu Hilfe nehmen mussten, um etwas zu sehen. Saira war begeistert von der Vielfalt der Lebewesen, die das Riff hier unten in absoluter Dunkelheit bevölkerten. Zum ersten Mal in ihrem Leben sah sie die bizarren Gehäuse verschiedenster Korallen, bewunderte die feingliedrigen Fangarme der Polypen, die darin hausten. Dazwischen huschten und krochen immer wieder seltsam geformte Lebewesen herum, die sie noch nie gesehen hatte. Der Anblick war atemberaubend und Saira konnte sich an der Vielfalt des Lebens gar nicht satt sehen. Cherou musste sie regelrecht weiter ziehen, während Sairas Blick wie gefesselt an dem Riff hing. Schließlich bugsierte er sie in die Sicherheit einer der Höhlen und Saira bedauerte, dem bunten Treiben der Lebewesen nicht weiter zusehen zu können.

»Du wirst noch genug Gelegenheiten haben, diese Welt kennen zu lernen«, versprach ihr Cherou lächelnd. »Hier sind wir erst einmal sicher. Die Hellphase wird bald beginnen, dann ist es besser, wenn wir uns hier verborgen halten.«

»Woher willst du wissen, dass die Hellphase bald beginnt?« fragte Saira verwundert. »Das kann man hier doch gar nicht erkennen.«

»Glaub mir, es ist so«, versicherte Cherou schmunzelnd. »Ich lebe schon lange genug hier unten und kann es fühlen, wenn es soweit ist.«

Damit musste sich Saira eben zufrieden geben. Seiner Erfahrung hatte sie nichts entgegen zu setzen und musste sich wohl oder übel darauf verlassen, dass er Recht hatte. Sie kam nicht mehr dazu weiter darüber nachzudenken, denn im selben Moment hörten beide Lingits eine drohende Stimme: »Bewegt euch nicht, oder ihr seid tot!«

*

Jir erwachte an diesem Morgen schon recht bald und wunderte sich, dass Cherou und Saira nicht neben ihr lagen. Sie rieb sich den Schlaf aus den Augen und sah sich um, konnte die beiden aber nirgendwo entdecken.

»Hat jemand von euch Cherou oder Saira gesehen?« fragte sie die Lingits in ihrer Umgebung. Doch die schüttelten nur die Köpfe.

»Mach dir keine Sorgen«, meinte einer der Sklaven. »Cherou verschwindet oft schon früh morgens, kehrt aber immer rechtzeitig zur Arbeit zurück. Keiner weiß, wo er hingeht, aber er ist sicher bald wieder da. Vielleicht hat ihn Saira dieses Mal begleitet«, erklärte er beruhigend.

»Schwimm doch mit uns zur Mine«, bot ihr ein anderer Lingit an. »Dann bekommst du wenigstens genug zu essen, sonst musst du dich mit ein paar Resten zufrieden geben.«

»Du wirst die beiden bestimmt in der Mine wiedersehen«, versprach ein weiterer Lingit.

Nach kurzem Zögern willigte Jir schließlich ein. Cherou und Saira hatten sicher nichts dagegen, wenn sie sich diesmal einer anderen Gruppe Lingits anschloss. So konnte sie diese wenigstens auch noch besser kennen lernen. Sie würde die beiden später gewiss wieder treffen. So schwamm Jir mit den anderen Lingits in Richtung der Mine los.

*

In Sairas und Cherous Rücken bohrte sich ein nadelspitzer Dorn. Cherou spähte vorsichtig über die Schulter nach hinten, während Saira vor Schreck erstarrte. Aus dem Augenwinkel heraus erkannte er eine vertraute Silhouette. »Ihr seid Hingais?« fragte er zaghaft.

»So ist es!« bestätigte deren Anführer. »Wie seid ihr hierher gekommen und was sucht ihr hier?«

»Wir sind aus der Stadt der Duumars geflohen und suchen Schutz«, antwortete Cherou wahrheitsgemäß.

»Das kann nicht sein!« knurrte der Anführer der Hingais und drückte Cherou den Dorn noch fester in den Rücken. »Keiner kann die magischen Barrieren der Duumars lebend überwinden. Wie also kommt ihr hierher? Seid ihr etwa Spione der Duumars?«

»Er sagt die Wahrheit!« versicherte nun Saira. »Ich besitze schwache magische Kräfte, mit deren Hilfe ich die Barriere überwinden konnte. Wir sind Sklaven der Duumars und wollen uns hier nur verbergen!«

Nun drückte der Hingai hinter Saira ihr den Dorn fester in den Rücken. »Das ist unmöglich! Kein Lingit verfügt über magische Kräfte!« knurrte er drohend.

»Ich bin auch kein echter Lingit, sondern ich bin auf diese Welt entführt worden!« entgegnete Saira so ruhig wie möglich.

»Das ist wahr, sie ist ein Thae'Kor«, versicherte Cherou. »Seht sie euch doch an, dann werdet ihr erkennen, dass sie kein echter Lingit ist!«

Der Hingai hinter Saira wechselte einen raschen Blick mit dem Anführer, der ihm kurz zunickte. Darauf zog er sich ein kurzes Stück zurück und befahl: »Dreh dich langsam um!«

Saira kam dem Befehl nach und wandte sich vorsichtig um, während der Hingai ihr weiterhin drohend einen Dorn entgegen streckte. Er verstärkte das Licht seiner Leuchtorgane, um Saira besser sehen zu können. Ihr schmales Gesicht, ihre langen Haare und die spitz zulaufenden Ohren unterschieden sie deutlich von Cherou, dessen Kopf rundlich und völlig unbehaart war. Auch besaß er keine Ohrmuscheln, sondern nur eine kleine Öffnung zu beiden Seiten des Kopfes.

Saira konnte den Hingai nun ebenfalls deutlich erkennen. Er war gerade einmal halb so groß wie sie und trug anstatt eines großen Paares Flügelflossen vorne ein größeres und weiter hinten ein kleineres Flossenpaar. Der Saum beider Flossenpaare war gleichzeitig Leuchtorgan. Der Kopf war nicht deutlich vom Körper abgesetzt und lief auch noch spitz zu. Aus einem der beiden Arme ragte vorne am Handansatz ein langer, äußerst spitzer Dorn hervor, den der Hingai immer noch drohend auf Saira gerichtet hielt.

Der betrachtete Saira nun skeptisch. »Sie ist wirklich kein echter Lingit«, bestätigte er schließlich.

»Bitte glaubt uns doch!« bat Saira eindringlich. »Wir wollen euch nichts tun. Wir sind aus den Minen der Duumars geflüchtet und kehren auch nicht mehr dorthin zurück!« Sie ließ den Kopf sinken und meinte dann nach einer kurzen Pause leise: »Lieber sterbe ich hier, als dort noch einmal als Sklave zu arbeiten!«

»Sie sagt die Wahrheit!« bestätigte Cherou nochmals eindringlich. »Bitte glaubt uns!«

Wieder wechselten die Hingais mehrere Blicke, darauf dämpfte der Anführer schließlich den Druck seines Dorns in Cherous Rücken. »Also gut, wenn ihr wirklich geflüchtet seid, dann wollen wir euch unsere Hilfe nicht verwehren. Ihr könnt vorerst bei uns bleiben, aber ich warne euch! Wenn ihr uns hintergeht, werden wir euch töten!« Dann fuhr er seinen Dornfortsatz ein, genauso wie auch die anderen Hingais.

»Vielen Dank! Das ist sehr liebenswürdig von euch!« bedankte sich Cherou erleichtert und auch Saira verneigte sich.

»Folgt uns!« befahl der Anführer der Hingais knapp.

*

Inzwischen waren alle Lingits in der Sergon-Mine eingetroffen. Nur Cherou und Saira fehlten noch. Allmählich wurde Jir nervös. Torg würde bestimmt sehr verärgert sein, wenn sie nicht rechtzeitig eintrafen. Sie befürchtete, dass er dann seine Wut wieder an ihr ausließ, weil sie zuletzt mit ihnen zusammen gewesen war. Kurze Zeit später betrat Torg die Mine und die Sklaven begaben sich auf ihre Plätze. Natürlich bemerkte der Draugh sofort die Lücke und stampfte zu Jir hinüber, die sich ängstlich zusammen kauerte. Er baute sich hinter ihr auf und knurrte verärgert: »Wo ist Cherou und diese andere Thae'Kor?«

»I ... ich ... weiß es nicht ... Genjai!« stotterte Jir verängstigt.

Der Draugh beugte sich zu ihr herab. »Was soll das heißen, du weißt es nicht?« fragte er gefährlich freundlich. »Bist du heute etwa nicht mit ihnen zusammen hierher geschwommen?«

»N ... nein ... G ... Genjai«, stotterte Jir und wurde noch kleiner.

»Hör gefälligst auf zu stottern, wenn du mit mir redest!« brüllte Torg plötzlich, worauf Jir heftig zusammenzuckte und schließlich in Tränen ausbrach.

»G ... Genjai, ich ... habe sie doch ... heute noch ... gar nicht gesehen«, stammelte sie mit weinerlicher Stimme.

»Sie spricht die Wahrheit!« kam ihr Gorv zu Hilfe. »Keiner von uns hat sie heute schon gesehen.«

»Wer hat dich gefragt!« brüllte Torg ihn an. »Dann werdet ihr eben alle für sie mitarbeiten, bis sie wieder auftauchen!« herrschte er die Lingits an und stampfte darauf zum Minenausgang, wo er einen anderen Draugh zu sich befahl. »Sucht nach diesen beiden Schmarotzern und bringt sie her. Ich werde ihnen persönlich die Flossen stutzen!« knurrte er im Befehlston. Der andere Draugh klappte mit der Schere, zum Zeichen, dass er verstanden hatte, und machte sich auf die Suche.

*

Die Hingais führten sie durch ein Labyrinth von Höhlen und Gängen in denen die Lingits bald die Orientierung verloren. Hier war das Wasser deutlich wärmer und besaß einen seltsamen Geschmack. Auch das Atmen fiel auf einmal schwerer. Schließlich hielten die Hingais an und ihr Anführer gab ein komplexes Signal aus Pfeiflauten und Lichtimpulsen von sich. Daraufhin wurde plötzlich in der Decke ein Felsen knirschend zur Seite gerollt, der eine Öffnung verbarg, durch die nun die Hingais rasch hindurch schwammen. Cherou und Saira mussten sich durch die Öffnung zwängen, die sich direkt hinter ihnen wieder verschloss. Dahinter erschien ein weiteres ausgedehntes Höhlensystem, das den Hingais als Wohnstädte diente. Die Lingits wurden in eine größere Höhle geführt, wo man ihnen gebot zu warten. Dann schwamm der Anführer der Hingais wieder hinaus, postierte aber mehrere Wachen vor dem Höhleneingang.

Saira warf Cherou einen unsicheren Blick zu. Dieser antwortete mit einer beruhigenden Geste. Im Moment fühlten sich die beiden Lingits sichtlich unwohl. Hier waren sie zwar vor ihren Verfolgern sicher, jedoch hatten sich die Hingais nicht gerade als freundlich erwiesen. Kurze Zeit später traf der Anführer mit einem wesentlich älteren Hingai wieder ein. Der alte Hingai musterte die beiden Lingits zuerst schweigend, während er sich zu Boden sinken ließ. Dann sprach er mit rauer Stimme: »Man hat mir berichtet, dass ihr vor den Duumars geflüchtet seid und dass einer von euch über magische Kräfte verfügt. Ist das korrekt?«

»Das ist wahr«, bestätigte Cherou so freundlich wie möglich. »Wir sind Sklaven aus den Minen der Duumars. Meine Partnerin Saira wurde aus einer anderen Welt hierher entführt und verfügt über schwache magische Kräfte, mit deren Hilfe wir die magische Barriere überwinden konnten.«

Der alte Hingai musterte sie wieder kurz und nickte dann verstehend. »Ich würde euch gerne glauben, aber ich muss auch die Sicherheit meines Volkes wahren. Ihr könnt vorerst hier bleiben und genießt unseren Schutz, jedoch bleibt ihr unter Beobachtung. Die Duumars sind niederträchtig und eine ständige Gefahr für unser Volk. Ihr rücksichtsloses Verhalten macht uns das Leben immer schwerer. Ebenso kann die Tatsache, dass ihr über magische Kräfte verfügt, eine Gefahr für uns bedeuten. Ich hoffe, ihr versteht das.«

»Ich kann eure Sorgen durchaus verstehen, aber sie sind unbegründet. Wir wollen euch nichts zuleide tun«, versicherte Saira. »Ich würde mit meinen magischen Kräften niemals jemandem schaden. Ihr habt also nichts von uns zu befürchten. Wir wollen doch nur weg von diesem schrecklichen Ort, wo man uns als Sklaven hält und uns ständig quält und demütigt! Wir ertragen dieses Leben in Gefangenschaft einfach nicht länger und möchten endlich wieder frei sein!«

»Das ist durchaus verständlich«, antwortete der alte Hingai geduldig. »Jedoch muss ich sicher sein, dass ihr unserem Volk keinen weiteren

Schaden zufügt. Zu viel Leid ist in letzter Zeit über uns gekommen, zu viele Opfer wurden schon erbracht, als dass wir noch mehr davon ertragen könnten!« sprach der alte Hingai bitter. Als er die erstaunten Blicke der beiden Lingits sah, erhob er sich und gebot ihnen zu folgen. Flankiert von mehreren Wächtern führte er sie in eine große Höhle, deren senkrechte Wände von Korallen vollständig überwuchert waren. Jedoch fehlte ihm die Farbenpracht des Riffs, das sie draußen gesehen hatten. Bei näherem Hinsehen erkannte man, dass die Korallenstöcke ausgebleicht und leblos waren. Dazwischen wucherten ungehindert Algen und überzogen das Riff mit einem Gewirr aus bleichen Fäden und Büscheln, die dem Ganzen ein gespenstisches Aussehen verliehen. »Die Strömung trägt das Wasser aus der Stadt der Duumars direkt hierher. Es ist viel zu warm und enthält zu wenig Atemgas für die Korallen. Außerdem ist es mit giftigen Stoffen angereichert, welche das Algenwachstum fördern. Dadurch ist dieses Riff bereits vollständig abgestorben und wird nun allmählich überwuchert. Doch das Wasser hat noch schlimmere Folgen!« erklärte der alte Hingai und führte sie in eine weitere Höhle. Dort lagen auf dem weichen Sandboden zahlreiche recht kleine Hingais. »Die Giftstoffe im Wasser sind für uns Erwachsene nicht so schädlich, wie für unsere Kinder, die ihr hier seht. Die meisten von ihnen sind sehr krank und viele sind schon gestorben«, erklärte der alte Hingai bitter. »Wir können kaum etwas für sie tun, denn unsere Heilpflanzen sind nutzlos gegen dieses Gift. Wir können nur versuchen, ihr Leid etwas zu mindern.«

Der Anblick der kranken, wimmernden Kinder brach Saira fast das Herz. Als sie sich einem der Kinder nähern wollte, schob sich einer der Wächter zwischen sie und das Kind und gebot ihr mit einer energischen Geste zurückzuweichen. Saira gehorchte erschrocken und zog sich zurück. Auch Cherou erschrak beim Anblick der vielen kranken Kinder und blickte sich entsetzt um. Doch da verließen sie diese Höhle auch schon wieder und der alte Hingai führte sie in mehrere Höhlen, wo die Hingais verschiedene Arbeiten erledigten.

Es waren durchweg magere, ausgemergelte Gestalten, die sie oft aus leeren Augen anblickten.

»Seht, mein Volk hungert seit längerer Zeit. Das Treiben der Duumars hat nicht nur das Wasser vergiftet, sondern auch die Strömungen verändert. Wir müssen immer weiter hinaus schwimmen, um überhaupt noch Nahrung zu finden. Die Lebewesen ziehen allmählich aus diesem Gebiet fort und oft kehren unsere Jäger mit leeren Händen zurück. Bald werden wir hier gar nichts mehr zu essen finden, dann müssen auch wir diesen Platz verlassen, um nicht zu verhungern!« meinte der alte Hingai traurig.

»Warum habt ihr diesen Ort denn nicht schon längst verlassen?« fragte Saira.

»Unsere kranken Kinder hätten die Reise nicht überlebt. Viele von ihnen sind nicht einmal transportfähig«, erklärte der alte Hingai bitter.

Saira sah ihn zuerst bestürzt an und senkte dann den Blick. »Das ist ja schrecklich ...«, murmelte sie leise.

Darauf führte sie der alte Hingai wieder in ihre Höhle zurück. Dort hatte man inzwischen etwas zu essen für sie bereit gelegt. »Nun kennt ihr unser Schicksal und könnt hoffentlich verstehen, dass dieses Volk nicht viel mehr erträgt! Deswegen sind wir so misstrauisch gegenüber allem, was aus der Stadt der Duumars kommt. Ihr dürft euch trotzdem frei bewegen, werdet aber vorerst ständig von unseren Wächtern begleitet. Ruht euch nun aus.« Als er die Höhle verlassen wollte, hielt ihn Cherou noch kurz auf.

»Nennt ihr mir bitte euren Namen?« fragte er so freundlich wie möglich.

»Man nennt mich Seveg«, antwortete der alte Hingai tonlos, dann schwamm er ohne einen weiteren Gruß hinaus.

*

Der Draugh, den Torg ausgeschickt hatte, um die beiden vermissten Lingits zu suchen, kehrte nach längerer Zeit zurück und erstattete

Meldung. »Wir haben nun alle Gebiete mehrmals abgesucht, in denen sich die Lingits aufhalten dürfen. Dort waren sie allerdings nicht aufzufinden. Wenn ihr wünscht, weiten wir nun unsere Suche auf das gesamte Stadtgebiet aus.«

Torg blieb unbeweglich stehen und dachte kurz nach. Wenn sich die beiden Lingits nicht in den erlaubten Gebieten aufhielten, konnte das nur bedeuten, dass sie einen Fluchtversuch unternommen hatten! Cherou kannte doch die magischen Barrieren und wusste, dass sie absolut unüberwindlich waren. Wie konnte er nur so töricht sein und einen Fluchtversuch wagen, wo er doch genau wusste, dass ein Entkommen unmöglich war. Nun gut, die Draughs oder die Galanx würden sie schon aufspüren und dann würde Torg den beiden Flüchtlingen die Flossen stutzen! »In Ordnung. Durchsucht das ganze Stadtgebiet und sagt auch den Galanx Bescheid. Sie sollen mit erhöhter Wachsamkeit die Umgebung beobachten«, befahl er schließlich. »Und bringt sie mir unversehrt, damit ich ihnen eine entsprechende Lektion erteilen kann!«

»Sollen wir Thurgun informieren?« fragte der andere Draugh.

»Nein, sie haben sich bestimmt innerhalb der Stadt ein Versteck gesucht. Deswegen müssen wir Thurgun nicht gleich unterrichten. Findet sie einfach so schnell wie möglich!« antwortete Torg.

Der andere Draugh klappte erneut mit der Schere und machte auf der Stelle kehrt, während Torg sich wieder seinen Sklaven zuwandte. Das fehlte gerade noch, dass Thurgun von Cherous Fluchtversuch erfuhr! Ausgerechnet der Klügste seiner Sklaven unternahm einen Fluchtversuch! Torg konnte es nicht fassen. Hatte ihm die neue junge Sklavin so zugesetzt, dass er nicht mehr Herr seiner Sinne war? Ausgerechnet auch noch ein Thae'Kor? Nun gut, er würde den beiden Flüchtlingen schon beibringen, ihm keine Schwierigkeiten mehr zu bereiten. Er hoffte nur, dass die Wächter sie bald fanden, sonst musste er doch noch Meldung machen und das würde selbst ihm nicht gut bekommen. Er wusste um die leichte Reizbarkeit von Thurgun und dass er in diesem Zustand unberechenbar war!

*

Cherou und Saira hatten es sich inzwischen auf dem weichen Sandboden gemütlich gemacht und einen Teil der Nahrung verspeist, die ihnen die Hingais in die Höhle gelegt hatten. Es war ihnen angesichts der hungernden Hingais nicht leicht gefallen, überhaupt etwas zu essen. Da die Hingais aber Fleischesser waren und die Lingits sich ausschließlich von pflanzlicher Kost ernährten, hatten sie ihnen wenigstens das Essen nicht weggenommen. Saira schaute betrübt drein und auch Cherou hing seinen Gedanken nach. Seveg und die anderen Hingais misstrauten ihnen im Moment noch viel zu sehr, aber wenigstens gewährten sie ihnen Schutz. Trotzdem kam sich Cherou weiterhin wie ein Gefangener vor. Zumindest sollten sie hier nicht lange bleiben. Nach einigen Hellphasen würden sich die Suchaktionen der Duumars nicht mehr auf die Umgebung der Stadt konzentrieren. Dann konnten Saira und er unerkannt entwischen. Bis dahin mussten sie die Hingais eben davon überzeugen, dass sie ihnen kein Leid zufügen wollten. Es sollte doch irgend eine Möglichkeit geben, sich für ihre Hilfe erkenntlich zu zeigen.

»Jetzt weiss ich, wie wir ihnen helfen können!« sprach Saira plötzlich gedämpft.

Cherou sah sie verblüfft an. »Kannst du etwa auch Gedanken lesen?« fragte er verwundert. »Diese Frage habe ich mir nämlich auch gerade gestellt.«

Saira sah ihn schmunzelnd an. »Nein, das kann ich trotz meiner magischen Fähigkeiten nicht.«

Cherou warf ihr einen skeptischen Blick zu. »Allmählich wirst du mir unheimlich!« meinte er scherzhaft.

»Ich habe während meiner Ausbildung auch gelernt, andere Lebewesen mit Magie zu heilen«, erklärte Saira leise. »Wenn sie ihre Kinder nicht mit den Heilpflanzen kurieren können, dann kann ich es ja mit meiner Magie einmal probieren. Einen Versuch wäre es auf jeden Fall wert.«

»Ich glaube nicht, dass Seveg das zulassen wird. Er befürchtet bestimmt, dass du den Kindern so noch mehr Schaden zufügst«, entgegnete Cherou.

»Ich habe da drinnen genug halb tote Kinder gesehen. Wenn ich ihm klar machen kann, dass sie durch mich doch noch gute Chancen haben wieder gesund zu werden, willigt er vielleicht ein. So wie einige der Kinder aussahen, können sie die nächsten Tage wohl nicht überleben!« widersprach Saira.

»Bist du sicher, dass du das wirklich kannst?« fragte Cherou skeptisch.

»Versteh mich bitte nicht falsch! Ich traue dir das durchaus zu, aber wenn du versagst, wird Seveg dich für den Tod eines Kindes verantwortlich machen. Dann sind wir so gut wie tot!« gab Cherou zu bedenken.

»Ich weiß, aber ich will einfach nicht nur tatenlos zusehen, wie diese armen Kinder leiden und sterben, obwohl ich ihnen vielleicht helfen kann«, sprach Saira.

»Wenn du dir absolut sicher bist, dann ist es zumindest einen Versuch wert«, lenkte Cherou schließlich ein.

»Dann lass es uns versuchen!« meinte Saira hoffnungsvoll und erhob sich. Sie bewegten sich zum Ausgang, wo sich ihnen sofort die Wächter entgegen stellten. »Würdet ihr uns bitte zu Seveg bringen«, bat Saira freundlich. »Ich kann vielleicht euren kranken Kindern helfen.«

Die Wächter wechselten einen kurzen Blick, dann nickten sie. »Folgt uns!« forderte einer von ihnen die Lingits auf. Kurze Zeit später erreichten sie eine Höhle, in der sich neben Seveg noch einige weitere Hingais aufhielten. Einer der Wächter gebot den Lingits zu warten und machte Meldung bei Seveg. Der winkte sie herein und erhob sich. »Wie wollt ihr unseren Kindern helfen?« fragte er ein wenig unwirsch.

Saira berichtete von ihrer Ausbildung als Heilerin und erklärte ihm, wie sie mit ihren magischen Fähigkeiten die Kinder heilen könnte. Seveg schien zuerst nicht besonders begeistert von der Idee, doch Saira erhielt unerwartet Unterstützung von den anderen Hingais.

»Lass sie es doch wenigstens versuchen, Seveg«, bat einer der Hingais in der Höhle. »Du weisst genau, wie krank unsere Kinder sind. Einige werden vielleicht die nächste Hellphase schon nicht mehr erleben!«

»Und wenn sie ihnen noch mehr Schaden zufügen?« entgegnete Seveg barsch. »Ich traue diesen Lingits nicht!«

»Einen Versuch wäre es wert!« meinte ein anderer Hingai. »Einige der Kinder werden sowieso sterben. Sie haben nichts mehr zu verlieren. Gib ihnen doch wenigstens noch eine Chance!« bat der Hingai fast schon flehend.

Es entbrannte eine kurze, hitzige Diskussion, in deren Verlauf Seveg von der Mehrheit der Hingais zu einem Versuch überredet wurde. Glücklich ließ sich Saira zu den Kindern führen. Cherou begleitete sie vorsichtshalber, um ihr wenigstens beizustehen. Dennoch er wusste, dass er gegen die giftigen Sporne der Hingais keine Chance hatte, obwohl er doppelt so groß war wie sie. Als sie in der Höhle mit den kranken Kindern ankamen, ließ sich Saira zu den Patienten führen, denen es am schlechtesten ging. Der Pfleger führte sie zu einem Kind, das bereits sehr schwach war.

»Das ist der kleine Joleg. Er ist der Schwächste von allen. Wenn du es schaffst, ihm zu helfen wären wir dir alle sehr dankbar«, sprach der Pfleger leise.

»Ich werde mein Bestes tun«, versprach Saira. Dann ließ sie sich zusammen mit dem Pfleger neben dem Kind nieder. Der nahm eine Hand von Joleg und streichelte sie zärtlich. Das Kind schlug zögernd die Augen auf und betrachtete Saira und den Pfleger mit müdem Blick.

»Joleg, das ist Saira, sie möchte dir helfen, dass du bald wieder gesund wirst«, sprach der Pfleger zu dem Kind.

Joleg betrachtete Saira darauf mit unsicherem Blick..

»Du brauchst keine Angst zu haben, ich werde dir bestimmt nicht wehtun«, versprach Saira und lächelte den kleinen Patienten an. »Aber ich benötige deine Hilfe, sonst kann ich dir nicht helfen. Du musst ganz still liegen. Selbst wenn meine Behandlung vielleicht ein wenig unangenehm wird, so wehr dich bitte nicht dagegen. Lass mich gewähren, sonst ist es für mich um so schwerer, dich zu heilen. Versprichst du mir das?«

Das Kind wechselte einen kurzen Blick mit dem Pfleger und nickte dann zögernd.

»Hab keine Angst, ich bin ja bei dir«, meinte der Pfleger beruhigend und streichelte wieder die kleine Hand des Kindes.

»Gut, dann werde ich jetzt beginnen. Entspann dich einfach und bleib ganz ruhig liegen, es tut bestimmt nicht weh!« sprach Saira so ruhig sie konnte und schenkte dem Kind noch einmal ein freundliches Lächeln, das Joleg kurz erwiderte. Dann schloss sie die Augen und legte eine Hand auf den Oberkörper des Kindes. Vorsichtig nahm sie Kontakt zu Jolegs Geist und Körper auf. Sie spürte einen kurzen Widerstand, als das Kind deswegen erschrak, aber der Pfleger beruhigte es und Joleg entspannte sich wieder. Vorsichtig drang Sairas Magie tiefer in den Körper ein, nahm Kontakt zu dessen Unterbewusstsein auf, versuchte zu ermitteln, was die Erkrankung auslöste. Obwohl sich der Körper der Hingais in Form und Funktion deutlich von dem eines Landlebewesens unterschied, konnte Saira doch genug Gemeinsamkeiten feststellen, die ihr ein weiteres Vorgehen ermöglichten. Schritt für Schritt ermittelte ihre Magie die Schädigung der einzelnen Organe, des Stoffwechsels und der verschiedenen Energieströme im Körper des Kindes. Immer weiter kristallisierte sich die Wirkung des Gifts und des Mangels an Atemgas heraus. Der Körper selbst zeigte ihr durch sein eigenes Bewusstsein die geschädigten Stellen und lieferte ihr Anhaltspunkte zur Heilung. Schließlich beendete Saira ihre Untersuchung und öffnete kurz die Augen. »Es sieht gut aus«, bemerkte sie hoffnungsvoll. »Er ist schwach, aber ich glaube, dass ich die Wirkung des Giftes neutralisieren kann.« Dann sah sie Joleg an und fragte freundlich: »Nun, war es schlimm für dich?«

»Nein, ich habe gar nichts gespürt«, meinte das Kind etwas überrascht. »Das wird sich jetzt vielleicht ändern. Bleib bitte einfach ruhig, um so schneller bin ich fertig«, versprach Saira dem Kind mit einem freundlichen Lächeln, worauf Joleg noch einmal tapfer nickte. Dann schloss Saira wieder die Augen, um sich besser konzentrieren zu können. Erneut drang ihre Magie in den Körper ein, suchte die geschädigten Stellen und begann dort Heilzauber zu wirken. Immer tiefer drang sie ein, durchfloss den kleinen Körper, suchte das Gift, um es zu neutralisieren. Dieser Vorgang kostete auch den Körper des Kindes Kraft und allmählich nahm die Menge an Lebensenergie bedrohlich ab. Die Atmung wurde flacher und der Stoffwechsel drohte zum Erliegen zu kommen! Wenn Saira nicht schnell etwas unternahm, würde ihr das Kind noch unter den Händen sterben. So blieb ihr nur die Möglichkeit, genug von ihrer eigenen Lebensenergie auf das Kind zu übertragen, um es zu stabilisieren. Gerade noch rechtzeitig ließ sie einen Teil ihrer Kraft in Jolegs Körper fließen, der sich allmählich regenerierte. Dieser Vorgang schwächte aber nun Saira so sehr, dass sie zu schwanken begann. Der Pfleger beobachtete es mit Sorge und auch Cherou wollte schon zu ihr eilen.

»Was ist los, geht es dir nicht gut?« fragte der Pfleger besorgt.

Da schlug Saira kurz die Augen auf und fing sich wieder. Schwer atmend keuchte sie: »In Ordnung, mir geht es gut!« Dann machte sie mit einer Hand eine beruhigende Geste. Sie verschnaufte kurz, dann konzentrierte sie sich wieder auf ihre Aufgabe. Ein letztes Mal drang ihre Magie in den Körper des Kindes ein und wirkte die letzten Heilzauber. Den Rest musste der Körper selbst übernehmen. Saira zog ihre Magie nun endgültig aus Jolegs Körper zurück und schlug die Augen auf. Müde aber glücklich verkündete sie den Erfolg ihres Eingriffs und lobte auch noch einmal Joleg für seine Tapferkeit. »Ruh dich nun aus, bald wird es dir besser gehen«, versprach sie dem Kind und streichelte ihm über die Wange. Dann erhob sie sich mühsam.

»Hab vielen Dank!« sprach der Pfleger erfreut. »Ich werde dir Bescheid sagen, sobald sich sein Zustand bessert.«

Saira schenkte ihm ein freundliches Lächeln. »Gern geschehen. Vielleicht kann ich ja auch noch anderen Kindern helfen, aber jetzt muss ich mich erst einmal ausruhen.«

»Natürlich«, meinte der Pfleger verständnisvoll.

Dann ließ sich Saira zusammen mit Cherou in ihre Höhle führen.

*

Obwohl die Draughs jeden Winkel der Stadt durchsucht hatten und auch die Galanx die Randbereiche der Stadt aufs Genaueste untersucht hatten, blieben Cherou und Saira unauffindbar. So blieb Torg nichts anderes übrig, als Thurgun doch noch die Flucht der beiden Lingits zu melden. Wie nicht anders zu erwarten, bekam der Duumar einen Tobsuchtsanfall und wäre fast über Torg hergefallen. Doch Thurgun hatte sich schnell wieder in der Gewalt und ordnete zuerst einmal die Durchsuchung der näheren Umgebung rund um die Stadt an. Er konnte sich nicht erklären, wie die beiden Lingits die magische Barriere überwunden hatten. Diesmal wurde nämlich kein Tunnel gefunden, der darunter hindurch führte wie bei einem anderen Fluchtversuch, vor langer Zeit. Aber wenn sie nicht in der Stadt waren, mussten sie einen Weg nach draußen gefunden haben. Vielleicht würden die Verhöre der Lingits weitere Informationen liefern. Thurgun bedauerte nur, dass er bei ihnen keine Gewalt anwenden durfte, da sie sonst nicht mehr arbeitsfähig waren und er musste schließlich seine Produktion am Laufen halten. Warum mussten es ausgerechnet Sklaven aus seiner Miene sein und dann auch noch sein bester Ausbilder, den er sowieso bevorzugt behandelte. Bestimmt hatte ihn diese Thae'Kor soweit gebracht! Er war schon immer dagegen gewesen, andere Arbeiter als die Lingits zu beschäftigen. Man hatte einfach nur Ärger mit diesen fremden Kreaturen. Wenn er sie in die Arme bekam, würde er dieser nutzlosen Kreatur schon zeigen, wie er solche Probleme löste. Sie sollte ihm dann bestimmt keinen Ärger mehr machen! Nur um Cherou tat es ihm leid. Er hatte sich als fähiger und gehorsamer Ausbilder erwiesen. Es würde nicht leicht sein, ihn zu ersetzen. Doch jetzt war erst einmal wichtig, dass die beiden gefunden wurden. Eine gelungene Flucht war das Letzte, was Thurgun nun gebrauchen konnte. Wo seine Karriere doch gerade so gut lief und sein größter Widersacher beseitigt war. Noch zweifelte er nicht daran, dass die beiden Flüchtlinge schnell gefunden wurden. Auf die Draughs und Galanx war durchaus Verlass. Sie hatten bisher noch jeden Flüchtling entdeckt und wieder zurück gebracht.

*

Inzwischen hatte sich Saira von der anstrengenden Behandlung des kleinen Joleg erholt.

»Was ist eigentlich genau passiert?« fragte Cherou besorgt. »Erst hat das Kind kaum noch geatmet und kurze Zeit später bist du fast zusammen gebrochen.«

»Joleg war einfach schon zu schwach. Die Behandlung hat ihn zu viel Kraft gekostet. Deshalb habe ich ihm etwas von meiner eigenen Kraft gegeben«, erklärte Saira.

»Wohl nicht nur etwas, sondern ziemlich viel!« bemerkte Cherou mit leichtem Tadel.

»Mir blieb keine Wahl, sonst hätte er die Therapie nicht überlebt«, rechtfertigte sich Saira. » Mein Meister kennt ein Ritual, mit dem man Energie direkt aus der Magie beziehen kann. Doch dieses Ritual ist kompliziert und mir noch nicht vollständig bekannt, deswegen konnte ich dem Kind nur etwas ... mehr von meiner Energie geben.« Sie blickte kurz verlegen zu Cherou. »Ich bin eben noch kein völlig ausgebildeter Magier.«

»Trotzdem hast du deine Sache gut gemacht!« lobte sie Cherou. »Sei aber bitte nächstes Mal vorsichtiger, wenn du jemandem etwas von deiner Energie abgibst.«

»Versprochen!« antwortete Saira schmunzelnd. »Du kannst dich ja auch als Energielieferant zur Verfügung stellen«, zog sie Cherou grinsend auf.

»Das könnte dir so passen!« brummte der in gespieltem Ärger. »Erst liest du meine Gedanken und dann willst du mich auch noch aussaugen! Na warte, du freche Jungflosse!« Dann zwickte er sie mehrmals in die Bauchgegend, worauf Saira kichernd zusammenzuckte.

In diesem Moment kam Seveg in die Höhle geschwommen. Die beiden Lingits erhoben sich und blickten ihn etwas verlegen an. »Ich soll euch ausrichten, dass es Joleg langsam besser geht. Er kann inzwischen auch wieder feste Nahrung zu sich nehmen und wird zusehends kräftiger«, bemerkte er erleichtert. Sein Gesichtsausdruck hatte an Härte verloren und strahlte nun deutlich mehr Zuversicht aus. »Dafür möchte ich mich im Namen aller Hingais bedanken.« Dann wandte er sich Saira zu. »Wärst du bereit weitere Kinder zu heilen?«

»Oh, das tue ich gerne, nur heute bin ich noch etwas zu schwach, für zusätzliche Behandlungen«, antwortete Saira begeistert.

»Das ist verständlich, nachdem Jolegs Heilung dich bestimmt viel Kraft gekostet hat«, sprach Seveg freundlich. »Erhole dich erst einmal, dann kannst du zu einem späteren Zeitpunkt weiter machen. Im Moment ist es sowieso besser, wenn ihr euch weiterhin hier verbergt. Draußen ist es gerade ausgesprochen unruhig. Die Draughs und die Galanx durchsuchen jede noch so kleine Höhle. Aber keine Sorge, hier seid ihr sicher. Die Duumars und ihre Helfer kennen diese Höhlen nicht. Sie haben auch keine Ahnung von unserer Existenz. In einigen Hellphasen werden sie sich einem anderen Gebiet zuwenden. Dann könnt ihr leicht entkommen.«

»Vielen Dank noch einmal dafür, dass ihr uns beisteht!« bedankte sich Cherou bei dem alten Hingai.

»Ist schon in Ordnung. Ihr seid ja auch bereit, uns zu helfen. Verzeiht unser großes Misstrauen, wir wollten euch nicht kränken«, antwortete Seveg. »Ab jetzt dürft ihr euch hier ohne Wachen frei bewegen.«

»Danke, das ist sehr liebenswürdig von euch!« sprach Saira.

»Sag bitte Bescheid, wenn du dich kräftig genug fühlst, um die anderen Kinder zu behandeln. Ich will dich nicht drängen, aber du hast selbst gesehen, wie schlecht es vielen von ihnen geht.«

»Ich komme, sobald ich kann«, versprach Saira.

»Sagt ihr mir auch euren Namen?« wandte sich Seveg spöttisch an Cherou.

»Man nennt mich Cherou«, antwortete dieser und verbeugte sich mit gespielter Förmlichkeit.

Seveg verbeugte sich ebenfalls, dann verließ er sie und gab den Wachen einen Wink, ihm zu folgen.

*

Während der nächsten drei Hellphasen heilte Saira alle kranken Kinder der Hingais. Diese waren überglücklich, dass deren nun Leid endlich zu Ende war und sie schon bald diesen Ort verlassen konnten. Da sich nun auch die Wächter der Duumars einem anderen Gebiet zugewandt hatten, stand einer Fortsetzung der Reise der beiden Lingits nichts mehr im Weg.

»Gibt es bereits ein bestimmtes Ziel für eure Reise?« fragte Seveg freundlich.

»Wir wollen zu den Qails. Eine große Kolonie von ihnen soll sich in der Djaraun-Ebene befinden«, antwortete Cherou.

»Da habt ihr noch einen sehr weiten Weg vor euch. Die Djaraun-Ebene befindet sich viele Hellphasen von hier entfernt!« gab Seveg zu bedenken.

»Ich weiß! Doch nur dort sind wir vor den Wächtern der Duumars sicher«, erklärte Cherou.

Seveg überlegte kurz. »Der schnellste und angenehmste Weg dorthin führt durch den Santimag-Strom. Folgt dieser Strömung so lange, bis ihr einen Gebirgszug seht, der einem Dorgon-Zahn ähnelt. Dort fließt in einem tiefen Graben der große Curun-Strom.

Er streift die Djaraun-Ebene. Ihr müsst also nur weiter diesem Strom folgen. Er bringt euch direkt ans Ziel.«

»Das ist ein guter Vorschlag. Innerhalb der Strömung müssen wir uns nicht so anstrengen und können uns auch einmal kurz treiben lassen. Vielen Dank für diesen Rat!« sprach Cherou.

»Es freut mich, wenn wir euch helfen können. Schließlich habt ihr uns die Chance für eine bessere Zukunft gegeben, das werden wir euch nicht vergessen!« antwortete Seveg. »Zum Dank für die Rettung unserer Kinder geben wir euch Geleitschutz bis zum Santimag-Strom. Er befindet sich in einiger Entfernung von unseren Höhlen. Von dort aus könnt ihr dieses Gebiet dann schnell verlassen.«

»Danke, das ist sehr liebenswürdig von euch«, sprach Saira. »Ich bin wirklich froh, dass ich die Kinder heilen konnte und ich hoffe, dass ihr bald eine neue Bleibe findet, wo ihr ein besseres Leben führen könnt.«

»Das werden wir ganz bestimmt«, versicherte Seveg. »Hab nochmals Dank für deine Hilfe! Doch nun solltet ihr euch noch eine Weile ausruhen, bevor ihr weiter zieht. Eure Reise wird sehr anstrengend.«

Darauf zogen sich Saira und Cherou in ihre Höhle zurück, wo ihnen die Hingais noch einmal ausreichend Nahrung bereit gelegt hatten.

»Das schmeckt wesentlich besser, als dieser fade Ploppkelp«, gab Saira begeistert zu.

Cherou bedachte sie mit einem amüsierten Seitenblick. »Dann muss ich mir wenigstens nicht mehr deine ständigen Beschwerden übers Essen anhören«, zog er sie grinsend auf.

»Das ist gar nicht wahr!« brummte Saira in gespieltem Ärger. »So oft habe ich mich gar nicht beschwert!«

»Oh doch!« antwortete Cherou grinsend.

»Gar nicht!« maulte Saira gespielt beleidigt.

»Doch!« versicherte Cherou amüsiert.

»Nein!« schimpfte Saira.

»Doooch!« meinte Cherou langgezogen.

»Nein, das ist nicht wahr!« schimpfte Saira in gespieltem Ärger. »Nimm das sofort zurück!«

»Tu ich nicht!« beharrte Cherou grinsend.

»Doch, das tust du!« maulte Saira.

»Nein, tu ich nicht!« meinte Cherou breit grinsend.

»Du bist echt gemein!« schimpfte Saira scheinbar beleidigt.

»Und du siehst süß aus, wenn du dich ärgerst«, zog Cherou sie weiter auf.

Nun wurde es Saira zu dumm. »Du bist unmöglich!« schimpfte sie und trommelte mit ihren Fäusten auf seine Brust. »Nimm das gefälligst zurück, oder ich verwandle dich in ...« sie suchte verzweifelt nach einem passenden Begriff, fand aber keinen.

»Na, in was willst du mich verwandeln?« fragte Cherou lachend.

»Ach, alles, was mir einfällt, ist nur noch schlimmer als du!« maulte Saira.

Nun musste Cherou wirklich lachen. »Darf ich das als Kompliment verstehen?«

»Sieh es doch, wie du willst!« brummte Saira scheinbar beleidigt. Dann warf sie ihm einen amüsierten Blick zu. »Frecher Kerl!«

Gefährliche Begegnungen

Nachdem die beiden Lingits längere Zeit geruht hatten, kam schließlich die Zeit des Abschieds. Zuvor jedoch ließ Saira es sich nicht nehmen, noch einmal nach den kranken Kindern der Hingais zu sehen. Als die Kinder hörten, dass sie nun weiter ziehen würde, erhoben sich die Kräftigsten von ihnen und umarmten Saira dankbar. Sie war von der Liebenswürdigkeit der Kinder so gerührt, dass sie sogar gegen die aufsteigenden Tränen ankämpfen musste. Auch der Abschied von den erwachsenen Hingais verlief äußerst freundlich. Nachdem die Wächter das Gebiet erneut gesichert hatten, begleiteten sie die Lingits noch bis zum Rand des Santimag-Stromes. Dort verabschiedeten sie sich mit einem letzten Gruß von Cherou und Saira. Die beiden Lingits tauchten in die Strömung ein und ließen sich mit leichten Flossenbewegungen wieder in die ewige Nacht der Tiefsee treiben. Saira spürte zum ersten Mal die enorme Kraft der Strömung, die von einem stetigen tiefen Rauschen begleitet wurde. Daneben nahm sie aber auch noch eine andere Geräuschkulisse wahr, die ihr zuvor nie aufgefallen war. Mächtige tiefe Töne, lang gezogene Gesänge, trillernde Pfiffe und zirpende Klicks umgaben sie, wo immer sie sich befanden.

»Was sind das für seltsame Töne?« fragte Saira nicht ganz ohne Furcht.

»Wir nennen es den Gesang des Ozeans«, erklärte Cherou. »Was du hörst, sind die Töne unzähliger Lebewesen, die sich damit entweder orientieren oder untereinander verständigen. Hier in der lichtlosen Tiefsee ist Schall das beste Medium, um auf großen Strecken miteinander in Verbindung zu treten oder die Umgebung zu erkunden. Im freien Wasser ist dieser Klang überall zu hören. Mit der Zeit wirst du lernen, daran die einzelnen Lebewesen in deinem Umfeld zu erkennen.«

Saira lauschte fasziniert und vergaß für kurze Zeit, dass sie auf der Flucht waren. Am Anfang hatte ihr die Dunkelheit Angst gemacht. Da tat Cherous Nähe wirklich gut. Doch allmählich fand sie sich damit ab und lernte, sich mehr auf ihren Sonar zu verlassen, als auf ihre Augen. Bald kam sie so gut zurecht und trug nun auch ihren Teil zum Gesang des Ozeans bei. Da sie sich auf diese Art bestens bei absoluter Dunkelheit orientieren konnte, verlor die lichtlose Tiefe mit der Zeit ihren Schrecken. Um jedoch in Blickkontakt miteinander zu bleiben, schwammen die beiden Lingits mit schwach glimmenden Leuchtorganen nebeneinander her. Cherou hatte Saira eingeschärft, stets nur so wenig Licht wie möglich zu erzeugen. Einerseits kostete es unnötige Kraft und andererseits machte man damit nur einige ihrer Fressfeinde auf sich aufmerksam. Denn fast alle Jäger der Tiefsee hatten sehr empfindliche Augen, die auch noch den kleinsten Lichtschein wahrnahmen. Außerdem waren sie für ihre Verfolger so leichter zu erkennen! Saira nahm immer wieder die Lichtblitze und leuchtenden Silhouetten anderer Meeresbewohner wahr. Dabei wurde Cherou nicht müde, ihr die einzelnen Lebewesen zu beschreiben und zu erklären, welche davon harmlos waren und von welchen sie sich besser fernhielt. So schwammen sie einige Zeit ruhig dahin, als Saira plötzlich durch ihren Sonar eine Gestalt wahrnahm, die von unten heran raste. Sie blitzte nur kurz in dem Bild auf, so dass Saira nicht erkennen konnte, was es war. Instinktiv verstärkte sie ihr Licht und erkannte im Schein ihrer Leuchtorgane nur noch eine lang gezogene Spitze, die sie zu durchbohren drohte! Mit einem entsetzten Aufschrei richtete sie sich auf, was ihr das Leben rettete. Die Gestalt schoss unmittelbar vor Saira vorbei und der Angriff ging ins Leere. Cherou reagierte blitzschnell, stieß Saira zur Seite und katapultierte sich dann aus der Gefahrenzone.

»Pass auf, ein Peltai!« rief Cherou ihr zu. In diesem Moment hörte er schon das knatternde Sonar des blinden Jägers, der sein Opfer suchte. In schneller Folge stieß Cherou ebenfalls extrem laute Sonarpfiffe und Klicks aus, um den Jäger zu täuschen. Dann schwamm er rasch weg, um an anderer Stelle erneut seinen Sonar zu gebrauchen. Die Reflexionen seiner Klicks und Pfiffe störten die Wahrnehmung des Peltai, der nun Jagd auf Cherou machte. Plötzlich kam er von oben herunter geschossen. Durch Cherous Störsignale verfehlte er diesen jedoch knapp und sein Angriff ging nochmals ins Leere. In diesem Moment hatte sich Saira von dem Schrecken erholt und tat es nun Cherou gleich. Beide gaben immer wieder laute Sonarsignale von sich, deren Echos den Jäger zusehends verwirrten, aber so leicht gab ein Peltai nicht auf. Anstatt sich auf seinen Sonar zu verlassen, blieb der Peltai nun stumm und versuchte seine Opfer anhand ihrer eigenen Laute zu orten. Diesmal konzentrierte er sich auf Saira. Wieder raste er heran. Saira erkannte ihn im letzten Moment und warf sich auf die Seite, was ihr abermals das Leben rettete. Sonst hätte sie der Peltai mit seiner spitzen Schnauze einfach durchbohrt! Da war Cherou auch schon bei ihr und gebot Saira mit einer energischen Geste zu schweigen. Für einen Moment war nur der Gesang des Ozeans zu hören, dann erscholl wieder das knatternde Sonar des Peltai. Saira und Cherou stoben auseinander und sandten wiederum laute Sonarsignale in verschiedene Richtungen aus. Sie blieben dabei aber in ständiger Bewegung, so dass die Signale stets aus einem anderen Winkel kamen und stark gestreut wurden. Die entstehenden Interferenzen erzeugten eine Kakophonie, die den Peltai zusehends verwirrte. Immer wieder stieß er ins Leere, suchte seine Opfer vergebens mit seinem Sonar, die ihre Chance nutzten und schließlich nach oben entkamen. Mit einem letzten wütenden Knurren gab der Jäger endlich auf. Erleichtert beeilten sich Cherou und Saira, das Jagdrevier des Peltai zu verlassen. Beide waren erschöpft und ausser Atem, als sie sich in die Sicherheit einer kleinen Höhle flüchteten.

»Ein paar Mal hätte er mich fast erwischt!« sprach Saira immer noch zitternd vor Furcht.

»Ja, ich bin auch etwas aus der Übung!« gab Cherou schwer atmend zu.

»Sind die immer so hartnäckig?« wollte Saira wissen.

»Meistens«, entgegnete Cherou knapp. Die beiden Lingits ließen sich zu Boden sinken und ruhten sich erst einmal von der anstrengenden Flucht aus. Als sie wieder bei Atem waren lobte Cherou Saira: »Das hast du gut gemacht! Du hast genau richtig reagiert.«

»Ich habe auch nur versucht am Leben zu bleiben«, antwortete Saira. »Unser Training hat sich in diesem Fall ausgezahlt, sonst hätte ich nicht gewusst, was ich tun soll.« Sie schwieg einen Moment lang. »Der Angriff dieses Peltais hat mich ganz schön erschreckt. Ich glaube, ich habe noch nie so viel Angst gehabt, wie in diesem Moment«, gab Saira schließlich kleinlaut zu.

»Das geht jedem so, wenn er das erste Mal angegriffen wird und in Lebensgefahr gerät«, meinte Cherou verständnisvoll. »Irgendwann lernst du auch damit umzugehen, da es nun einmal Teil deines Lebens ist.« Dann stahl sich ein Lächeln auf sein Gesicht. »Sieh es einfach positiv. Das zeigt, dass du doch gut schmeckst, Jungflosse!«

Saira warf ihm einen strafenden Blick zu. »Du bist wirklich unmöglich!« schimpfte sie. »Und wenn du jetzt sagst, dass ich süß aussehe, kannst du was erleben!«

Cherou lachte amüsiert auf. »Du bist das erste Lingit-Mädchen, das sich nicht über Komplimente freut«, sprach er grinsend.

»Auf solche Komplimente kann ich verzichten!« brummte Saira.

»Vielleicht schmeckst du doch nicht so gut«, konterte Cherou, worauf ihm Saira eine abschätzende Grimasse schnitt. »Mein Charme ist wohl auch etwas aus der Übung«, gab Cherou dann zu.

»Allerdings!« bestätigte Saira gespielt verärgert.

»Kannst du mir trotzdem noch einmal verzeihen?« fragte Cherou übertrieben theatralisch.

»Na gut, dies eine Mal!« antwortete Saira großmütig und schmiegte sich mit amüsiertem Lächeln an ihn, worauf Cherou sie scheinbar erleichtert in die Arme nahm.

*

Seine Nähe und seine schützenden Arme taten gut. So fiel Saira kurze Zeit später in einen leichten Schlaf. Irgendwann wachte sie auf, weil sie ein seltsames Geräusch vernahm. Es unterschied sich deutlich vom Gesang des Meeres, der selbst in der Höhle schwach zu hören war. Nein, dieses eigenartige Schleifen und Knirschen konnte von keinem Lebewesen stammen. In diesem Moment erwachte auch Cherou.

»Was ist das für ein Geräusch?« flüsterte Saira furchtsam.

»Ich weiß es nicht. So etwas habe ich noch nie gehört«, antwortete Cherou leise und erhob sich. Vorsichtig spähte er zur Höhlenöffnung hinaus, konnte aber nirgends etwas Ungewöhnliches entdecken. Allmählich nahm das Geräusch an Lautstärke zu und in einiger Entfernung wurde ein schwacher, roter Lichtschein sichtbar, der scheinbar aus einer nahen Schlucht kam. Cherou schickte mehrere Sonarsignale in die Umgebung. Doch auch die zeigten keine gefährlichen Lebewesen in der Nähe, so dass er und Saira schließlich die Höhle verließen und sich vorsichtig dem oberen Rand der Schlucht näherten. Dort ließen sie sich niedersinken und verdunkelten sich vollständig. Der Anblick raubte ihnen den Atem! Am Boden der Schlucht zog eine Gruppe von Galanx ein rot leuchtendes, magisches Netz über den Grund, das die seltsamen Geräusche verursachte. Der rote Schein tauchte die Umgebung und die großen Galanx in ein gespenstisches Licht. Ihre kräftigen Sonarlaute vermischten sich mit dem Kratzen und Schleifen des Netzes und erzeugten eine unheimliche Stimmung, welche die Lingits schaudern ließ.

»Was tun die da?« flüsterte Saira verwirrt.

»Die sammeln Nahrung für die Duumars!« antwortete Cherou entgeistert. »Ich habe mich schon immer gefragt, wie sie in so kurzer Zeit solche Mengen an Nahrung heran schaffen können. Jetzt weiß ich es! Schau, wie viele Lebewesen sie bereits eingefangen haben!« Er deutete auf den hinteren Teil des Schleppnetzes, das nun in Sicht kam. Es schien ein Eigenleben zu besitzen, zumindest erschien dies so durch die unzähligen Lebewesen, die darin gefangen waren und sich voller Panik wanden. Doch aus den magischen Maschen gab es kein Entkommen. »Es müssen tausende sein! Kein Wunder, dass die Hingai oft nichts mehr zu Essen finden. Die Galanx fangen ihnen alles weg!«

Saira sah nur fassungslos zu, wie rücksichtslos die Galanx das Netz über den Boden schleiften und immer mehr Kreaturen darin einfingen. Als der unheimliche Tross vorüber gezogen war, wurde im Schein des Netzes die Zerstörung dahinter sichtbar. Der gesamte Meeresboden war aufgerissen, zerpflügt, abgerieben und kahl. Hier war für lange Zeit kein Leben mehr möglich!

»Sieh dir das an!« knirschte Cherou. »Nicht nur, dass sie sämtliche Lebewesen einfangen und die komplette Natur durcheinander bringen. Nein! Sie zerstören auch noch die ganze Gegend und machen sie unbewohnbar!«

»Das ist ... entsetzlich!« flüsterte Saira stockend. Sie wollte nicht glauben, was sie da gerade mit angesehen hatte. Wie konnten die Duumars und ihre Helfer nur so rücksichtslos sein!

Cherous Leuchtorgane flackerten aufgeregt, als er Saira von dort weg zog. »Komm mit! Wenn andere Galanx in der Nähe sind, könnten sie uns entdecken!« Dann schwamm er mit ihr zusammen in die sichere Höhle zurück und häufte am Eingang so viel Sand auf, dass gerade noch genug Atemwasser eindrang.

»So, hier finden sie uns nicht«, versicherte er. Darauf ließ er sich nieder und lehnte sich an die Wand.

Saira schmiegte sich entsetzt und durcheinander an ihn. »Wie können sie nur so gemein und rücksichtslos sein!« flüsterte sie heiser.

»Genauso gemein und rücksichtslos, wie sie die Sklaven behandeln, sind sie auch hier!« bemerkte Cherou resigniert. »Ich habe erst nicht geglaubt, dass sie selbst draußen im Meer so viel Zerstörung und Leid verursachen, aber die Duumars schrecken scheinbar vor nichts zurück!« Dann streichelte er Saira sanft, als sie ihn mit verzweifeltem Blick ansah. »Vielleicht gibt es ja eine Möglichkeit, ihrem schrecklichen Treiben eines Tages ein Ende zu setzen«, tröstete er Saira. »Wenn die Qails bereit sind, uns zu helfen, besteht zumindest eine kleine Chance, die Herrschaft der Duumars irgendwann zu beenden.«

»Das wäre wirklich schön!« gestand Saira müde.

Cherou schenkte ihr daraufhin ein hoffnungsvolles Lächeln und streichelte sie zärtlich. Nach längerer Zeit kündigten ihre tiefen Atemzüge davon, dass sie in seinen Armen eingeschlafen war. »Keine Sorge, wir beide werden dieser Welt bald ein neues, friedliches Gesicht geben«, flüsterte Cherou zuversichtlich.

*

Inzwischen hatten die Wächter der Duumars das Gebiet um die Stadt weiträumig abgesucht. Jede noch so kleine Nische war von ihnen untersucht worden, doch die beiden Flüchtlinge wurden auch diesmal nicht gefunden! Thurgun war es ein Rätsel, wie die Lingits die magischen Sperren überwinden konnten. Er hatte auch diese noch einmal genau untersuchen lassen, doch die Barriere war lückenlos. Den anderen Duumars war der Einsatz der Wächter nicht entgangen und Thurgun musste nun auch gegenüber seinen Vorgesetzten eingestehen, dass zwei seiner Sklaven geflohen waren. Darauf verschärften die Duumars nochmals die Suche. Auch das Verhör der Sklaven lieferte Thurgun keine neuen Hinweise, obwohl er nicht gerade zimperlich mit ihnen umgegangen war. Es ergab einfach keinen Sinn! Man musste schon ein erfahrener Magier sein, um die magischen Sperren unbeschadet zu überwinden, aber es gab doch ausser den Duumars keine Lebewesen mit magischen Fähigkeiten! Da keimte in Thurgun plötzlich ein schrecklicher Verdacht auf. Vielleicht besaß die Thae'Kor, die mit Cherou geflüchtet war, magische Fähigkeiten! Ganz auszuschließen war das nicht. Hatten diese Narren vor der Entführung der Sklavin etwa nicht genau recherchiert, wen sie da entführten? Wenn seine Vermutung zutraf, dann konnte diese Sklavin auch für die Wächter eine ernst zu nehmende Gefahr darstellen! Vielleicht hatte sie auch die Patrouillen getäuscht, weshalb die Flüchtlinge bisher noch nicht gefunden wurden. Sollte sie magische Kräfte besitzen, wäre es leicht für sie, sich dem Zugriff durch die

Wächter zu entziehen! Es war nur eine Vermutung, die Thurgun vorerst lieber für sich behielt. Doch wenn sie zutraf, hatten sie es mit einem äußerst gefährlichen Gegner zu tun, dessen Stärke sie nicht kannten. Thurgun hoffte, dass sich sein Verdacht nicht bestätigte, sonst waren sie alle in größter Gefahr!

*

»Na, gut geschlafen, Traumschwimmer?« begrüßte Cherou Saira, nachdem sie in seinen Armen erwacht war. Sie schüttelte den letzten Rest Benommenheit ab und streckte sich genüsslich.

»Danke, ja«, antwortete Saira.

»Dann lass uns nach etwas zu essen suchen. Ich habe Hunger!« bemerkte Cherou und erhob sich. Nachdem er den Eingang der Höhle vom Sand befreit hatte, schickte er einige kurze Sonarlaute nach draußen, um die Umgebung zu sichern. Als er nichts Gefährliches entdeckte, verließ er zusammen mit Saira die Höhle.

»Wir müssen weiter nach oben, wo es noch Licht gibt. Hier unten wachsen wegen des fehlenden Lichtes keine Pflanzen«, erklärte er. Dann machten sie sich vorsichtig an den Aufstieg. Er führte sie an einem Felsmassiv entlang. Dort wo die Strömung genug Nahrung und Atemgas heranführte, gab es vielfältiges Leben auf den Felsen, das Saira fasziniert betrachtete, während sie langsam höher stiegen. Weiter oben jedoch, außerhalb des Santimag-Stromes, waren die Felsen nur wenig bevölkert. Auch das Atmen fiel hier schwerer, als in der Strömung. Kurze Zeit später erreichten sie das obere Ende des Felsmassivs, das nun in ein mit Sand überzogenes Plateau überging. Doch selbst dort war es noch zu dunkel und nährstoffarm, so dass der Boden hier nur von wenigen Lebewesen bewohnt war. Vorsichtig bewegten sich Cherou und Saira weiter nach oben. In einiger Entfernung erkannten sie ein anderes Felsmassiv, an dessen schräger Wand sie weiter an Höhe gewannen, bis sie endlich das erste Licht über sich sahen. Die beiden Lingits schwammen nahe der Felsen und verdunkelten sich, um nicht gesehen zu werden. Bald wurde es hell genug und eine reiche Auswahl an Pflanzen wuchs auf den Felsen, wo es von Leben nur so wimmelte. Saira war überwältigt von der Schönheit dieses lichtdurchfluteten Lebensraumes, der von unzähligen Lebewesen bevölkert wurde. Korallen, Schwämme, Schnecken, Seesterne, Quallen, Krebse und Fische in den unterschiedlichsten Formen und Farben. So etwas Phantastisches hatte sie noch nie gesehen! Sie konnte sich gar nicht satt sehen an diesem wunderbaren Lebensraum und vergaß ganz, wozu sie eigentlich hergekommen waren. Cherou ließ sie schmunzelnd gewähren, sicherte aber die Umgebung, um keine unangenehmen Überraschungen zu erleben. Denn auch dieses scheinbare Paradies hatte seine Schattenseiten. Schließlich schwamm er neben sie und meinte: »Ich sehe, du bist beeindruckt.«

»Das ... das ... ist überwältigend!« stotterte sie vor Begeisterung.

»Mein Hunger ist auch überwältigend«, bemerkte Cherou beiläufig.

Saira sah ihn zuerst verblüfft an, dann ließ sie verlegen den Blick sinken. »Entschuldige, aber das hat mich einfach so sehr fasziniert, dass ich meinen Hunger ganz vergessen habe.«

»Ist schon in Ordnung!« meinte Cherou lachend. »Jeder, der diesen Lebensraum das erste Mal sieht, ist davon begeistert. Doch jetzt lass uns etwas essen. Du kannst dich später noch ein wenig umsehen.« Dann zeigte er Saira die schmackhaftesten Pflanzen, mit denen sie ihren Hunger stillten. Anschließend führte Cherou Saira durch das Riff, die aus dem Staunen nicht mehr heraus kam.

»Können wir denn nicht hier oben weiter schwimmen?« fragte Saira enttäuscht, nachdem Cherou wieder abtauchen wollte.

»Das wäre erstens zu gefährlich, weil wir hier viel leichter zu entdecken sind, und zweitens erstreckt sich dieses Riff nur über ein kleines Gebiet. Danach wird das Meer wieder tiefer und wir würden einfach im freien Wasser schwimmen, was nicht ratsam ist, da auch dort etliche Gefahren lauern«, erklärte Cherou.

So verabschiedete sich Saira schweren Herzens von dem herrlichen Riff und ließ sich von Cherou erneut in die dunklen Tiefen hinab führen. Kurze Zeit später erreichten sie die Zwielicht Zone, wo der lichtdurchflutete Bereich des Meeres endete und in die ewige Nacht der Tiefsee überging. Sehnsuchtsvoll blickte Saira ein letztes Mal nach oben. Obwohl sie inzwischen mit der Dunkelheit ganz gut zurecht kam, fühlte sie sich im Licht doch deutlich wohler. Die letzten Reste an Helligkeit schufen eine seltsame Atmosphäre. Ein gespenstischer Schleier durchzog das Meer und schuf eine unheimliche Stimmung, deren Wirkung man sich nur schwer entziehen konnte. Obgleich das Wasser klar war, behinderte der Schleier die Sicht und machte die Orientierung schwierig. Auch Cherou fühlte sich unwohl, denn er wusste genau, dass es in dieser Region einen gefürchteten Jäger gab. Vorsichtig schickte er immer wieder kurze Sonarlaute in verschiedene Richtungen, versuchte mit seinen Augen den Schleier zu durchdringen, während er sich beeilte, diese Wasserschicht zu passieren. Sie hatten die Zone fast hinter sich gelassen und Cherou wollte schon aufatmen, als er aus dem Augenwinkel heraus etwas Großes auf sich zu schwimmen sah. Entsetzt fuhr er herum und sah gerade noch den riesigen Kopf des Dorgons auf sich zu kommen. »Pass auf!« rief er Saira zu und riss sie förmlich zur Seite, während er selbst versuchte, sich in Sicherheit zu bringen, aber es war bereits zu spät! Der Dorgon riss sein riesiges Maul auf, das wie eine Saugfalle wirkte. Cherou wurde von den Ausläufern der Wirbel erfasst und gegen den Kopf des Jägers geschleudert. Der Dorgon fuhr knurrend herum und schnappte nach Cherou. Doch der Lingit ließ seine Leuchtorgane mit maximaler Intensität aufblitzen und blendete so die hochempfindlichen Augen des Jägers. Der Dorgon schnappte ins Leere und Cherou nutzte die Chance, verdunkelte sich und flüchtete. Da sah er, dass Sairas Leuchtorgane aufgeregt pulsierten. In diesem Moment bemerkte auch der Dorgon den Lichtschein und griff an! »Blende ihn!« rief Cherou so laut er konnte, während Saira dem Jäger entsetzt entgegen blickte. Im letzten Moment erwachte sie aus ihrer Starre und ließ ebenfalls ihre Leuchtorgane aufblitzen. Dann katapultierte sie sich mit einem kräftigen Flossenschlag zur Seite. Der Dorgon brüllte auf, derweil seine mächtigen Kiefer blitzschnell auseinander klafften. Saira wurde von dem Sog erfasst und wäre hilflos in das Maul des Dorgons gespült worden. Da kam Cherou heran geschossen, ergriff sie im Vorbeischwimmen und riss sie mit sich.»Verdunkel dich!« rief Cherou ihr zu, während er kurz anhielt, um sie los zu lassen. Doch der Dorgon hatte bereits die Verfolgung aufgenommen. Um sein Opfer betrogen, war er nun erst recht wütend und griff erneut an. Doch diesmal waren die beiden Lingits darauf gefasst, blendeten ihn gemeinsam und flüchteten dann in verschiedene Richtungen. Der Dorgon jagte Cherou hinterher, holte ihn ein und riss wieder sein großes Maul auf. Doch Cherou wich geschickt aus, gab wieder einen hellen Lichtblitz ab und flüchtete, während der Dorgon kurz geblendet war. Kaum konnte er wieder klar sehen, schwebten plötzlich die beiden Lingits direkt über seinen Augen und blendeten ihn nochmals. Der Dorgon schnappte mit einem wütenden Knurren nach ihnen, verfehlte sie jedoch und wurde prompt noch einmal geblendet. Er brüllte verärgert auf, derweil sich Cherou und Saira beeilten, den Meeresgrund zu erreichen. Während der Dorgon geblendet mehrmals ins Leere schnappte, gruben sie sich im weichen Sand ein, bis nur noch die Nasenspitze heraus schaute. Als der Dorgon endlich wieder klar sehen konnte, waren seine beiden Opfer verschwunden. Er durchsuchte das Gebiet noch eine Zeit lang und streifte auch über den Meeresgrund. Aber dort war es bereits zu dunkel, so dass er die Lingits nicht mehr wahrnahm. Schließlich gab er wütend auf und schwamm davon.

*

Auch eine Ausweitung der Suche blieb erfolglos. Somit stand fest, dass die beiden Lingits die Umgebung der Stadt inzwischen hinter sich gelassen hatten. Eine weitere Suche nach ihnen war nun nicht mehr sinnvoll, da das Gebiet einfach zu groß war. Thurguns Verdacht, dass die Thae'Kor über magische Kräfte verfügte, hatte sich bisher nicht bestätigt. Denn keiner der Wächter war jemals angegriffen worden oder hatte irgend welche seltsamen Phänomene wahrgenommen, die auf den Gebrauch von Magie schließen ließen. Trotzdem galt es vorsichtig zu sein. Solange sie nicht wussten, mit welchem Gegner sie es zu tun hatten und wie stark er war, konnten sie die Gefahr, die von ihm ausging, nicht einschätzen. Natürlich hatte sich die Flucht der beiden Lingits inzwischen überall herumgesprochen und es kursierten die wildesten Gerüchte, wie sie entkommen waren. Doch die Duumars erstickten jeden weiteren Versuch schon im Keim, in dem sie die Anzahl der Wachen massiv erhöhten. Auch die Patrouillen um die Stadt herum waren verschärft und sämtliche Wächter in höchste Alarmbereitschaft versetzt worden. Aber damit waren die Möglichkeiten der Duumars noch lange nicht erschöpft. Schließlich gab es weit verteilte Informanten draußen im Meer, die regelmäßig über die Vorgänge in ihrer Umgebung berichteten. Diesem engmaschigen Netz aus Spähern konnten die Lingits nicht entkommen. Es war nur noch eine Frage der Zeit, bis man sie entdeckte. Dann würde ihre dreiste Flucht bald zu Ende sein.

*

Cherou erhob sich als erster und schüttelte den Sand von seinem Körper, während er die Umgebung sicherte. Dann traute sich auch Saira wieder aufzustehen. Dabei spuckte sie angewidert den Sand aus, der in ihren Mund geraten war.

»Keiner hat gesagt, dass du den Sand essen sollst«, bemerkte Cherou grinsend, worauf Saira ihn mit einem strafenden Blick bedachte. Dann sah er sich noch einmal nach dem Dorgon um, aber der war nirgends zu sehen. »Den sind wir los!« meinte er schließlich erleichtert. »Ich hatte schon Angst, dass er dich erwischt, als er das erste Mal angriff!«

»Ohne deine Hilfe hätter er mich auch geschnappt!« antwortete Saira verlegen. »Tut mir leid, ich habe einfach nicht schnell genug reagiert.«

»Ist in Ordnung«, sprach Cherou verständnisvoll. »Es ist ja noch einmal gut gegangen. Mit der Zeit lernst du schon, dich richtig zu verhalten.«

»Hoffentlich bevor ich aufgegessen werde!« antwortete Saira halb ernst.

»Ich hab dir doch gesagt, dass du gut schmeckst!« scherzte Cherou und kassierte nochmals einen strafenden Blick von Saira. »Lass uns von hier verschwinden, bevor der Dorgon zurückkehrt. Ich habe das Gefühl, dass er immer noch in der Nähe ist.«

Das ließ sich Saira nicht zweimal sagen und tauchte mit Cherou weiter ab, bis sie wieder den Santimag-Strom fühlten, der sie nun gemächlich weiter trug. Der Untergrund war hier felsig und bot keine Versteckmöglichkeiten, weshalb keine Angriffe von Peltais zu befürchten waren. Dennoch blieben die beiden Lingits wachsam, um nicht erneut von einem Jäger überrascht zu werden. Später verbreitete sich die Schlucht und der Strom floss langsamer dahin. Hier war der Boden mit einer dünnen Sandschicht bedeckt, die aber immer noch nicht ausreichte, um einen Peltai zu verbergen. Da spürte Saira plötzlich einen kurzen Schmerz am Rand einer Flügelflosse. »Aua!« rief sie und fuhr herum. Ein kleiner Fisch, kaum größer als ihre Hand, hatte ihr ein kurzes Stück aus dem Flossensaum heraus gebissen.

Auch Cherou wandte sich um und im gleichen Moment weiteten sich seine Augen vor Schreck. »Oh nein! Weg hier!« rief er entsetzt, beschleunigte auf Höchstgeschwindigkeit und zog Saira mit sich, wobei er ihr fast den Arm ausriss.

»Was ist denn los?« fragte Saira verdutzt.

»Schau nach hinten!« rief Cherou gehetzt.

Saira kam seiner Aufforderung nach. Der Sand schien regelrecht zu explodieren und ein riesiger Schwarm der kleinen Fische jagte plötzlich mit weit aufgerissenen Mäulern hinter ihnen her! Saira schrie auf vor Schreck und schwamm nun auch so schnell sie konnte.

»Das sind Tister. Die essen uns bei lebendigem Leibe auf, wenn sie uns erwischen!« rief Cherou.

Saira warf ihm einen entsetzten Blick zu und versuchte sein Tempo mitzuhalten. Dann sah sie kurz über die Schulter nach hinten. Der Schwarm verfolgte sie immer noch! Die beiden Lingits schwammen um ihr Leben, aber der Schwarm ließ sich einfach nicht abschütteln! Sairas Kräfte erlahmten allmählich und sie hatte den Eindruck, dass der Schwarm langsam aufholte. Sie mobilisierte noch einmal alle Kräfte und schwamm so schnell sie konnte, doch es schien eine Ewigkeit zu dauern, bis der Schwarm endlich die Verfolgung aufgab. Sie schwammen noch einige Zeit weiter, um einen möglichst großen Abstand zu dem Schwarm zu gewinnen. Vor Sairas Augen tanzten schon bunte Ringe und sie konnte kaum mehr klar sehen, als Cherou endlich langsamer wurde und sich schließlich zu Boden sinken ließ. Schwer atmend und völlig erschöpft lagen beide lange Zeit nebeneinander, bis sie sich wieder ein wenig erholt hatten.

»Das war knapp!« sprach Cherou.

»Von diesen Wesen hast du mir gar nichts erzählt«, meinte Saira.

»An die habe ich nun wirklich nicht mehr gedacht!« gab Cherou zu. »Ich habe wohl doch schon zu viel Zeit in den Minen verbracht.« Dann erhob er sich mühsam. »Lass uns einen Schlafplatz suchen, ich bin total erschöpft und muss mich erst einmal ausruhen.«

»Mir geht es genauso!« versicherte Saira und erhob sich ebenfalls.

Nach kurzer Zeit fanden sie in der umgebenden Felswand eine Höhle, die groß genug für beide war. Cherou schaufelte wieder den Eingang zu, so dass gerade noch genug Atemwasser eindrang. Dann ließ er sich ächzend nieder.

Saira sah ihn hilfesuchend und ein wenig verlegen an. »Würde es dir etwas ausmachen, wenn du mich heute Nacht ein wenig fest hältst?«

»Aber gerne!« antwortete Cherou gerührt und nahm sie in die Arme. Erst jetzt bemerkte er, dass sie zitterte. »Besser so?« fragte er freundlich.

»Ein bisschen«, antwortete Saira dankbar.

»Ein bisschen!« polterte Cherou scherzhaft. »Früher waren die Lingit-Mädchen froh, wenn sie in meinen Armen liegen durften!«

Saira dreht den Kopf zu ihm und sah in zwinkern. »Angeber!« brummte sie dann schmunzelnd und schmiegte sich noch enger an ihn. Seine Nähe tat gut und allmählich beruhigte sie sich wieder. Was für ein schrecklicher Gedanke, von diesen kleinen Biestern lebendig aufgegessen zu werden! Saira schüttelte sich innerlich und versuchte den Gedanken zu verdrängen, was ihr aber nicht ganz gelang, denn später flüchtete sie selbst im Traum noch vor dem Schwarm. Irgendwann erwachte sie aus ihren Alpträumen. Es war stockdunkel in der Höhle und Saira geriet kurz in Panik. Sie hatte Angst, ihre Leuchtorgane zu gebrauchen, weil sie befürchtete, dass man das Licht auch außerhalb der Höhle sehen könnte. Ihren Sonar wollte sie nicht einsetzen, weil sie Cherou damit aufgeweckt hätte. So benutzte sie ihren magischen Nachtblick, der ihr ermöglichte in absoluter Dunkelheit klar zu sehen. Zu ihrer Erleichterung war die Höhle leer und auch draußen war außer dem Gesang des Meeres kein verdächtiges Geräusch zu hören. Sie beruhigte sich allmählich, als sie erkannte, dass alles nur ein Alptraum gewesen war. Froh darüber, dass Cherou sie in seinen starken Armen hielt, entspannte sie sich langsam wieder. Manchmal erinnerte er sie durchaus an ihren Vater Keh. Lächelnd musste sie wieder an die vielen scherzhaften Geplänkel denken, die sie schon mit ihm ausgefochten hatte. Mitunter so lange, bis es ihrer Mutter Hri zu viel geworden war und sie den beiden Kontrahenten die spitzen Ohren noch länger gezogen hatte. Als noch weitere Erinnerungen an ihre Heimatwelt sich ans Licht drängen wollten, wehrte sich Saira dagegen, denn sie wusste genau, dass sie das damit verbundene Heimweh nicht ertragen konnte. So schluckte sie den Kloß, der sich in ihrem Hals bildete, hinunter und vertrieb die Gedanken an Wuun. Vielleicht würde sie ja doch eines Tages auf ihre Welt zurückkehren. Zumindest lebte sie nun endlich wieder in Freiheit, auch wenn dies noch längst keine Sicherheit versprach. Denn sie waren ja auf der Flucht und viele Lebewesen sahen sie dazu auch als Leckerbissen an. Aber wenigstens war sie jetzt kein Sklave mehr. Vielleicht würde sich ja doch noch alles zum Guten wenden. Mit dieser Hoffnung schlief sie schließlich ein.

*

Inzwischen war es Mittag auf Wuun geworden. Sämtliche Magier versuchten nun schon seit Stunden das magische Geflecht aus Fallen und Irrwegen zu entwirren, das bei der Verfolgung des magischen Portals aufgetreten war. Die meisten Stränge endeten einfach im Nichts, doch einige wenige waren besonders gesichert und zogen die Aufmerksamkeit auf sich. Diese lieferten zumindest eine erste Spur, die sich weiter zu verfolgen lohnte. Doch es galt mit äußerster Vorsicht vorzugehen, da selbst die Wächter des Lichtes solch massiven Zaubern noch nicht begegnet waren. Sie mussten erst sorgsam Schritt für Schritt erkundet werden, denn sonst konnte ein leichtsinniger Versuch selbst ihre Welt in Gefahr bringen, wenn der Zauber rückwirkend Wuun beeinflusste. So gab das magische Geflecht allmählich seine Geheimnisse preis und lieferte erste Anhaltspunkte über den Verbleib von Saira. Schrittweise ergaben sich weitere Spuren des Weges, dem das Portal gefolgt war. Zum ersten Mal schöpften die Magier Wuuns wieder Hoffnung, das Velbenmädchen doch noch zu finden. Es war nur eine Frage der Zeit, bis das Ziel des Transports gefunden war. Was sie dort aber erwartete, welche Welt sie vorfinden würden und ob es ihnen überhaupt gelang Saira zurück zu holen blieb weiterhin fraglich.

*

Saira und Cherou folgten seit längerer Zeit wieder dem Strom. Die Ruhepause hatte beiden, nach der anstrengenden Flucht vor dem Tister-Schwarm, gut getan. Seither waren sie auch nicht mehr angegriffen worden. So ließen sich die beiden Lingits in der Strömung treiben, die allmählich anstieg und sie erneut in höhere Wasserschichten brachte.

»Was ich dich schon längere Zeit einmal fragen wollte, Cherou. Ich habe in der Mine und in der Schlafhöhle nie eure Kinder gesehen.

Du hast doch gesagt, dass ihr dort schon seit mehreren Generationen lebt. Wo sind denn die Kinder?« fragte Saira neugierig.

»Gut beobachtet!« lobte sie Cherou. »Wahrscheinlich ist es bei euch so, dass die Eltern jeweils ihre eigenen Kinder aufziehen.«

»Ja, natürlich!« bestätigte Saira verwundert. »Ist das bei euch etwa nicht so?«

»Nein. Bei uns werden die Kinder direkt nach der Geburt in die Obhut der Jungpfleger gegeben. Dies ist eine spezielle Gruppe von erwachsenen Lingits, welche die Pflege, Aufzucht und Erziehung der Kinder übernimmt. Natürlich ist es den Eltern jederzeit möglich ihren Nachwuchs zu besuchen. Dieser verbleibt jedoch so lange bei den Jungpflegern, bis er sich selbst versorgen kann«, erklärte Cherou.

»Warum tut ihr das?« fragte Saira verwundert.

»Wie du bereits festgestellt hast, führen wir ein sehr riskantes Leben. Da draußen im Meer gibt es viele Gefahren und regelmäßig fallen ihnen einige von uns zum Opfer. Würden wir unsere Kinder von den Eltern aufziehen lassen, wären viele von ihnen bald nicht mehr am Leben, weil ihre Eltern draußen im Meer den Tod fänden und ihre Kinder so nicht mehr versorgen könnten. Ständig müssten sich dann wieder andere Lingits um die Kinder kümmern, die später vielleicht auch ums Leben kommen. Unsere Jungpfleger halten sich stets in den Behausungen im Schutz der Gruppe auf, so dass ihr Überleben wenigstens einigermaßen gesichert ist. Natürlich gibt es auch unter ihnen manchmal Todesfälle, wie zum Beispiel durch Krankheiten oder Unfälle, aber in der Regel werden sie älter als die meisten anderen Lingits. So ist der Fortbestand unserer Rasse einfach besser gesichert. Diese Methode der Aufzucht hat sich über viele Generationen hinweg bewährt, sonst gäbe es uns vielleicht schon nicht mehr«, antwortete Cherou.

»So habe ich das noch nie gesehen, aber unter diesen Umständen ist das wohl eine gute Lösung«, gab Saira zu.

»In der Stadt der Duumars gibt es spezielle Bereiche, wo die Jung-pfleger mit den Kindern wohnen. Dort können wir sie jederzeit besuchen. Diese Bereiche liegen etwas abseits der Minen, deswegen hast du die Kinder nicht gesehen«, erklärte Cherou.

Saira nickte verstehend. »Habt ihr viele Kinder?«

»Oh ihr Jungflossen stellt immer so viele Fragen!« polterte Cherou scheinbar verzweifelt. »Und du bist ein besonders neugieriges Exemplar! Aber du gibst ja sowieso keine Ruhe, bis ich es dir erzähle. Also, pass auf.« So begann Cherou über seine Rasse zu berichten. Wie sie vor der Versklavung gelebt hatten, welche Bereiche des Ozeans sie bevölkerten, wann sie eingefangen wurden und wie sie heute lebten. Da sie sich bereits über der Zwielicht-Zone befanden, benötigten sie auch keine Sonarlaute mehr, um sich zu orientieren, wodurch Saira Cherous Erzählungen ohne Unterbrechungen folgen konnte. Im klaren Wasser war die Sicht ausreichend, um heran nahende Gefahren rechtzeitig zu entdecken, so dass das Risiko eines überraschenden Angriffs ausgeschlossen war. Saira lauschte gespannt Cherous Erzählungen, sicherte aber trotzdem immer wieder die Umgebung, bis Cherou schließlich seinen Vortrag beendete. »So, nun weisst du alles über uns!« bemerkte er. »Nun musst du mir aber auch einmal von deiner Welt erzählen.«

»Später vielleicht«, lehnte Saira ab. »Sonst bekomme ich wieder Heimweh und das tut im Moment einfach noch zu weh!«

»Das kann ich gut verstehen«, antwortete Cherou reumütig. »Verzeih bitte, daran habe ich nicht gedacht.«

»Ist schon in Ordnung«, meinte Saira. »Wie gesagt, vielleicht ein andermal. Lass uns lieber nach etwas zu essen suchen. Ich habe Hunger!«

Auch Cherou ging es nicht anders, so half er ihr bereitwillig nach schmackhaften Wasserpflanzen Ausschau zu halten. Nachdem sie sich gesättigt hatten, wurde es allmählich Zeit nach einem Ort zu suchen, wo sie die Nacht verbringen konnten. Leider gab es auf der ausgedehnten Ebene keine Höhlen. Die beiden Lingits suchten ziemlich lange, fanden aber keinen geeigneten Unterschlupf. So suchten sie immer noch, als bereits die Dämmerung anbrach. Jetzt war es wirklich an der Zeit, sich zu verbergen, denn bald würden die Jäger der Nacht ausschwärmen und dann war es hier auf dem offenen Gelände viel zu gefährlich. Endlich fanden die beiden Lingits ein Felsmassiv mit einer Höhlenöffnung. Die Höhle selbst war riesig, doch darin hatte sich schon ein großer Schwarm Durkas zur Ruhe begeben. Die rochenartigen Wesen, die allerdings zwei hintereinander liegende Paare von Flossenflügeln besaßen, konnten den Lingits zwar nicht gefährlich werden, da sie sich nur von Kleinstlebewesen ernährten. Durkas teilten ihren Lebensraum jedoch nur ungern mit anderen Wesen. Doch diese Höhle war die Einzige in weitem Umkreis, so dass Cherou und Saira nichts anderes übrig blieb, als um Zugang zu bitten. Einer der Durkas in der Nähe der Höhlenöffnung schwamm auf, als er die beiden Lingits bemerkte, und versperrte ihnen den Weg.

»Seht ihr nicht, dass dieser Platz schon belegt ist?« brummte er mürrisch.

»Verzeiht, aber wir suchen einen Platz für die Nacht und dies ist die einzige Höhle in der Umgebung. Erlaubt ihr uns hier die Nacht zu verbringen? Wir stören euch ganz sicher nicht!« fragte Cherou so freundlich wie möglich.

Der Durka brummte etwas Unverständliches und gebot ihnen zu warten. Drinnen unterhielt er sich kurz mit einigen seiner Artgenossen. Dann kehrte er zurück. »Also gut, ihr könnt heute hier bleiben«, brummte er wieder mürrisch und gab den Weg frei. Cherou und Saira bedankten sich und suchten sich unter den argwöhnischen Blicken der Durkas einen Platz zum schlafen. Saira fühlte sich nicht besonders wohl zwischen den Wesen, die mindestens dreimal so groß erschienen wie sie selbst. Sie spürte deutlich, dass sie hier alles andere als willkommen waren, jedoch blieb ihnen keine Wahl und so ließen sie sich etwas abseits der Durkas im weichen Sand nieder. Saira schmiegte sich an Cherou, der sich schützend vor sie legte. Er spürte Sairas Unwohlsein. Auch er fühlte sich hier nicht besonders wohl, aber es war ja nur eine Dunkelphase, die sie mit den Durkas verbringen mussten.

»Keine Sorge, die tun uns nichts zuleide«, versicherte er flüsternd.

Saira warf ihm noch einen skeptischen Blick zu und versuchte sich zu beruhigen. Wie immer tat Cherous Nähe auch diesmal gut und nach einiger Zeit schlief sie tatsächlich ein. Keiner von beiden bemerkte, dass zu einem späteren Zeitpunkt einer der Durkas die Höhle durch einen weiteren Ausgang verließ.

Verrat

Als Saira und Cherou am nächsten Morgen erwachten, hatte sich die Höhle schon zum größten Teil geleert. Nur vereinzelte Durkas hielten sich noch darin auf, beachteten sie aber nicht weiter. So bedankten sich die beiden Lingits nochmals bei den Durkas und verließen kurze Zeit später die Höhle. Draußen schien keine Gefahr zu lauern, zumindest war nichts Gefährliches in Sicht, trotzdem fühlte Saira, dass etwas nicht stimmte. Cherou bemerkte ihre Unruhe und wollte schon fragen was sie bedrückte, da schien der Sand um sie herum zu explodieren! Saira stieß einen Schrei aus und Cherou nahm sie schützend in die Arme. In Panik sahen sich die beiden Lingits um. Einen Moment später klärte sich die Sicht. Eine große Anzahl Draughs hatte sie umstellt! Saira wollte erst ihre Magie gegen sie einsetzen, erkannte aber dann, dass es zu viele waren. Statt dessen sah sie sich nach einem Fluchtweg um, doch die Draughs hatten sie hermetisch eingekreist. Ihr blieb scheinbar nur die Flucht nach oben. So befreite sie sich in Panik mit einem kurzen Flossenschlag aus Cherous Armen und stieg rasch höher. Dort war sie außerhalb der Reichweite der Draughs und konnte sie besser bekämpfen.

»Nicht Saira, bleib hier!« rief Cherou ihr noch warnend hinterher, doch sie hörte nicht auf ihn und fand sich im nächsten Moment vor der riesigen Schnauze eines Galanx wieder. Der feuerte eine kurze, aber heftige Sonarsalve ab, die scheinbar in Sairas Kopf explodierte. Benommen und bewegungsunfähig sank sie zurück auf den Boden, wo Cherou sie auffing. »Du dummes Mädchen, warum hörst du denn nicht auf mich!« fragte er verzweifelt.

»Ganz recht!«, knurrte einer der Draughs. »Habt ihr im Ernst geglaubt, ihr könnt uns entkommen? Leistet ja keinen Widerstand, sonst erledigen wir euch gleich hier!«

Cherou erkannte den Draugh, der gesprochen hatte, sofort. Es war Scang, der oberste Wächter der Draughs. Er war bei den Lingits berüchtigt für seine Grausamkeit und entsprechend gefürchtet. Bei ihm war jeder Widerstand zwecklos. Er würde nicht zögern und sie auf der Stelle töten, auch wenn es ihm die Duumars untersagt hatten, denn Scang hatte sich schon immer seine eigenen Regeln gemacht.

»Es freut mich, dass wenigstens du vernünftig bist!« sprach der Draugh mit rauer Stimme. Dann befahl er: »Na los, packt sie!« Die Draughs in der vordersten Reihe stampften auf die Lingits zu und wollten sie ergreifen, als sich das Wasser über ihnen verdunkelte. Die Draughs zögerten, richteten ihre Stielaugen auf und ließen den hinteren Teil ihres Körpers absinken, um besser nach oben sehen zu können. Im gleichen Moment brüllte einer von ihnen lautstark: »Gamburas!« Da senkte sich der riesige Schwarm auch schon auf sie herab und die ersten schnellen Jäger schossen auf sie zu. Cherou duckte sich unwillkürlich und drückte Saira an sich, die immer noch halb benommen war. Die Draughs stoben auseinander und rannten in verschiedene Richtungen, so schnell sie ihre langen Beine trugen, davon. Die Galanx beschleunigten auf Höchstgeschwindigkeit und suchten ebenso ihr Heil in der Flucht. Um Cherou wurde es dunkel, als der Schwarm aus unzähligen Gamburas sie einhüllte, aber ansonsten unbehelligt ließ. Die goldglänzenden, pfeilschnellen Jäger rasten an ihnen vorbei und stürzten sich auf die Draughs. Deren starker Panzer schützte zwar ihren Körper, jedoch attackierten die Gamburas nun die empfindlichen Augen und verbissen sich in die Gliedmaßen, so dass sich die Draughs kaum noch bewegen konnten. Sie wehrten sich so gut es ging mit ihren Scheren, doch gegen die Überzahl der flinken Jäger hatten sie keine Chance. Auch die Galanx wurden nicht verschont. Während der Kampf noch voll im Gange war, blieb einer der Gamburas vor den Lingits schweben und bat sie, sich dem Schwarm anzuschließen. Cherou willigte sofort ein und zog Saira, die inzwischen wieder zu sich gekommen war, mit sich. Kurze Zeit später hatten sie den Kampfplatz hinter sich gelassen und flohen im Schutz des Schwarms vor ihren Verfolgern, die immer noch heftig von den restlichen Gamburas attackiert wurden. Erst nachdem sie sich weit genug entfernt hatten, ließen die Gamburas von ihren Opfern ab und kehrten zum Schwarm zurück. Zwei der Galanx waren schwer verletzt und auch einige der Draughs hatten einzelne Gliedmaßen eingebüßt, aber alle Wächter waren am Leben.

Saira fühlte sich zwischen den vielen Gamburas nicht besonders wohl. Sie waren zwar genau so groß wie sie selbst, jedoch war ihr seitlich abgeplatteter, goldglänzender Körper eher wie ein Fisch geformt. Die tief sitzenden, dunklen Augen und das schreckliche Gebiss der Gamburas wirkten ausgesprochen bedrohlich auf sie.

»Du brauchst keine Angst vor ihnen zu haben, sie werden uns gewiss kein Leid zufügen!« versicherte Cherou, doch er sah an Sairas skeptischem Gesichtsausdruck, dass sie ihm nicht so recht glauben wollte.

»Dein Partner sagt die Wahrheit, du hast nichts von uns zu befürchten!« sprach der Gambura, der unmittelbar neben ihr schwamm. »Einst gehörten auch die Lingits zu unserer Nahrung. Doch einmal wurde ein riesiger Schwarm von uns in einer Höhle eingeschlossen, weil der Eingang durch ein Beben verschüttet wurde. Die Gamburas konnten sich nicht selbst befreien und wären erstickt oder verhungert. Aber die Lingits hatten Mitleid mit uns und legten den Eingang frei, so dass der ganze Schwarm gerettet wurde. Zum Dank schworen die Gamburas ewige Freundschaft. Danach wurde nie wieder ein Lingit von einem Gambura angefallen oder gegessen. Dieser Schwur gilt bis heute und in alle Ewigkeit.«

»Ist das wahr?« fragte Saira überrascht.

Cherou nickte. »Ja, das ist die Wahrheit. Deshalb hast du auch nichts zu befürchten.«

Saira war von der Geschichte beeindruckt und fühlte sich etwas besser, jedoch blieb ein Rest Unwohlsein, allein schon durch das bedrohliche Aussehen der schnellen Jäger.

»Seid ihr vor den Duumars geflohen?« fragte einer der Gamburas neben Cherou. »Wir haben schon lange keine Lingits mehr in Freiheit gesehen.«

»Ja, wir sind Sklaven aus den Minen der Duumars«, bestätigte Cherou.

»Habt ihr bereits ein Ziel, für eure Flucht?« fragte der Gambura weiter.

»Wir suchen den Curun-Strom«, beantwortete Cherou auch diese Frage. »Er soll an einem Berg vorbei fließen, der aussieht wie ein Dorgon-Zahn.«

»Das ist richtig!« bestätigte der Gambura. »Dieser Berg ist eine Hellphase entfernt. Warte bitte einen Moment«, bat der Gambura. Nach einer kurzen Pause sprach er weiter: »Wir sind einverstanden und werden euch bis dorthin begleiten.«

»Wie konntest du das so schnell mit all den anderen Gamburas absprechen?« fragte Saira überrascht.

»Wir sind viele und doch sind wir eins«, antwortete der Gambura rätselhaft. »Wir sind ein Gemeinschaftswesen und alle miteinander verbunden.«

Saira sah ihn nur verständnislos an und wandte sich dann hilfesuchend an Cherou. Der drehte jedoch auch nur die Innenseite der Handflächen nach oben, um anzudeuten, dass er genauso ratlos war wie sie.

»Einzelindividuen wie euch fällt es schwer, das zu verstehen«, gab der Gambura zu.

»Ihr braucht wegen uns keinen Umweg zu machen«, sprach Cherou.

»Es spielt keine Rolle, welchen Weg wir wählen«, antwortete der Gambura. »Wir haben kein festes Ziel.«

»Vielen Dank, das ist sehr freundlich von euch!« meinte Cherou.

»Dafür sind Freunde da«, gab der Gambura zurück.

Danach schwammen sie ein kurzes Stück schweigend nebeneinander her, bis der Gambura plötzlich fragte: »Seid ihr denn nicht hungrig? Ihr habt sicher heute noch nichts gegessen.«

»Das ist richtig«, antwortete Saira und erntete von Cherou einen amüsierten Seitenblick.

»Direkt unter uns liegt ein Riff mit reichlichem Pflanzenbewuchs. Esst euch satt, wir sichern so lange die Umgebung«, sprach der Gambura. Im nächsten Moment bildete der große Schwarm einen Ring um Saira und Cherou. Gemeinsam sanken sie in die Tiefe. Im Schutz des Schwarms genossen Cherou und Saira ein reichlich wohlschmeckendes Mahl. Dann zogen sie mit den Gamburas weiter.

*

Thurgun war ausser sich, als er erfuhr, dass die Gamburas seine Wächter angegriffen und den Lingits zur weiteren Flucht verholfen hatten. Seine schwer angeschlagenen Jäger waren vorerst gezwungen die Verfolgung aufzugeben. So lange die Lingits mit den Gamburas reisten, war jeder Versuch ihrer habhaft zu werden zum Scheitern verurteilt. Nun gut, irgendwann mussten die Lingits den Schutz des Schwarms verlassen. Die Späher würden es bestimmt rechtzeitig melden, dann waren sie fällig!

*

»Wie haben die Draughs uns eigentlich entdeckt?« fragte Saira, während sie und Cherou mit den Gamburas weiter reisten. »Woher wussten sie, dass wir in der Höhle der Durkas übernachtet haben?«
»Das weiss ich auch nicht«, gestand Cherou. »Wenn sie sich schon vorher in der Nähe aufgehalten hätten, wären sie mir aufgefallen. Es gab keine Versteckmöglichkeiten für sie, und die Galanx hätte ich im freien Wasser bestimmt gesehen!«
»Sind sie vielleicht unseren Sonarlauten gefolgt?« fragte Saira.
»Das ist kaum anzunehmen. In völliger Dunkelheit müssen auch sie sich mit ihrem Sonar orientieren, und glaube mir, die Sonarlaute der Draughs und Galanx sind mir bestens vertraut! Ausserdem ist ihr Sonar lauter als unserer, weshalb ich sie gewiss zuerst gehört hätte, bevor sie uns wahrnehmen konnten«, versicherte Cherou.

»Dann seid ihr wohl verraten worden!« bemerkte der Gambura neben Cherou überraschend. »Es ist uns schon öfter aufgefallen, dass die Galanx zu bestimmten Lebewesen im Meer verstärkten Kontakt pflegen und diesen oft auch Futter liefern. Vermutlich erhalten die Duumars auf diese Art Informationen über die Vorgänge im Meer.«

»Das würde ja bedeuten, dass wir nirgends mehr sicher sind!« bemerkte Saira erschrocken. »Irgendwo kann immer ein Späher lauern, der uns an die Duumars verrät!«

»Wir wissen nicht, wie groß der Einfluss der Duumars in den einzelnen Gebieten des Meeres ist. Sicher wird er mit zunehmender Entfernung zu ihrer Stadt geringer, doch ihr müsst weiter sehr vorsichtig sein und könnt niemandem trauen!« erklärte der Gambura.

»Damit habe ich nun wirklich nicht gerechnet!« gestand Cherou. »Ich konnte ja nicht ahnen, dass ihr Einfluss schon so weitreichend ist. Das bedeutet, dass wir noch viel umsichtiger sein müssen und uns nirgends lange aufhalten dürfen!«

»So ist es!« bestätigte der Gambura. »Zu Beginn der nächsten Hellphase erreichen wir den Curun-Strom. Er befindet sich in einer tiefen Schlucht, wo ihr wesentlich sicherer seid, als hier oben im erhellten Bereich des Ozeans«, erklärte der Gambura beruhigend.

So folgten die beiden Lingits dem Schwarm, bis es dunkel wurde. Die Gamburas schienen auch diesen Teil des Meeres gut zu kennen, denn sie brauchten nicht lange nach einer ausreichend großen Höhle zu suchen, die ihnen Unterschlupf für die Nacht bot. Die beiden Lingits verbrachten die Dunkelphase im Schutze der Gamburas und brachen am nächsten Tag bereits früh auf. Wie es die Gamburas versprochen hatten, erreichten sie schon nach kurzer Zeit das Gebirge, dessen Aussehen dem Fangzahn eines Dorgons ähnelte. Der Schwarm tauchte ab und zog dann längere Zeit über der Schlucht dahin, die der Curun-Strom durchfloss. In der Deckung des Schwarms verließen die Lingits schließlich die Gamburas und glitten rasch tiefer. Erneut umfing sie die Dunkelheit der Tiefsee, doch diesmal fühlte sich Saira darin wesentlich sicherer, als in den lichten Höhen des Meeres. Auch Cherou war froh, wieder in gewohnter Umgebung zu sein. Beruhigt ließen sie sich in dem mächtigen Strom treiben.

*

Am nächsten Tag zwang sie der Hunger abermals aufzutauchen und in den helleren Bereichen des Meeres nach Nahrung zu suchen. Dabei erreichten sie auch das Riff, das längere Zeit zuvor durch die Flutwellen zerstört worden war. Zwar hatten sich dort inzwischen wieder einige kleinere Pflanzen und Tiere angesiedelt, aber die weitläufige Zerstörung war immer noch deutlich sichtbar. Saira erschrak bei dem Anblick des Trümmerfeldes und fragte Cherou, wie dies wohl passiert war.

»So großflächige Zerstörungen kann nur das Wasser selbst verursacht haben«, bemerkte er. Nachdem er Sairas fragenden Blick auffing, fuhr er erklärend fort: »Manchmal kann das Wasser verheerende Kräfte entwickeln. Du hast noch keinen Sturm erlebt, deshalb kannst du dir nicht vorstellen, wie gewaltig die Kräfte des Meeres sind. Diese Zerstörung wurde allerdings nicht durch einen Sturm verursacht. Dafür ist sie zu massiv. Normalerweise übersteht ein Riff selbst stärkste Stürme, ohne größeren Schaden zu nehmen. Das können nur mehrere mächtige Flutwellen angerichtet haben, wie sie manchmal nach einem Seebeben entstehen.«

Saira blickte sich entgeistert um und konnte nicht glauben, was sie sah, bis Cherou sie aufforderte weiter zu ziehen, da sie hier keine Nahrung finden würden. Später entdeckten sie in einigen tiefer liegenden Bereichen doch noch ausreichenden Pflanzenbewuchs und konnten ihren Hunger stillen. Dann zogen sie sich wieder in den Schutz der Tiefsee zurück und ließen sich erneut im Strom treiben. Die Schlucht wurde allmählich immer enger, wodurch die Strömungsgeschwindigkeit deutlich zunahm. So kamen die Lingits zwar noch schneller voran, mussten nun aber aufpassen, stets in der Mitte der

Schlucht zu bleiben, um nicht gegen die nahe Felswand geschleudert zu werden. Diese war sehr unregelmäßig geformt und verursachte mit ihren vorstehenden Felsblöcken und tiefen Einschnitten gefährliche Wirbel, welche den Lingits schnell zum Verhängnis werden konnten, wenn sie dadurch die Kontrolle verloren und gegen die Felsen geschmettert wurden. Saira schaffte es oft nur dank Cherous Kraft, Erfahrung und Geschicklichkeit, knapp den Felsvorsprüngen zu entrinnen. Es war für sie äußerst schwer, sich bei dieser hohen Geschwindigkeit einzig mit dem Sonar zu orientieren. Dazu kam noch, dass die Wasserwirbel die Echos verfälschten und Saira oft nur unscharfe Bilder ihrer Umgebung empfing. Ihre Leuchtorgane waren hier nutzlos, da ihr Licht bei dieser Geschwindigkeit nicht weit genug reichte und außerdem die Verwirbelungen eine starke Schlierenbildung verursachten, welche die Sicht zusätzlich einschränkte. So versuchte sie sich so gut es ging an Cherou zu orientieren und so nahe wie möglich bei ihm zu bleiben. Der wilde Flug durch die Schlucht mit ihren engen Spalten und Einschnitten schien ewig zu dauern und kostete enorm viel Kraft. Mehrmals schoss Saira nur um Haaresbreite an hervorstehenden, scharfkantigen Felsvorsprüngen vorbei. Die Wucht des Aufpralls hätte sie entweder getötet oder zumindest schwer verletzt! So war sie doch sehr erleichtert, als das Wasser endlich wieder langsamer floss und sie nur noch mit leichten Flossenbewegungen die Richtung korrigieren musste.

Im Eismeer

Inzwischen war das Wasser deutlich kälter geworden und der Strom stieg allmählich wieder zur Meeresoberfläche an. Cherou und Saira ließen sich müde darin treiben. Die vorangegangene rasante Reise durch die Schlucht hatte ihre Kräfte aufgezehrt und sehr viel Konzentration gekostet. Die beiden Lingits hofften nur, bald eine Höhle als Unterschlupf zu finden, in der sie sich ausruhen und erholen konnten. Doch in der massiven Felswand war keine Öffnung zu finden und so ließen sich Cherou und Saira weiter treiben. Inzwischen war der Meeresgrund so weit angestiegen, dass die beiden Lingits über sich die Wasseroberfläche wabern sahen. Obwohl das Wasser extrem kalt war, fror Saira nicht. Die Kälte beeinträchtigte jedoch ihre Beweglichkeit und ließ sie träge werden. Immer wieder bemerkte Saira größere und kleinere dunkle Flecken an der Wasseroberfläche, deren Anzahl rasch zu nahm. »Was sind das für seltsame Flecken da oben?« fragte sie erstaunt.

»Das ist Eis«, erklärte Cherou schmunzelnd. »Das Wasser ist so kalt, dass es teilweise zu solchen Blöcken gefriert. Wart's ab! Später wirst du ganze Berge davon zu Gesicht bekommen.«

Saira warf ihm einen ungläubigen Blick zu, wurde aber sogleich eines Besseren belehrt. Tatsächlich wuchsen die Gebilde rasch an und schon bald war das Wasser von bizarren Auswüchsen gigantischer Eisberge durchwoben. Saira kam aus dem Staunen nicht mehr heraus, als sie diese so fremd anmutende Welt durchschwamm. Phantastische Formationen durchzogen das Wasser, bildeten Gänge und Höhlen, die mit skurrilen Formen gefüllt waren. Dabei schienen diese absonderlichen Gebilde in stetiger Bewegung zu sein. Überall war das Ächzen und Stöhnen gewaltiger Eismassen zu vernehmen. Saira berührte ehrfurchtsvoll einige der teilweise transparenten Skulpturen. Zuerst zuckte sie nach deren Berührung zurück, überrascht von der Kälte der Oberfläche, doch dann begeisterte sie der meist glatte, glänzende Überzug und dessen beeindruckendes Farbenspiel.

»Gibt es auf eurer Welt kein Eis?« fragte Cherou verwundert. »Doch, natürlich!« bestätigte Saira, noch ganz vertieft in den faszinierenden Anblick. »Aber nicht dort, wo ich lebe. Da ist es viel zu warm und sonnig.« Dann schwamm sie an der Kante eines Eisberges weiter nach oben. Cherou beeilte sich ihr zu folgen und wollte sie von dem schimmernden Giganten wegziehen. »Was hast du denn?« fragte Saira leicht verärgert.

»Ich kann deine Faszination verstehen, aber diese Eisberge sind nicht ganz ungefährlich. Sie haben nämlich die Angewohnheit, sich plötzlich umzudrehen! Dann heben sie dich aus dem Wasser und du frierst sofort an ihrer Oberfläche fest. Dadurch kannst du nicht mehr zurück ins Wasser und erstickst da draußen!« erklärte Cherou eindringlich. Wieder sah ihn Saira ungläubig an. »Du brauchst mich gar nicht so anzuschauen! Das ist einigen Lingits wirklich schon passiert. Vor allem solch neugierigen, unvorsichtigen Jungflossen, wie du eine bist!« meinte er schmunzelnd.

Saira zog nur eine abweisende Grimasse und murmelte etwas Unverständliches, ging dann aber doch lieber auf Abstand zu dem Eisberg.

»Komm weiter!« meinte Cherou versöhnlich. »Hier gibt es noch mehr zu entdecken.«

Saira folgte ihm zögernd. Manchmal wusste sie nicht, ob Cherou wirklich die Wahrheit sprach, oder sie nur foppen wollte. Leicht verstimmt glitt sie hinter ihm her, doch die grandiose Landschaft brachte sie rasch wieder auf andere Gedanken. So schwamm sie mit bewundernden Blicken durch dieses Labyrinth aus Eis, wo stets neue, phantastische und skurrile Gebilde in Sicht kamen. Auf einmal nahm sie in der Ferne das lauter werdende Knattern eines starken Sonars wahr. Zuerst erschrak sie, weil sie dachte, es wäre ein Galanx, der sich ihnen näherte, doch Cherou schwamm unbeirrt weiter, tauchte dabei jedoch langsam ab. Das kräftige Sonar wurde immer lauter, schmerzte schließlich fast am ganzen Körper. So musste es den Lingits wohl gehen, wenn Torg sie mit seinem Sonar quälte. Aber diese Töne waren anders, zu tief für einen Galanx oder Draugh und vor allem viel zu laut! Schließlich erreichten die beiden Lingits den Meeresgrund, als plötzlich in einiger Entfernung über ihnen ein riesiger Schatten auftauchte. Wieder setzten die Sonarlaute ein. Diesmal so lautstark, dass sich Saira erschrocken die Ohren zu hielt, was jedoch nichts nützte. Jeder Ton erschien wie eine kleine Explosion! Obwohl sie nur die Ausläufer davon spürte, waren diese immer noch stark genug, um ihr leichte Schmerzen im ganzen Körper zu verursachen. Inzwischen schwamm der imposante Schatten genau über sie hinweg. Saira sah einen massigen, lang gestreckten Körper mit einem tonnenförmigen, großen Kopf, der nahezu ein Drittel des gesamten Rumpfes ausmachte. Der hintere Teil des Körpers lief in einem langen, spitz zulaufenden Schwanz aus. Zu beiden Seiten des Rumpfes befand sich eine riesige Flügelflosse, die dem Giganten als Antrieb diente. Saira starrte das Wesen mit offenem Mund an. Es war mindestens vier Mal größer als ein Galanx!

»Das ist ein Wra. Sie sind die größten Lebewesen auf Turoon«, erklärte Cherou ehrfurchtsvoll. Als er Sairas ängstlichen Blick auffing, sprach er beruhigend: »Keine Sorge, die tun uns nichts. Sie ernähren sich von Dyx, äußerst kleinen Lebewesen, kaum größer als einer unserer Finger. Nur vor ihrem kräftigen Sonar musst du dich in acht nehmen!«

Saira folgte dem Giganten mit fasziniertem Blick. Erst als er fast außer Sichtweite war, wandte sie sich zu Cherou um.

Der schmunzelte wieder amüsiert. »Ich sehe, du bist beeindruckt!«

»So ein großes Lebewesen habe ich noch nie gesehen«, gab Saira bewundernd zu.

»Sie leben hauptsächlich im Eismeer, weil es hier die meisten Dyx gibt«, erklärte Cherou.

»Was sind denn Dyx nun schon wieder?« fragte Saira verwundert.

»Mal sehen, vielleicht finden wir welche«, antwortete Cherou. »Während der Hellphase verbergen sie sich meistens in Nischen und Spalten im Eis. Sie zeigen sich erst in der Dunkelheit, wobei sie oft wunderschön leuchten. Eventuell haben wir in der heutigen Dunkelphase Glück und du kannst ihren Tanz beobachten. Das ist ein einmaliger Anblick, den man nie mehr vergisst!« Dann näherten sie sich wieder vorsichtig dem Eisrand. Nach längerem Suchen fand Cherou einige der winzigen, krebsartigen Kreaturen.

»Von diesen kleinen Wesen ernähren sich die Wras?« fragte Saira ungläubig.

»Oh ja, das tun sie tatsächlich!« versicherte Cherou. »Auch wenn es absurd erscheint, die Dyx treten in der Dunkelheit in riesigen Schwärmen auf! Die Wras betäuben mit ihrem starken Sonar Teile des Schwarms und vertilgen ihn dann. Vielleicht kannst du dich in der heutigen Dunkelphase selbst davon überzeugen.«

»Da bin ich ja mal gespannt!« meinte Saira ein wenig ungläubig.

Allmählich begann es zu dämmern, weshalb sich die beiden Lingits wieder eine Höhle zum Übernachten suchten. Dort machten sie es sich bequem, bis es völlig dunkel geworden war. Cherou spähte vorsichtig aus dem Höhleneingang heraus und sicherte die Umgebung, während über ihnen schon die ersten bunten Lichtblitze der Dyx sichtbar wurden. Er winkte Saira zu sich heran und zeigte nach oben. Gebannt verfolgten beide das Spektakel, das sich über ihren Köpfen nahezu lautlos abspielte. Immer mehr der kleinen, krebsartigen Wesen begannen einen wirren Tanz mit bunten Lichtsignalen aufzuführen. Schließlich schien das ganze Wasser über ihnen bunt zu glitzern! Die kleinen Körper der Dyx blitzten in leuchtenden Farben auf und verursachten ein Meeresleuchten, wie es schöner nicht sein konnte! Saira war überwältigt von dem Schauspiel und auch Cherou wurde in seinen Bann gezogen. Ehrfurchtsvoll betrachteten sie das wunderschöne Spiel aus Licht und Farben. Dann hörten sie plötzlich wieder das laute Knattern eines Wras, der seinen Sonar gebrauchte. Kurze Zeit später erschien er mitten im Schwarm der Dyx, die auseinander stoben. Ihre bunten Lichter spiegelten sich auf der glatten Haut des Giganten und tauchten ihn in magisches Licht. Die beiden Lingits konnten genau sehen, wie er vorwärts stieß und einen Großteil seiner betäubten Beute in sein riesiges Maul saugte. Das passierte mehrere Male hintereinander und der Schwarm der Dyx wurde schnell kleiner. Cherou konnte sich noch erinnern, dass diese Schwärme einst viel größer waren und sogar mehrere Wras nicht in der Lage schienen, sie vollständig zu vertilgen. Schon die Tatsache, dass hier nur ein einziger Wra jagte, war seltsam, da sie sonst immer in Gruppen zusammen lebten und jagten. Es dauerte nicht lange, da hatte der riesige Wra fast den ganzen Schwarm aufgegessen. Die restlichen versprengten Dyx suchten in schneller Flucht das Weite und das Spektakel endete genauso rasch, wie es begonnen hatte. So machten es sich die beiden Lingits wieder in der Höhle bequem und waren kurze Zeit später schon eingeschlafen.

*

In der Stadt der Duumars hatte sich die erste Aufregung über die Flucht der beiden Lingits gelegt und der übliche Alltag nahm wieder seinen Lauf. Seither hatte keiner der Späher die Flüchtlinge mehr gesehen, so dass die Duumars und ihre Wächter zur Untätigkeit verdammt waren. Thurgun war wieder einmal verärgert, weil die Menge an abgebautem Feuerstein nicht seinen Vorstellungen entsprach, und hatte daraufhin Torg aufgesucht.

»Was ist hier los, warum bekomme ich nicht mehr Feuerstein geliefert?«, herrschte er Torg an.

»Ich kann die Sklaven nicht weiter antreiben«, antwortete Torg völlig unbeeindruckt. »Sie arbeiten schon so hart wie möglich. Wenn ich noch mehr von diesen Schwächlingen verlange, fällt bald einer nach dem anderen aus. Dann sinkt die Ausbeute noch weiter! Die Arbeit von zwei guten Sklaven lässt sich so nicht ersetzen.«

»Was ist mit dieser neuen, schwächlichen Thae'Kor? Arbeitet sie wenigstens genug?« fragte Thurgun ungehalten.

»Du meinst diese halbe Portion?« fragte Torg abschätzend. »Meine kleine Bestrafung hat ihre Wirkung durchaus nicht verfehlt. Sie arbeitet so gut sie kann und hält inzwischen auch mit den anderen Sklaven mit.«

»Na wenigstens tut sie das«, brummte Thurgun missmutig und wollte sich schon zum Gehen wenden, als er von Torg noch einmal aufgehalten wurde.

»Übrigens hat sich bei ihrer Bestrafung etwas Seltsames ereignet«, bemerkte Torg lapidar.

»Wie meinst du das?« fragte Thurgun überrascht.

»Während ich sie mit meinem Sonar bestrafte, wurde ich plötzlich von einem Wasserschwall von den Beinen gerissen und kurz gegen die Felsen gedrückt«, antwortete Torg.

»Und das erzählst du mir erst jetzt?« brauste Thurgun auf.

»Warum sollte ich dich deswegen belästigen?« fragte Torg lakonisch. »Ich kann es mir zwar nicht erklären, wie das passiert ist, aber der Vorgang hat sich nicht wiederholt, weshalb ich ihm keine weitere Bedeutung beigemessen habe.«

Es lag in der Art der Draughs, solche Vorkommnisse als belanglos zu betrachten. Für sie zählte nur ihr Wohlergehen und das hing größtenteils von der Nahrung ab! Für eine leckere, großzügige Mahlzeit taten die Draughs fast alles. Andere Dinge waren für sie dagegen kaum von Belang. Das war auch Thurgun bekannt und er hatte diese Einstellung der Draughs schon oft für seine Zwecke ausgenutzt. Diesmal jedoch ärgerte er sich über Torgs Haltung, wusste aber, dass eine entsprechende Rüge sinnlos war, da Torg sie nicht verstehen würde.

»Dann tue mir wenigstens den Gefallen und erzähle es keinem anderen Duumar«, bat Thurgun mühsam beherrscht.

»Wenn du es wünschst«, antwortete Torg knapp.

»Sonst hat sich nichts Ungewöhnliches ereignet?« fragte Thurgun vorsichtig.

Torg wedelte mit einer Schere, zum Zeichen der Verneinung.

»Gut! Dann sorge dafür, dass nicht noch weniger Feuerstein abgebaut wird. Ich werde zwei neue Sklaven anschaffen, damit wir endlich wieder mehr fördern«, versprach Thurgun und wandte sich endgültig zum Gehen. Nun hatte er doch seinen Beweis, dachte er beim Hinausschwimmen. Dieser Wasserschwall, der Torg von den Beinen gerissen hatte, musste eine magische Druckwelle gewesen sein! Die kleine Thae'Kor konnte es nicht getan haben, denn während der Bestrafung war es ihr sicher nicht möglich einen Zauber zu wirken. Die andere Thae'Kor wollte ihr wahrscheinlich helfen und hatte deshalb Torg von den Beinen geholt. Sie hatte bestimmt auch die magischen Sperren mit ihrer Magie überwunden, so viel stand nun zumindest fest! Unter diesen Umständen war es noch schwerer sie einzufangen. Auf der anderen Seite war es so vielleicht besser, denn da draussen im Meer konnte sie den Duumars wenigstens nicht gefährlich werden. Die gelungene Flucht würde zwar seinem Ruf schaden, aber irgendwann sollte auch sie in Vergessenheit geraten. Solange die Magierin nicht zurückkehrte, bestand erst einmal keine Gefahr für die Duumars. In diesem Fall war es sogar besser, die Suche nach den Flüchtigen allmählich einzustellen. Thurgun hoffte nur, dass er auch die anderen Duumars davon überzeugen konnte, ohne ihnen von den magischen Fähigkeiten der Thae'Kor erzählen zu müssen. Nun, das dürfte nicht allzu schwierig sein, denn er hatte schon immer gut mit Worten umgehen können, und wenn es sein musste, konnte er auch sehr überzeugend sein!

*

Als Cherou und Saira am nächsten Tag erwachten, war es bereits heller Tag. Sie verließen die Höhle und schwammen wieder durch die bizarre Landschaft aus Eis und Wasser. Saira sah sich vergeblich nach etwas Essbarem um.

»Hier wachsen wohl keine Pflanzen, weil es zu kalt für sie ist«, meinte sie.

»Leider ja!« bestätigte Cherou. »Aber hier gibt es etwas anderes zu essen«, sprach er dann schmunzelnd und gebot Saira ihm zu folgen. Kurze Zeit später schwamm Cherou auf den unteren Rand einer grünlich schimmernden Eisscholle zu. »Komm, lass uns Eisalgen schlecken!« forderte er Saira grinsend auf. Dann legte er sich direkt unter der Eisscholle auf den Rücken und schleckte mit seiner Zunge über den grünlichen Belag auf der Unterseite der Eisscholle. Saira zögerte zuerst noch, weil sie glaubte, er wolle sie nur foppen. »Na los, worauf wartest du noch, schmeckt echt lecker!« rief Cherou ihr zu. So tat es Saira ihm schließlich nach und tatsächlich, die Algen auf der Eisoberfläche schmeckten vorzüglich. Saira konnte gar nicht genug davon bekommen und am Schluss war ihre Zunge von der Kälte fast gefühllos.

»Daf fmeckt eft gut«, lispelte sie schwerfällig, worauf Cherou lachen musste.

»Das kommt davon, wenn man zu gierig ist!« sprach er schmunzelnd.

»Ef war einfach fo lecker!« verteidigte sich Saira.

»Daf hört man!« machte Cherou sie nach und kassierte prompt einen strafenden Blick. »Komm, lass uns weiter ziehen, bevor uns jemand entdeckt und an die Duumars verrät!«

Saira nickte nur, um nicht noch mehr Spott auf sich zu nehmen. So schwammen sie weiter durch die märchenhafte Landschaft. Allmählich sank das Gelände wieder ab und der Curun-Strom zog die beiden Lingits erneut in die lichtlose Tiefsee. Dort trieben sie längere Zeit durch ein breites Tal, das Teil eines großen Gebirges war. Zahlreiche Schluchten zweigten von dem Tal ab und durchzogen weiträumig das Gebiet. Aus einer der Schluchten hörten Saira und Cherou plötzlich ein seltsam klagendes Geräusch.

»Was ist das?« flüsterte Saira.

»Ich weiß es nicht«, gestand Cherou. »So etwas hab ich auch noch nie gehört.«

Sie näherten sich vorsichtig dem Eingang der Schlucht, aus dem das seltsame Geräusch kam. Ihr Sonar zeigte keine gefährlichen Lebewesen in der Nähe. Das unheimliche Geräusch wurde deutlicher. Ein langer, klagender Laut. Ohne Zweifel war das Wesen, das den

Ton erzeugte, krank oder schwer verwundet. Es konnte jedoch auch eine Falle sein. So näherten sich die Lingits langsam und mit äußerster Vorsicht. Immer wieder sicherten sie die Umgebung, aber das Sonar offenbarte keine Gefahr. Da bemerkten Cherou und Saira riesige Skelette am Grund der Schlucht. Als sie behutsam näher schwammen, erkannten sie, dass es die Skelette von zahlreichen Wras waren, die hier wohl ihr Ende gefunden hatten. In der Deckung der Felsen zogen sie an den Skeletten vorbei und sahen zum ersten Mal, wie riesig diese Lebewesen wirklich waren. Der seltsame Laut wurde immer deutlicher. Hier inmitten der Skelette wirkte die Szene noch unheimlicher. Die Lingits schwankten zwischen Angst und Hilfsbereitschaft. Dieses Wesen litt ganz eindeutig! Doch wo befand sich der Verursacher dieses gespentischen Geräusches? So schwammen die beiden Lingits vorsichtig weiter und sicherten so gut sie konnten die Umgebung. Immer mehr der riesigen Skelette füllten den Grund der Schlucht, die ansonsten in unheimlicher Stille da lag. Nur der seltsam klagende Laut durchzog das Wasser. Die Lingits drangen tiefer in die Schlucht ein und fanden endlich den Verursacher des Klagelautes. Ein alter Wra lag am Grunde der Schlucht im Sterben. Cherou und Saira näherten sich behutsam und sicherten noch einmal die Umgebung. Dann ließen sie ihre Leuchtorgane schwach erglimmen und gaben sich so dem Wra zu erkennen. Gleichzeitig konnten sie nun den Kopf des Riesen deutlich sehen. Der schlug seine müden Augen auf und musterte die Lingits teilnahmslos. Die Haut des Wra war rau und faltig und von zahlreichen Narben übersät. Er musste schon sehr alt sein. Die Lingits wirkten winzig neben dem Giganten.

»Was macht ihr denn hier?« fragte der alte Wra mit schwacher Stimme, die trotzdem noch recht laut für die Lingits war.

»Wir haben deinen Ruf gehört und sind ihm gefolgt, weil wir dachten, dass du vielleicht Hilfe brauchst. Verzeih bitte, wir wollen nicht aufdringlich sein«, antwortete Cherou höflich.

Der alte Wra gab ein zufriedenes Brummen von sich, das die ganze Schlucht erbeben ließ. »Das ist sehr freundlich von euch, aber ihr könnt mir nicht mehr helfen. Ich bin alt und mein Ende ist nah, deshalb bin ich zu diesem Ort geschwommen, den wir die Schlucht des Schweigens nennen. Dies ist der Ort, wo wir unsere letzte Ruhe finden.«

»Ich verstehe«, gab Cherou traurig zurück.

»Wie ihr seht, sind schon etliche meiner Brüder hier versammelt. Wir waren einst sehr viele, doch unsere Zahl schwindet schnell. Wir sind eine sterbende Rasse, denn die Duumars berauben uns der einzigen Nahrung. Sie fangen die Dyx in großen Mengen und lassen uns hungernd zurück. Wir haben sie schon oft gebeten, genug übrig zu lassen, aber sie hören unser Klagen nicht. Dadurch sind wir dem Untergang geweiht. Auch ich werde bald meinen Brüdern folgen, so wie die wenigen, die es von uns noch gibt.« Wieder gab der Wra diesen klagenden Laut von sich.»Bitte, lasst mich in Frieden sterben...« hauchte er noch einmal müde, dann schlossen sich seine Augen für immer.

Die beiden Lingits zogen sich respektvoll zurück. Saira hatte Tränen in den Augen und auch Cherou schluckte heftig. Sie verließen so schnell wie möglich diesen Ort der Trauer und des Todes. Selbst vor diesen stolzen Lebewesen machten die Duumars nicht Halt und brachten sie an den Rand der Ausrottung. Cherou und Saira waren beide zutiefst bestürzt über das, was ihnen der alte Wra im Sterben noch erzählt hatte und schwammen lange schweigend vor sich hin. Beide hingen ihren Gedanken nach und waren froh einander zu haben. Die Rücksichtslosigkeit der Duumars schien keine Grenzen zu kennen. In ihrer unermesslichen Gier zerstörten sie ganze Lebensräume und rotteten eine Art nach der anderen aus! Sie vergifteten das Wasser und brachten sogar Meeresströmungen dazu, anders zu verlaufen. Was würden sie dieser Welt noch antun? Wie weit würden sie gehen? War dieser Planet bereits dem Untergang geweiht? Würden die Duumars jemals zur Vernunft kommen? Existenzielle Fragen, auf die es noch keine Antworten gab, die aber über das Schicksal dieser Welt entscheiden sollten. So schwammen die beiden Lingits in Gedanken versunken vor sich hin, während die Schlucht allmählich enger wurde. Zu beiden Seiten türmten sich nun riesige, senkrecht abfallende Felswände auf. In diesem Moment wurde plötzlich ein lautes Grollen hörbar, das sich immer weiter steigerte und zu einem Donnern wurde. Der gesamte Ozean schien zu vibrieren. Die Felswände hallten wider von dem gewaltigen Getöse und wurden von immer heftigeren Stößen erschüttert, die sich im Wasser fortsetzten. Die beiden Lingits wurden hin und her geworfen, als eine Druckwelle nach der anderen die Schlucht durchzog. Die Felswände schienen wild zu tanzen und begannen bereits zu bröckeln, doch die Stöße nahmen noch an Heftigkeit zu. Cherou und Saira konnten kaum noch ihre Bewegungen steuern und drohten gegen die Felsen geschleudert zu werden, während ein gewaltiges Seebeben die Welt um sie herum erschütterte. Das Donnern war nun so laut, dass es im gesamten Körper schmerzte. Die Felswände wurden allmählich instabil und erste schwere Brocken lösten sich bereits und stürzten in die Tiefe. Doch das Beben wütete mit unverminderter Heftigkeit weiter. Die Schlucht wurde immer wieder von schweren Stößen erschüttert. Schließlich konnten die Wände der Belastung nicht mehr standhalten. Riesige Stücke brachen aus der Wand direkt über den Lingits heraus und es gab keine Möglichkeit für Cherou und Saira ihnen auszuweichen! Noch während sie herum geschleudert wurden, erkannte Saira die Gefahr als erste. Entsetzt sah sie sich nach einer Möglichkeit um, dem Hagel aus riesigen Felsen und Geröll zu entgehen. Doch die Schlucht war viel zu eng und immer noch mehr Massen aus Felsen und Gestein lösten sich aus den Wänden über ihnen. Mit einem kräftigen Flossenschlag näherte sie sich Cherou, umschlang ihn und hielt ihn mit der Kraft der Verzweiflung fest, während sie gleichzeitig ein starkes magisches Prallfeld um sie herum aufbaute. Saira wusste nicht, ob es gegen die herab fallenden Felsen ausreichend Schutz bieten würde, doch so waren sie dem Hagel aus Steinen und Geröll wenigstens nicht völlig schutzlos ausgeliefert. »Halt dich fest an mir!« rief sie so laut sie konnte. Cherou kam ihrer Forderung nach und umschlang sie mit entsetztem Blick, während die ersten Geröllmassen bereits auf sie nieder regneten. Dann schien die Welt um sie herum unter zu gehen, als die gewaltigen Felsmassen auf sie stürzten und mit in die Tiefe rissen.

*

Diesmal hatte Thurgun die Sturheit der anderen Duumars unterschätzt. Ihre Überheblichkeit ließ es einfach nicht zu, von zwei simplen Sklaven überlistet worden zu sein. Sie verlangten ein Opfer, um sich ihrer Stellung sicher zu sein und dafür war ihnen jegliches Mittel recht, auch wenn es noch so unsinnig war. Sie wollten der Sklaven um jeden Preis habhaft werden! Thurgun hatte aus gutem Grund verschwiegen, dass einer der beiden Sklaven eine Magierin war und dass er dafür sogar Beweise besaß. Zwar gab es natürlich schon entsprechende Gerüchte unter den anderen Duumars, aber keiner von ihnen wollte wirklich daran glauben. Das war Thurgun gerade recht. Denn wenn sie herausfanden, dass sich ihr Verdacht bestätigte, würde es zu einer Panik kommen und das war das Letzte, was Thurgun im Moment gebrauchen konnte. Wo doch gerade alles so gut für ihn lief. Vor kurzem wurde ein neues Vorkommen an Feuerstein entdeckt und Thurgun hatte sich gleich die Rechte für den Aufbau einer weiteren Mine gesichert. Wenn die Abbaurate in dieser Mine ausreichend groß war, konnte er vielleicht sogar die zerstörte Gilgoia-Mine seines früheren Konkurrenten Pegrell wieder in Betrieb nehmen. Dann wäre er alsbald der größte Minenbesitzer aller Zeiten, was ihm schnell noch mehr Macht und Ruhm einbringen würde. Doch wenn die anderen Duumars wegen dieser Magierin nun in Panik gerieten, dann käme es bald zu chaotischen Zuständen in der Stadt. Keiner würde ihm die nötige Ausrüstung und eine ausreichende Anzahl Sklaven zur Verfügung stellen und Thurgun konnte seine ehrgeizigen Zukunftspläne für lange Zeit begraben. Das durfte einfach nicht geschehen! Irgendwie musste er es fertig bringen, die Informationen der Späher abzufangen. Wenn die anderen Duumars keine Informationen erhielten, konnten sie auch die Sklaven nicht einfangen. Irgendwann würden sie dann von ihrem sinnlosen Vorhaben Abstand nehmen. Bis dahin hatte Thurgun seine Macht soweit gefestigt, dass er sowieso nichts mehr zu befürchten hatte. Nun gut, er musste eben nochmals seine Beziehungen spielen lassen und seine treuen Bediensteten dazu veranlassen, ihm die Ankunft jedes Spähers rechtzeitig zu melden. Schließlich kam es immer wieder zu Unfällen und so manches Lebewesen war schon plötzlich in den Weiten des Ozeans verschollen ...

Im Dom der Meerelfen

Da war Licht, helles Licht! Aber das konnte nicht sein. Das letzte woran sich Saira erinnerte, war die gewaltige Gesteinslawine, die Cherou und sie in die Tiefe gerissen hatte. Während des schmerzhaften Aufpralls auf dem Meeresgrund war ihr die Kontrolle über das schützende Prallfeld entglitten und sie waren unter riesigen Mengen von Schutt und Gestein begraben worden. Doch durch ihre geschlossenen Augenlider war eindeutig helles Licht zu sehen. Saira öffnete vorsichtig ihre Augen. Tatsächlich war sie von Licht umgeben, jedoch blendete es nicht. Als sie sich an die Helligkeit gewöhnte, schälten sich allmählich Konturen daraus hervor. Sie erkannte Cherou, der direkt neben ihr lag. Seine Augen waren geschlossen, doch seine Brust hob und senkte sich im langsamen Takt seiner Atemzüge. Sein Körper war von einer Art schimmerndem Kokon umgeben und nur undeutlich zu sehen. Nur sein Kopf und seine Arme lagen außerhalb der Hülle. Saira sah an sich herunter. Auch bei ihr war es nicht anders. Ihr Körper war ebenso von einem schimmernden Kokon eingehüllt. Sie spürte die Signatur eines Heilzaubers, die von den Kokons ausging. Dieser sorgte auch dafür, dass sie nur den Kopf und sie Arme bewegen konnte, während der Rest des Körpers bewegungsunfähig war. Saira hätte mit Leichtigkeit den Zauber auflösen können, doch sie spürte, dass er nur zu ihrem eigenen Schutz da war. Allmählich erkannte sie auch Einzelheiten der Umgebung. Sie befanden sich in einem großen, unregelmäßig geformten Raum, dessen Wände, Boden und Decke von schimmernden Kristallen überzogen waren, die zum Teil bizarre Formen aufwiesen. Dazwischen bewegten sich zahlreiche kleine, leuchtende Kugeln gemächlich durch den Raum. Eine davon schwebte ganz in der Nähe über Sairas Gesicht. Saira folgte der Erscheinung mit ihrem Blick, als diese plötzlich inne hielt und sich dann behutsam näherte. Die kleine Kugel war kaum größer als ihre Hand. Direkt über Sairas Gesicht verwandelte sie sich in einen winzigen Lingit, der sie freundlich anblickte.

»Oh, ihr seid endlich erwacht«, rief das kleine Wesen erfreut. »Habt keine Angst, wir werden euch nichts zuleide tun. Wir haben euch gefunden, nachdem ihr durch ein Seebeben von Gesteinstrümmern verschüttet wurdet. Ihr wart schwer verletzt, weshalb wir euch in unseren Dom gebracht haben, um euch zu heilen. Ihr seid noch nicht vollständig genesen, deshalb dürft ihr euch auch nicht bewegen. Aus diesem Grund haben wir eure Körper mit einer heilenden Hülle versehen, die jedoch keine Bewegung zulässt.«

»Danke, das ist sehr freundlich von euch!« bedankte sich Saira und ließ den Blick in die Gegend schweifen. »Was ist das hier für ein Ort?« fragte sie verwundert.

»Ihr befindet euch im Dom der Meerelfen, unserer Heimat am tiefsten Punkt des Meeres«, erklärte das leuchtende Wesen freundlich. »Ich habe eure Gestalt angenommen, um euch nicht zu erschrecken. Wir Meerelfen besitzen keine feste Gestalt, sondern sind Wesen aus purer Energie. Wir können jede gewünschte Form annehmen.« Die Meerelfe machte eine kurze Pause und schwebte um Saira herum. »Wie geht es dir?« fragte sie dann.

»Danke, soweit gut«, bestätigte Saira. »Ich habe auch keine Schmerzen, nur fühle ich mich noch etwas erschöpft.«

»Das ist ganz normal während des Heilungsprozesses«, sprach die Meerelfe beruhigend. »Oh, ich habe mich ja noch gar nicht vorgestellt. Mein Name ist Ajin.«

»Mein Name ist Saira und das ist Cherou«, stellte Saira sich und ihren Partner vor.

»Dann versuche noch etwas zu ruhen, Saira«, schlug Ajin vor. »Je mehr ihr euch schont, desto schneller werden eure Verletzungen heilen. Hast du Hunger?«

»Nein«, antwortete Saira und schüttelte leicht den Kopf.

»Gut, dann lasse ich dich jetzt schlafen und sehe später wieder nach euch. Wenn ihr etwas braucht, dann ruft einfach nach mir«, sprach Ajin.

»Warte bitte!« bat Saira, als Ajin weiter schweben wollte. Die Meerelfe hielt inne und wandte sich ihr wieder zu.

»Wie lange sind wir denn schon hier?« fragte Saira.

»Seit fünf Hellphasen«, antwortete Ajin.

Saira erschrak. »Was, schon so lange?« rief sie überrascht.

»Wie gesagt, ihr wart sehr schwer verletzt. Wir sind froh, dass eure Heilung überhaupt solche Fortschritte macht«, erklärte Ajin geduldig. »Keine Sorge, ihr seid bald wieder ganz gesund.« Darauf schwebte die Meerelfe davon.

Saira versuchte sich zu entspannen. Wenn es so war, wie Ajin sagte, dann hatten ihnen die Meerelfen das Leben gerettet. Ansonsten wären sie wohl schon ihren schweren Verletzungen erlegen. Sie blickte nochmals zu Cherou hinüber. Doch der hatte noch immer die Augen geschlossen und schien tief zu schlafen. Hier waren sie erst einmal in Sicherheit und die Meerelfen würden sie wieder gesund pflegen. Sie sah sich noch eine Weile in der bizarren Kristallwelt der Halle um. Die Meerelfen bewegten sich absolut lautlos darin umher. Die angenehme Stille und das Gefühl der Sicherheit machten Saira schließlich schläfrig und kurze Zeit später war sie bereits wieder eingeschlafen.

*

»Verdammt! Warum kann ich mich nicht aufrichten? Saira! Saira!« hörte sie jemanden neben sich poltern und schreckte aus dem Halbschlaf hoch.

»Na endlich bist du wach!« brummte Cherou, als Saira die Augen aufschlug. »Was ist hier los, wo sind wir und warum kann ich mich nicht bewegen?«

»Ist schon in Ordnung«, antwortete Saira beruhigend. »Wir sind im Dom der Meerelfen. Sie haben uns verschüttet unter den Felsen gefunden. Wir waren wohl sehr schwer verletzt, weshalb sie einen heilenden Zauber um unsere Körper gelegt haben. Weil wir noch nicht vollständig genesen sind, dürfen wir uns nicht bewegen. Mach dir keine Sorgen, wir sind hier in Sicherheit. Die Meerelfen wollen uns nur helfen.«

»Woher weißt du das?« fragte Cherou verblüfft.

So erzählte Saira von ihrem kurzen Gespräch mit Ajin, worauf sich Cherou schnell wieder beruhigte. »Wie geht es dir?« fragte Saira abschließend.

»Soweit gut, ich habe auch keine Schmerzen«, antwortete Cherou. »Wie geht es dir?«

»Auch soweit gut, danke!« gab Saira zurück.

In diesem Moment schwebte eine der kleinen Lichtkugeln näher und verwandelte sich wieder in einen Lingit. »Schön, dass ihr nun beide erwacht seid!« sprach das Lichtwesen und schwebte zu Cherou hinüber. »Mein Name ist Ajin«, stellte es sich vor. Ich nehme an, dass Saira dir schon von unserem letzten Gespräch erzählt hat. Wie geht es euch?«

»Danke, es geht uns gut«, antwortete Cherou.

»Das ist sehr erfreulich!« meinte Ajin. »Ich habe euch auch noch ein wenig Nahrung mitgebracht.« Dann schwebte er zwischen die beiden Lingits und ließ etwas in ihre Hände rieseln. Als Cherou und Saira es näher betrachteten, waren es lediglich einige bläulich leuchtende Körnchen. »Ich weiß, es scheint nicht viel zu sein«, bemerkte Ajin auf ihre fragenden Blicke hin. »Doch es wird euch sättigen und von innen heraus heilen. Dies ist eine magische Nahrung, die wir selbst herstellen. Ihr braucht sie nur zu schlucken.«

Die beiden Lingits wechselten einen kurzen Blick miteinander, dann nahmen sie die leuchtenden Körnchen zu sich. Tatsächlich sättigten sie vollständig und ließen dann einen warmen, angenehmen Schauer durch ihre Körper pulsieren.

»Nun, wie fühlt ihr euch?« fragte Ajin schmunzelnd.

»Oh, das war sehr wohltuend!« antwortete Saira und auch Cherou pflichtete ihr bei. »Vielen Dank, das hat gut getan!«

»Gern geschehen!« gab Ajin zurück. »Wenn eure Heilung weiterhin so gut verläuft, können wir den Heilzauber schon in zwei Hellphasen lösen. Dann könnt ihr euch wieder frei bewegen, solltet euch aber noch etwas schonen, bis ihr vollständig bei Kräften seid. Bis dahin bitte ich euch um etwas Geduld.«

»Wir werden versuchen, euch nicht zur Last zu fallen«, versprach Saira lächelnd.

»Ihr fallt uns keineswegs zur Last!« versicherte Ajin. Es ist uns eine Freude, wenn wir euch helfen können.«

»Danke, das ist sehr liebenswürdig von euch!« meinte Cherou.

»Vielen Dank auch, dass ihr uns gerettet habt. Ohne euch wären wir jetzt wohl nicht mehr am Leben!«

»Gern geschehen!« bestätigte Ajin noch einmal. »Ruht nun ein wenig. Ich werde später nochmals nach euch sehen.« Dann verwandelte er sich wieder in eine kleine Lichtkugel und schwebte davon.

*

Dank der guten Pflege durch die Meerelfen kamen die beiden Lingits schnell wieder zu Kräften. So oft er konnte, kam Ajin bei ihnen vorbei, brachte Nahrung oder prüfte ihr Befinden. Um die Wartezeit zu verkürzen, erzählte er ihnen aus seinem Leben, wie die Meerelfen die Energieströme des Planeten steuerten und dazu oft bis zu seinem Kern vordringen mussten. Deshalb hatten sie ihren Dom auch am tiefsten Punkt des Meeres errichtet, wodurch sie sich den kürzesten Weg zum Planetenkern sicherten. Doch der rasch zunehmende Energieverbrauch der Duumars machte es den Elfen immer schwerer, die Kräfte des Planeten zu kontrollieren. So entglitt ihnen in letzter Zeit häufiger die Steuerung, was wiederum starke Seebeben und Vulkanausbrüche zur Folge hatte, die große Bereiche des Planeten erschütterten und oft schlimme Zerstörungen anrichteten. Dann waren diese Areale über lange Zeit hinaus unbewohnbar, bis allmählich das Leben dorthin zurückkehrte. Doch die Seebeben und Vulkanausbrüche traten in immer größeren Gebieten auf und ihre Stärke wuchs stetig. Nicht nur die mechanische Zerstörung durch die Wucht der Beben und die Verwüstungen durch die Lavaströme, auch die enorme Menge an giftigen Stoffen und die große Hitze, die dabei frei wurde, wirkte sich auf weite Teile des Ozeans aus. Das Wasser erwärmte sich immer stärker und die giftigen Stoffe verteilten sich oft in hoher Konzentration über weite Gebiete, wodurch immer mehr Lebensräume unbewohnbar wurden. Ganz zu schweigen von der enormen Zahl an Opfern, welche die Naturkatastrophen forderten. So war es nur noch eine Frage der Zeit, bis Turoons Ozean einen kritischen Zustand erreichte, der das Aussterben unzähliger Individuen zur Folge hatte! Die Meerelfen taten zwar alles, was in ihrer Macht lag, um diesen Zeitpunkt möglichst lange hinaus zu zögern, doch konnten sie die Entwicklung lediglich aufhalten. Nur wenn die Duumars endlich ihren Raubbau an Feuerstein und Energie stoppten, war diese Welt noch zu retten, doch die Chancen dafür standen schlecht. In ihrer unendlichen Gier wollten die Duumars die Folgen ihres Handelns einfach nicht erkennen. Ihnen ging es nur um kurzfristigen Gewinn an Macht. Die Folgen, die ihr Verhalten heraufbeschworen, waren ihnen völlig gleichgültig. So stand es düster um Turoons Zukunft und es war nur noch eine Frage der Zeit, wann die große Katastrophe über diese Welt hereinbrechen würde.

Die Lingits waren sehr erschüttert darüber, wie schlecht es bereits um ihren Planeten stand. Sie bedauerten die Meerelfen, die nahezu hilflos mit ansehen mussten, wie diese Welt langsam zu Grunde ging. Dabei fühlten sich die Meerelfen durchaus für das Leid der Opfer verantwortlich, weshalb sie auch Cherou und Saira bei sich aufgenommen hatten, um sie wieder gesund zu pflegen. Denn noch nie zuvor hatte ein anderes Lebewesen den Dom der Meerelfen jemals gesehen. Sie waren so alt wie der Planet selbst und hatten bereits an seiner Entstehung mitgewirkt. Doch nun schien es, als ob sie schon bald die Zerstörung dieser Welt miterleben mussten.

*

Nach zwei Hellphasen befreite Ajin die beiden Lingits endlich von den heilenden Kokons, so dass sie sich wieder frei bewegen konnten. Die Meerelfen hatten ein kleines Wunder vollbracht, denn ihre schweren Verletzungen waren tatsächlich vollständig verheilt. Ajin führte Cherou und Saira durch den Dom, der nur aus dieser einen großen Höhle bestand. Deren Wände waren mit magischen Symbolen aus leuchtenden Kristallen bedeckt, die den Meerelfen neue Kraft für ihre schwere Arbeit verliehen. Darauf führte Ajin sie nach draußen. Dort glich der Dom nur einer riesigen, dunklen Felsspitze innerhalb einer schmalen, hohen Schlucht. Die beiden Lingits folgten der Meerelfe ein gutes Stück durch die Schlucht, bis Ajin inne hielt und sie aufforderte hier zu warten. Dann schwebte er weiter nach vorne und verstärkte sein Leuchten. Den Lingits offenbarte sich ein unheimlicher Anblick. Aus einer Vielzahl steinerner Schlote pulsierten dunkle Wolken extrem heißen Wassers. Die ganze Umgebung flimmerte von der Hitze und war erfüllt von den finsteren Schwaden, die fauchend aus den Schloten strömten. Als Saira sich nähern wollte, sprach Ajin warnend: »Bitte bleibt, wo ihr seid. Das heiße Wasser und die giftigen Stoffe würden euch innerhalb kurzer Zeit töten!« So begnügte sich Saira mit dem Anblick aus ihrer jetzigen Position. Obwohl das Wasser siedend heiß und voller Giftstoffe war, regte sich dort reichhaltiges Leben! Scheinbar waren diese Lebewesen immun gegen die Hitze und das Gift. Auch Cherou war verblüfft, an diesen Stellen Leben vorzufinden. Ajin verließ seine Position und kehrte wieder zu den Lingits zurück.

»Unglaublich, dass in dieser kochenden Giftbrühe Leben existiert!« sprach Cherou verwundert.

»Das Leben ist sehr anpassungsfähig und findet immer einen Weg«, erklärte Ajin. »Zur Entstehungszeit dieses Planeten herrschten noch schlimmere Zustände und trotzdem hat sich so reichhaltiges Leben auf dieser Welt entwickelt. Doch nun ist all dieses Leben in größter Gefahr und auch unsere Heimat ist bedroht. Immer mehr dieser vulkanischen Schlote entstehen und nähern sich dem Dom. Wenn sie ihn zerstören, haben wir keine Ruhestätte mehr. Sicher könnten wir an einer anderen Stelle wieder einen Dom errichten, doch es kostet sehr viel Zeit und Kraft, die magischen Ornamente neu zu erschaffen. Solange können wir nicht auch noch die Energieströme des Planeten regulieren. Was für Folgen das hätte, könnt ihr euch denken!«

Die beiden Lingits nickten betroffen. »Seid ihr nicht in der Lage den Vorgang anzuhalten?« fragte Saira.

»Nein, dazu reichen unsere Kräfte nich aus. Wir können den Vorgang nur verlangsamen«, erklärte Ajin.

»Habt ihr euch denn nie gegen die Duumars aufgelehnt?« wollte Cherou wissen.

»Wir sind ein friedliches Volk und verstehen es nicht zu kämpfen. Die Duumars sind viel zu aggressiv und uneinsichtig. Es wäre nur zu unnötigen Verlusten gekommen, wenn wir versucht hätten, gegen sie vorzugehen. Wir bestehen zwar aus Energie, doch deshalb sind wir nicht unsterblich. Mit ihren großen magischen Kräften sind die Duumars durchaus in der Lage uns auszulöschen«, antwortete Ajin.

»Da hast du wohl recht«, meinte Cherou niedergeschlagen.

»Zur Zeit können wir nur hoffen, dass die Duumars noch rechtzeitig ein Einsehen haben, bevor es zu spät ist und diese Welt zerstört wird«, sprach Ajin resigniert. »Lasst uns zurückkehren. In der Nähe der Schlote ist es zu gefährlich für euch.«

So brachte Ajin die beiden Lingits wieder zurück in den Dom, wo er sich schließlich entfernte, da noch Arbeit auf ihn wartete. Schweigend lagen die beiden Lingits nebeneinander und grübelten vor sich hin.

»Vielleicht können wir den Meerelfen ja helfen. Ich muss dir nämlich noch etwas gestehen«, sprach Cherou ein wenig verlegen.

»Da bin ich aber gespannt!« antwortete Saira überrascht.

»Als ich mich dazu entschieden habe, mit dir zusammen zu fliehen, hatte ich nicht nur den Plan, bei den Qails um Asyl zu bitten. Ich habe auch gehofft, dass ich die Qails dazu überreden kann, noch einmal gegen die Duumars vorzugehen, um mein Volk endlich zu befreien«, erklärte Cherou.

Saira sah ihn zuerst verwundert an. »Warum hast du mir denn nichts davon erzählt?« fragte sie ein wenig verstimmt.

»Nun, du bist eben sehr friedliebend und hilfsbereit«, begann Cherou zögernd. »Ich hatte Angst, dass du dann alleine fliehst, weil du gegen diesen Plan wärst. Deine magischen Kräfte waren aber die einzige Möglichkeit, endlich erfolgreich aus der Gefangenschaft zu entkommen.«

»Mit anderen Worten, du hast mich ausgenutzt, um zu fliehen!« sprach Saira verärgert.

»Ja und nein«, antwortete Cherou zögernd. »Auf der einen Seite ging es mir um die Rettung meines Volkes. Andererseits konnte ich dich da draußen im Ozean nicht einfach alleine lassen, weil du keine Chance gehabt hättest zu überleben. Du hast ja selbst erlebt, wie gefährlich das Meer sein kann!« Er machte eine kurze Pause. »Außerdem bist du mir damals schon sehr ans Herz gewachsen und ich wollte dich einfach nicht verlieren«, gab er dann kleinlaut zu und senkte verschämt den Blick.

Saira sah ihn lange an, während sie mit ihren Gefühlen kämpfte. Einerseits war sie verärgert, weil er ihr nicht die Wahrheit gesagt hatte, andererseits war sie gerührt von seiner Sorge um sie. Ohne seine Hilfe und seinen Schutz wäre sie niemals so weit gekommen. Auch ihre Gefühle für ihn waren inzwischen gewachsen. Er war für sie zu einer Art Vater-Ersatz oder gutem Freund geworden. »Hast du mir vielleicht noch andere Dinge verschwiegen?« fragte sie schließlich enttäuscht.

»Nein, ganz bestimmt nicht!« versicherte Cherou schon beinahe verzweifelt.

Wieder kämpfte Saira mit ihren Gefühlen. »Das war wirklich nicht fair!« meinte sie dann verärgert. »Aber ich kann deine Beweggründe gut verstehen.« Sie machte eine kurze Pause. »Nur lüge mich bitte nicht mehr an. Ich habe dir die ganze Zeit vertraut, weil du das einzige Wesen auf dieser fremden Welt warst, das mich verstanden und umsorgt hat. Ich möchte es auch weiterhin gerne tun, aber das kann ich nicht, wenn du mir nicht die Wahrheit sagst!«

»Ich habe dich nicht angelogen!« verteidigte sich Cherou. »Ich habe dir nur nicht alles von meinem Plan erzählt.«

»Das kommt auf das Gleiche heraus!« konterte Saira schroff. »Wenn du mir so wichtige Dinge vorenthältst, kann ich dir nicht mehr vertrauen!«

»Ja, du hast Recht!« gab Cherou kleinlaut zu. »Ich verspreche dir, in Zukunft nichts mehr zu verheimlichen!«

Saira musterte ihn mit einem skeptischen Blick. »Hoffentlich!« Nach einer längeren Pause fragte sie dann: »Wie hast du dir das Ganze denn vorgestellt?«

»Einen genauen Plan habe ich natürlich nicht. Ich weiß nur, dass die Qails den Duumars schon einmal die Stirn geboten haben. Vielleicht sind sie ja nochmals dazu bereit und es gelingt ihnen, die Duumars zu entmachten«, erklärte Cherou.

»Das würde aber auf einen offenen Kampf hinaus laufen!« gab Saira zu bedenken. »Die Duumars sind seit dem letzten Aufstand der Qails bestimmt noch viel mächtiger geworden. Ich kann mir nicht vorstellen, dass die Qails auch nur im Entferntesten eine Chance gegen so starke Magier haben!«

»Da magst du sicher Recht haben, aber die Qails sind stärker als du glaubst«, bemerkte Cherou. »Vielleicht gibt es ja noch eine andere Möglichkeit. Wir werden sehen, wie die Qails auf meine Bitte reagieren.« Er machte eine kurze Pause, um nachzudenken. »Ich vermute aber, dass man die Duumars nur daran hindern kann, diese Welt weiter zu zerstören, wenn sie entmachtet werden.«

»Das werden sie jedoch niemals kampflos zulassen. Glaube mir, es ist sehr schwer, so starke Magier zu besiegen. Es wird zu einer furchtbaren Schlacht mit vielen Toten kommen!« gab Saira erneut zu bedenken.

»Wenn man sie aber nicht aufhält, wird es bald noch viel mehr Opfer geben!« konterte Cherou erregt.

»Verzeiht, dass ich mich einmische. Ich habe zufällig euer Gespräch mit angehört«, sprach plötzlich jemand neben den Lingits. Cherou und Saira fuhren herum. Eine der Meerelfen schwebte neben ihnen. »Mein Name ist Sakev. Vielleicht kann ich euch eine Möglichkeit nennen, um die Duumars kampflos zu entmachten. Dazu müsst ihr allerdings erst einmal erfahren, woher sie ihre magischen Kräfte beziehen.«

»Sprich weiter!« forderte Cherou Sakev auf.

Die kleine Lichtkugel schwebte näher, dann begann Sakev zu erzählen: »Einst herrschte der mächtige Feuerkristall über diese Welt. Er half mit bei der Erschaffung dieses Planeten und wachte über ihn für lange Zeit. Die Duumars wollten damals, in guter Absicht, die Magie erlernen, um anderen Lebewesen damit beizustehen. Der Feuerkristall tat ihnen den Gefallen und unterwies sie in den magischen Künsten. Die Duumars lernten schnell und nutzten die Magie auch lange Zeit nur zum Vorteil dieser Welt. Da sie sich so gut entwickelten, schenkte ihnen der Feuerkristall einen Splitter von sich selbst, um ihre Macht zu steigern. Es ging weiter gut, doch eine kleine Gruppe der Duumars konnte mit der Macht nicht umgehen und missbrauchte sie schließlich nur noch zu ihrem eigenen Vorteil. Mit der Zeit gewann diese Gruppe immer mehr die Oberhand. Als die guten Duumars es bemerkten, war es bereits zu spät. Sie wurden von dieser kleinen Gruppe entmachtet, die rasch weitere Anhänger fand und in kürzester Zeit soviel Macht erlangte, dass sie keiner mehr stoppen konnte. Durch den Splitter entzogen die Duumars dem Feuerkristall so viel Kraft, dass er nicht mehr in der Lage war, gegen sie vorzugehen. Nun waren sie die wahren Herrscher über Turoon und eine dunkle Zeit begann, in der die Duumars immer mächtiger und gieriger wurden. Sie errichteten eine Stadt, bauten Maschinen, versklavten die Lingits und versprachen den Draughs und Galanx ein gefahrloses Leben und Nahrung im Überfluss, wenn sie für sie arbeiteten und ihnen beistanden. Diese wählten das bequeme Leben unter den Duumars und finden bis heute Gefallen daran. Der Splitter des Feuerkristalls ist die Quelle, aus der die Duumars ihre ganze Macht beziehen. Wenn man ihnen den Splitter raubt und wieder dem Feuerkristall zurück gibt, ist ihre Macht gebrochen. Dann verfügen sie über keinerlei magische Kräfte mehr.«

»Wo befindet sich dieser Splitter heute?« wollte Saira wissen.

»Im Zentrum der Stadt der Duumars, gut versteckt im Inneren des Meeresbodens in einer geheimen Kammer«, antwortete Sakev. »Jedes Lebewesen mit magischen Kräften kann ihn dort fühlen, wenn man weiß, wonach man suchen muss. Deine Kräfte reichen bereits aus, um ihn zu finden«, versicherte Sakev an Saira gewandt.

»Woher weißt du, dass ich magische Kräfte besitze?« fragte Saira verblüfft.

»Wir sind magische Wesen und spüren sofort, wenn jemand anders diese Gabe ebenfalls besitzt«, erklärte Sakev amüsiert.

»Kannst du mir bitte zeigen, wie ich die Aura des Kristallsplitters erkenne?« fragte Saira höflich.

»Öffne einfach deinen Geist, dann werde ich dir mein Wissen dazu übertragen«, forderte Sakev sie auf.

»Sei vorsichtig, Saira!« warnte Cherou aber Saira machte eine beruhigende Geste.

»Keine Sorge, das ist eine übliche Methode um Informationen unter Magiern auszutauschen. Er kann mir damit nicht schaden«, erklärte sie.

»Hoffentlich!« meinte Cherou skeptisch, als er sah wie sich Saira auf den Vorgang vorbereitete.

Sie schloss die Augen um sich besser konzentrieren zu können, öffnete dann die Barriere um ihren Geist und gewährte der Meerelfe freien Zugang zu ihren Gedanken. So zeigte sie auch, dass sie nichts zu verbergen hatte. Saira war überrascht von der Intensität, mit der das kleine Wesen in ihre Gedanken eindrang. Sie hatte die Macht der Elfen deutlich unterschätzt. Trotz ihrer geringen Größe besaßen sie gewaltige magische Kräfte. Doch es war nichts böses an ihnen zu finden. Sie strahlten genauso hell wie die Gedanken der Meerelfe. Nach kurzer Zeit war der Transfer zu Ende und Sakev zog sich aus Sairas Gedanken vollständig zurück. Nun wusste sie, worauf sie achten musste, um den Kristallsplitter zu lokalisieren.

»Hab vielen Dank!« sprach Saira höflich.

»Möge euch die Magie leiten und bewahren!« meinte Sakev freundlich. »Ich muss nun wieder meinen Aufgaben nachkommen. Danke, dass ihr mich angehört habt!«

»Wir danken dir für deine Hilfe!« antwortete Saira. Dann schwebte die Meerelfe davon, während sich Saira zu Cherou umwandte.

»Nun, was hältst du von der Idee?«

»Du meinst, dass wir den Duumars den Kristallsplitter stehlen sollen? Das wird bestimmt auch nicht leicht, aber immer noch besser, als die Duumars zum offenen Kampf zu fordern und extrem viele Opfer in Kauf zu nehmen«, antwortete Cherou.

»Glaubst du, die Qails werden uns dabei unterstützen?« fragte Saira skeptisch.

»Das lass mal meine Sorge sein. Die Frage ist eher, ob du bereit bist, noch einmal in die Stadt der Duumars zurückzukehren?« fragte Cherou.

»Mir bleibt wohl keine andere Wahl, weil ich die Einzige bin, die den Kristallsplitter finden kann«, antwortete Saira.

»Das ist schon richtig!« bestätigte Cherou. »Aber du gehst ein extremes Risiko, wenn du zurückkehrst. Du könntest dabei getötet werden und ich möchte nicht für deinen Tod verantwortlich sein!«

»Das ist mir durchaus bewusst!« versicherte Saira. »Jedoch ist meine Entscheidung auch nicht ganz selbstlos.«

»Du machst dir Hoffnungen, dass der Feuerkristall dich und die anderen entführten Sklaven wieder nach Hause zurück bringt«, bemerkte Cherou.

Saira nickte nur und sah ihn dabei wehmütig an. »Cherou, ich mag dich wirklich sehr, aber ich werde mich auf dieser Welt niemals richtig wohl fühlen. Ich hoffe, du kannst das verstehen.«

»Das verstehe ich gut!« antwortete Cherou mit verständnisvollem Lächeln und streichelte ihr sanft über die Wange. »Du gehörst schließlich nicht auf diese Welt, sondern bist gewaltsam hierher entführt worden und musst nun in einem fremden Körper und in einer unbekannten Umgebung weiter leben. Das würde mir auch nicht behagen!« Er machte eine kurze Pause. »Es wird mir zwar sehr schwer fallen, dich gehen zu lassen, weil ich dich inzwischen ebenso lieb gewonnen habe. Doch der Gedanke, dass du dich hier niemals wohl fühlen wirst, ist auch für mich untragbar.«

Saira bedachte ihn etwas verlegen mit einem dankbaren Blick. »Danke für dein Verständnis!«

»Ist schon in Ordnung, Jungflosse«, meinte Cherou liebenswürdig. »Bis dahin musst du dich halt mit mir herumärgern.« Dann zwinkerte er verschmitzt, worauf Saira doch noch ein amüsiertes Lächeln zustande brachte.

*

Einige Zeit später kehrte Ajin wieder zu den Lingits zurück und ließ vor ihnen ein Bündel aus Algen und Tang materialisieren. »Da ihr nun unsere magische Nahrung nicht mehr benötigt, haben wir für euch einige Wasserpflanzen gesammelt. Ich hoffe, sie sind nach eurem Geschmack.«

»Oh, vielen Dank, das ist sehr freundlich!« bedankte sich Cherou. »Wir haben uns inzwischen Gedanken darüber gemacht, wie wir euch helfen können. Vielleicht gibt es eine Möglichkeit, dem rücksichtslosen Verhalten der Duumars endlich Einhalt zu gebieten.«

»Ich weiss, Sakev hat mir davon berichtet«, sprach Ajin zu den überraschten Lingits. »Er hat erzählt, dass ihr zu den Qails wollt, um mit ihrer Hilfe den Kristallsplitter seinem wahren Besitzer zurück zu geben.«

»Das ist richtig!« bemerkte Cherou verblüfft.

»Ein sehr schweres und äußerst riskantes Unternehmen. Ihr setzt dabei euer Leben aufs Spiel! Das können wir von euch nicht verlangen«, meinte Ajin.

»Wir tun es ja nicht nur für die Meerelfen, sondern für alle Lebewesen auf Turoon!« entgegnete Saira. »Da die Duumars nicht zur Vernunft kommen werden, bleibt uns keine andere Wahl, als sie ihrer Macht zu berauben, damit ihr unseliges Treiben bald ein Ende hat. Ich kann und will einfach nicht tatenlos zusehen, wie sie diese Welt vernichten!«

»Deine Einstellung ehrt dich, doch ich bin mir nicht sicher, ob ihr den Duumars gewachsen seid. Ihre Macht ist groß und du bist noch keine voll ausgebildete Magierin. Ausserdem verstehst du genauso wenig vom Kämpfen wie wir«, gab Ajin zu bedenken.

»Aber die Qails sind durchaus in der Lage, sich mit den Duumars zu messen!« warf Cherou erregt ein.

»Du vergisst, dass die Duumars sie einst in die Flucht schlugen und seither ist ihre Macht größer denn je!« sprach Ajin

»Wenn wir es geschickt anstellen, wird es vielleicht zu keinem Kampf kommen«, bemerkte Saira. »Es muss doch eine Möglichkeit geben, den Kristallsplitter auch ohne Kampf zu entwenden.«

»Das mag sein, aber die Duumars sind klug und gerissen. Unterschätzt nicht ihre Fähigkeiten, sonst könnte das der letzte Fehler sein, den ihr begeht!« warnte Ajin.

»Wir werden sehen, was möglich ist«, meinte Cherou. »Zuerst einmal müssen wir zu den Qails. Vielleicht wissen sie, was zu tun ist. Schließlich kennen sie die Duumars und ihre Fähigkeiten am besten.«

»Da kann ich behilflich sein. Wenn ihr wollt, werde ich euch in der nächsten Hellphase eine Möglichkeit verschaffen, rasch zu den Qails zu gelangen. Heute ist es bereits zu spät dafür. Der Weg ist bis zum Beginn der Dunkelphase nicht zu schaffen«, schlug Ajin vor.

»Das wäre sehr hilfreich. Je weniger Zeit wir verlieren, um so besser!« meinte Cherou.

»Gut, dann bleibt diese Dunkelphase noch einmal bei uns, ruht aus und stärkt euch. Ihr werdet viel Kraft brauchen für diese schwere Aufgabe!« sprach Ajin.

Cherou und Saira wechselten einen kurzen Blick. »Einverstanden!« bestätigte Cherou und auch Saira nickte zustimmend.

Naturgewalten

So verabschiedeten sich die beiden Lingits am nächsten Morgen von den Meerelfen, jedoch nicht ohne sich noch einmal für die Rettung und Hilfe zu bedanken, die ihnen zuteil wurde. Ajin führte sie zum Ausgang des Doms, wo bereits zwei Meyjoks auf sie warteten. Sie waren die schnellsten Lebewesen von Turoon. Neben den Flossen besaßen sie zu beiden Seiten der Schwanzwurzel je eine bewegliche Düsenöffnung, durch die sie mit hoher Kraft Wasser ausstießen, das in dem großen Maul angesaugt wurde. Dadurch waren sie in der Lage extreme Geschwindigkeiten zu erreichen. Sie glichen einem Hai und waren etwa vier Mal so groß, wie die Lingits. Cherou betrachtete die beiden Meyjoks fasziniert. Da sie nur in den lichtdurchfluteten Schichten des Meeres lebten, hatte auch er noch nie ein solches Lebewesen aus der Nähe gesehen. Hier in der Tiefsee konnten sie sich normalerweise nicht orientieren, da sie über keine Sonarorgane verfügten. Deshalb hatten die Meerelfen sie mit ihrem Licht hergeführt und sorgten nun auch für ausreichende Beleuchtung.

»Seid ihr die beiden Lingits, die wir zu den Qails bringen sollen?« fragte einer der Meyjoks höflich.

»So ist es«, bestätigte Cherou. Darauf stellte er Saira und sich selbst den Meyjoks vor.

»Ich bin Mergos und das ist Gurin«, stellte sich nun auch der Meyjok mit seinem Begleiter vor.

»Dann steigt mal auf und haltet euch an unseren Rückenflossen fest!« forderte Gurin die beiden Lingits auf.

Die kamen seinem Wunsch nach und machten es sich auf dem Rücken der Meyjoks bequem.

»Seid ihr bereit?« fragte Mergos. Die Lingits bejahten seine Frage.

»Also kann es losgehen!«

»Passt gut auf euch auf!« sprach Ajin zum Abschied. »Möge die Magie euch leiten und beschützen!« Dann setzten sich die Meyjoks in Bewegung und folgten einer Gruppe von Meerelfen, die ihnen den

Weg leuchteten. Cherou und Saira winkten zurück und bedankten sich ein letztes Mal. Da wurden die Meyjoks immer schneller und die beiden Lingits mussten sich gut festhalten, um nicht von ihrem Rücken herab zu gleiten. Kurze Zeit später erreichten sie bereits die helleren Wasserschichten, wo sich auch die Meerelfen, die sie geführt hatten, verabschiedeten und zum Dom zurückkehrten.

»Haltet euch gut fest!« empfahl Gurin und beschleunigte weiter.

Saira, die gedacht hatte, dass die Meyjoks bereits mit Höchstgeschwindigkeit schwammen, rief entsetzt: »Was, noch schneller?«

»Aber sicher!« bestätigte Mergos amüsiert. Dann wurde ein lautes Rauschen hörbar und die beiden Meyjoks wurden regelrecht nach vorne katapultiert. Saira presste sich mit einem Aufschrei an Gurins Rücken und klammerte sich so gut sie konnte an dessen Flosse fest. Auch Cherou hatte sichtlich Mühe, sich auf Mergos Rücken zu halten. Zuerst fiel den beiden Lingits das Atmen bei dieser hohen Geschwindigkeit schwer, bis sie die angenehmste Stellung gefunden hatten. Die Umgebung raste nur so an ihnen vorbei, während die Meyjoks mit atemberaubendem Tempo durch das Wasser schossen. Nach anfänglicher Furcht berauschte Saira allmählich die hohe Geschwindigkeit und sie wagte ein wenig den Kopf zu heben. Der rasante Flug durch das Wasser verursachte faszinierende Ansichten der schnell wechselnden Umgebung. Da drangen die beiden Meyjoks in eine enge Schlucht ein und rasten durch das verwinkelte Tal. Trotz der hohen Geschwindigkeit hielten sich die Meyjoks mit traumwandlerischer Sicherheit genau in deren Mitte und nahmen mit elegantem Schwung die engen Kehren. Der Anblick war atemberaubend und die beiden Lingits kamen aus dem Staunen nicht mehr heraus. So hatten sie die Durchquerung einer Schlucht noch nie erlebt! Die Felswand raste zu beiden Seiten entlang und immer wieder knickte deren Verlauf abrupt in eine andere Richtung. In den engen Kurven wurden sie oft hin und her geworfen. Doch der sich bietende Anblick berauschte die beiden Lingits so sehr, dass sie die heftigen Bewegungen sogar genossen. Auf einmal war ein

Donnern zu hören und direkt vor ihnen glühte und blitzte der Boden des Tales auf. Mächtige Vorhänge aus Gasblasen stiegen auf und versperrten die Sicht. Sogleich bremsten die Meyjoks ihr rasantes Tempo und schwammen zum Rand der Schlucht hinauf, wo sie mit beachtlicher Geschwindigkeit weiter zogen. Saira sah zum ersten Mal den Ausbruch eines Unterwasser-Vulkans. Die Lava schob sich nicht als glühendes Band durch die Schlucht, sondern trat an mehreren Stellen gleichzeitig zu Tage, wo sie sofort heftige Dampfexplosionen im umgebenden Wasser auslöste. Sie erhärtete augenblicklich und wurde schwarz, während an den Kanten weitere glutflüssige Lava herausbrach, wodurch der Vorgang von vorne begann. Wie glühende Finger schob sich immer mehr neue Lava hervor, um sogleich wieder zu erstarren. Die Hitze ließ das Wasser in großen Mengen verdampfen und verursachte so riesige Wände aus Gasblasen. Das Getöse der Dampfexplosionen und das Rauschen des siedenden Meeres waren unerträglich laut. Das heiße Wasser flimmerte und verursachte heftige Turbulenzen, weshalb die beiden Meyjoks die Geschwindigkeit erneut drosselten. Da hatten sie auch schon das Ende des Lava-stromes erreicht und wollten gerade wieder beschleunigen, als Saira weiter vorne im Talboden eine Siedlung von Hingais entdeckte. Ihr Höhlenkomplex lag direkt auf dem Weg der Lava! Doch die Hingais hatten den Lavastrom bisher nicht gesehen, weil das Tal kurz vor ihrer Siedlung einen Bogen beschrieb, hinter der sich die Lava zur Zeit noch verbarg. Wenn sie die Biegung erreichte, war es aber bereits zu spät und die Lava würde die Kolonie unter sich begraben!

»Halt, wartet!« rief Saira aufgeregt und deutete auf die Siedlung der Hingais, an der sie gerade vorüber schwammen. »Seht doch, dort unten! Die Hingais haben den Lavastrom noch nicht bemerkt. Er wird ihre Siedlung überrollen!«

Die Meyjoks hielten abrupt an. »Du hast Recht, wir müssen sie warnen!« rief Mergos.

Saira sah aus ihrer erhöhten Warte den Lavastrom schnell näher kommen. Viel zu schnell! Wenn sie die Kolonie retten wollten, blieb ihnen nur noch eine Möglichkeit. »Schwimmt ihr zu den Hingais hinunter, um sie zu warnen. Ich werde inzwischen versuchen, den Lavastrom aufzuhalten!« rief Saira ihren Begleitern zu.

»Bist du wahnsinnig! Du kannst den Lavastrom nicht aufhalten!« polterte Cherou.

»Meine magischen Kräfte sind dazu durchaus in der Lage. Wir haben jetzt keine Zeit für Diskussionen! Helft den Hingais. Ich schaffe das schon!« antwortete Saira entschlossen. »Bitte Gurin, bring mich zum Rande der Lava, schnell!«

Die beiden Meyjoks wechselten einen kurzen Blick. »Wie du wünschst«, meinte Gurin dann und schoss davon.

»Verdammt Saira, bleib hier!« rief Cherou ihr nach, aber sie hörte ihn bereits nicht mehr. Statt dessen setzte sich Mergos in Bewegung und raste auf die Siedlung der Hingais zu.

*

Thurgun triumphierte innerlich. Seit dem Zwischenfall mit den Gamburas gab es keinerlei Hinweis mehr auf den Verbleib der beiden entflohenen Sklaven. Thurgun hoffte insgeheim, dass sie da draussen irgendwo ums Leben gekommen waren. Wenn das so war, dann hatte der weite Ozean den Duumars wieder einmal einen erneuten Dienst erwiesen und sie von einer großen Gefahr befreit. Zwar gab es keinen Beweis für den Tod der beiden Flüchtlinge und so lange galt es weiterhin wachsam zu sein. Doch die Zeit arbeitete für ihn. Jede weitere Hellphase brachte Thurgun seinem Ziel näher. Schon bald würde er die neue Mine in Betrieb nehmen und die Duumars mit noch mehr Feuerstein beliefern. Auch hatte er zwei weitere Sklaven erhalten, welche nun für die beiden Flüchtlinge arbeiteten. So hatte er endlich wieder die alte Fördermenge in der Sergon-Mine erreicht. Es würde nicht mehr lange dauern, bis ihm für die neue Mine ausreichend Sklaven zur Verfügung standen. Diesmal hatte er dafür gesorgt, dass keine Thae'Kors dabei waren, was ihm viel Ärger ersparen würde. Einen Aufseher für die neue Mine hatte er unter den Draughs auch schon erwählt. Er sollte die Sklaven richtig antreiben, damit die Mine gleich von Anfang an genug Gewinn abwarf. Wenn alles weiterhin so gut lief und diese Flüchtlinge für immer verschollen blieben, stand Thurgun eine glänzende Zukunft bevor. Bald würde er der mächtigste Minenbesitzer aller Zeiten sein. Das sollte den kleinen Makel, den die geflüchteten Sklaven seinem Ruf angetan hatten, künftig überstrahlen. Wenn er dann noch die richtigen Helfer um sich scharte und einige störende Individuen beseitigte, stand seiner Herrschaft nichts mehr im Weg. Dann würde er die Duumars in ein neues Zeitalter führen!

*

Saira raste auf dem Rücken des Meyjoks auf die Spitze des Lavastromes zu. Da erkannte sie ein kleines Plateau ein Stück weit über dem Boden der Schlucht. »Gurin, kannst du mich dort oben absetzen?« rief sie über den Lärm hinweg und deutete auf das Plateau. Statt zu antworten, änderte der Meyjok nur leicht die Richtung und schoss auf die Stelle zu, bremste kurz davor ab und kam zum Stehen. Saira glitt von seinem Rücken und ließ sich auf dem Plateau nieder.

»Soll ich hier auf dich warten, damit du im Notfall schnell fliehen kannst?« fragte Gurin besorgt.

»Nein, danke! Schwimm lieber zu Mergos und den Hingais. Sie brauchen deine Hilfe. Ich komme schon klar!« versicherte Saira.

»Bist du sicher?« fragte der Meyjok zweifelnd.

»Natürlich! Mach dir um mich keine Sorgen«, meinte Saira beruhigend. Als Gurin immer noch zögerte, forderte sie ihn erneut auf zu den Hingais zu schwimmen.

»Also gut!« antwortete Gurin resignierend. »Aber pass gut auf dich auf!« Dann schoss er davon.

Saira hatte die Stelle gerade noch rechtzeitig erreicht. Der Lavastrom wälzte sich bereits direkt vor ihr durch die Schlucht. Diese war unmittelbar unter ihr sehr eng, so dass sie dort mit einem starken Prallfeld den Strom sicher einige Zeit aufhalten konnte. So wirkte sie an dieser Stelle eine massive magische Barriere. Keinen Moment zu früh, denn schon brandete die Lava gegen das Prallfeld. Saira war überrascht von den Kräften, die der Lavastrom auf das Feld ausübte. Sie verstärkte die Magie noch einmal, so dass es dem Strom einige Zeit standhielt. Doch nun befand sie sich direkt über dem Lavastrom. Die Dampfexplosionen verursachten gewaltigen Lärm und das ganze Plateau wurde von einer Wand aus Gasblasen eingehüllt, so dass Saira fast nichts mehr sah. Die Temperatur des Wassers stieg erschreckend schnell und erschwerte ihr das Atmen erheblich. Giftige Stoffe wurden freigesetzt und stiegen zu Saira auf. Bald hatte das Wasser einen widerlichen Geschmack und sie musste gegen die aufsteigende Übelkeit ankämpfen. Immer wieder wurde sie von Hustenanfällen geschüttelt und der zunehmende Schwindel machte ihr zu schaffen. Doch Saira blieb, wo sie war, und versuchte unter allen Umständen das magische Prallfeld so lange wie möglich aufrecht zu erhalten, um den Lavastrom zu bremsen.

*

Cherou raste auf Mergos der Siedlung der Hingais entgegen. Als der Meyjok abbremste, schwang sich Cherou von seinem Rücken und ließ sich auf den Eingang der Kolonie zu treiben. Die beiden Wächter fuhren ihre Giftsporne aus und richteten sie drohend auf Cherou.

»Ihr müsst von hier verschwinden! Ein Lavastrom wälzt sich direkt auf eure Siedlung zu!« rief Cherou ihnen entgegen und deutete aufgeregt auf den Teil der Schlucht, von wo sich der Lavastrom näherte. Als ihn die Wächter nur verständnislos ansahen, wurde Cherou wütend. »Wir haben es von oben gesehen. In der Schlucht ist ein Vulkan ausgebrochen. Ein Lavastrom bewegt sich auf eure Siedlung zu und wird alles zerstören. Ihr müsst schnellstens fliehen!«

Endlich erwachten die Wächter aus ihrer Lethargie. Einer davon gebot Cherou ihm zu folgen. Eilig führte er ihn in eine große Höhle zu einem alten Hingai, wo Cherou hastig noch einmal seine Warnung wiederholte. Der alte Hingai reagierte schnell und veranlasste die sofortige Räumung der Siedlung. Cherou half mit, die kranken und schwachen Hingais nach draussen zu bringen. Kaum hatte er den Ausgang erreicht, sah er Gurin neben Mergos schweben. »Was machst du hier? Warum bist du nicht bei Saira geblieben?« rief er verärgert.

»Saira kommt alleine zurecht! Hier kann ich euch behilflich sein!« antwortete Gurin ruhig.

»Oh, diese leichtsinnige Jungflosse!« bemerkte Cherou ärgerlich. Dann halfen die beiden Meyjoks mit, die Hingais möglichst rasch über der Schlucht in Sicherheit zu bringen. Alle, die dazu in der Lage waren, arbeiteten fieberhaft mit, um die Siedlung schnellstens zu räumen. Immer wieder eilten die Meyjoks zwischen dem Boden und dem oberen Ende der Schlucht auf und ab und retteten so vielen Hingais das Leben. Doch plötzlich wurde das Grollen lauter und Cherou sah mit Entsetzen, wie sich der Lavastrom um die Biegung der Schlucht wälzte. »Los, macht schneller!« brüllte er so laut er konnte und packte mit an, um eine Gruppe Kinder aus der Schlucht zu retten. Aber was war nur mit Saira passiert, fragte er sich panisch. Kaum hatte er die Kinder in Sicherheit gebracht, rief er nach Gurin, der einen Moment später vor ihm auftauchte. »Bitte bring mich zu Saira, ich befürchte das Schlimmste!« meinte er panisch.

»Steig auf!« antwortete der Meyjok rasch.

»Mergos, bleib hier und hilf den Hingais, ich kümmere mich um Saira!« rief er dem anderen Meyjok zu. »Los jetzt!« sprach er dann an Gurin gewandt. Der Meyjok beschleunigte mit Höchstwerten und raste auf die Stelle zu, wo er Saira abgesetzt hatte. Doch außer einer flimmernden Wand aus heißem Wasser und Blasen war nichts zu erkennen. Trotzdem näherte sich der Meyjok mit hoher Geschwindigkeit, drehte ab und versuchte von weiter oben die Stelle zu erreichen. Endlich erhaschten sie einen kurzen Blick auf Saira, als die Wand aus Blasen für einen Moment eine Öffnung aufwies. Sie lag bewegungslos auf dem Plateau innerhalb dieses Chaos aus Feuer, Wasser, Gasblasen und Hitze. »Da!« rief Cherou entsetzt, aber Gurin steuerte bereits direkt auf die Stelle zu, durchstieß den Vorhang aus Gasblasen und tauchte in die turbulenten Wasserschichten ein. Sie wurden wild hin und her geworfen und das heisse Wasser versengte Cherous Haut, doch der konzentrierte sich so auf Saira, dass er die Schmerzen kaum wahrnahm. Endlich erreichten sie das Plateau und Cherou zog Saira rasch zu sich hoch, während er in dem heissen Wasser darum kämpfte, selbst nicht ohnmächtig zu werden. Mit letzter Kraft drückte er Saira an sich. »Weg hier!« rief er Gurin zu, der sofort beschleunigte und sie auf dem schnellsten Weg aus der Schlucht heraus brachte. Kurze Zeit später erreichten sie die Stelle, wo sich die Hingais in Sicherheit gebracht hatten und nun ihre Verwundeten versorgten. Cherou ließ sich schwer atmend von Gurin herunter gleiten. »Vielen Dank für deine Hilfe!« keuchte er atemlos.

»Gern geschehen!« antwortete Gurin. »Wie geht es euch?« Cherou bettete Saira sanft auf den Boden und beugte sich über sie. Sie atmete flach, aber regelmäßig. Ihr ganzer Körper wies leichte Verbrennungen auf. Cherou schüttelte Saira sachte. Plötzlich wurde sie von einem Hustenanfall geschüttelt, dann drehte sie sich um und übergab sich. Cherou stütze sie so gut er konnte und legte sie darauf wieder vorsichtig ab. »Ein Glück, du bist am Leben!« sprach er erleichtert und streichelte ihr über den Kopf. In diesem Moment tauchte der Heiler der Hingais bei ihnen auf.

»Was ist mit deiner Partnerin los?« fragte er besorgt. So erzählte ihm Cherou in kurzen Worten, was sich zugetragen hatte. Da zog der Heiler eine kleine Knolle aus seinem Beutel und reichte sie Saira. »Hier, kaue das. Es wirkt entgiftend und gibt Kraft.« Saira bedankte sich mit schwacher Stimme und nahm die Knolle entgegen. Dann bemerkte der Heiler ihre Brandwunden und meinte: »Ich besorge euch noch einige Tengis-Blätter für eure Verbrennungen.« Gerade wollte er davon schwimmen, als plötzlich ein Seebeben die gesamte Schlucht erschütterte. Donnernd und grollend begann der Untergrund zu zittern. Kurze Zeit später lösten sich bereits die ersten Felsen aus der Steilwand der Schlucht und stürzten mitten hinein in den Lavastrom. Der hatte inzwischen die Siedlung der Hingais vollständig unter sich begraben. Das Gestein durchschlug die dünne Schicht aus erhärteter Lava, so dass die darunter liegenden glutflüssigen Ströme wieder direkt mit dem Meerwasser in Berührung kamen. Extrem heftige Dampfexplosionen waren die Folge, die flüssiges Gestein und Felstrümmer mit sich rissen und weit davon schleuderten. Wo sie auftrafen, schlugen sie oft neue Trümmer aus der Felswand, wodurch sich der Vorgang mehrmals wiederholte. Die Hingais am oberen Rand der Schlucht blieben glücklicherweise verschont, da sie sich weit oberhalb des Lavastromes befanden, doch wurden sie von dem Seebeben heftig durchgeschüttelt. Um sie herum brachen immer wieder Teile der Felswand ab und stürzten in die Tiefe. Das zwang die Hingais, sich rasch noch weiter vom Rand der Schlucht zurück zu ziehen. Auch Cherou hob Saira hoch und schwamm ein gutes Stück weg vom Rand, wo es sicherer schien. Dort legte er sie eilig ab. Dann half er den Hingais, diejenigen zu retten, die zu schwach zum Schwimmen waren. Kurze Zeit später hörte das Seebeben genauso schnell auf, wie es begonnen hatte. Als Cherou zurückkehrte, fand er Saira mit schmerzverzerrtem Gesicht da liegen.

»Wie geht es dir?« fragte er besorgt.

»Wieder etwas besser, aber die Verbrennungen tun ganz schön weh!« gestand Saira leise. »Ich bin im Moment zu schwach, um einen Heilzauber zu wirken.«

»Ich bin froh, dass du überhaupt noch lebst!« sprach Cherou. »Ich hatte schon das Schlimmste befürchtet, als ich plötzlich den Lavastrom kommen sah!« Er machte eine Pause und stemmte die Arme in die Hüften »Wie oft muss ich dir eigentlich noch das Leben retten, du leichtsinnige Jungflosse?« fragte er halb ernst.

Saira betrachtete ihn verlegen und senkte dann den Blick. »Tut mir leid, aber was sollte ich den tun? Der Lavastrom war einfach zu schnell. Die Hingais wären verloren gewesen, wenn ich ihn nicht aufgehalten hätte!«

»Ist ja schon gut!« meinte Cherou lachend. »Wir sind ja alle stolz auf dich, dass du dein eigenes Leben riskiert hast, um die Hingais zu retten!« Dann wurde er wieder ernst. »Trotzdem war es sehr leichtsinnig von dir! Du hattest doch gar keine Ahnung, auf was du dich da einlässt. Ich weiß nicht, wie du es geschafft hast, diese brodelnde Hölle zu überleben...« Er suchte kurz nach Worten, meinte dann jedoch nur resignierend: »Versprich mir wenigstens, in Zukunft ein wenig vorsichtiger zu sein! Deine Hilfsbereitschaft ehrt dich, doch deswegen musst du nicht gleich dein Leben riskieren.«

Saira ließ verlegen den Blick sinken. »Du hast ja recht, diesmal blieb mir aber keine andere Wahl. Ich verspreche dir jedoch, in Zukunft besser aufzupassen.«

»Hoffentlich!« brummte Cherou halb ernst und streichelte ihr über die Wangen. In diesem Moment kehrte der Heiler der Hingais mit einigen großen Tangblättern zurück. »Hier, legt das auf eure Brandwunden. Die Blätter wirken heilend und lindern die Schmerzen.«

»Hab vielen Dank!« entgegnete Cherou und nahm die Tangblätter entgegen. »Was wird nun aus euch?« fragte er den Heiler.

»Die Meyjoks kennen ein ausgedehntes Tal mit großen Höhlen, hier ganz in der Nähe. Kharn, unser Ältester, sieht sich diese gerade an. Wenn er eine geeignete Behausung findet, werden wir dort eine neue Siedlung aufbauen«, erklärte der Heiler. »Verzeiht, aber ich muss mich um weitere Verletzte kümmern.« Dann schwamm er bereits davon. Etwas später kehrte Kharn zurück und verkündete erleichtert, dass er eine passende Höhle gefunden hatte. Er lud auch Cherou und Saira ein, bei ihnen zu bleiben, damit sie ihre Verletzungen ausheilen konnten. So bezogen die Hingais und die beiden Lingits die neue Wohnhöhle. Die Meyjoks halfen mit bei der Jagd, um schnell Nahrung für die Hingais zu beschaffen. Schon nach kurzer

Zeit hatten sich die Hingais in ihrem neuen Zuhause eingelebt und auch Saira ging es rasch wieder besser. Während der nächsten Hellphase war sie bereits kräftig genug, um einen Heilzauber zu wirken, der ihre und Cherous Brandwunden noch schneller heilen ließ. So konnten sie schon nach zwei weiteren Hellphasen die Hingais verlassen. Die bedankten sich natürlich vielmals für die Rettung und die Hilfeleistung, ohne die wohl die Meisten ihres Volkes nicht mehr am Leben wären. Nach einer herzlichen Verabschiedung von den Hingais schwangen sich die beiden Lingits wieder auf den Rücken der Meyjoks und ließen sich von diesen in rasantem Flug durchs Wasser tragen.

Bei den Qails

Der Rest der Reise verlief ohne weitere Zwischenfälle, so dass die beiden Lingits am Abend endlich die Endstation ihrer Flucht erreichten. Die Meyjoks verlangsamten ihren rasanten Flug durchs Wasser und kamen schließlich zum Stillstand. »Wir sind am Ziel«, bemerkte Mergos. »Direkt vor uns befindet sich die Festung der Qails.« Saira und Cherou ließen sich vom Rücken der Meyjoks gleiten. Vor ihnen breitete sich ein riesiges, bizarr geformtes Riff aus, das den gesamten Horizont ausfüllte und von einer Unzahl bunt leuchtender Lebewesen bewohnt wurde. Die beiden Lingits schwammen vorsichtig weiter, als sich auf einmal zwei große Schatten aus dem Riff lösten und schnell näher kamen. »Passt auf, das sind Farkans, die gefürchteten Wächter der Qails!« warnte sie Gurin. Cherou und Saira ließen sich darauf langsam zum Grund sinken, während die beiden Schatten heran schwebten und schließlich direkt vor ihnen zum Stillstand kamen. Saira erschrak, als sie die tiefschwarzen Wesen endlich klar sehen konnte. Sie waren mehr als fünfmal so groß wie sie. Ihr länglicher, abgeflachter Körper war stark gepanzert und endete in einem langen, biegsamen Schwanz, den ein rot glühender Stachel krönte. Die beiden vordersten Gliedmaßen trugen jeweils eine große Greifzange. Mehrere kräftige Mundwerkzeuge und acht rot glühende Punktaugen verliehen den Wesen ein unheimliches und gefährliches Aussehen. »Was wollt ihr hier?« fragte einer der Farkans mit schneidender Stimme.

»Seid gegrüßt«, beeilte sich Cherou zu antworten. »Wir sind aus der Gefangenschaft der Duumars geflohen und bitten um Hilfe.«

Die beiden schwarzen Wesen starrten sie weiterhin bewegungslos an, dann wandten sie sich plötzlich ruckartig um. »Folgt uns!« befahlen sie. Darauf klappten sie aus ihrem Panzer mehrere tragflächenartige Hornschilde aus und ein lautes Rauschen wurde hörbar. Scheinbar bedienten sie sich des gleichen Rückstoßantriebes wie die Meyjoks, denn schon im nächsten Moment glitten sie mit hoher Beschleunigung davon. Die beiden Lingits hatten Mühe ihnen zu folgen, weshalb die

Meyjoks zu Hilfe kamen und sie wieder auf ihrem Rücken vorwärts trugen. Kurze Zeit später durchquerten sie eine Öffnung, hinter der sich ein breiter Korridor anschloss. Die Farkans führten sie durch ein Gewirr weiterer Gänge, in dem die beiden Lingits bald die Orientierung verloren. Schließlich öffnete sich vor ihnen eine große Höhle, in deren Mittelpunkt ein quallenartiges Wesen mit vielen Tentakeln schwebte. Der gesamte Körper war von bunt leuchtenden Punkten übersät, die ständig die Farbe wechselten und ein fantastisches Lichtspiel in die Höhle zauberten. Die Farkans wurden langsamer und ließen sich dann in respektvoller Entfernung vor dem Wesen zu Boden sinken. Die Meyjoks taten es ihnen gleich, während Cherou und Saira von ihrem Rücken glitten. Sie betrachteten voller Bewunderung das leuchtende Wesen, das etwa genau so groß war, wie sie selbst.

»Sembaja, diese beiden Lingits sind aus dem Reich der Duumars geflohen und bitten um Hilfe«, meldete einer der Farkans dem quallenartigen Wesen.

»Habt vielen Dank für eure Dienste«, antwortete Sembaja, worauf sich die Farkans an den Rand der Höhle zurückzogen.

»Kommt doch näher, keiner wird euch etwas zuleide tun«, wandte sich Sembaja dann freundlich an die beiden Lingits. Diese kamen der Aufforderung zögernd nach.

»Sei gegrüßt, Sembaja!« sprach Cherou und verbeugte sich leicht. »Mein Name ist Cherou und das ist Saira«, stellte er sich und seine Begleiterin vor.

»Seid gegrüßt Saira und Cherou!« antwortete Sembaja, streckte eine seiner Tentakeln aus und berührte Saira damit kurz. »Du bist kein echter Lingit, sondern eine der bedauernswerten Kreaturen, die von den Duumars entführt wurden.«

»Das ... ist korrekt«, antwortete Saira zögernd.

»Ihr beiden habt ihnen wohl bei der Flucht geholfen«, sprach Sembaja dann an die Meyjoks gewandt.

»Nun, wir haben sie ein kurzes Stück des Weges begleitet, um ihnen ein schnelleres Vorankommen zu sichern«, erklärte Gurin.

»Wir haben den Meyjoks viel zu verdanken!« versicherte Saira. »Ohne ihre Hilfe wären wir jetzt nicht hier.«

»Der Weg von der Stadt der Duumars bis hierher ist sehr weit und gefährlich. Ihr müsst viele Strapazen und Risiken auf euch genommen haben, um zu uns zu gelangen«, meinte Sembaja bewundernd. »Wie habt ihr es geschafft zu fliehen? Die magischen Barrieren der Duumars waren bisher unüberwindbar.«

»Ich besitze schwache magische Fähigkeiten, mit denen ich die Barriere überwinden konnte«, gab Saira nach kurzem Zögern zu.

»Oh, dann haben die Duumars eine Magierin entführt, die nun entwischt ist. Geschieht ihnen ganz recht!« bemerkte Sembaja amüsiert. »Seid ihr denn nicht verfolgt worden?«

»Am Anfang schon«, erklärte Cherou. »Einmal hätten sie uns fast wieder eingefangen, wenn uns nicht ein Schwarm Gamburas zu Hilfe gekommen wäre. Danach haben wir aber keine Verfolger mehr bemerkt.«

»Nun, den Meyjoks hätten sie sowieso nicht folgen können, so viel ist sicher!« bestätigte Sembaja. »Wir haben auch keine Draughs oder Galanx gesichtet, was aber nicht heissen soll, dass sie nicht mehr nach euch suchen. Wir müssen eben in nächster Zeit ein wenig wachsamer sein. Ihr dürft auf jeden Fall erst einmal hier bleiben«, versicherte Sembaja den beiden Lingits.

»Habt vielen Dank, das ist ausgesprochen freundlich von euch!« sprach Cherou erleichtert und auch Saira bedankte sich für das gewährte Asyl.

»Benötigt ihr ebenfalls einen Unterschlupf?« fragte Sembaja die beiden Meyjoks.

»Nein danke, unsere Aufgabe ist hiermit erfüllt. Wir kehren wieder zurück«, antwortete Mergos.

»Dann wünsche ich euch noch alles Gute!« sprach Sembaja freundlich. »Die Farkans werden euch hinaus geleiten.«

Cherou und Saira verabschiedeten sich darauf von den Meyjoks und bedankten sich noch einmal für ihre Hilfe. Dann glitten die schnellen Schwimmer hinaus und folgten den Farkans.

»Ihr seid sicher erschöpft von der langen Reise. Bezieht erst einmal euer neues Quartier, stärkt euch und ruht ein wenig«, meinte Sembaja. »Wenn ihr erlaubt, komme ich später bei euch vorbei, denn ich habe noch einige Fragen, aber das hat Zeit.«

Inzwischen war ein weiterer Qail in der Höhle erschienen, der sich ihnen nun vorstellte: »Seid gegrüßt, mein Name ist Rijan. Ich führe euch in euer Quartier.«

»Sei gegrüßt, Rijan«, antwortete Cherou. »Danke, das ist sehr freundlich von dir.« Dann wandte sich Cherou noch einmal Sembaja zu. »Vielen Dank für deine Hilfe!«

»Gern geschehen und herzlich willkommen im Reich der Qails!« gab Sembaja zurück.

So führte sie Rijan erneut durch ein Labyrinth von Gängen, bis er vor dem Eingang einer Höhle schweben blieb. »Hier, das ist vorerst eure Unterkunft. Ich hoffe sie ist ausreichend groß.«

Cherou und Saira durchquerten den Eingang und fanden sich in einer geräumigen Höhle wieder, deren Boden mit weichem Sand bedeckt war. »Oh, vielen Dank, sie ist größer, als wir erwartet haben!« versicherte Cherou.

»Dann macht es euch bequem«, antwortete Rijan freundlich. »Ich werde gleich etwas zu essen besorgen. Passt auf, dass ihr euch nicht verirrt, wenn ihr eure Unterkunft verlasst. Das Höhlensystem ist ziemlich groß«, riet er den beiden Lingits noch, bevor er davon schwamm.

Cherou und Saira machten es sich auf dem weichen Sand gemütlich. »Ach, endlich in Sicherheit!« meinte Saira erleichtert und schmiegte sich an Cherou, der sie mit verständnisvollem Lächeln umarmte. »Hier müssen wir wenigstens nicht fürchten, aufgegessen zu werden.«

»Ihr Jungflossen seid einfach nichts mehr gewöhnt!« bemerkte Cherou darauf grinsend.

»Jetzt erzähl mir ja nicht, dass es dir auch noch Spaß macht, da draußen ständig auf der Hut zu sein und dauernd zu flüchten, um nicht aufgegessen zu werden!« schimpfte Saira in gespieltem Ärger.

»Na ja, es bringt zumindest etwas Abwechslung in unser Leben«, antwortete Cherou breit grinsend und verstärkte den Griff um Saira, weil sie versuchte ihn zu boxen. Sie wand sich in seinem Griff, konnte sich aber nicht befreien.

»Lass mich los, du frecher Kerl!« schimpfte sie.

»Ich denk ja gar nicht dran!« meinte Cherou lachend. Schließlich gab sie ihren Widerstand auf und bedachte ihn mit einem strafenden Blick. Als sie eine gespielt beleidigte Miene aufsetzte, zwickte er sie zärtlich in die Seite, worauf sie kichernd zusammenzuckte.

»He, hör auf!« rief sie lachend. »Das ist gemein!«

»Du siehst immer noch süß aus, wenn du dich ärgerst!« bemerkte Cherou schmunzelnd und löste seinen Griff etwas, worauf Saira ihm einen Klaps auf den Kopf verpasste.

»Und du bist immer noch unmöglich, du frecher Kerl!« brummte sie in gespieltem Ärger, konnte dabei aber ein amüsiertes Lächeln nicht verbergen.

*

Zu Beginn der nächsten Hellphase stattete Sembaja den beiden Lingits einen Besuch ab. »Ich hoffe, ihr fühlt euch wohl in der neuen Umgebung«, begrüßte er die Lingits freundlich.

»Oh ja! Vielen Dank, uns geht es ausgezeichnet!« versicherte Saira.

»Darf ich fragen, wie es um euer Volk steht und was ihr über die Duumars wisst?« kam Sembaja ohne Umschweife zur Sache. So erzählte Cherou über das traurige Schicksal seines Volkes, das immer noch als Sklaven arbeitete und über das schändliche Treiben der Duumars. Wie sie das Wasser vergifteten und anderen Lebewesen die Nahrung stahlen. Wie sie immer mehr magische Energie verbrauchten und dadurch immer größere Naturkatastrophen auslösten, die allmählich die Existenz des gesamten Planeten bedrohten. Sembaja hörte schweigend zu. Zwar sah man ihm direkt keine Regung an, aber das häufige Flackern seiner Leuchtorgane zeigte durchaus, wie sehr ihn diese schrecklichen Nachrichten erregten. »Das sind äußerst beunruhigende Tatsachen!« bemerkte er, nachdem Cherou seinen Bericht beendet hatte.

»Deshalb haben wir euch auch aufgesucht«, gestand nun Cherou. »Wir wollen die Duumars endlich entmachten. Dazu benötigen wir aber eure Hilfe.«

»So etwas habe ich mir bereits gedacht. Ich nehme an, dass ihr schon einen Plan habt«, meinte Sembaja abwartend.

»Wie ihr wisst, verdanken die Duumars ihre magischen Kräfte einem Splitter des Feuerkristalls, der im Zentrum ihrer Stadt gut verborgen ist«, erklärte Saira. »Wenn es uns gelingt, unbemerkt in die Stadt einzudringen, finde ich den Kristall bestimmt, denn ich kann seine Existenz fühlen und so seinen Standort bestimmen. Wir müssen ihn dann nur von dort entführen und wieder zu dem Feuerkristall zurückbringen, dann ist die Macht der Duumars für immer gebrochen!« sprach Saira euphorisch.

»Das hört sich recht einfach an, ist aber bestimmt mit sehr viel Schwierigkeiten und Gefahren verbunden« bemerkte Sembaja. »Welche Aufgabe hätten die Qails?«

»Einige von euch sollten uns begleiten, falls es zu Komplikationen kommt«, erklärte Cherou. »Vielleicht müsst ihr auch ein Ablenkungsmanöver starten, das uns hilft, den Kristallsplitter unbemerkt aus der Stadt zu schaffen.«

»So ein Vorhaben bedarf intensiver Planung und sorgsamer Vorbereitungen. Wie ihr wisst, haben wir schon einmal gegen die Duumars opponiert und sind gescheitert. Ihre Macht ist inzwischen stark gewachsen, so dass ein direkter Kampf von vorne herein zum Scheitern verurteilt ist. Wir müssen jede offene Konfrontation vermeiden, sonst kommt es zu extrem vielen Opfern. Die Duumars sind grausam und rücksichtslos, aber auch sehr intelligent und gerissen. Ich muss mich erst mit den Mitgliedern meines Stammes beraten. Euer Vorschlag ist durchaus sinnvoll, muss jedoch noch deutlich verfeinert werden. Wenn wir zu einem Ergebnis gekommen sind, lasse ich euch rufen«, versprach Sembaja.

»Wie lange wird das dauern?« fragte Saira unsicher.

»Ich versichere dir, dass wir schnellstens nach einer Lösung suchen werden. Wie gesagt, es bedarf einer sauberen Planung, um die Anzahl der Opfer möglichst gering zu halten«, antwortete Sembaja.

»Gut, wir werden warten!« meinte Cherou. »Danke, dass du uns angehört hast.«

»Ich danke euch für eure Offenheit!« sprach Sembaja. »Vielleicht erhalten wir so noch eine Chance, diese Welt und alle ihre Bewohner zu retten. Erholt euch in der Zwischenzeit von den Strapazen der Flucht. Hier seid ihr erst einmal sicher.« Dann verabschiedete er sich kurz und schwamm hinaus.

»Puh, ein Glück, dass Sembaja so vernünftig reagiert hat!« meinte Cherou erleichtert. »Ich hatte schon befürchtet, er wirft uns den Farkans zum Fraß vor, wenn wir ihm von unserem Plan erzählen.«

»Glaubst du, dass er uns helfen wird?« fragte Saira unsicher.

»Da bin ich mir ziemlich sicher!« antwortete Cherou. »Die Qails sind die einzigen Lebewesen, die in der Lage sind, es mit den Duumars aufzunehmen. Es ist nur noch eine Frage der Zeit, bis auch ihr Lebensraum zerstört wird. Soweit werden es die Qails aber niemals kommen lassen!«

»Sie wirken so zierlich und zerbrechlich. Ich kann mir nicht vorstellen, wie sie gegen die Duumars bestehen können«, bemerkte Saira.

»Der Schein trügt! Sie sind schnelle und ausdauernde Schwimmer und äußerst schwer bewaffnet. Selbst die Draughs fürchten sie!« erklärte Cherou.

»Ich konnte an ihren Körpern aber keine Waffen erkennen«, meinte Saira.

»Sie tragen auch keine Waffen in der Art wie die Farkans oder die Draughs. Sie sind Energiewandler. Sie können Energie in nahezu jeder Form erzeugen und sie so natürlich auch als Waffe einsetzen. Außerdem sind viele ihre Tentakeln mit einem starken Gift versehen, das in der Lage ist, selbst Lebewesen, die weit größer als sie sind, innerhalb kurzer Zeit zu töten!« Als Cherou Sairas besorgten Blick bemerkte, meinte er beruhigend: »Keine Angst, die Qails sind normalerweise sehr friedlich und hilfsbereit. Sie benutzen ihre Waffen nur im Notfall. Wir haben also nichts zu befürchten. Nur vor den Farkans musst du dich in acht nehmen. Sie sind leicht reizbar und absolut furchtlos.«

»Die haben schon da draußen ziemlich unheimlich auf mich gewirkt«, gestand Saira.

»Keine Sorge!« beruhigte sie Cherou. »Sie dienen Sembaja als Wächter der Festung. In der Regel halten sie sich nur draußen auf. Hier drinnen haben wir von ihnen nichts zu befürchten.«

»Das kling beruhigend!« gab Saira zu.

*

Während Cherou und Saira unter dem Schutz der Qails erstmals ihre Freiheit genießen konnten, beriet sich Sembaja intensiv mit den älteren Qails über den Plan der beiden Lingits. Die erklärten sich rasch damit einverstanden, weshalb nun auch Saira und Cherou in die Planung mit einbezogen wurden. So reifte mit der Zeit ein komplexes Unternehmen, bei dem vor allem Saira eine wichtige Rolle spielte. Denn nur sie war in der Lage, den Kristallsplitter des Feuerkristalls zu finden. Doch auch die Farkans, Hingais, Gamburas und Wras sollten mithelfen die Duumars zu entmachten. So entsandte Sembaja Botschafter, die sich mit den einzelnen Arten in Verbindung setzten, um sie für dieses aufwendige Projekt zu gewinnen. Weil es um nicht weniger als die Rettung des gesamten Planeten ging, erklärten sich schließlich alle bereit, bei dem Plan mitzuwirken. Dadurch kam ein Unternehmen von gewaltiger Tragweite zur Ausführung, das Turoon ein neues Gesicht geben sollte!

Rückkehr

In dieser Nacht fand Saira zunächst keinen Schlaf. Sie hatten kaum Zeit gefunden, sich ein wenig von den Strapazen der Flucht zu erholen, da waren sie schon mitten in den Vorbereitungen für den Plan zur Entmachtung der Duumars gefangen. Saira erinnerte sich noch gut an die vielen endlosen Stunden, die sie gemeinsam mit den Qails verbracht hatten, um über die Vorgehensweise zu diskutieren. Am Anfang war Saira noch euphorisch gewesen und hatte bereitwillig ihre Hilfe und ihren Einsatz zugesagt. Aber nun war sie sich gar nicht mehr so sicher, ob sie den Anforderungen überhaupt gewachsen war. Schließlich spielte sie die Hauptrolle in diesem Plan. Von ihrem Geschick hing es hauptsächlich ab, ob das Unternehmen gelang oder nicht! Sicher war sie stolz darauf, eine so wichtige Rolle zu spielen, aber die damit verbundene Verantwortung lastete schwer auf ihren jungen Schultern. Doch nun war es zu spät für einen Rückzug, denn schon am nächsten Morgen würden sie aufbrechen, um zur Stadt der Duumars zurückzukehren. Jenem schauerlichen Ort, dem sie eigentlich für immer fern bleiben wollte, weil sich dort so viele schreckliche Dinge abspielten. Hier war sie zwar frei, aber in nicht allzu ferner Zukunft würde diese Welt eine Umweltkatastrophe nie gekannten Ausmaßes erschüttern. Was blieb ihr also anderes übrig, als mitzuhelfen, das Schlimmste zu verhindern. Doch das war eben nur möglich, wenn die Duumars entmachtet wurden! Natürlich hatten sie auch andere Möglichkeiten in Erwägung gezogen, doch die Duumars würden ihr selbstgefälliges und zerstörerisches Werk so lange fortsetzen, bis es zu spät war. So blieb deren Entmachtung schließlich die einzige Alternative, um die drohende Katastrophe noch zu verhindern und dazu brauchte es nun einmal einen Magier. Vielleicht gab es sogar eine Möglichkeit, wieder nach Hause zu gelangen, wenn sie dem Feuerkristall den Splitter zurückgab und ihm so zu seiner alten Macht verhalf. In diesem Moment stiegen in Saira erneut die Erinnerungen an ihre Heimatwelt Wuun auf.

Wieder drohte Saira das Heimweh zu überwältigen. Wieder musste sie mit aller Kraft dagegen ankämpfen, nicht verzweifelt in Tränen auszubrechen. Ein leises Schluchzen konnte sie jedoch nicht verhindern, was dazu führte, dass Cherou erwachte und die Tränen in ihren Augen sah.

»He, was ist denn los, Jungflosse?« fragte er leise und streichelte Saira sanft über den Kopf.

»Ach, Cherou. Ich weiß nicht, ob ich das alles schaffe!« sprach Saira verzweifelt.

Cherou drückte sie zärtlich an sich und meinte dann beruhigend: »Du brauchst dich nicht zu fürchten. Wir alle werden dir beistehen. Zusammen schaffen wir das, da bin ich mir ganz sicher. Sieh mal, du hast bisher schon so viele Gefahren bestanden, hast sogar einen Lavastrom aufgehalten und so einem ganzen Stamm Hingais das Leben gerettet! Da schaffst du es doch auch, den Duumars einen simplen Kristallsplitter zu entwenden.« Dann lächelte er sie zuversichtlich an.

»Da bin ich mir inzwischen gar nicht mehr so sicher!« gab Saira zu. »Du kannst dir nicht vorstellen, wozu ein gut ausgebildeter Magier mit der Macht der Duumars imstande ist. Schließlich haben sie es sogar geschafft, mich von meiner Heimatwelt zu entführen und dazu sind gewaltige magische Kräfte nötig!«

»Das mag schon sein, aber du vergisst, dass die Qails uns beistehen. Sie sind durchaus in der Lage, es mit einzelnen Duumars aufzunehmen!« versicherte Cherou. »Wir müssen eben vorsichtig sein, dann kommt es vielleicht gar nicht zum Kampf.«

»Ich weiß nicht, ob mir das gelingt«, meinte Saira skeptisch.

»Du darfst jetzt nicht an deinen Fähigkeiten zweifeln. Du hast schon oft genug unter Beweis gestellt, was du kannst und ich bin mir sicher, dass du es auch diesmal schaffst!« sprach Cherou mit Nachdruck.

»Glaubst du das wirklich?« fragte Saira unsicher.

»Mit absoluter Gewissheit!« bestätigte Cherou.

Saira sah ihm kurz in die Augen. Er meinte es wirklich ernst. »Danke!« sagte sie dann verlegen und ließ den Blick sinken. Cherou griff ihr darauf sanft unter das Kinn und hob ihren Kopf an. »Verliere nie den Glauben an dich selbst! Du bist viel stärker als du meinst, das hast du schon oft genug bewiesen.« Dann kehrte doch der Schalk in seinen Blick zurück. »Deswegen brauchst du aber nicht gleich übermütig zu werden!«

Saira bedachte ihn mit einem strafenden Blick, konnte jedoch ein amüsiertes Lächeln nicht unterdrücken. »Ich werde mir Mühe geben!« versprach sie. Darauf schmiegte sie sich an Cherou und schlief kurze Zeit später endlich ein.

*

Zu Beginn der nächsten Hellphase verteilten sich die Qails auf die Farkans, die das Unternehmen begleiteten. Saira war verblüfft, mit welcher Ruhe und Systematik alles erfolgte. Sie selbst war natürlich mächtig aufgeregt und es fiel ihr zunächst schwer, sich zu konzentrieren. Wieder einmal erwies sich Cherous souveräne Sicherheit als große Hilfe für das junge Mädchen. Sie fühlte sich zuerst sichtlich unwohl bei dem Gedanken, einen der Farkans als Transportmittel zu benutzen. Diese Wesen mit ihrem schwarzen Panzer und den rot glühenden Punktaugen machten ihr einfach Angst. Selbst die Versicherungen der Qails, dass sie nichts zu befürchten hatte, konnte diese Angst vertreiben. Doch sie hatte keine Wahl und so ergab sie sich schließlich in ihr Schicksal und legte sich flach auf den Rücken des unheimlichen Wesens. Cherou lag bereits schräg vor ihr und blinzelte ihr aufmunternd zu, während sich vier Qails auf dem hinteren Teil des Panzers niederließen. Ravar, Silgai, Thorl und Mirgan sollten Saira und Cherou später auch in die Stadt der Duumars begleiten. Nach kurzer Zeit hatten sich alle Teilnehmer des Unternehmens auf die Farkans verteilt und der Aufbruch stand unmittelbar bevor.

»Seid ihr bereit?« fragte Tantaul, der Farkan, der Saira und Cherou trug.
»Es kann losgehen!« antwortete Cherou euphorisch.

Der Farkan fuhr die tragflächenartigen Hornplatten zu beiden Seiten seines Panzers aus. Dann wurde ein lautes Rauschen hörbar, als er seinen Antrieb aktivierte. Saira spürte den Fluss des Antriebswassers, das an einigen Stellen zwischen den Panzerplatten eingesogen wurde, dann erhoben sie sich bereits und glitten zunehmend schneller vorwärts. Saira war überrascht, dass der Farkan trotz seiner Last zu einer solchen Beschleunigung fähig war. Sie sah sich um und erkannte auch die anderen Farkans, die nun in unterschiedliche Richtungen davon eilten. Der Plan war, dass sich mehrere kleine Gruppen von Qails auf verschiedenen Wegen der Stadt der Duumars näherten. Dadurch würden sie den Spähern nicht auffallen, welche die Duumars überall im Meer verteilt hatten. Zwar erreichten die Farkans nicht die gleiche Höchstgeschwindigkeit wie die Meyjoks, trotzdem glitten sie mit beachtlichem Tempo knapp über dem Meeresboden dahin. Die Lingits und die Qails auf Tantauls Rücken hatten sich komplett verdunkelt, um nicht gesehen zu werden. Wieder einmal umgab Saira die Finsternis der Tiefsee. Sie wunderte sich, dass der Farkan keinen Sonar benutzte, um sich zu orientieren. Zuerst befürchtete sie, dass er bei dem Tempo mit irgend etwas kollidieren würde, und hielt sich besonders gut fest, weil sie jeden Augenblick einen heftigen Aufprall befürchtete. Doch nichts geschah. Mit traumwandlerischer Sicherheit raste der Farkan ohne jede Kollision knapp über dem Meeresboden dahin. Das gleichmäßige Rauschen seines Antriebs und seine dezenten Bewegungen beruhigten Saira zusehends. Einmal wäre sie fast eingeschlafen und von Tantauls Rücken gerutscht, wenn Cherou ihr nicht einen sanften Schubs mit der Flügelflosse gegeben hätte. Unermüdlich bewegte sich der Farkan mit gleich bleibender Geschwindigkeit vorwärts, bis Cherou ihn um eine Pause bat, da er sich kaum noch festhalten konnte. Auch Saira ging es nicht viel besser und so hielt Tantaul an und ließ sich für eine kurze Rast zu Boden sinken.

»Bist du denn überhaupt nicht müde?« fragte Cherou den Farkan verwundert.

»Nein, wir Farkans sind ausdauernde Schwimmer«, erklärte Tantaul mit sonorer Stimme.

Saira und Cherou lockerten so gut es ging ihre steifen Körper und Gliedmaßen, während die vier Qails sich an den Eckpunkten eines imaginären Rechtecks um die beiden Lingits postierten und die Gegend überwachten. Tantaul stand etwas weiter abseits völlig regungslos da.

»Wie orientiert er sich ohne Sonar?« flüsterte Saira.

»Das weiß ich auch nicht«, antwortete Cherou leise. »Warum fragst du ihn nicht selbst?«

»Ich traue mich nicht so recht«, gab Saira zu. »Er ist mir irgendwie unheimlich.«

»Er wird dich schon nicht gleich aufessen«, meinte Cherou spöttisch.

Saira bedachte ihn mit einem skeptischen Blick. »Da bin ich mir nicht so sicher.«

»Verzeiht, aber wir sollten weiter reisen!« gab Mirgan zu bedenken.

»In Ordnung«, stimmte Cherou zu.

Kurze Zeit später glitt Tantaul mit seinen Passagieren wieder durch die Tiefsee und brachte bis zum Abend ein weiteres großes Stück Weg hinter sich. Die Lingits machten es sich anschließend mit den Qails in einer geräumigen Höhle gemütlich, derweil Tantaul draußen auf Jagd ging, um sich für die nächste Etappe der Reise zu stärken. Die Qails zeigten keinerlei Anzeichen von Ermüdung, während die Lingits froh waren, endlich ruhen zu dürfen.

»Seid ihr denn überhaupt nicht erschöpft?« fragte Saira verwundert.

»Unsere Körper funktionieren anders als die Euren«, erklärte Silgai. »Solange wir uns mit genügend Energie versorgen können, brauchen wir keine Ruhepause.«

»Oh, dann müsst ihr wohl auch nicht schlafen?« fragte Saira neugierig.

»Nein, wir benötigen keinen Schlaf«, antwortete Silgai.

»Das ist aber äußerst praktisch«, meinte Saira.

»Diese Eigenschaft hat jedoch auch Nachteile«, gab Ravar zu.
»Unsere Körper verschleißen schneller, weshalb ihr länger lebt.«
»Du siehst, alles hat seine Konsequenzen«, meinte Cherou an Saira gewandt.

»Da hast du wohl recht«, antwortete Saira nachdenklich. Dann forderten die Strapazen des heutigen Tages ihren Tribut, so dass Saira kurze Zeit später bereits in Cherous Armen einschlief, während die Qails Wache hielten.

*

In der gleichen Nacht wurde das Gebiet, in dem die Lingits mit den Qails übernachteten, von einem schweren Seebeben heimgesucht. Es begann so unvermittelt, dass selbst die Qails nicht mehr schnell genug reagieren konnten, um die schlafenden Lingits zu warnen. Die Höhle wurde bereits von schweren Stößen erschüttert, als die Lingits erwachten.

»Los, raus hier!« rief Ravar so laut er konnte.

In diesem Moment brach ein Teil der Höhlendecke ein. Cherou und Saira stoben auseinander, aber Saira floh in die falsche Richtung und wurde von den herab fallenden Gesteinstrümmern verschüttet. Kurze Zeit später endete das Beben genauso unvermittelt, wie es begonnen hatte. Obwohl die ganze Höhle voll von aufgewirbeltem Sand war, konnten sich die Qails mit ihren zahlreichen Sinnen schnell einen ersten Überblick verschaffen.

»Oh nein! Saira ist verschüttet!« rief Thorl entsetzt und katapultierte sich in Richtung des Geröllberges, gefolgt von den anderen Qails.

Cherou konnte zuerst nichts erkennen und wurde durch den auf-gewirbelten Sand von einem Hustenanfall geschüttelt. Dann gelang es ihm sich ein Bild der Lage mit Hilfe seines Sonars zu machen. Der Sand trübte zwar auch das Sonarbild, jedoch konnte Cherou deutlich Sairas Kopf wahrnehmen, der unter einem Berg aus Fels-brocken hervorschaute. Entsetzt schwamm er so schnell wie möglich zu ihr. Tatsächlich war sie fast vollständig unter den Steinen begraben. Nur noch ihr Kopf und ihr linker Arm lagen frei.

»Sie lebt, ist jedoch ohne Bewusstsein!« erklärte Mirgan erleichtert.

Cherou ließ sich neben Sairas Kopf nieder und hob ihn behutsam an. »Saira! Kannst du mich verstehen?« sprach er laut, aber Saira reagierte nicht. »Saira!« rief er noch einmal energischer und tätschelte leicht ihre Wangen. Da schlug sie langsam die Augen auf, hustete kurz und sah ihn dann an.

»Welch ein Glück, du bist am Leben!« meinte Cherou erleichtert.

»Was ist passiert?« fragte Saira verwirrt und wollte sich aufrichten. Als sie sich nicht bewegen konnte, erkannte sie mit Entsetzen, dass sie verschüttet war. »Oh nein!« rief sie bestürzt und Panik stieg in ihr auf.

»Keine Sorge, wir werden versuchen dich zu befreien!« versicherte Cherou. »Hast du Schmerzen?«

»Nein, aber ich kann kaum atmen!« keuchte Saira ängstlich.

Tatsächlich war der Spalt, in dem sie eingeklemmt war so eng, dass ihr Brustkorb nur sehr wenig Platz darin fand. »Bitte bleib ruhig, wir holen dich so schnell wie möglich da raus!« versprach Cherou und probierte die Steine anzuheben, was ihm jedoch nicht gelang.

»Alleine schaffen wir das nicht. Die Felsbrocken sind zu schwer. Tantaul muss uns helfen, aber der Eingang ist auch verschüttet!« erklärte Silgai.

Im gleichen Moment dröhnten von außen heftig Schläge gegen die Felsen, die den Eingang versperrten. Die Schläge hallten in der Höhle wie in einer Glocke wider. Ihre unglaubliche Wucht ließ die Felsbrocken zerbersten. Kurze Zeit später hatte sich Tantaul mit brachialer Gewalt eine Öffnung geschaffen, durch die er in die Höhle eindrang. Cherou war von den gewaltigen Kräften des Farkans teils beeindruckt, teils entsetzt.

»Seid ihr verletzt?« fragte Tantaul.

»Nein, uns geht es gut, aber Saira ist verschüttet«, antwortete Cherou aufgeregt. »Wir brauchen deine Hilfe, um die schweren Felsen zu entfernen. Du musst jedoch vorsichtig sein, damit Saira nicht erdrückt wird!«

Tantaul hielt kurz inne. Dann griff er zu und hob den ersten Felsbrocken behutsam an.

»Ja, so ist es gut! Mach weiter so!« meinte Thorl. Darauf half er mit, die kleineren Steine wegzuräumen. Auch die anderen Qails und Cherou beteiligten sich, doch es war nicht leicht, immer die richtigen Brocken zu entfernen. Mehrmals bewegte sich der Berg und droht Saira zu zerquetschen.

»Passt doch auf!« rief Saira panisch.

So ging die Rettung nur langsam voran und Saira geriet immer mehr in Panik. Dann wurde die Höhle plötzlich von einem leichten Nachbeben erschüttert, bei dem sich wieder Teile der Decke lösten und herab stürzten. Saira schrie entsetzt auf, doch der Schuttberg, unter dem sie noch immer begraben lag, rührte sich nicht.

»Holt mich endlich hier raus!« rief sie verzweifelt und den Tränen nahe.

Tantaul, die Qails und Cherou arbeiteten so schnell sie konnten, doch es schien trotzdem eine Ewigkeit zu dauern, bis die Felsen alle beiseite geräumt waren. Schließlich hob Tantaul den letzten Felsbrocken an, der Saira gefangen hielt. Cherou zog sie vorsichtig zwischen dem restlichen Geröll hervor und legte sie behutsam in den weichen Sand. Wie durch ein Wunder hatte sie keine schweren Verletzungen davon getragen. Nur einige Abschürfungen und Prellungen blieben zurück. Die seelischen Wunden waren weitaus schlimmer. Noch während Cherou sie auf seinen Armen aus der Höhle trug, brach Saira in Tränen aus. Draußen ließ er sich nieder und drückte Saira behutsam an sich. In einem heftigen Weinkrampf entluden sich nun die Anspannung und die Angst, die sie ausgestanden hatte.

»Ach Cherou, ich halte das nicht mehr aus! Ich will wieder nach Hause!« schluchzte sie unter Tränen. Sie weinte noch lange in dieser Nacht, während Cherou versuchte ihr Trost zu spenden, bis sie schließlich irgendwann vor Erschöpfung einschlief.

Er konnte Saira gut verstehen und ihre Trauer brach ihm diesmal fast das Herz. Sie war schon so oft in dieser Welt in Lebensgefahr geraten und hatte doch alles so tapfer ertragen, aber allmählich ging ihr die Kraft aus. Es grenzte für ihn sowieso an ein Wunder, wie sie das alles ertrug. Ihm war durchaus klar, dass sie nicht mehr lange durchhalten würde. Deshalb war es an der Zeit, dass die Macht der Duumars endlich gebrochen wurde und Saira wieder nach Hause zurückkehren konnte. Der Abschied würde ihm bestimmt schwer fallen, denn er liebte dieses junge Mädchen fast schon so sehr, wie ein eigenes Kind. Doch sie war einfach nicht für diese Welt geschaffen. Sie gehörte nicht hierher, damit musste er sich nun einmal abfinden. Hier würde sie zu Grunde gehen, das war ihm nun endgültig klar! Er hatte zwar endlich wieder jemanden gefunden, den er lieben und umsorgen konnte, doch er wusste auch, dass ein baldiger Abschied von ihr bevorstand. Er musste sie gehen lassen, um ihretwillen! Damit sie weiter leben und endlich wieder glücklich werden konnte. Ihre Beziehung hier hatte einfach keine Zukunft, das sah er nun ein und es erfüllte ihn mit tiefer Traurigkeit! Er sah auf ihr hübsches Gesicht hinunter, das er in all der Zeit so lieb gewonnen hatte. Dann drückte er sie zärtlich an sich und begann leise zu weinen.

*

Am nächsten Morgen erwachte Cherou als erster und hielt Saira noch eine Weile im Arm, bis auch sie die Augen aufschlug. »Guten Morgen, Traumschwimmer«, begrüßte er sie lächelnd. »Wie geht es dir?«

Saira erhob sich ein wenig steif. »Danke, mir geht es gut«, antwortete sie kurz.

Cherou blickte sie verwundert an. Er zögerte noch einen Moment, bevor er weiter sprach. »Saira, ich weiss, das, was gestern passiert ist, war schlimm ...«

Weiter kam er nicht, denn Saira legte ihm zwei Finger über die Lippen. »Ist schon gut, ich habe mich wieder im Griff«, versicherte sie mit rauer Stimme. »Gestern hatte ich noch viel Zeit zum Nachdenken und ich habe einen Entschluss gefasst. Ich werde auf jeden Fall die mir zugedachte Aufgabe erfüllen. Wenn ich versage, werde ich sowieso mit dieser Welt untergehen. Wenn ich jedoch Erfolg habe und es gibt eine Möglichkeit, auf meine Heimatwelt zurückzukehren, so werde ich diese Chance nutzen. Gibt es aber keine Möglichkeit meine Heimat wieder zu sehen, werde ich diese Welt trotzdem verlassen!«

Cherou sah sie entsetzt an. »Du meinst, du wirst ...«

»Ich meine es so, wie ich es gesagt habe!« unterbrach ihn Saira barsch.

Ihr starrer, entschlossener Blick und ihre schneidende Stimme machten ihm erstmals Angst. So hatte er sie noch nie erlebt! »Aber gestern hattest du doch so viel Angst vor dem Sterben ...«

»Vor einem grausamen und schmerzhaften Tod fürchte ich mich immer noch! Doch wenn ich selbst entscheiden kann, auf welche Art ich gehe, macht es mir nichts mehr aus!« sprach Saira hart.

»Ich ... verstehe«, antwortete Cherou zögernd.

»Gut, dann lass uns jetzt aufbrechen!« meinte Saira energisch, schwamm zu Tantaul hinüber und ließ Cherou erschrocken und verwirrt zurück.

*

Wieder zogen sie den ganzen Tag auf dem Rücken des Farkans mit hoher Geschwindigkeit dahin. Cherou war sichtlich aufgewühlt und blickte immer wieder zu Saira hinüber, doch sie wich jedem Blickkontakt mit ihm aus. Sie hatte ihre Entscheidung getroffen und hatte ihm diese auch unmissverständlich klar gemacht. Ihm blieb nichts weiter übrig, als ihre Entscheidung zu akzeptieren, so schmerzhaft und schockierend sie auch sein mochte. Darüber war er sich durchaus im Klaren. Was ihn jedoch so sehr entsetzte, war die Tatsache, dass es so weit gekommen war! Sie hatte wirklich genug von dieser Welt, wollte hier einfach nur noch weg und das zu jedem Preis! Diese bittere Erkenntnis lastete schwer auf ihm, doch nun galt es diese Welt vor dem Untergang zu retten. Sie hatten eine Aufgabe, ein Ziel, und nur das zählte jetzt! Besser, er konzentrierte sich auf die nahe Zukunft. Was danach kam, würde sich zeigen. Diese Ansicht vertrieb zwar nicht das bittere Gefühl in ihm, aber es linderte seinen Schmerz und lenkte ihn von den wirren Gedanken ab, die in seinem Kopf schwirrten. Die spätere Rast verlief schweigend. Die Qails bemerkten durchaus die angespannte Situation, hielten sich jedoch respektvoll zurück, um Cherou und Saira nicht noch mehr zu verwirren. Als es schließlich dämmerte, sank Tantaul erneut auf den Meeresgrund und die Qails suchten nach einer Höhle zum Übernachten. Saira war nach ihrem erschreckenden Erlebnis zuerst gar nicht damit einverstanden, in einer Höhle zu nächtigen. Nach einigem guten Zureden willigte sie hingegen ein. Obwohl sie tagsüber eher abweisend zu Cherou gewesen war, suchte sie nun wieder seine Nähe und schmiegte sich mit einem dankbaren Lächeln an ihn. Irgendwann mitten in der Nacht erwachte Cherou und bemerkte, dass Saira nicht mehr neben ihm lag. Er fuhr hoch, blickte sich erschrocken um und rief ihren Namen. Die Qails teilten ihm daraufhin mit, dass sich Saira außerhalb der Höhle neben Tantaul einen Schlafplatz gesucht hatte. Überrascht schwamm Cherou zum Höhlenausgang und erblickte Saira in einiger Entfernung friedlich schlafend neben Tantaul. Allmählich verwirrte sie ihn immer mehr. Nun gut, dort war sie wenigstens genauso sicher wie in der Höhle, denn niemand würde es wagen, sich einem Farkan unerlaubt zu nähern. So machte er es sich wieder bequem, konnte jedoch lange Zeit nicht einschlafen. Saira fehlte ihm einfach an seiner Seite. Erst jetzt wurde ihm klar, wie sehr er sich an ihre Nähe gewöhnt hatte und wie weit sie sich im Moment von ihm distanzierte. Aber er konnte ihr Handeln durchaus nachvollziehen. Zu tief saß der Schreck über das schlimme Erlebnis der letzten Nacht noch in ihr. Wenigstens fürchtete sie sich jetzt nicht mehr vor dem Farkan. Cherou hoffte jedoch, dass sich Saira und er bald wieder besser verstehen würden. Er wollte auf keinen Fall, dass sie im Streit auseinander gingen. Also nahm er sich vor, die nächste Zeit besonders nett zu ihr zu sein, und ihr den Halt zu geben, den sie wohl so sehr vermisste. Vielleicht kam es dann wieder zu einer Annäherung zwischen ihnen. Mit diesen Gedanken schlief er schließlich beruhigt ein.

*

Am nächsten Morgen erwachte Saira erfrischt und ausgeschlafen. Sie streckte sich genüsslich und schüttelte den letzten Rest Müdigkeit ab. »Guten Morgen Tantaul«, begrüßte sie den Farkan.

»Guten Morgen, kleine Lingit«, antwortete Tantaul überraschend freundlich. »Ich hoffe, du hast gut geschlafen.«

»Oh ja, vielen Dank!« gab Saira zurück. »Ich danke dir auch noch, dass ich neben dir übernachten durfte.«

»Ist schon in Ordnung«, meinte Tantaul. »Nun schwimm zu deinem Partner und stärke dich. Die Qails haben euch Nahrung besorgt.«

»Oh, das ist aber nett, ich habe nämlich Hunger!« sprach Saira und schwamm dann zu Cherou hinüber.

Der tat sich bereits gütlich an dem Tang, als er Saira kommen sah. Er winkte sie zu sich und bat sie, neben ihm Platz zu nehmen. »Guten Morgen, Saira.«

Saira ließ sich bei ihm nieder. »Guten Morgen, Cherou.«

»Hast du gut geschlafen?« fragte Cherou freundlich.

»Danke, ja!« antwortete Saira und senkte dann verlegen den Blick. »Verzeih bitte, dass ich aus der Höhle geflüchtet bin, ich habe es einfach da drinnen nicht mehr ausgehalten.«

»Ist in Ordnung, du brauchst dich doch nicht zu entschuldigen!« sprach Cherou verständnisvoll. »Wahrscheinlich hätte ich an deiner Stelle genauso gehandelt.«

»Danke für dein Verständnis!« sagte Saira verlegen. »Es tut mir auch leid, dass ich seit gestern so abweisend zu dir war.«

»Nun hör schon auf, dich zu entschuldigen«, meinte Cherou freundlich. »Es wundert mich sowieso, wie tapfer du bisher alles ertragen hast. Dass du dir unter diesen Umständen erst einmal über viele Dinge klar werden musst, ist nur allzu verständlich. Dafür brauchst du dich doch nicht zu schämen!« Dann streichelte er ihr sanft über den Kopf, worauf sie ihm ein dankbares Lächeln schenkte. »Und nun stärke dich, bevor ich dir alles weg esse!« sprach er grinsend.

»Das könnte dir so passen!« antwortete Saira schmunzelnd und griff sich ein Bündel Tang.

Kurze Zeit später brachen sie zur letzten Etappe auf. Diesmal bewegte sich Tantaul langsamer und mit äußerster Vorsicht vorwärts. Die Gefahr, von einem der patrouillierenden Galanx bemerkt zu werden stieg, je näher sie der Stadt der Duumars kamen. Die Dunkelheit der Tiefsee belastete Saira zusehends. Da sich auch Cherou und die Qails völlig verdunkelt hatten und Saira ihren Sonar nicht benutzen durfte, war sie von vollkommener Finsternis eingehüllt. Nur das vertraute Rauschen von Tantauls Antrieb, das vorbei strömende Wasser und den harten Panzer des Farkans unter ihrem Körper nahm sie noch wahr. So hielt sie sich fast krampfhaft an den Panzerplatten fest, da diese ihr als Einziges ein Gefühl der Sicherheit gaben. Wieder kehrten die Erinnerungen an die Zeit zurück, die sie in der Stadt der Duumars verbracht hatte. Wieder sah sie sich in den Minen arbeiten und erlebte die grausamen Bestrafungen der Sklaven. Wie es wohl Jir in der Zwischenzeit ergangen war? Hatte sie sich an die schwere Arbeit in der Mine gewöhnt, oder war sie bereits nicht mehr am Leben? Gab es den alten Flemm noch? Die vielen Fragen und Erinnerungen drohten sie zu überschwemmen. So schüttelte Saira die Gedanken so gut es ging ab und versuchte sich auf ihre Aufgabe zu konzentrieren, was ihr aber nicht so recht gelang. Immer wieder stieg das eine oder andere Erlebnis in ihr hoch. Realität und Vergangenheit mischten sich zu einem wirren Kaleidoskop an Gedanken und Eindrücken, so dass ihr bald der Kopf schwirrte. Da wurde Tantaul plötzlich langsamer und kam schließlich ganz zum Stillstand. Das half Saira, wieder zurück in die Wirklichkeit zu finden. »Was ist los, warum halten wir an?« flüsterte sie verwundert.

»Wir sind am Ziel. Dort vorne, ein gutes Stück hinter den Felsen liegt die Stadt der Duumars«, erklärte Tantaul.

Tatsächlich sah Saira zwischen den Felsen vor ihnen einen hellen Fleck. Er musste von der Beleuchtung aus der Stadt stammen.

»Wir werden hier warten, bis die Dunkelphase beginnt«, meinte Ravar. »Ich habe mit den anderen Gruppen Kontakt aufgenommen. Sie sind bereits alle eingetroffen und haben Stellung bezogen. Bisher wurden von ihnen keinerlei Auffälligkeiten bemerkt. In der Stadt herrscht Ruhe. Die Anzahl der Wächter außerhalb der Stadt ist zwar erhöht, aber sie patrouillieren in den üblichen Gebieten. Anscheinend fühlen sich die Duumars sicher und erwarten keinen Angriff von außen.«

»Dann sollten wir sie in diesem Glauben belassen und mit äußerster Vorsicht unseren Plan ausführen!« bemerkte Cherou.

»Deshalb werden wir erst während der Dunkelphase in die Stadt eindringen. Dann schlafen viele der Einwohner und die Beleuchtung ist gedämpft«, sprach Silgai. »Ihr Lingits solltet auch noch eine Weile ruhen, bis es los geht.«

So machten es sich Cherou und Saira in einer Felsnische auf dem weichen Sand bequem. Als sich Saira an Cherou schmiegte, spürte er ihre Aufregung. »Nanu, du zitterst ja! Hast du Angst?« fragte Cherou leise.

Saira blickte ihn darauf hilfesuchend an und nickte. »Diese Stadt macht mir Angst. Es geschehen dort so viele schreckliche Dinge. Eigentlich habe ich mir vorgenommen, nie wieder hierher zurückzukehren, doch nun bleibt mir keine Wahl.«

»Ich verstehe dich sehr gut. Mir geht es ja ähnlich, aber diesmal sind wir nicht so wehrlos wie vor unserer Flucht«, antwortete Cherou. »Ausserdem darfst du nun auch deine magischen Kräfte einsetzen.«

222

»Das ist schon richtig, aber den Duumars bin ich keinesfalls gewachsen!« gab Saira zu bedenken.

»Deshalb habe ich ja die Qails mitgenommen, damit sie uns im Notfall beistehen«, erklärte Cherou. »Mach dir keine Sorgen. Sie werden uns beschützen. Du wirst schon sehen, was sie alles können!«

»Hoffentlich hast du recht!« sprach Saira zweifelnd. Sie konnte sich einfach nicht vorstellen, dass diese zarten, filigranen Wesen in der Lage waren, es mit einem Duumar aufzunehmen. Doch sie vertraute Cherou. Wieder einmal tat seine Nähe gut. Sie war ja selbst schuld, dass sie nun hier saßen. Sie hätte ja einfach nur ihre Hilfe verweigern können, doch das war gegen ihre Natur. Außerdem bot dieses Unternehmen die einzige Chance, bald wieder auf ihre Heimatwelt zurückzukehren. Das musste sie eben noch durchstehen. Dann konnte sie diese schreckliche Welt endlich verlassen. Dieser Gedanke machte ihr neuen Mut. Sie atmete tief durch und versuchte sich zu beruhigen, was ihr zum Teil gelang. Tatsächlich wurde sie nach einer Weile sogar schläfrig und döste in Cherous Armen, bis dieser sie behutsam weckte.

»Komm, Saira! Es geht los!« sprach er euphorisch.

Saira war sofort hellwach. Doch etwas war anders als sonst. Sie vernahm plötzlich ein mächtiges Rauschen und fernen Donner.

»Was ist das für ein Geräusch?« fragte sie beunruhigt.

»Über dem Meer tobt ein Sturm«, erklärte Cherou. »Der erzeugt hohe Wellen und starke Strömungen. Sie verursachen diesen Laut.« Als er Sairas besorgtes Gesicht sah, meinte er beruhigend: »Keine Sorge, nur an der Wasseroberfläche ist es jetzt ziemlich ungemütlich und gefährlich. Hier unten haben wir nichts zu befürchten.«

»Es wird Zeit, wir sollten aufbrechen!« drängte Ravar.

»Wir kommen!« antwortete Cherou und schwamm los, gefolgt von Saira. Vorsichtig, jede Deckung nutzend, näherte sich die kleine Gruppe langsam der Stadt der Duumars. In der Ferne sahen sie immer wieder Galanx, die um die Stadt herum patrouillierten, doch sie waren zu weit weg, um ihnen gefährlich zu werden. Dann kam das riskanteste

Stück. Sie mussten den Ausgang des alten Fluchttunnels erreichen, aber der lag auf offenem Gelände, ohne irgendwelche Versteckmöglichkeiten. So verbargen sie sich am Rand des Areals und sicherten die Umgebung nach allen Seiten. Kein Galanx oder irgendein anderer Wächter war in Sicht. Sie lösten sich aus der Deckung der Felsen und beeilten sich, zum Schachtausgang zu gelangen. Dort trat schon das erste Problem auf. Die Duumars hatten den Ausgang mit einem Gitter verschlossen!

Cherou rüttelte kurz daran, aber das Gitter gab nicht nach. »Verdammt, wie kommen wir jetzt da rein?« schimpfte er.

»Wir könnten das Gitter aufsprengen«, schlug Mirgan vor.

»Das macht zu viel Lärm, dann entdecken sie uns sofort!« gab Cherou zu bedenken.

»Vielleicht schaffe ich es, das Gitter aufzuschmelzen«, meinte Saira.

»Wenn das nicht zu auffällig ist, dann probier es!« forderte Cherou sie auf.

Saira wollte sich gerade auf den Zauber konzentrieren, als Thorl rief: »Achtung, ein Galanx nähert sich!«

Der Rest der Gruppe fuhr herum. »Oh nein, nicht schon wieder!« schimpfte Saira. »Allmählich machen mich diese Galanx echt wütend. Irgendwie haben sie die Angewohnheit, immer im falschen Moment aufzutauchen!«

»Was sollen wir tun?« fragte Cherou panisch. »Wenn wir versuchen, zu den Felsen zurück zu schwimmen, sieht er uns bestimmt!«

»Hier wird er uns aber auch entdecken!« konterte Silgai.

»Schnell, kauert euch vor dem Ausgang zusammen. Ich werde einen Bannkreis um uns ziehen, dann kann er uns nicht sehen!« rief Saira.

Der Rest der Gruppe war zwar skeptisch, folgte aber Sairas Anweisung. Keinen Moment zu früh wirkte sie den magischen Bannkreis, der sie vor dem Wächter verbergen sollte. Wieder einmal hoffte Saira inständig, dass der Galanx seinen Sonar nicht einsetzte. Dann wäre ihr Zauber wirkungslos und der Galanx würde sie entdecken. Inzwischen war er nahe genug heran geschwommen um sie zu sehen, doch der Wächter zog ruhig seine Bahn über sie hinweg. Sein riesiger Schatten fiel auf die kleine Gruppe, die bewegungslos unter dem Bannkreis verharrte. Saira sah, wie der Zauber den Schatten verzerrte. Wäre der Galanx aufmerksamer gewesen, hätte er es vermutlich bemerkt, doch er schwamm eher gelangweilt weiter und war nach kurzer Zeit schon wieder außer Sichtweite. Cherou und Saira atmeten auf. Erleichtert löste Saira den Bannkreis auf, nachdem sie zuvor noch einmal die Umgebung gesichert hatte. Ihr Meister wäre wahrscheinlich in der Lage gewesen, den Bannkreis aufrecht zu erhalten und trotzdem den Hitzezauber zu wirken, der das Gitter lösen sollte. Doch ihre Kräfte reichten dafür noch nicht aus. So konzentrierte sie sich allein auf den Hitzezauber. Anfänglich brachte sie nur das Wasser um das Gitter herum zum Kochen, wodurch verräterische Gasblasen aufstiegen! Erschrocken sicherte sie die Umgebung, aber der Vorgang war wohl nicht weiter aufgefallen. Sie versuchte sich zu beruhigen und den Zauber richtig anzuwenden. Nach ein paar weiteren Versuchen, gelang es ihr endlich, einige der Halterungen des Gitters zu schmelzen. Cherou bog das Gitter auf, so dass eine ausreichend große Öffnung entstand, um sie einzeln durch zu lassen.

»Schnell, schwimmt hindurch! Ich weiß nicht, wie lange ich es aufhalten kann!« rief er ächzend. Saira schlüpfte als erste hinein, gefolgt von den Qails. Dann stemmten sie sich von innen gegen das Gitter, um Cherou zu helfen. Schließlich schaffte auch er es, in den Tunnel einzudringen. Nun waren sie erst einmal sicher.

»Lasst mich voraus schwimmen. Wenn sie hier auch irgendwelche magischen Fallen aufgebaut haben, werde ich sie zuerst entdecken«, meinte Saira. Cherou willigte ein und folgte darauf Saira mit den Qails zusammen. Doch die Duumars hatten sich damit begnügt, den Tunnel einfach nur zu sprengen. Unbeschadet erreichte die kleine Gruppe die Stelle, an der die Decke eingestürzt war.

»Puh! Das wird lange dauern, bis wir uns da einen Durchgang gegraben haben«, sprach Saira.

»Dann lass uns gleich damit anfangen!« forderte Cherou sie auf.

So begannen sie, die Felstrümmer beiseite zu räumen. Sie arbeiteten schon eine ganze Weile, als Ravar plötzlich Stille gebot.

»Was ist los?« fragte Cherou verunsichert.

»Hört ihr das nicht? Von der anderen Seite räumt ebenfalls jemand die Trümmer weg«, bemerkte Ravar. »Ist der Tunnel auf der anderen Seite breiter?«

»Nein, er hat die gleichen Ausmaße wie hier«, bestätigte Cherou.

»Dann kann es sich nicht um Draughs handeln. Die passen nicht in den Tunnel hinein«, meinte Ravar.

»Ein Duumar könnte sich zwar hindurch quetschen, aber diese Arbeit würden sie niemals selbst erledigen«, versicherte Cherou.

Ravar konzentrierte sich wieder, während der Rest der Gruppe schweigend verharrte. »Den Stimmen nach könnten es Lingits sein«, sagte Ravar nach kurzem Lauschen. »Sie müssen schon fast durch sein. Schmiegt euch an die Wände und verdunkelt euch!«

Die Gruppe kam seinem Befehl nach. Die Qails postierten sich schützend vor den Lingits und warteten ab. Unbeweglich lauschten sie den Geräuschen von der anderen Seite des Schuttberges. Nach kurzer Zeit entstand im oberen Bereich des Gerölls eine kleine Öffnung, aus der diffuses Licht drang. Weitere Steine wurden von dort entfernt.

»Hey, wir sind durch!« rief eine Stimme von der anderen Seite. Der Kopf eines Lingits füllte kurz die Öffnung aus, als er hindurch spähte. Dann wurde die Öffnung weiter vergrößert.

»Seid vorsichtig, damit kein Gestein nachrutscht!« rief einer der Lingits von der anderen Seite.

Cherou zuckte zusammen. Diese Stimme kannte er!

Tatsächlich rieselte kurz weiteres Gestein von der Decke. »Passt auf! Ich hab euch doch gesagt, dass ihr vorsichtig sein sollt!« polterte die gleiche Stimme erneut.

Jetzt war sich Cherou absolut sicher. Das war die Stimme vom alten Flemm! Kurz darauf füllte sein Profil die entstandene Öffnung aus, als er die Umgebung untersuchte. Cherou gab den Qails ein Zeichen, dann erhob er sich und ließ seinen Körper aufleuchten. Flemm fuhr herum, nahm einen großen Stein auf und hob ihn drohend an. »Wer ist da?« rief er überrascht.

»Beruhige dich, alter Freund! Ich bin es, Cherou!«

Flemm betrachtete ihn skeptisch. »Komm langsam näher, damit ich dich besser sehen kann!«

Cherou tat ihm den Gefallen. Als er vor Flemm schwebte, bekam dieser große Augen.

»Cherou! Tatsächlich, du bist es!« rief er dann erfreut und ließ den Stein fallen. »Komm her, Junge!«

Cherou schwamm noch näher. Flemm beugte sich durch die Öffnung und umarmte darauf seinen alten Schüler überglücklich. »Du bist wirklich zurückgekehrt!« Dann ließ er Cherou los. »Hast du auch Saira mitgebracht?«

Im gleichen Moment erhob sich Saira und erleuchtete ihren Körper. »Ich bin hier!« rief sie erfreut und winkte Flemm zu. Nun erleuchteten sich auch die Qails und Flemm bekam erneut große Augen.

»Du hast sogar die Qails mitgebracht!« rief Flemm überrascht. Dann wandte er sich um. »He, ihr Jungflossen! Helft mir die Öffnung zu erweitern, damit Cherou und seine Begleiter durchkommen!«

Kurze Zeit später hatten sie eine Öffnung geschaffen, die Cherou, Saira und die Qails bequem durchdringen konnten. Flemm drückte Cherou daraufhin noch einmal kräftig an sich und auch Saira wurde von ihm freundlich umarmt.

»So ein hübsches Mädchen hatte ich schon lange nicht mehr im Arm!« meinte Flemm augenzwinkernd, worauf Saira verlegen den Blick senkte. »Ich habe immer gewusst, dass ihr zurückkehren werdet!«

»Woher wusstest du, dass wir den alten Fluchttunnel benutzen, um in die Stadt zu gelangen?« fragte Cherou.

»Nun ich kenne dich gut genug und habe es einfach vermutet, deshalb habe ich mit diesen Jungflossen schon einmal die entsprechenden Vorbereitungen getroffen.« Dann stellte Flemm seine fünf Helfer vor. Saira kannte nur einen davon, nämlich Gorv, der in der Mine neben ihr gearbeitet hatte. Auch Cherou stellte die vier Qails vor. Sie begrüßten sich gegenseitig freundlich.

»Was habt ihr denn eigentlich vor?« fragte Flemm neugierig. Darauf erzählte ihm Saira von ihrem Plan, den Splitter des Feuerkristalls zu entführen. »Dazu müsst ihr aber ins Zentrum der Stadt!« sprach Flemm und dachte kurz nach. »Selbst wenn gerade Dunkelphase ist, könnt ihr nicht einfach durch die Stadt schwimmen. Das wäre viel zu gefährlich. Die Wächter würden euch sofort entdecken!« Er grübelte abermals. Dann erhellte sich sein Gesichtsausdruck. »Natürlich, warum bin ich nicht gleich darauf gekommen! Ihr benutzt die Wasserschächte, welche die Stadt mit Atemwasser versorgen. Die meisten davon dürften groß genug sein, um sie mühelos zu passieren. Darin wird euch keiner entdecken und sie führen bis ins Stadtzentrum!«

»Das könnte funktionieren!« meinte Silgai. »Bist du sicher, dass sie ausreichend groß für Cherou und Saira sind?«

»Absolut!« bestätigte Flemm. »Allerdings ist die Öffnung mit einem Gitter verschlossen!«

»Das war der Tunnelausgang auch!« bemerkte Saira. »Was aber kein Problem für mich ist.«

»Tatsächlich?« fragte Flemm verblüfft. »Ich habe gar nicht gewusst, dass die Duumars auch den Ausgang verschlossen haben.«

»Doch, das haben sie!« bestätigte Cherou knirschend.

»Na gut, wir werden sehen, ob ihr das Gitter öffnen könnt«, lenkte Flemm ab.

»Weißt du, wo sich der Eingang zu den Wasserschächten befindet?« fragte Ravar.

»Sicher, gar nicht weit von hier«, versicherte Flemm. Dann wandte er sich an seine Helfer. »Es ist besser, wenn ich Cherou und Saira alleine dort hin führe. Sonst fallen wir nur noch auf. Bitte begebt euch wieder zurück in eure Schlafhöhlen und seid vorsichtig, damit euch keiner sieht!«

»Habt vielen Dank für eure Hilfe!« sprach Cherou noch zu ihnen, bevor sie davon schwammen. Dann verließ auch die kleine Gruppe unter Flemms Führung den Tunnel und schlich bis zum Eingang des Wasserschachtes. Das Gitter war dort deutlich größer und kräftiger, als am Ende des Fluchttunnels und der starke Sog erschwerte Saira die Arbeit zusätzlich. Trotzdem schaffte sie es diesmal noch schneller, eine ausreichende Zahl an Verankerungen zu durchtrennen. Dann bog Flemm das Gitter auf. Saira war überrascht, wie kräftig der alte Lingit war. Zuerst drangen wieder die Qails in den Schacht ein, gefolgt von Saira und Cherou. Die beiden Lingits mussten sich am Gitter festhalten, sonst wären sie von dem Wasserstrom direkt in den riesigen Ansaug-Rotor gespült worden. Die glatte Wand bot ihnen keinerlei Halt. Nur die Qails waren in der Lage, sich an dem glatten Material irgendwie festzuklammern.

»Seid vorsichtig und viel Erfolg!« sprach Flemm noch zu ihnen, bevor er sich von dem Gitter entfernte.

»Wie kommen wir jetzt weiter?« fragte Saira und blickte ängstlich zu dem Ansaug-Rotor hinüber.

»Dieses Ding dreht sich nicht allzu schnell. Wir müssen nur im richtigen Moment zwischen den Blättern durchschwimmen«, erklärte Thorl.

»Das sieht einfacher aus, als es ist. Wenn wir nicht aufpassen, werden wir davon erschlagen oder zerteilt!« entgegnete Cherou.

»Keine Sorge, wir bekommen euch da schon heil hindurch!« versicherte Mirgan. Ravar und Silgai katapultierten sich darauf zwischen den Rotorblättern auf die andere Seite und klammerten sich dort wieder fest.

»Seht ihr, geht ganz einfach!« rief Ravar.

»Streckt jetzt einen Arm aus!« forderte Mirgan die beiden Lingits auf. Saira warf Cherou noch einen ängstlichen Blick zu, kam dann aber doch gehorsam der Aufforderung nach. Die Qails fuhren einige ihrer Tentakeln aus und umwickelten damit jeweils den Arm eines Lingits.

»Lasst jetzt das Gitter los!« befahl Mirgan.

Nach einem erneuten Blickwechsel befolgten Cherou und Saira den Befehl des Qails und wurden sofort mit dem Wasserstrom mitgerissen. Saira schrie auf, doch da spannten sich schon die Tentakeln um ihren Arm und hielten sie fest. Hilflos taumelte sie zusammen mit Cherou in dem starken Wasserstrom.

»Legt eure Flügelflossen an!« forderte nun Mirgan. Wieder kamen die beiden Lingits dem Befehl nach.

»Wer möchte zuerst?« fragte Mirgan.

Saira warf Cherou einen flehenden Blick zu, worauf dieser einwilligte, als erster den Rotor zu durchdringen.

»Gut, halte dich gerade und bewege dich nicht. Das Wasser wird dich durch die Öffnung ziehen!« sprach Thorl, der Cherou festhielt. »Bist du bereit?« Auf ein Nicken von Cherou ließ ihn Thorl im richtigen Augenblick los und Cherou sauste zwischen den Rotorblättern unversehrt hindurch. Auf der anderen Seite fing ihn Ravar auf und zog ihn an die Wand.

»Gut gemacht!« lobte er Cherou. »Jetzt du, Saira!«

»Bereit?« fragte Mirgan freundlich, doch Saira schüttelte den Kopf.

»Ich habe Angst!« rief sie verzweifelt.

»Hab Vertrauen, dir kann nichts passieren!« versicherte Mirgan. »Cherou ist auch sicher hinüber gelangt.«

Saira drehte den Kopf und blickte ängstlich auf den riesigen Rotor.

»Na, komm schon Saira! Es ist doch ganz leicht. Dir wird nichts passieren!« versicherte nun auch Cherou von der anderen Seite.

Mirgan wartete geduldig, bis Saira endlich einwilligte. »Beweg dich jetzt nicht!« befahl er ihr noch, dann löste er den Griff seiner Tentakeln. Saira sauste schreiend auf den Rotor zu. Sie erschrak so sehr, dass sie instinktiv ihre Flossen ausstreckte. Darauf geriet sie ins Trudeln und blieb im Rahmen des Rotors hängen. Schon sauste eines der riesigen Rotorblätter auf sie zu. Silgai reagierte blitzschnell, fuhr einige seiner Tentakeln aus, umwickelte damit Sairas Oberkörper und zerrte sie gerade noch rechtzeitig aus dem Rahmen heraus. Dann zog er sie zu sich an die Wand.

»Ist alles in Ordnung?« fragte Cherou erschrocken.

»Es ist noch einmal gut gegangen!« versicherte Silgai. »Ihr ist nichts passiert.«

Saira fiel Cherou um den Hals, obwohl sie von Silgai festgehalten wurde. »Verzeiht bitte! Ich wollte mich nicht dumm anstellen, aber ich hatte solche Angst!«

»Ist schon in Ordnung, Jungflosse!« sprach Cherou versöhnlich. »Hauptsache dir ist nichts passiert.«

»Seid ihr mir denn nicht böse?« fragte Saira verlegen.

»Dafür gibt es keinen Grund!« versicherte nun auch Ravar. »Doch nun sind wir auf deine Führung angewiesen. Du musst uns zeigen, in welche Richtung wir schwimmen müssen.«

»Das werde ich!« bestätigte Saira, die sich derweil wieder gefangen hatte. »Ich kann den Kristallsplitter jetzt schon fühlen.«

»Gut, dann lasst uns weiter ziehen«, sprach Silgai.

Mirgan und Thorl hatten den Rotor inzwischen ebenfalls hinter sich gelassen und folgten dem Rest der Gruppe. Kurze Zeit später kamen sie an einen Verteiler, von dem mehrere große Rohrleitungen abzweigten. Saira fand schnell den richtigen Schacht und die kleine Gruppe ließ sich darin weiter treiben. Der Wasserstrom wurde merklich schwächer, so dass sich die Lingits nun wieder ohne die Hilfe der Qails fortbewegen konnten. So drangen sie problemlos tiefer in die Stadt vor. Saira konnte den Kristallsplitter immer deutlicher spüren. Da mussten sie eine Engstelle passieren, die den Lingits massive Komplikationen bereitete. Saira war schlanker und konnte mit einigen Schwierigkeiten durch sie hindurch kriechen, doch Cherou blieb fast darin stecken. Seine Flügelflossen schleiften an der Wand entlang, als plötzlich unter ihnen der stampfende Gang eines Draughs zu hören war. Cherou hielt inne und bewegte sich nicht mehr, um keine weiteren Geräusche zu verursachen, während der Draugh immer näher kam. Wenn er sie jetzt entdeckte, saßen sie in der Falle, denn in der engen Röhre konnten sie sich kaum bewegen! Der Wächter näherte sich weiter. Jeder einzelne seiner schweren Schritte war nun deutlich zu hören. Schließlich war er genau unter ihnen. Saira hielt vor Anspannung den Atem an und auch die Qails spannten ihre Schirme, doch der Draugh stampfte einfach weiter. Seine schweren Schritte entfernten sich schnell und kurze Zeit später war er nicht mehr zu hören. Saira atmete geräuschvoll aus und auch Cherou entspannte sich wieder. Eilig versuchte er die enge Röhre möglichst rasch hinter sich zu bringen. Doch es kostete ihn große Anstrengung, sich auf der glatten Oberfläche vorwärts zu ziehen und so kam er nur langsam voran.

»Gibt es denn keinen anderen Weg, als diesen schrecklich engen Schacht?« brummte er verärgert.

»Tut mir leid, aber das ist wirklich der einzige Weg«, versicherte Saira.

»Ein kurzes Stück noch, dann kommt erneut ein Verteiler. Ab dort wird es wieder breiter«, versprach Ravar, der voraus geschwommen war. Für seinen filigranen Körper stellte die enge Röhre kein Hindernis dar. Er konnte sich auch noch in viel engeren Passagen problemlos bewegen.

»Na hoffentlich!« brummte Cherou missmutig. Es kostete ihn einige Anstrengung dorthin zu gelangen, doch dann zwängte er sich aus der engen Röhre und war froh, sich wieder normal bewegen zu können.

»Der Kristallsplitter ist jetzt ganz nahe!« sprach Saira aufgeregt. Dann führte sie die Gruppe durch die nächste Röhre, die nach einem längeren Stück schließlich wieder in einem Gitter endete. Dahinter erstreckte sich eine große Kuppel, die hell erleuchtet war. In der Mitte schwebte der Splitter des Feuerkristalls. Sie waren am Ziel!

Kristalldiebe

Mittlerweile war es früher Nachmittag auf Wuun. Die hartnäckige Verfolgung der magischen Spuren, welche das Portal hinterlassen hatte, war schließlich von Erfolg gekrönt! Endlich hatten die Magier einen konkreten Hinweis, wohin Saira entführt worden war. Die Nachforschungen des Sonnensteines führten sie zu einer Lichtjahre entfernten Welt, die vollständig von Wasser bedeckt war. Die Magier waren zunächst schockiert. Wie sollte Saira dort überleben können? Zwar schien auf dieser Welt reichhaltiges Leben zu existieren, doch befand sich all dieses Leben in einem riesigen Ozean, der den ganzen Planeten überzog! Ein Irrtum war jedoch völlig ausgeschlossen. Die Spuren führten definitiv zu dieser Welt, daran bestand kein Zweifel. Aber warum entführte jemand ein Landlebewesen auf eine Wasserwelt? Das ergab einfach keinen Sinn. Selbst wenn Saira noch am Leben war, wie sollten sie das Mädchen finden und befreien? Diese quälenden Fragen stellten sich nun, angesichts der neuen Erkenntnisse über Sairas Aufenthaltsort. Unter diesen Umständen schien eine Rettung vorerst aussichtslos! Doch so schnell gaben die Magier nicht auf. Auch auf Wuun gab es ausgedehnte Ozeane mit reichhaltigem Leben. Vielleicht würde sich dort eine Gruppe von Lebewesen finden, die bereit wäre, auf der Wasserwelt nach Saira zu suchen und sie eventuell zu retten. Aber dazu mussten sie erst einmal dorthin gelangen. Ein magisches Portal zu erschaffen, das mehrere Lebewesen unbeschadet über so eine weite Distanz transportierte, war ein Projekt, das selbst den Sonnenstein an die Grenzen seiner Leistungsfähigkeit brachte. Es würde einige Zeit dauern, einen so mächtigen Zauber zu erschaffen. Außerdem gab es auch auf der Wasserwelt eine Quelle gewaltiger magischer Macht, was den Zugang zu dieser Welt enorm erschwerte. Die spärlichen Informationen, die der Sonnenstein über diese fremde Welt in Erfahrung bringen konnte, waren auch nur mit äußerster Vorsicht ermittelt worden. Es war fraglich, ob massivere Zugriffe unter diesen Umständen überhaupt möglich waren, ganz zu schweigen von einem Zutritt auf diese Welt. Ein Versuch konnte sogar weitere Gefahr für Wuun bedeuten, da sich im Moment nicht ermitteln ließ, mit welch einer Macht sie es hier zu tun hatten. Wenn diese Macht in der Lage war, ein so komplexes Portal zu erschaffen, so konnte sie auch bestimmt noch andere Zauber wirken, die vielleicht großen Schaden auf Wuun anrichteten. Es galt also sehr behutsam vorzugehen, um keinerlei Aggressionen oder sogar einen Angriff zu provozieren. Ansonsten bestand durchaus die Gefahr, dass Wuun von einer gewaltigen magischen Attacke erschüttert wurde, die vielleicht sämtliches Leben auf dieser Welt zu vernichten drohte!

*

Der Kristallsplitter bemerkte die Eindringlinge schon frühzeitig, während sie sich noch durch das Geflecht der Zuleitungen für das Atemwasser bewegten. Da ihre Auren jedoch hell und klar waren, stellten sie für ihn keine Gefahr dar, weshalb er sich vorerst abwartend verhielt. Das Lingit-Mädchen verfügte eindeutig über magische Kräfte, doch sie war längst nicht so stark wie die Duumars. Somit stellte sie auch keine Bedrohung dar. Ihre Aura strahlte sogar noch heller und wärmer als alle anderen. Kurze Zeit später drang die kleine Gruppe in die Kristallkammer ein und das Lingit-Mädchen nahm vorsichtig Kontakt mit dem Kristallsplitter auf.

Saira öffnete ihren Geist, um dem Kristall freien Zugang zu ihren Gedanken zu gewähren. Zuerst drang dessen Geist mit solcher Intensität vor, dass er Saira körperliche Schmerzen verursachte. Doch dann schwächte sich sein Zugriff auf ein erträgliches Maß ab und Saira spürte nun die machtvolle Aura des Kristallsplitters. Ungehindert stieß er in Sairas Gedanken vor, erkannte ihre Absichten und Gefühle, um schließlich das Ziel ihrer Mission zu erfahren.

»Deine Gedanken sind rein und klar, ohne jede böse Absicht!« sprach der Kristallsplitter mit sanfter Stimme zu Saira. »Ihr habt also nichts zu befürchten. Euer Mut ist groß und eure Absichten sind löblich. Durch euer Erscheinen geht vielleicht mein sehnlichster Wunsch endlich in Erfüllung, nämlich mich wieder mit dem Mutterkristall zu vereinen. Doch ich kann mich nicht gegen meine Meister wenden. Solltet ihr von den Duumars angegriffen werden, kann ich euch nicht beschützen. Ihr seid also auf euch selbst gestellt, wenn ihr eure Mission erfüllen wollt. Ich bin nur sehr begrenzt in der Lage euch beizustehen, weshalb euer Vorhaben mit großen Risiken verbunden ist. Bedenkt dies, bevor ihr eure Mission weiterführt!«

»Wir alle sind uns dieses Risikos bewusst!« antwortete Saira. »Doch wenn wir unsere Mission nicht erfüllen, wird eure Welt untergehen. Sicher hast du auch festgestellt, dass ich nicht von dieser Welt stamme. Mein sehnlichster Wunsch ist es, wieder auf meine Heimatwelt zurückzukehren. Wir können uns also gegenseitig unsere Wünsche erfüllen und dazu auch noch diese Welt vor dem Untergang bewahren!«

»Du sprichst weise und ich erkenne aus deinen Gedanken, dass du außer deinem Leben nichts mehr zu verlieren hast«, erwiderte der Kristallsplitter. »So bin ich denn bereit euch zu folgen, doch ich muss zuerst einen Zauber wirken, damit die Duumars mein Fehlen nicht gleich bemerken. Das verschafft euch die Möglichkeit, diesen Ort zu verlassen.«

Kurze Zeit später hatte der Kristallsplitter ein komplexes Trugbild von sich erschaffen, das Saira nicht vom Original unterscheiden konnte. Seine magischen Kräfte waren wirklich gewaltig. Dann verließ der Kristall seine Position in der Mitte der Halle und schwebte auf Saira zu. Sie wollte ihn ergreifen, zögerte allerdings, als sie das magische Feuer sah, das den Kristallsplitter umloderte.

»Hab keine Furcht, mein magisches Feuer wird dir nichts zuleide tun!« versicherte der Kristallsplitter.

So ergriff Saira zögernd den Kristallsplitter, der kaum größer war, als ihre Hand. Er fühlte sich warm und geschmeidig an.

»Ich werde meine Signatur nun so weit wie möglich abschwächen, damit die Duumars mich nicht sofort erkennen. Doch ich kann meine Existenz nicht völlig verbergen. Geht den Duumars aus dem Weg.

Das ist die einzige Möglichkeit eine Entdeckung zu vermeiden«, warnte sie der Kristallsplitter. Dann verdunkelte er sich und das Feuer, das ihn umloderte erstarb. Zurück blieb nur ein warmes Glimmen aus dem Inneren des makellosen Kristalls.

Der Rest der Gruppe hatte den Vorgang schweigend beobachtet. Saira wandte sich ihnen zu und erzählte kurz von dem Gespräch mit dem Kristallsplitter, da nur sie in der Lage war, dessen Stimme wahrzunehmen.

»Dann sollten wir diesen Ort möglichst schnell verlassen, solange die Duumars den Verlust des Kristallsplitters noch nicht bemerkt haben«, mahnte Ravar. »Außerdem haben wir so die größten Chancen, Kontakt mit den Duumars zu vermeiden, da die meisten von ihnen zur Zeit ruhen.«

So verließ die kleine Gruppe die Halle auf dem gleichen Weg, wie sie gekommen war. Cherou war zunächst gar nicht davon begeistert, die enge Röhre erneut zu durchqueren, in der er zuvor fast schon stecken geblieben war. Doch schließlich passierten sie diesen Engpass ohne Schwierigkeiten. Saira hatte sich auf dem Hinweg mit Hilfe der magischen Signatur des Kristallsplitters orientiert. Sie vergaß dabei aber ganz, sich den Rückweg durch das komplizierte Geflecht aus Röhren und Leitungen zu merken. Zu ihrem Glück hatten sich die Qails den Weg genau eingeprägt und führten sie nun durch das Labyrinth. Plötzlich hörte Saira im Geiste eine Warnung des Kristallsplitters, dass sich ihnen ein Duumar nähere. Sie gab die Warnung umgehend an die anderen weiter, die daraufhin bewegungslos verharrten.

»Verdammt, die sollten jetzt eigentlich alle schlafen!« flüsterte Cherou verärgert, worauf ihm Saira energisch gebot zu schweigen. Schon hörten sie das typische Geräusch der Schwimmbewegungen des Duumars. Kurze Zeit später war er genau vor ihnen. Da verstummten plötzlich die Schwimmgeräusche. Einige Zeit herrschte völlige Stille. Der Duumar schien sich nicht weiter zu bewegen. Saira und Cherou hielten vor Schreck den Atem an und die Qails spannten ihre Schirme. Dann hörte Saira erneut eine Warnung des Kristallsplitters, doch es war bereits zu spät. Im selben Moment zerriss eine Explosion den Schacht vor ihnen. Der Kristallsplitter konnte gerade noch rechtzeitig ein Prallfeld erschaffen, das die Gruppe vor den umher fliegenden Trümmern und der Druckwelle schützte. Da schwebte der Kopf des Duumars schon in der Öffnung. Seine großen Augen starrten sie wütend an. Sofort gingen die Qails zum Gegenangriff über und schossen zwei kräftige Entladungen auf den Duumar. Der wurde nach hinten geschleudert, was den Qails die Möglichkeit verschaffte, die enge Röhre zu verlassen. Der Duumar baute blitzschnell einen Schutzschirm um sich herum auf, so dass die weiteren Attacken der Qails daran wirkungslos verpufften. Im Gegenzug schleuderte der Duumar nun den Qails einige heftige Entladungen entgegen, die von diesen jedoch mühelos absorbiert wurden. Die Qails wechselten die Taktik, in dem sie nun hoch gebündelte Lichtstrahlen auf den Duumar richteten. Diese durchdrangen dessen Schutzschirm und versengten die Haut des Duumars. Der schrie vor Schmerzen auf, stieß sich ab und wollte sich auf die Qails stürzen. Doch die Qails waren schneller und stoben auseinander, so dass der Angriff des Duumars ins Leere ging. Wieder richteten die Qails ihre Lichtbündel auf den Duumar, während der sich aufrappelte. Durch die schmerzhaften Verbrennungen entglitt ihm die Kontrolle über den Schutzschirm. Saira erkannte ihre Chance und schleuderte einen Energiediskus auf den Duumar. Der durchschlug den Schutzschirm und traf den Duumar genau am Kopf. Einen Moment später brach er bewusstlos zusammen. Die Qails stürzten sich auf den wehrlosen Körper und pumpten ihn voller Gift, so dass der Duumar kurze Zeit danach seinen letzten Atemzug tat.

»Musstet ihr ihn denn gleich töten?« rief Saira entsetzt, als die Qails von dem Kadaver abließen.

»Wir können nicht riskieren, dass er die anderen Duumars warnt!« erklärte Thorl knapp.

»Wir sollten von hier verschwinden!« warf Cherou ein. »Der Lärm ist bestimmt nicht unbemerkt geblieben.«

»Dann folgt uns!« rief Ravar und wollte schon den Gang entlang schwimmen, als Cherou ihn noch einmal zurückhielt.

»Wäre es nicht besser, weiter durch die Versorgungsröhren zu schwimmen?« fragte Cherou.

»Auf keinen Fall!« entgegnete Silgai. »Wenn sie uns nochmal in der Röhre angreifen, sind wir verloren.«

»Los, da lang!« drängte Ravar und deutete mit einer Tentakel den Gang hinunter, als sie aus einem Seitengang die stampfenden Schritte eines Draughs vernahmen. So schnell sie konnten verließ die kleine Gruppe den Kampfplatz und eilte den Korridor hinab. Sie kamen nicht weit. Aus einem anderen Gang schob sich plötzlich ein Draugh, der sich dort verborgen gehalten hatte, und verstellte ihnen den Weg. Drohend hob er seine großen Scheren, als die Qails auch schon mehrere Energieladungen auf ihn abfeuerten. Sie trafen ihn am Kopf und an den vorderen Gliedmaßen, worauf der Draugh vorne einbrach. Doch so leicht war der Wächter nicht zu bezwingen. Mit seinen hinteren Läufen stieß er sich ab und wollte sich auf die Gruppe stürzen. Saira schleuderte ihm eine magische Druckwelle entgegen, die ihn von den Beinen holte und gegen die Wand schmetterte. Die Qails gaben ihm den Rest, so dass auch der Draugh kurze Zeit später tot zusammen brach. Saira war entsetzt von der Brutalität der Qails, musste aber einsehen, dass ihr Vorgehen unter diesen Umständen gerechtfertigt war. Wieder eilten sie durch die Gänge, wobei sie versuchten, jeden weiteren Kontakt mit den Wächtern zu vermeiden. Doch der Kampflärm war auch diesmal nicht unbemerkt geblieben. Direkt vor ihnen entstand eine Öffnung in der Wand, durch die sich ein müder Duumar schob. Als dieser die Gefahr erkannte, war es bereits zu spät. Die Qails stürzten sich auf ihn und erledigten ihn innerhalb weniger Augenblicke. Weiter ging die atemlose Flucht. Sie mussten oft die Richtung wechseln, um den Draughs oder Duumars auszuweichen. Doch dann waren sie plötzlich in einem Gang gefangen! Von beiden Seiten näherten sich Draughs und versperrten ihnen den Weg. Die Qails nahmen den hinteren Teil des Ganges unter Feuer und sprengten mit ihren Entladungen große Stücke aus der Decke heraus. Kurze Zeit später stürzte der Korridor ein und machte ihn auf dieser Seite unpassierbar für die Draughs. Wieder war Saira gleichzeitig verwundert und entsetzt über die Fähigkeiten der Qails. Doch ihr blieb keine Zeit zum Nachdenken, als die Draughs von vorne angriffen. Saira wirkte erneut eine kräftige Stoßwelle und holte die vordersten Draughs von den Beinen. Die Angreifer hinter diesen stolperten über ihre fallenden Genossen und gingen ebenfalls zu Boden. Dann feuerten die Qails einige heftige Entladungen in die strampelnde Gruppe. Mehrere der Draughs wurden einfach zerfetzt, die dahinter Stehenden zu Boden geschmettert. Saira schleuderte ein Bündel Energiekugeln durch die entstandene Öffnung, die sich ihre Ziele selbst suchten. Wild schlingernd rasten sie auf die restlichen Draughs zu und streckten diese nieder. Kurze Zeit später schufen die Qails mit ihren Entladungen eine Passage zwischen den gefallenen Draughs, durch die sie weiter flüchten konnten. Kaum hatten sie die Wächter hinter sich gelassen, stellte sich ihnen ein Duumar mit hämischem Grinsen in den Weg. Cherou traute seinen Augen nicht, als er ihn erkannte. Es war Thurgun, der Leiter der Sergon-Mine! Cherou wollte Saira noch eine Warnung zurufen, da griffen die Qails bereits an. Thurgun wehrte den Angriff mit einem starken Schutzschirm ab. Erneut versuchten die Qails den Duumar mit gebündeltem Licht zu verbrennen, doch diesmal verspiegelte der Duumar seinen Schutzschirm, so dass der Angriff der Qails wirkungslos blieb. Statt dessen mussten die Qails ganze Bündel aus Entladungen absorbieren, die der Duumar auf sie abfeuerte. Saira wirkte eine starke Stoßwelle, die den Duumar aber nur ein kurzes Stück nach hinten beförderte. Dann musste sie auch schon, mit einem raschen Satz, dem Angriff des Duumars ausweichen. Im Gegenzug verursachte sie nun mit einem starken Hitzezauber eine Dampfexplosion direkt unter dem Duumar. Der schrie erschrocken auf und stieß sich ab, als die Qails gemeinsam eine gewaltige Entladung schufen und sie dem Duumar entgegen schleuderten. Zwar durchschlug die Entladung nicht den Schutzschirm des Duumars, schmetterte ihn aber gegen die Decke. Sein Schutzschirm flackerte kurz, worauf Saira einen großen Energiediskus auf ihn abschoß. Doch der Duumar reagierte blitzschnell und katapultierte den Diskus mit einer raschen Stoßwelle zurück, direkt auf die Qails zu. Diese stoben im gleichen Augenblick auseinander und entgingen so dem Angriff um Haaresbreite. In einem letzten verzweifelten Versuch aktivierten die Qails daraufhin noch einmal all ihre Kräfte und schleuderten dem Duumar eine weitere heftige Entladung entgegen. Doch auch dieser Angriff wurde von dem Duumar mühelos abgewehrt. Am Ende ihrer Kräfte feuerten zwei der Qails schließlich winzige, vergiftete Nadeln auf den Duumar ab, die jedoch ebenso in seinem Schutzschirm vergingen. Dagegen wirkte der Duumar nun einen Zauber, um den Qails ihre Energie zu entziehen. Saira bemerkte es und schoss eine Entladung direkt über dem Duumar in die Decke, die daraufhin explodierte und den Duumar zu Boden schleuderte. Dort blieb er kurz benommen liegen.

»Macht dass ihr weg kommt!« rief Saira den anderen zu. »Ihr seid ihm nicht gewachsen. Ich dagegen werde schon mit ihm fertig!« Dann warf sie Cherou den Kristallsplitter zu. »Los, flüchte mit den Qails. Wartet außerhalb der Stadt auf mich. Wenn ich kurze Zeit später nicht bei euch auftauche, müsst ihr die Mission ohne mich vollenden!«

Cherou wollte noch widersprechen, da schleuderte der Duumar ein ganzes Bündel Entladungen in ihre Richtung. Saira wirkte einen starken Prallschirm und fing so den Angriff ab. »Nun macht schon, verschwindet endlich! Ich schaffe das schon!« rief sei den anderen zu. Dann musste sie bereits den nächsten Angriff abwehren. Die Qails schossen eine letzte schwache Salve auf den Duumar ab, die ebenso wirkungslos verpuffte, wie alle anderen Angriffe zuvor. Danach flohen sie gemeinsam mit Cherou in einen Seitengang, wo sie erst einmal ihre verbrauchten Energiereserven auffüllten, indem sie das Licht und die Wärme aus der Umgebung aufnahmen.

»Wir können Saira jetzt nicht im Stich lassen!« rief Cherou verzweifelt und wollte zu ihr zurückkehren, wurde dann aber von den Qails aufgehalten.

»Sei doch vernünftig!« versuchte Mirgan ihn zu beschwichtigen. »Dieser Duumar ist einfach zu stark. Nur Saira ist ihm gewachsen. Außerdem ist unsere Energie fast verbraucht. Uns bleibt im Moment keine andere Wahl! Wir müssen zuerst neue Energie aufnehmen. So lange können wir Saira nicht helfen!«

»Wie lange wird das dauern« fragte Cherou verzweifelt, während wieder Kampflärm ertönte.

»Nur kurze Zeit!« versicherte Silgai.

»Dann ist es bestimmt zu spät! Ich habe den Duumar erkannt, gegen den ihr gerade gekämpft habt. Es ist Thurgun, der Leiter der Mine, in der wir gearbeitet haben!« erklärte Cherou panisch. »Er ist besonders gerissen und grausam und er hasst uns, weil wir aus seiner Mine geflohen sind ...« Im nächsten Moment schnitt ihm eine heftige Explosion das Wort ab und der Gang, in dem Saira gegen Thurgun kämpfte, wurde verschüttet!

*

Saira wehrte sich nach Kräften und auch Thurgun musste zugeben, seine Gegnerin unterschätzt zu haben. Diese kleine Magierin besaß erstaunliche Macht, sonst hätte er sie schon längst besiegt. Doch obwohl sie erbitterten Widerstand leistete und ihm ganz schön einheizte, würde sie nicht mehr lange standhalten können. Trotzdem genoss es Thurgun, mit seiner neuen Feindin ein wenig zu spielen. Schon lange hatte er keinen ebenbürtigen Gegner mehr gehabt und so zog er den Kampf gegen Saira weiter in die Länge, um sie schließlich im richtigen Moment zu schlagen.

Saira ging langsam die Kraft aus, doch sie zog alle Register ihres Könnens. Nun zahlten sich die langen Unterrichtsstunden mit ihrem Meister Torem aus. Immer wieder parierte sie die Angriffe des Duumars und drängte ihn zurück. Sie musste ihn wenigstens noch eine Weile aufhalten, damit Cherou und die Qails fliehen konnten. Seltsamerweise gab sich der Duumar keine allzu große Mühe, sie zu besiegen, doch Saira nützte jede Schwäche ihres Gegners aus und setzte ihn massiv unter Druck. Schließlich forderte die Erschöpfung ihren Tribut, und als sie einen Moment lang unachtsam war, holte der Duumar plötzlich zum vernichtenden Schlag aus. Sairas Welt verging in einer gewaltigen Explosion!

Gute Freunde

Cherou eilte zusammen mit den Qails zu dem Gang, in dem die heftige Explosion stattgefunden hatte. Tatsächlich war ein Stück der Decke heraus gesprengt worden, dessen Trümmer nun den Korridor blockierten.

»Oh nein! Saira!« rief Cherou entsetzt und wollte in seiner Panik die Trümmer beiseite räumen, wurde aber von den Qails daran gehindert. Dann sprach plötzlich der Kristallsplitter zu ihnen.

»Keine Sorge, Saira ist am Leben. Zur Zeit ist sie jedoch bewusstlos und wird von Thurgun in sein Quartier gebracht.«

»Dann müssen wir sie befreien!« rief Cherou panisch.

»Das ist in Moment nicht möglich. Der direkte Weg zu Thurguns Quartier führt durch diesen verschütteten Gang. Außerdem sind die Qails noch nicht imstande, sich auf eine erneute Konfrontation einzulassen.« Der Kristallsplitter zögerte kurz, bevor er weiter sprach. »Der Kampf ist nicht unbemerkt geblieben. Es nähern sich mehrere Duumars. Ihr müsst fliehen. Wenn sie euch hier entdecken, seid ihr verloren!«

Doch Cherou rührte sich nicht von der Stelle und blickte verzweifelt auf den Trümmerberg. Erst als der Kristall ihm versprach, sie über einen Umweg zu Thurguns Unterkunft zu führen, setzte er sich endlich in Bewegung. Der Kristallsplitter führte sie durch ein Gewirr von Gängen in die äußeren Zonen der Stadt, wo es etwas ruhiger war und sie nicht ständig Gefahr liefen, den Draughs und Duumars zu begegnen. Auf einmal ertönte ein schrilles Geräusch in der ganzen Stadt.

»Was hat das zu bedeuten?« fragte Cherou erregt.

»Einer der Duumars hat Alarm ausgelöst«, erklärte Silgai.

»Dadurch werden sämtliche Bewohner der Stadt nun Jagd auf uns machen!« sprach Cherou panisch.

»Dann wird es Zeit für ein paar Ablenkungsmanöver!« meinte Ravar und sandte einen telepathischen Impuls an die Qails außerhalb der

Stadt. Wenig später ertönten mehrere Detonationen am Stadtrand, die ihre Wirkung durchaus nicht verfehlten. Die Duumars und ihre Wächter richteten nun ihre Aufmerksamkeit dorthin und eilten zu den betroffenen Gebieten, so dass Cherou und die Qails leichter voran kamen. Cherou hatte schon längst die Orientierung verloren und folgte nur noch den Anweisungen des Kristallsplitters.

»Wie weit ist es noch?« fragte Cherou schließlich ungeduldig.

»Nur einige wenige Abzweigungen, dann sind wir da!« versicherte der Kristallsplitter.

So durchquerte die kleine Gruppe einen weiteren Gang, als plötzlich erneut der Alarm ertönte. Im gleichen Moment schoben sich massive Tore vor und hinter ihnen in den Korridor und versperrten den Weg. Sie saßen in der Falle!

*

Saira erwachte in einem großen Raum. Sie lag auf dem Boden, konnte sich aber nicht bewegen. Schnell fand sie den Grund dafür heraus. Ein magisches Fesselfeld hielt sie an Ort und Stelle. Saira versuchte den Zauber zu brechen, doch er war zu kompliziert und mächtig.

»Versuch erst gar nicht dich zu wehren!« hörte sie eine hämische Stimme von hinten. »Diesem Zauber bist du nicht gewachsen, kleine Magierin!« meinte der Sprecher spöttisch, als er über ihr auftauchte. Es war der Duumar, gegen den sie gekämpft hatte. »Je mehr du dich wehrst, desto schneller entzieht dir der Zauber deine Lebensenergie! Wenn du also noch eine Weile leben willst, tust du gut daran, still zu halten. Schließlich sollen dich deine Freunde noch lebendig vorfinden, sobald sie versuchen dich zu befreien. Doch allzu viel Zeit haben sie nicht mehr«, höhnte der Duumar und ergötzte sich am Anblick seines wehrlosen Opfers. »Nun lerne ich dich endlich persönlich kennen. Du bist stärker, als ich dachte, und hast mir schon vor dem Kampf ziemliche Schwierigkeiten bereitet.

Nun, es hat trotzdem Spaß gemacht, mich wieder mit einem ebenbürtigen Gegner zu messen. Dieses Vergnügen hatte ich schon lange
nicht mehr. Dennoch verstehst du sicher, dass ich dich nicht so einfach
davon kommen lassen kann. Zuvor wirst du jedoch noch dafür sorgen,
dass deine Freunde den Kristallsplitter zurück geben, den ihr uns so
dreist gestohlen habt! Danach wird es mir ein Vergnügen sein, dir
beim Sterben zuzusehen!« Der Duumar grinste sadistisch.

»Wie könnt ihr nur so grausam zu all den Lebewesen da draußen
sein!« rief Saira entsetzt. »Merkt ihr denn nicht, dass ihr diese Welt
zerstört?«

»Lächerlich!« knurrte der Duumar. »Wir zerstören diese Welt nicht,
wir geben ihr nur ein anderes Gesicht! Endlich haben wir die Macht,
uns diese Welt nach unseren eigenen Vorstellungen zu schaffen und
daran wird uns niemand hindern, auch du nicht mit deinen albernen
Freunden!«

»Oh doch, ihr seid gerade dabei, den Untergang eurer eigenen
Heimat herbeizuführen. Ihr nehmt anderen die Nahrung weg! Ihr
vergiftet und erwärmt das Wasser, so, dass sogar schon die großen
Meeresströmungen ihre Richtung ändern! Ihr verursacht mit eurer
Energieverschwendung immer öfter schwere Seebeben und Vulkanausbrüche! Eure Welt steht kurz vor einer Katastrophe gewaltigen
Ausmaßes! Ich habe all dies da draußen gesehen. Haltet endlich
ein, bevor es zu spät ist! Ihr habt doch nur diese eine Heimatwelt!«
rief Saira verzweifelt.

»Wir sind stark genug, um jede Entwicklung zu beherrschen!«
antwortete der Duumar stur. »Wir steuern nicht auf eine Katastrophe
zu, sondern auf eine neue Welt, die nur noch unseren Maßstäben
entspricht!« Er lehnte sich drohend über Saira. »Halt endlich den
Mund! Dein Gewimmer nützt dir jetzt auch nichts mehr. Dass du
nun hier liegst, hast du selbst zu verantworten. Du konntest ja nicht
einfach nur dankbar sein, dass dir als einziger Sklave jemals die
Flucht gelang. Damit hast du vor allem mir schon genug Ärger
bereitet. Nein! Du musstest ja unbedingt zurückkehren mit dieser

lächerlichen Idee, uns zu entmachten. Das hast du nun von deiner grenzenlosen Selbstüberschätzung! Aber keine Sorge, sobald deine feinen Freunde den Kristallsplitter zurück gegeben haben, brauchst du dir um deine Zukunft keine Gedanken mehr zu machen. Im Gegensatz zu uns wirst du nämlich keine haben!« Dann lachte der Duumar laut und gehässig.

*

»Oh nein, wir sind eingeschlossen!« rief Cherou entsetzt.

»Los, wir sprengen das Tor auf!« sprach Ravar und spannte seinen Schirm.

»Das ist nicht möglich!« hielt ihn der Kristallsplitter zurück. »Diese Tore sind zu stark für euch. Eure Energie reicht nicht aus, um sie zu durchbrechen.«

»Was sollen wir dann tun?« fragte Silgai ratlos.

»Ich werde versuchen, den Schließmechanismus zu deaktivieren«, schlug der Kristall vor. Danach fasste er mit seinen magischen Kräften nach der Torsteuerung, tastete den Verschluss ab und griff schließlich in das Regelwerk ein. Längere Zeit geschah gar nichts und Cherou wurde allmählich ungeduldig. Auch den Qails war die Erregung am Flackern ihrer Leuchtorgane anzusehen. Dann schob sich endlich das Tor vor ihnen langsam auf und gab den Weg frei.

»Das hast du gut gemacht!« rief Cherou begeistert und schwamm los, nur um kurze Zeit später erneut auf ein verschlossenes Tor zu treffen.

*

Saira spürte, dass sie immer schwächer wurde. Allmählich machte sich die Wirkung des Zaubers bemerkbar, der ihr immer mehr Lebensenergie entzog. Immerhin waren Cherou und die Qails entkommen, zumindest hoffte sie das. Wenn sie wenigstens die Mission vollenden konnten, dann war ihr Tod nicht gänzlich umsonst. Der Duumar würde sicher keine Gnade walten lassen. Im Gegenteil! Er erfreute sich an Sairas Todeskampf und war sichtlich froh, sie endlich los zu sein. Hilfe war also nicht in Sicht, so blieb Saira nichts weiter übrig, als sich mit ihrem Schicksal abzufinden. Sie hatte sich sowieso vorgenommen ihrem Leben ein Ende zu setzen, wenn sie bei dieser Mission scheiterte. Zwar wollte sie nicht gerade auf solch eine Art sterben, doch auch dieser Tod war schmerzlos. Es dauerte eben nur deutlich länger, bis sie die Schwelle ins Jenseits überschritt. Da riss sie ein lauter Heulton aus ihren Gedanken.

»Oh, nun haben sie auch die Sicherheitstore geschlossen«, bemerkte der Duumar amüsiert. »Dann kann ich dir sogar noch länger beim Sterben zusehen!« Wieder grinste er sadistisch.

Saira wandte angewidert den Blick ab. Sie hoffte nur, dass Cherou und die Qails inzwischen außerhalb der Stadt und auf dem Weg zum Mutterkristall waren. Sollte dieser schreckliche Duumar doch glauben, die Rückgabe des Kristallsplitters durch ihre Gefangennahme erpressen zu können. Statt dessen würde er hoffentlich schon bald seine große Macht verlieren. Für sie spielte das keine Rolle mehr, jetzt wo sie diese bleierne Müdigkeit überkam.

*

Der Kristallsplitter schaffte es diesmal sogar noch schneller, das Tor zu öffnen. Zwar riskierte er so, dass Thurgun seine Anwesenheit bemerkte, jedoch spürte der Kristallsplitter auch die immer schwächer werdenden Lebenszeichen von Saira. Wenn sie das Lingit-Mädchen nicht rasch befreiten, würde Saira bald ihren letzten Atemzug tun. So arbeitete sich die kleine Gruppe von Tor zu Tor und erreichte endlich Thurguns Quartier. Der Kristallsplitter gebot Cherou zurück zu bleiben, um Thurgun nicht vorzeitig zu warnen, während die Qails sich vor dessen Tür postierten. Sie vereinigten ihre Kräfte und schufen eine kräftige Energieentladung, die sie gegen die Tür von Thurguns Unterkunft schossen.

*

Saira hatte inzwischen das Bewußtsein verloren und bekam nicht mehr mit, dass die Tür plötzlich explodierte. Die heftige Druckwelle schleuderte Thurgun gegen die Wand, wo er benommen liegen blieb. Im nächsten Moment stürmten Ravar und Thorl den Raum, stürzten sich auf den Duumar und pumpten ihn voller Gift, während sie ihm gleichzeitig die Lebensenergie entzogen. Kurze Zeit später brach Thurgun tot zusammen. Dadurch löste sich auch der Zauber auf, der Saira gefesselt hatte. Ravar gab Entwarnung, worauf Cherou rasch herein schwamm und sich nach Saira umsah. Thorl untersuchte bereits das bewusstlose Mädchen.

»Was ist los? Wie geht es Saira?« fragte Cherou aufgeregt.

»Sie zeigt nur noch ganz schwache Lebenszeichen. Ihre Energie ist fast verbraucht«, antwortete Thorl.

»Oh nein!« rief Cherou entsetzt und wollte Saira aufnehmen, wurde jedoch von Thorl daran gehindert.

»Mach bitte Platz, vielleicht kann ich sie retten«, bat Thorl freundlich aber bestimmt.

Cherou zögerte kurz, kam dann jedoch der Bitte nach und bewegte sich ein Stück weit nach hinten.

Thorl schwebte über Saira, während er den größten Teil seiner Tentakeln auf die volle Länge ausdehnte, um eine möglichst große Oberfläche zu schaffen. Kurze Zeit später durchspannten sie den gesamten Raum. Der Körper des Qails verdunkelte sich, bis er völlig schwarz war, um möglichst viel Licht zu absorbieren. Zusätzlich entzog er mit seinen Tentakeln dem Wasser große Mengen Wärme-energie. Dadurch bildete sich um einige der Tentakeln sogar eine feine Eisschicht. Der Qail wandelte die so gewonnene Energie in eine andere Form um, die der Lingit-Körper verwenden konnte, und injizierte sie über mehrere Tentakeln direkt in dessen Blutbahnen.

Cherou verfolgte unsicher das Geschehen, während sich Ravar näherte. »Mach dir keine Sorgen. Thorl weiß, was er tut. Wenn jemand Saira retten kann, dann er!« versicherte der Qail.

Tatsächlich setzte nach kurzer Zeit Sairas Atmung wieder ein und erste Zuckungen durchliefen ihren Körper, während Thorl ihr weiter Energie zuführte. Sairas Zustand stabilisierte sich schnell und wenig später schlug sie sogar die Augen auf. Sie erschrak, als sie den tiefschwarzen Qail mit den ausgebreiteten Tentakeln über sich schweben sah.

»Hab keine Angst!« rief Cherou überglücklich und beugte sich zu Saira hinunter, so dass sie ihn sehen konnte. Ein glückliches Strahlen kehrte in ihre Augen zurück, als sie ihn wahrnahm. »Thorl hat dir gerade das Leben gerettet, Jungflosse! Bleib ruhig liegen, bis er seine Behandlung abgeschlossen hat.«

Saira entspannte sich wieder, legte den Kopf zurück und schloss für einen Moment die Augen, während sie den warmen Energiestrom genoss, der durch ihren Körper pulsierte.

»Thorl, wie lange brauchst du noch?« fragte Ravar alarmiert. »Mirgan und Silgai melden einen Duumar, der sich rasch nähert!«

»Ich benötige noch etwas Zeit, sonst kann Saira uns nicht folgen«, antwortete Thorl.

Wenig später war draußen kurz Gepolter zu vernehmen, dann kehrte wieder Stille ein. Cherou betrachtete Ravar fragend.

»Nun gibt es noch einen Duumar weniger«, erklärte Ravar kurz.

Selbst Cherou erschrak manchmal, mit welcher Gleichgültigkeit die Qails den Tod anderer Lebewesen hinnahmen. Da sie Energiewandler waren, hatten sie jedoch auch ein völlig anderes Weltbild, als die restlichen Bewohner Turoons.

Endlich schloss Thorl seine Behandlung ab. Saira fühlte sich wieder kräftig genug und erhob sich.

»Sie ist gesund und wird keinen Schaden davon tragen!« versicherte Thorl, während er seine Tentakeln einzog und sich erhellte.

Cherou nahm Saira überglücklich in die Arme und drückte sie kräftig an sich.

»He, du erdrückst mich ja!« rief Saira scherzhaft, worauf Cherou seinen Griff lockerte.

»Verzeih, ich bin einfach so glücklich, dass du lebst und wohlauf bist!« sagte er erfreut. Dann streichelte er ihr zärtlich über die Wangen.

»Ist schon gut!« lachte Saira. »Ich bin ja auch froh, dass ihr mich gerettet habt. Ich hatte schon gedacht, dass nun meine Zeit gekommen wäre, Abschied von der Welt zu nehmen. Dafür habt ihr wegen mir so viel Mühen und Gefahren auf euch genommen!« sprach sie verlegen.

»Hast du etwa geglaubt, wir überlassen dich diesem Monster?« polterte Cherou und deutete mit angewidertem Gesicht auf Thurguns Leiche. »Oh nein! Wir sind gemeinsam geflohen und bringen diese Mission nun auch gemeinsam zu Ende!«

»Dann sollten wir von hier verschwinden, bevor noch mehr Duumars auftauchen!« rief Ravar.

»Wartet bitte!« vernahmen sie plötzlich die Stimme des Kristallsplitters. »Vielleicht gelingt es mir mit Hilfe von Thurguns Steuerkonsole, die Sicherheitstore zu öffnen.« Der Splitter schwebte auf die Apparatur zu und tastete die Kontrollen ab. Kurze Zeit später fand er die Steuerung der Sicherheitstore und deaktivierte den Alarm. Danach hörten sie das Aufgleiten der Tore in den Korridoren. »Der Weg ist frei!« verkündete der Kristallsplitter und schwebte zurück zu Saira, die ihn ergriff. Dann führte er die kleine Gruppe dem Stadtrand zu.

*

In den Gängen schlug ihnen nur noch schwacher Widerstand entgegen. Einige wenige Draughs stellten sich ihnen in den Weg, wurden aber von den Qails mit Leichtigkeit überwältigt. Dann erreichten sie endlich das Ende des Gangsystems, das die Stadt durchzog, und glitten hinaus ins offene Meer. Vereinzelt war Kampflärm zu hören, doch der beschränkte sich auf einzelne Scharmützel außerhalb der Stadt. Jede Deckung nutzend schlich die Gruppe entlang der Gebäude auf den Fluchttunnel zu, durch den sie in die Stadt eingedrungen war. Auf einmal versperrten ihnen drei junge Duumars den Weg. Noch bevor sie etwas sagen konnten, wirkte Saira einen starken Schlafzauber, der sie innerhalb weniger Augenblicke bewusstlos zu Boden sinken ließ. Vorsichtig schwamm die kleine Gruppe weiter. In der Nähe des Fluchttunnels hörten sie wieder Kampflärm, der eindeutig aus Richtung des Tunneleingangs kam. Als sie um die Ecke spähten, erkannten sie Sembaja, der mit einer Schar Qails den Eingang bewachte und sich gegen mehrere Duumars und Draughs zur Wehr setzte. Die Gruppe nahm einen kurzen Umweg, der sie direkt hinter die Angreifer führte. Diese sahen sich plötzlich von zwei Seiten attackiert. So schaltete Saira nach kurzer Zeit die Duumars aus, während die Qails die Draughs überwältigten. Dann eilte die Gruppe Sembaja entgegen, der sie erfreut empfing.

»Da seid ihr ja endlich! Gab es Schwierigkeiten?« fragte er besorgt.

»Allerdings!« bestätigte Ravar.

»Wie ich sehe, habt ihr den Kristallsplitter dabei!« meinte Sembaja erfreut. Im nächsten Moment tauchte wieder ein Duumar auf und griff sie an. Sembaja schoß einige Entladungen auf ihn ab, die der Duumar jedoch mit seinem Schutzschirm abwehrte. Da schleuderte ihm Saira mehrere Bündel aus Energiestrahlen entgegen, die sie mit einem starken Schutzzauber versehen hatte. Noch bevor der Duumar den Zauber brechen konnte, bohrten sich die Energiestrahlen durch den Schutzschirm und drangen auf ihn ein. Kurze Zeit später sank sein bewusstloser Körper zuckend zu Boden. »Ich danke Dir!« sprach Sembaja freundlich. Dann sah er plötzlich eine große Gruppe Duumars auf sie zu eilen. Scheinbar hatten sie endlich bemerkt, wie die Qails in die Stadt eingedrungen waren, und starteten nun einen Großangriff gegen den Fluchttunnel. »Schnell, ihr müsst die Stadt verlassen. Hier wird es gleich ziemlich unangenehm!« riet er Saira.

»Gegen so viele Duumars kommt ihr doch gar nicht an!« konterte Saira.

»Keine Sorge, wir bekommen in Kürze Verstärkung!« versprach Sembaja. »Los, verschwindet von hier! Wir halten die Duumars so lange wie möglich auf!« Als Saira immer noch zögerte, sprach Sembaja beruhigend: »Wir schaffen das schon. Du musst den Kristallsplitter unbedingt zum Mutterkristall bringen, sonst war alles vergebens.« Schließlich nickte Saira und wollte gerade los schwimmen, als Sembaja ihr noch einen wichtigen Rat mit auf den Weg gab: »Wenn du von den Galanx angegriffen wirst, dann wehr dich mit einem Prallfeld. Es macht die Sonarsignale unwirksam!«

Saira bedankte sich für den Hinweis, danach durchquerte sie mit Cherou und den vier Qails den Fluchttunnel. Kaum hatten sie ihn verlassen, hörten sie von der anderen Seite bereits Kampflärm. Die Duumars hatten ihre Offensive gestartet und drangen nun auf die Qails ein, die sich verzweifelt wehrten, um Saira einen Vorsprung zu verschaffen. Da tauchte auch schon der erste Galanx direkt vor der Gruppe auf und ging mit wütendem Knurren zum Angriff über. Doch bevor sich die Qails zur Wehr setzen konnten, raste ein Farkan an ihnen vorbei und stürzte sich auf den Galanx. Dieser schnappte nach dem Angreifer, aber der Farkan wich geschickt aus. Gerade als der Galanx seinen Sonar abfeuern wollte, rammte ihm der Farkan seinen Stachel in die Seite und versetzte dem Wächter einen furchtbaren elektrischen Schlag. Dadurch entlud sich die gesamte akustische Energie im Kopf des Riesen, der daraufhin wie eine Seifenblase zerplatzte. Zuckend sank der Leichnam des Wächters zu Boden, während der Farkan schon wieder davon eilte. Saira und Cherou hatten die Szene entsetzt verfolgt und waren nun erneut von der Grausamkeit des geführten Kampfes erschüttert. Dann bemerkten sie, wie ein gutes Stück weiter hinten eine große Schar von Hingais rasch den Tunnel durchquerten, um den Qails beim Kampf beizustehen. Cherou erkannte Seveg wieder, der Älteste, der ihnen zu Beginn der Flucht Asyl gewährt hatte. Wütend stürzte sich seine Sippe nun auf die verhassten Duumars und setzte diesen mit ihren Giftspornen heftig zu. Auch lagen bald viele der Draughs bewegungsunfähig am Boden, weil sie die Hingais mit ihren Giftstichen lähmten. Cherou und Saira verfolgten fassungslos den Kampf, als die Qails zum Aufbruch mahnten. So ließ sich die kleine Gruppe von dem Kristallsplitter führen und wurde nun selbst von mehreren Galanx attackiert. Wie es ihr Sembaja geraten hatte, schützte Saira Cherou und sich selbst mit einem starken Prallschirm, während die Qails und Farkans zum Angriff übergingen. Der Kampf dauerte lange, denn so leicht waren die riesigen Wächter nicht zu besiegen. Zumal immer mehr Galanx auftauchten und sich in den Kampf einmischten, während die Qails und Hingais in der Stadt auch auf immer mehr Gegner trafen. Fast schien es so, als ob die Duumars und ihre Wächter wieder den Kampf für sich entscheiden sollten, als auf einmal ein gigantischer Schwarm Gamburas eintraf. Ein Teil von ihnen ging auf die Galanx los, während der Rest des Schwarms in die Stadt eindrang und sich auf die Duumars stürzte. Dadurch wendete sich das Blatt und die Duumars wurden mitsamt ihren Wächtern abgedrängt. Schließlich zogen sich die Duumars vollständig zurück und überließen ihren Wächtern den Kampf. In diesem Moment spürte Saira, wie die magische Sperre um die Stadt herum zusammenbrach. Wie es schien, waren die Duumars vorerst geschlagen und es war nur noch eine Frage der Zeit, bis auch ihre Wächter besiegt waren. Doch die Angreifer wurden schnell eines Besseren belehrt. Plötzlich tauchten die Duumars wieder auf, jedoch saßen sie diesmal in stählernen, stark gepanzerten Maschinen mit einem Schraubenantrieb! Auf diese Art unangreifbar gingen sie nun gegen die Angreifer vor, die ihren Attacken völlig wehrlos ausgeliefert waren. Saira und Cherou mussten hilflos mit ansehen, wie immer mehr der Qails, Hingais und Gamburas fielen. So rief Sembaja in seiner Not die letzten noch verbliebenen Widersacher zu Hilfe. Kurze Zeit später war plötzlich ein lautes Rauschen zu vernehmen. Direkt vor Saira und Cherou schälte sich der Umriss eines riesigen, kastenförmigen Kopfes aus der Dunkelheit der Tiefsee. Der Gigant schwamm genau auf sie zu. Die mächtige Bugwelle, die er vor sich her schob, schwemmte die beiden Lingits einfach zur Seite, während der Wra seinen Kampfsonar aktivierte. Obwohl Saira und Cherou von einem Prallfeld umschlossen waren, machte das laute, immer schnellere Knattern sie fast taub. Jeder Impuls schmerzte im ganzen Körper, obgleich sie nur von den Ausläufern getroffen wurden. Kurze Zeit später schälten sich weitere Wras aus der Dunkelheit und gingen zum Angriff über. Das Knattern des Kampfsonars glich bereits einem stetigen Donnern, als der erste Gigant seinen Impuls in Richtung der Duumars abfeuerte. Die Energie der Druckwelle war so gewaltig, dass selbst das Wasser um den Kopf des Wras herum kurz aufblitzte. Dann raste der Impuls durchs Wasser, während die erschrockenen Duumars versuchten, rückwärts zu entkommen. Doch die Schrauben ihrer mit Vollgas laufenden Maschinen drehten in einer Kavitationsblase leer durch, so dass sie sich nicht weiter bewegten. Schon erreichte die erste Druckwelle ihr Ziel und das vorderste Panzerboot der Duumars wurde von dem gewaltigen Energieimpuls einfach zerfetzt! Kurze Zeit später feuerten auch die anderen Wras ihren Kampfsonar ab und weitere Panzerboote zerbarsten durch die enormen Druckwellen. Schließlich verließen die Duumars fluchtartig die restlichen Panzerboote, bevor diese unter dem Beschuss der Wras explodierten. So brach der Widerstand der Duumars und ihrer Wächter vollständig zusammen. Die Duumars flüchteten und verbargen sich in der Stadt, während die Draughs und Galanx das Weite suchten. Diesmal schienen die Duumars endgültig besiegt und so beeilten sich Cherou und Saira, endlich zum Mutterkristall zu gelangen.

Der Feuerkristall

Kurze Zeit später erreichten Saira und Cherou zusammen mit einem ganzen Schwarm Qails einen verborgenen Höhleneingang. Gerade wollten sie in die Höhle eindringen, als ihnen der Kristallsplitter eine Warnung sandte, dass sich darin ein Duumar befände. So drangen sie mit der gebotenen Vorsicht ein. Zu ihrem Schutz nahmen die Qails Cherou und Saira in ihre Mitte. Sie bewegten sich langsam immer weiter vorwärts, doch der Duumar war nirgends zu entdecken. Schließlich erreichten sie nach der Durchquerung eines langen Felsenganges das Zentrum der Höhle. Der Anblick verschlug allen den Atem. Vor ihnen erstreckte sich eine riesige, kreisrunde Halle, deren Decke eine mächtige Kuppel bildete. In der Mitte des Felsendomes ruhte ein gigantischer, rot schimmernder Kristall, der von magischem Feuer umlodert wurde! Seine kugelförmige Oberfläche war in zahllose Facetten unterteilt, deren Licht sich auf den nahen Wänden und der Decke widerspiegelte. Dies schuf eine traumartige, mystische Atmosphäre, der sich keiner der Anwesenden entziehen konnte. Am oberen Rand des Kristalls war eine kleine, pulsierende Öffnung zu erkennen, die wie eine Wunde aussah. An dieser Stelle musste Saira den Kristallsplitter wieder mit dem Mutterkristall vereinen. Alle waren so von dem Anblick fasziniert, dass keiner die Bewegung im Schatten bemerkte. Erst als direkt vor ihnen eine heftige Entladung einschlug und der Duumar sich auf sie stürzte, erwachte die Gruppe aus ihrer Starre. Die beiden Lingits wurden zur Seite geschleudert, während die Qails einen Satz nach hinten machten und ihre Schirme spannten. Dann brach auch schon ein regelrechtes Inferno aus Entladungen und Lichtblitzen los, als die Qails ihrerseits den Duumar attakierten. Doch dessen verspiegelter Schutzschirm schien undurchdringlich. Der Duumar setzte den Qails heftig zu und begann ihnen die Energie zu entziehen, als Saira endlich aus ihrer Benommenheit erwachte. Sie erkannte sofort, was der Duumar vorhatte und verursachte direkt unter ihm eine Dampfexplosion. Der Duumar wurde nach oben geschleudert. Für einen Moment flackerte sein Schutzschirm, so dass einige Entladungen der Qails ihn durchschlugen und dem Duumar starke Schmerzen zufügten. Dieser brüllte auf und katapultierte sich zur Seite, was ihm wertvolle Erholungszeit einbrachte. Dann griff er Saira mit einem Giftzauber an, den Saira aber abwehren konnte. Im nächsten Moment explodierte der Boden unter Saira! Mit einem schnellen Satz wich sie seitlich aus und feuerte einen ganzen Schwarm Strahlenbündel auf den Duumar ab, den dieser jedoch mühelos absorbierte. Dann musste er sich wieder gegen die Qails zur Wehr setzen, die auf ihn eindrangen. Das gab Saira Zeit, eine neue Attacke vorzubereiten. Sie schoß ein Kraftfeld auf den Duumar ab, um seinen Schutzschirm zu überladen. Doch der Duumar wandelte den Zauber um und schleuderte ihn zurück auf Saira, während er wieder damit begann, den Qails die Energie zu entziehen. Saira wurde von der schweren Entladung getroffen. Zwar konnte sie die Wirkung noch mit einem Prallschirm mildern, doch der verhinderte auch nicht, dass sie mit großer Wucht hinten gegen die Wand prallte. Stark benommen rutschte sie zu Boden. Cherou stieß sich erschrocken ab und schwamm schnell zu Saira. Der Duumar kämpfte weiter mit den Qails und beachtete ihn nicht. Behutsam hob er Sairas Oberkörper an.

»Saira, wie geht es dir?« rief er besorgt.

Sie öffnete die Augen einen Spalt weit und schien ihn aus großer Entfernung anzusehen. Der Kampf hatte sie wohl erneut viel Kraft gekostet. Diesmal würde er es nicht noch einmal zulassen, dass sie wegen Entkräftung zusammenbrach. »Ruh dich aus, ich mach das schon!« sprach er beruhigend und legte sie behutsam zu Boden.

Inzwischen lagen bereits mehrere Qails leblos in der Höhle und der Widerstand der restlichen Kämpfer ließ immer weiter nach.

»Glaubt ja nicht, dass ihr mir gewachsen seid!« höhnte der Duumar. »Ihr habt uns vielleicht vertrieben, aber ich lasse es niemals zu, dass ihr uns entmachtet! Dafür habe ich nicht unser gesamtes Reich erschaffen, damit es so ein paar Schmarotzer zerstören!«

Cherou erschauerte. Dieser Duumar hatte also einst die Macht an sich gerissen und sein Volk versklavt! Er war der Anführer der Duumars, der sich damals an die Spitze geputscht und dadurch erst die Schreckensherrschaft begonnen hatte. Er war der Auslöser für all das Leid, die Qualen und die Not der Bewohner von Turoon! Unendliche Wut stieg in Cherou auf und ließ ihn erzittern. Dann ergriff er einen großen Felsen und stieß sich in Richtung des Duumars ab.

Saira erwachte wieder aus ihrer Benommenheit und sah, wie Cherou davon schwamm. Als sie erkannte, was er vorhatte, war es bereits zu spät! Sie konnte nur noch zusehen, wie Cherou auf den Duumar zu schoss und den Felsen direkt auf dessen Kopf schmetterte. Der Duumar bemerkte ihn im letzten Moment und schleuderte Cherou noch einen Blitz entgegen, während er von dem Felsen am Kopf getroffen wurde und bewusstlos zu Boden sank. Gleichzeitig traf die Entladung Cherou mit voller Wucht, worauf dieser ebenfalls bewegungslos zu Boden glitt.

»Nein!« schrie Saira entsetzt und schwamm zu Cherou hinüber, während sich die restlichen Qails auf den Duumar stürzten und ihm den Rest gaben. Vollgepumpt mit Gift hauchte der Duumar kurze Zeit später sein Leben aus, während die erschöpften Qails neben ihm zusammen brachen.

»Ist ... er ... tot?« fragte Cherou schwer atmend, als Saira seinen Kopf anhob. Saira nickte nur unter Tränen. »Gut ... Jungflosse. Somit ist ... unsere Mission ... erfüllt.«

»Ja, das ist sie!« sprach Saira mit tränenerstickter Stimme.

»Heile ... den ... Kristall!« hauchte Cherou mit letzter Kraft, dann lächelte er noch einmal sehnsuchtsvoll und schloss für immer die Augen.

Saira drückte ihn an sich und begann bitterlich zu weinen. Sie bemerkte nicht den Lärm, der sich von außen näherte.

»Saira, du musst den Kristallsplitter wieder mit dem Mutterkristall vereinen!« rief Sembaja entkräftet. »Wir sind zu schwach und die Duumars kämpfen sich immer weiter von draußen vor!«

Doch Saira war so sehr in ihrer Trauer um Cherou gefangen, dass sie nicht reagierte. Der Schmerz über den Verlust des geliebten Freundes und Mentors war einfach zu groß.

»Bitte Saira!« rief Sembaja fast schon flehend. »Nur du kannst jetzt die Mission beenden! Heile den Kristall!«

Aber Saira reagierte immer noch nicht, sondern blickte nur mit tränenverschleiertem Blick zu ihm herüber. Da erschütterte bereits eine heftige Explosion den Gang zur Höhle.

»Bitte Saira! Die Duumars sind gleich hier. Du must den Kristall heilen!« rief Sembaja nochmals verzweifelt.

Als eine erneute Explosion ganz in der Nähe die Höhle erschütterte, ließ Saira endlich Cherous Leichnam los und griff nach dem Kristallsplitter. Mit tränenverschleiertem Blick schleppte sie sich zum oberen Rand des riesigen Mutterkristalls, direkt neben die Wunde. In diesem Moment drangen die ersten Duumars in die Höhle ein. Sie blickten entsetzt zu Saira hinauf, die ihren Arm mit dem Kristallsplitter hob, noch einmal verzweifelt zu Cherou hinüber schaute und schließlich mit einem lauten Aufschrei den Splitter in die Wunde rammte.

Befreiung

Der Kristall blitzte auf und sein magisches Feuer loderte kurz bis zur Decke hinauf. Ein mächtiges Donnern durchzog die Höhle, als er in grellem Weiß erstrahlte und den Dom in gleißendes Licht tauchte! Saira wurde fort geschleudert und fand sich kurze Zeit später wieder neben Cherous Leichnam. Behutsam hob sie ihn an und erneut stiegen ihr die Tränen unsäglicher Trauer in die Augen. Zärtlich drückte sie seinen Körper an sich und weinte leise. Es war ihr völlig egal, was da draußen um sie herum vorging. Ihre Trauer ließ sie die Umgebung nur noch wie durch einen Schleier wahrnehmen, während der Schmerz ihr fast den Verstand raubte.

Inzwischen hatte der mächtige Feuerkristall sein Licht auf ein erträgliches Maß reduziert. Im gleichen Moment verloren auch die Duumars ihre magischen Kräfte. Fluchtartig verließen sie die Höhle und suchten das Weite, während die Qails neue Energie aufnahmen. Dann erstarb das Donnern und eine angenehme Stille legte sich über die Szene. Nur noch Sairas leises Schluchzen war zu vernehmen, als der Kristall zu ihr sprach:

»Habt unendlichen Dank für meine Heilung! Endlich ist die ursprüngliche Ordnung wieder hergestellt und ein neues Zeitalter bricht für diese Welt an. Dank eurem Mut, eurer Tapferkeit und eurer Stärke wird diese Welt bald wieder so sein, wie ich sie einst erschuf. Euer Opfer soll nicht umsonst gewesen sein!«

Darauf richtete der Kristall einen hellen Lichtstrahl auf Saira und Cherou. Saira hob ihren tränenverschleierten Blick und nahm erstmals die Umgebung wieder deutlich wahr. Dann wurde plötzlich Cherous Leichnam behutsam empor gehoben. Mit einem letzten sehnsüchtigen Blick ließ Saira ihn los und beobachtete, wie Cherous Körper langsam auf den Kristall zu glitt und dabei immer durchsichtiger wurde. Schließlich verschmolz er in einem hellen Lichtblitz mit dem Kristall, während ein singender Ton die Halle durchzog. Kurze Zeit später erschien ein Lichtwesen vor Saira, das allmählich

Cherous Gestalt annahm. Saira blickte überrascht auf die transparente Erscheinung. Das Lichtwesen streckte eine Hand aus und streichelte Saira zärtlich über die Wange. Die Berührung war angenehm warm und vertrieb die Trauer aus Sairas Geist. Dann lächelte das Lichtwesen gütig und sprach zu ihr:»Trauere nicht mehr um mich. Ich bin nun ein Teil des Kristalls. Zusammen werden wir die Wunden dieser Welt heilen und sie wieder zu dem machen, was sie einst war. Doch dazu brauche ich deine Hilfe. Verkünde den Lingits, dass ihre Zeit als Sklaven nun vorbei ist und gib ihnen die Freiheit wieder. Führe bitte daraufhin alle entführten Sklaven hierher zum Kristall, damit wir sie zurück auf ihre Heimatwelten bringen können, von wo sie einst verschleppt wurden. Dann kannst auch du zurückkehren. Wirst du uns diesen letzten Gefallen erweisen?«

»Gerne!« sprach Saira nur gerührt und wischte sich die Tränen aus den Augen.

»Unser Dank ist dir sicher!« antwortete Cherous Geist noch einmal freundlich und schenkte ihr ein warmherziges Lächeln. Dann wandte er sich an die versammelten Qails in der Höhle.»Auch euch nochmals vielen Dank für eure Hilfe. Ihr habt zahlreiche Opfer gebracht, um dieses Ziel zu erreichen. Nun könnt ihr euer Exil verlassen und euch wieder frei entfalten. Seid uns stets willkommen! Wenn wir etwas für euch tun können, so lasst es uns wissen.«

»Habt Dank!« antwortete Sembaja.»Wir sind ebenfalls froh, dass die Schreckensherrschaft der Duumars zu Ende ist. Nun können wir und unsere Nachkommen endlich wieder in Frieden und Freiheit leben. Nicht zuletzt dank Sairas und deiner Hilfe. Dafür werden wir euch immer dankbar sein!« Dann wandte er sich dem Ausgang zu und verließ mit seiner Sippe die Höhle.

Auch Saira machte sich auf, ihren letzten Auftrag zu erfüllen. Schnell sprach sich die Kunde von der Befreiung der Lingits herum. Kurze Zeit später verließen die befreiten Sklaven diesen Ort des Schreckens und verteilten sich wieder im Meer, um neue Siedlungen zu gründen oder ihre alte Heimat erneut zu bevölkern. Noch am selben Tag versammelte Saira die entführten Sklaven in der Höhle. Sie hatte nicht geahnt, dass es so viele waren. Somit wurde es bald eng im Dom des Feuerkristalls. Doch schließlich lichteten sich die Reihen der Opfer, als der Kristall einen nach dem anderen auf seine Heimatwelt zurück sandte. Saira war sehr erfreut, als sie auch Jir in den Reihen der Überlebenden wieder fand. Wenigstens hatte sie nun doch ihr Versprechen halten können, sie zu befreien. Als endlich das letzte entführte Opfer wieder seine Heimatwelt sicher erreicht hatte, war es nun an Saira, diese Welt zu verlassen. Noch einmal erschien Cherous Geist vor ihr und sie verabschiedeten sich herzlich voneinander. Obwohl Saira ihre Rückkehr so sehr herbeigesehnt hatte, fiel ihr der Abschied nun furchtbar schwer. Doch bevor der Kristall sie gehen ließ, bat er sie, nochmals zum Ausgang der Höhle zu schwimmen. Was sie dort sah, übertraf ihre kühnsten Erwartungen. Eine riesige Menge aus Lingits, Hingais, Qails, Gamburas und Wras hatte sich versammelt und brach in lauten Jubel aus, als Saira erschien. Dann schwamm einer der gewaltigen Wras näher heran und blieb über Saira schweben.

»Unser aller Dank gilt dir! Du hast uns mit deinem Mut und deinem Einsatz eine neue Zukunft beschert. Das werden wir dir niemals vergessen!« dröhnte seine mächtige Stimme, worauf erneut lauter Jubel ausbrach, bis der Wra mit einem schrillen Sonarsignal nochmals um Ruhe bat. »Möge dir das Glück immer hold sein und dich stets auf deinen Wegen begleiten. Wir wünschen dir eine gute Heimreise. Leb wohl Saira und vielen Dank für alles!« Dann verneigten sich alle noch einmal stumm vor ihr.

Saira war gerührt von so viel freundlicher Dankbarkeit und Tränen stiegen ihr in die Augen. »Vielen Dank für all eure Hilfe. Ohne euch hätten wir das doch niemals geschafft! Lebt wohl und bewahrt eure Welt gut!« rief sie dann so laut sie konnte.

»Wir werden dich stets in guter Erinnerung behalten!« sprach der Wra noch einmal, gefolgt von donnernden Jubelrufen. Dann verabschiedete sich Saira winkend von den Bewohnern Turoons, während sie Tränen der Rührung hinunter schluckte. Im Dom öffnete der Kristall zum letzten Mal das magische Portal und bedankte sich nochmals bei Saira. Sie winkte zum Schluss, nahm all ihren Mut zusammen und schwamm dann durch das Portal. Ohne dass sie es wusste, gab ihr der Kristall noch ein Geschenk mit, das ihr späteres Leben weitreichend verändern sollte.

Wieder zu Hause

Am frühen Abend war Torem gerade dabei, einen Plan zur Rettung von Saira zu entwickeln. Da erschien plötzlich das magische Portal wieder an der gleichen Stelle, wo es zuvor Saira entführt hatte. Einen Moment später materialisierten bereits die Wächter des Lichts und wirkten gemeinsam einen starken Zauber, der das Portal an Ort und Stelle halten sollte. Dann fiel Saira, zusammen mit einem Schwall Wasser, aus der Öffnung. Sie hatte nun wieder ihre ursprüngliche Gestalt. Torem stürzte zu ihr und trug das nackte Mädchen rasch von dem Portal weg. Inzwischen hatte der Feuerkristall bereits Verbindung zum Sonnenstein von Wuun aufgenommen und übertrug ihm nun Informationen darüber, was sich auf Turoon zugetragen hatte. Der Sonnenstein gab die Informationen sofort an die Wächter des Lichts weiter, die darauf ihren Bann um das Portal lösten, das sich kurze Zeit später auflöste.

Torem hatte inzwischen Saira in seinen Umhang gewickelt und untersuchte sie rasch, als Emnavuk, der erste der vier Wächter, näher an ihn heran trat. »Sie scheint unverletzt und gesund zu sein«, berichtete er dem Wächter, der daraufhin selbst Saira mit seinem magischen Blick untersuchte.

»So ist es, jedoch wird sie für kurze Zeit ihre Beine nicht bewegen können. Doch dieser Zustand wird schnell vergehen und sie wird keine weiteren Schäden davon tragen!« versicherte Emnavuk. »Saira darf allerdings ihre magischen Kräfte vorerst nicht gebrauchen!«

Torem sah den Wächter fragend an. In diesem Moment erwachte Saira und blickte sich verwirrt um, bis sie begriff, dass sie wieder zu Hause auf Wuun war. Als sie Torem erkannte, strahlte sie vor Glück. »Meister, seid Ihr es wirklich? Bin ich wirklich wieder zu Hause?« fragte sie ungläubig.

»Aber ja, Saira!« versicherte dieser. »Endlich bist du wieder bei uns!« Dann drückte er das Velbenmädchen voller Glück an sich.

»Auch wir freuen uns, dass du wohlbehalten zurückgekehrt bist!« sprach Emnavuk freundlich zu ihr.

»Ach, ihr glaubt ja gar nicht, wie glücklich ich bin, wieder hier zu sein!« meinte Saira fröhlich und wollte sich erheben, ihre Beine gehorchten ihr jedoch nicht.

»Du kannst deine Beine für kurze Zeit nicht bewegen, eine Folge des langen Aufenthaltes auf der Wasserwelt. In wenigen Tagen wirst du aber wieder laufen können« versicherte Emnavuk.

Saira sah ihn verblüfft an. »Dann wisst ihr, wo ich mich die ganze Zeit über aufgehalten habe?«

»Oh ja, es hat uns viel Mühe gekostet, das heraus zu finden, aber schließlich haben wir dich doch gefunden!« erklärte Torem.

»Sei nicht verwundert. Du bist am gleichen Tag zurückgekehrt, als du entführt wurdest. Der Feuerkristall hat Kontakt zu uns aufgenommen und alles erklärt. Er schuf ein Zeitparadoxon, als er dich zurück brachte, damit du nicht zu lange von uns getrennt bist«, erzählte Emnavuk. »Doch nun wird es Zeit, dass du ruhst. Ich werde dich zu deinen Eltern bringen. Sie wissen noch gar nichts von deiner Entführung.« Dann hob er Saira mit seinen magischen Kräften an und nahm sie auf seine starken Arme. Einen Moment später fand sich Saira zusammen mit Emnavuk und Torem vor der Hütte ihrer Eltern wieder. »Keh, Hri, ich bringe euch eure Tochter!« rief Emnavuk freundlich. Wenig später öffnete Sairas Mutter Hri verwundert die Tür. »Wächter Emnavuk, Meister Torem, ist etwas passiert?« rief sie erschrocken, als sie Saira auf Emnavuks Armen liegen sah.

»Keine Sorge, Saira geht es gut!« versicherte Emnavuk. »Sie kann nur im Moment nicht laufen, aber das ist nur für kurze Zeit so.«

Inzwischen war auch Sairas Vater Keh heraus gekommen und nahm seine Tochter von Emnavuks Armen.

»Kommt doch bitte herein!« bat Hri, worauf Emnavuk und Torem die geräumige Hütte betraten. Emnavuk musste sich tief bücken, weil er fast doppel so groß war, wie die Velben. Deshalb nahm er auch gleich in der Nähe der Tür Platz. Keh trug derweil Saira in ihren abgetrennten Bereich der Hütte und bettete sie auf ihr Lager, während Hri die beiden Gäste kurz um Geduld bat, um dann Keh zu folgen.

»Wie geht es meinem kleinen Mädchen?« fragte Keh besorgt.
»Danke, mir geht es gut, ich bin nur erschöpft«, versicherte Saira.
»Was ist denn eigentlich passiert?« fragte Hri.
»Ach Mama, das ist eine lange Geschichte«, antwortete Saira müde.
»Schon gut, das kannst du uns ja auch später erzählen«, sprach Hri verständnisvoll. »Ich bringe dir noch etwas zum Anziehen.«
»Nein Mama, eine Decke wäre mir lieber. Im Moment fällt mir jede Bewegung schwer« antwortete Saira.
»Bleib, ich hole geschwind eine Decke!« sprach Keh und erhob sich, während Hri ihrer Tochter aus dem Umhang half. Kurze Zeit später kehrte Keh mit einer Decke zurück, unter der es sich Saira bequem machte.
»Können wir noch etwas für dich tun, Kleines?« fragte Hri liebevoll und streichelte Saira über den Kopf.
»Nein danke! Ich möchte einfach nur noch schlafen«, antwortete Saira erschöpft.
»Gut, dann ruh dich jetzt aus«, sprach Keh und streichelte Saira über die Wange. »Wir sehen nachher noch einmal nach dir.«
Saira schenkte ihren Eltern noch ein dankbares Lächeln. Kurze Zeit später kündeten ihre tiefen, regelmäßigen Atemzüge davon, dass sie eingeschlafen war. Keh und Hri verließen leise den Raum und kehrten zu ihren Gästen zurück. Hri gab Torem seinen Umhang wieder und bedankte sich bei ihren Gästen dafür, dass sie Saira zurück gebracht hatten.
»Wisst ihr denn, was passiert ist?« fragte sie freundlich.
»Nachdem Saira bei mir eintraf, ist sie kurze Zeit später von einem magischen Portal auf eine andere Welt entführt worden«, begann Torem ohne weitere Umschweife zu erzählen. »Wir haben den ganzen Tag versucht sie wieder zu finden, was uns schließlich auch gelungen ist. Doch da kehrte Saira schon von selbst durch das erneute Erscheinen des Portals wieder wohlbehalten zu uns zurück.«
»Wie konnte das passieren?« fragte Keh erschrocken.
So begann Emnavuk der Reihe nach zu schildern, was sich laut Bericht des Sonnensteins auf der fremden Welt zugetragen hatte.

Keh und Hri waren erschüttert, als sie erfuhren, was ihrer Tochter auf der Wasserwelt alles widerfahren war und wie lange sie sich dort aufgehalten hatte. Zum Schluss bat Emnavuk die beiden Velben darum Saira nahezulegen, bis zu ihrer Genesung keinen Gebrauch von magischen Kräften zu machen. Denn diese seien von dem Feuerkristall massiv verstärkt worden waren, wodurch Saira im Moment nicht in der Lage war, ihre Kräfte zu beherrschen.

»Wie stark sind jetzt ihre Kräfte?« fragte Torem erstaunt, nachdem auch er erfahren hatte, was passiert war.

»Sie übertreffen selbst Eure Kräfte bei Weitem!« war Emnavuks überraschende Antwort. »Deshalb könnt Ihr auch Sairas Ausbildung nicht vollenden. Im Moment ist kein Magier Wuuns in der Lage, Sairas Kräfte zu kontrollieren. Nur der Sonnenstein ist ihr noch gewachsen. Daher wird er ihre weitere Ausbildung übernehmen.«

Torem blickte den Wächter mit großen Augen an. Er konnte kaum glauben, dass Saira plötzlich so stark geworden war. Doch Emnavuks Ausdruck ließ keinen Zweifel daran, wie ernst er es meinte. Wenn Saira tatsächlich so stark war und ihre Kräfte noch nicht kontrollieren konnte, war sie eine Gefahr für alle. Dann war es sicher das Beste, dass der Sonnenstein ihre Ausbildung vollendete. Diese Gedanken behielt er aber lieber für sich, um Keh und Hri nicht zu beunruhigen. Für sie war es schon schwer genug die Entführung ihrer Tochter zu begreifen. Schließlich nickte Torem verstehend und erhob sich zusammen mit Emnavuk. »Nun warten wir erst einmal ab, bis sich Saira etwas erholt hat. Ich werde ihr dann später alles erklären«, versprach Torem. Darauf verabschiedeten sich der Meistermagier und der Wächter und ließen Keh und Hri ein wenig verwirrt zurück.

*

Am nächsten Morgen erwachte Saira erst, als die Sonne schon hoch am Himmel stand. Es dauerte einen Moment, bis sie begriff, dass sie sich seit langer Zeit wieder in der Geborgenheit des eigenen Heims befand. Diesen Umstand genoss sie nun in vollen Zügen. So lag sie noch eine Weile dösend da und betrachtete verträumt das Spiel des Sonnenlichts, das durch die Fensteröffnungen ihren Raum erhellte. Ihre Beine konnte sie noch nicht bewegen, aber das Gefühl darin kehrte allmählich zurück, was sie hoffnungsvoll stimmte, bald wieder laufen zu können. In diesem Moment steckte Keh den Kopf durch den Vorhang am Eingang ihres Raumes.

»Guten Morgen du Langschläferin!« begrüßte er seine Tochter scherzhaft und trat dann ein. »Wie geht es meinem kleinen Mädchen?« Manchmal benutzte er noch diese liebenswürdige Verniedlichung, obwohl Saira schon fast ausgewachsen war.

Saira nahm ihm das nicht übel, sondern schmunzelte meist in sich hinein, wenn er sie so nannte. Sie gähnte erst einmal genüsslich und rieb sich den Schlaf aus den Augen. »Danke, mir geht es ganz gut. Ich bekomme auch schon wieder ein Gefühl in den Beinen.«

»Das freut mich zu hören!« gab Keh zurück. Im gleichen Moment betrat Hri ebenfalls den Raum.

»Ah, du bist schon wach! Guten Morgen Kleines!« begrüßte sie ihre Tochter.

»Guten Morgen Mama!« sagte Saira und richtete sich ein wenig auf.

»Hast du gut geschlafen?« fragte Hri freundlich.

»So gut wie schon lange nicht mehr!« antwortete Saira begeistert, worauf ihr Hri zärtlich über den Kopf strich.

»Wir haben dir übrigens noch etwas von deinem Lieblingsessen aufgehoben!« bemerkte Keh grinsend. »Du hättest einmal Mama sehen sollen, sie hat es verteidigt wie ein Tjoa!« Dann machte er das tiefe Brummen der wehrhaften Tiere nach, worauf er prompt von Hri einen strafenden Blick erntete und Saira zu kichern begann.

»Ach Paps, du bist immer noch unmöglich, aber deswegen hab ich dich ja so lieb!« meinte Saira lachend.

»Ich dich doch auch, Schatz!« antwortete Keh und drückte seine Tochter liebevoll an sich. Dann wurde er wieder ernst. »Da ist etwas,

was ich dir unbedingt sagen muss! Wächter Emnavuk und Meister Torem bitten dich inständig darum, keinen Gebrauch von deinen magischen Kräften zu machen. Als du zurückgekehrt bist, hat dieser Feuerkristall deine Kräfte angeblich immens verstärkt, so dass es gefährlich sein könnte, wenn du sie nun benutzt. Deshalb wollen auch die Wächter des Lichts deine Ausbildung vollenden.«

Saira sah ihn erstaunt an. »Wenn sie das wünschen, werde ich natürlich keine Magie wirken! Aber warum darf ich nicht mehr bei Meister Torem in die Lehre gehen?« Sie blickte ihre Eltern enttäuscht an.

»Scheinbar ist er wohl nicht mehr in der Lage, deine Kräfte zu kontrollieren. So hat es uns Wächter Emnavuk zumindest geschildert«, erklärte Hri.

»Och schade! Ich habe mich bei Meister Torem sehr wohl gefühlt. Muss das denn wirklich sein?« fragte Saira ein wenig verzweifelt.

»Meister Torem hat es uns bestätigt. Er will demnächst noch einmal vorbei kommen und dir alles erklären«, versicherte Keh. »Nun sei nicht traurig, du kannst doch Meister Torem und die anderen Lehrlinge jederzeit besuchen«, meinte Keh, als er Sairas enttäuschten Blick sah.

»Sicher, aber die Wächter sind mir ein wenig unheimlich!« gab Saira schließlich zu.

»Ich kann verstehen, dass du dich in ihrer Nähe nicht besonders wohl fühlst. Du brauchst dich jedoch nicht vor ihnen zu ängstigen. Wie du weißt, hat mich Emnavuk aufgezogen. Die Wächter erscheinen manchmal ein wenig verschlossen und vieles was sie tun lässt sich nur schwer verstehen, aber du hast bestimmt nichts von ihnen zu befürchten«, versicherte Keh.

»Das weiß ich, aber ich wäre trotzdem lieber bei Torem geblieben!« meinte Saira unsicher.

»Nun warte doch erst einmal ab, was Meister Torem dir zu sagen hat. Vielleicht gibt es noch eine andere Lösung«, beschwichtigte Hri. Dann halfen Keh und Hri ihrer Tochter erst einmal in die neue Kleidung und servierten ihr eine tüchtige Mahlzeit. Saira langte kräftig zu und genoss das gute Essen.

»Sag mal, hast du auf Turoon nichts zu essen bekommen?« fragte Keh scherzhaft.

»Doch, aber das Essen hat längst nicht so gut geschmeckt wie hier!« antwortete Saira so begeistert, dass alle drei erst einmal lachen mussten.

Später am Tag kam Meister Torem vorbei und erklärte Saira die Situation nochmals ausführlich. Leider blieb es vorerst dabei, dass sie den Rest ihrer Ausbildung bei den Wächtern des Lichts absolvieren musste, wovon Saira gar nicht begeistert war.

*

Wie es Emnavuk versprochen hatte, dauerte es nur wenige Tage, bis Saira wieder in der Lage war zu gehen. Die Tatsache, dass sie nun ihre weitere Ausbildung bei den Wächtern des Lichts absolvieren sollte, stimmte sie nicht gerade fröhlich. Die mächtigen Wächter hatten auf sie schon immer ein wenig furchteinflößend gewirkt, obwohl Emnavuk einst der Ziehvater ihres Vaters gewesen war. Selbst Keh gelang es nicht ihre Bedenken zu zerstreuen und so wartete Saira an diesem Tag mit flauem Gefühl auf ihren ersten Unterricht bei den Wächtern. Schließlich materialisierte Emnavuk vor der Hütte der Familie und rief nach Saira. Die trat in Begleitung von Keh kurze Zeit später vor die Tür. Ihr Vater sprach ihr noch einmal freundlich Mut zu, dann entmaterialisierte Saira zusammen mit Emnavuk, um im gleichen Moment im Tempel der Lichter neben dem Sonnenstein wieder zu erscheinen. Die strahlend weissen Wände des Tempels vermittelten eine zauberhafte Atmosphäre, welche das helle Sonnenlicht, das durch die kristalline Deckenkuppel herein strömte, noch intensiver machte. Direkt darunter thronte der in strahlendem Weiss leuchtende Sonnenstein auf seinem steinernen Podest und tauchte die Umgebung in ein magisches Licht. Es war das erste Mal, dass Saira den Sonnenstein aus unmittelbarer Nähe sah und sein Anblick zog sie sofort in seinen Bann. Sie wurde von den anderen drei

Wächtern freundlich gegrüßt und gab den Gruß etwas scheu zurück. Dann hörte sie plötzlich eine Stimme:

»Hab keine Angst, niemand wird dir ein Leid zufügen«, sprach der Sonnenstein mit freundlicher Stimme zu ihr. »Bitte komm doch näher!« Saira machte zögernd zwei Schritte auf den Sonnenstein zu. Der hüllte sie für kurze Zeit in helles Licht. »Fürwahr, deine Kräfte sind enorm!« sprach er dann anerkennend. »Der Feuerkristall von Turoon hat dir ein großes Geschenk mitgegeben, doch noch bist du nicht in der Lage, deine neuen Kräfte zu beherrschen.« Darauf materialisierte eine kleine, mit Wasser gefüllte Schüssel neben ihr. »Bitte, bringe das Wasser durch einen Hitzezauber zum Kochen«, bat der Sonnenstein.

Saira war zunächst etwas verwirrt, weil sie nicht wusste, was der Sonnenstein damit bezweckte, aber schließlich kam sie der Aufforderung nach und konzentrierte sich auf das Wasser. Im nächsten Moment zerbarst die Schüssel in einer heftigen Explosion. Hätte der Sonnenstein nicht rasch einen Schutzschirm darum gelegt, wäre Saira ernsthaft verletzt worden. So sprang sie mit einem erschrockenen Aufschrei zur Seite und sah dann entsetzt auf die rauchenden Überreste der Schüssel.

»Nun verstehst du, was ich meine!« sprach der Sonnenstein freundlich. »Du musst erst einmal lernen, deine großen Kräfte besser zu steuern. Sonst könntest du damit versehentlich eine Katastrophe auslösen! Du bist so stark, dass kein Magier Wuuns deine Kräfte kontrollieren kann. Nur die Wächter und ich sind in der Lage, deine Magie zu lenken. Deshalb bitten wir dich, deine magischen Kräfte vorerst außerhalb des Tempels nicht zu gebrauchen, bis du sie sicher beherrschst. Willst du uns das versichern?«

Saira sah sich zuerst verwirrt um, gab dann aber doch das Versprechen, das der Sonnenstein von ihr forderte.

»Gut, so lass uns jetzt mit deiner Ausbildung fortfahren«, sprach der Sonnenstein zufrieden.

*

Am Abend des gleichen Tages brachte Emnavuk Saira wieder zu ihren Eltern zurück. Sie war völlig erschöpft und den Rest des Abends hindurch ziemlich schweigsam, was sonst gar nicht ihre Art war. Keh und Hri waren etwas verunsichert und machten sich Sorgen, dass sich ihre Tochter vielleicht überanstrengt hatte. Saira zog sich bald zurück und lag längere Zeit grübelnd auf ihrem Lager, bis sich ihr Vater neben sie setzte und sie liebevoll in den Arm nahm. »Was ist los mit dir? Was hat mein kleines Mädchen?«

Im nächsten Moment fiel ihm Saira um den Hals und begann heftig zu weinen. Keh ließ sie gewähren und streichelte sie nur zärtlich, bis sie sich etwas beruhigt hatte. »Ach Paps, ich habe Angst vor mir selbst!« schluchzte sie unter Tränen.

Keh schob sie sachte ein wenig von sich, so dass er ihr Gesicht sehen konnte. »Aber dazu besteht doch gar kein Grund!« sprach er tröstend. »Du besitzt zwar magische Kräfte, würdest jedoch nie jemand etwas zu leide tun, das wissen wir schließlich alle!«

Saira schluckte kurz und wischte sich die Tränen aus dem Gesicht. »Das stimmt schon, aber ich bin so stark geworden, dass ich mit einem einzigen Gedanken versehentlich das Dorf niederbrennen könnte!« sprach sie mit entsetztem Blick. »Ich weiß nicht, ob ich meine Kräfte je richtig kontrollieren kann. Im Moment bin ich eine Gefahr für euch alle!« erklärte sie und begann erneut heftig zu weinen.

»Aber nein, das darfst du dir nicht einreden!« sprach Keh und streichelte sie zärtlich. »Mach dir keine Sorgen, schon bald wirst du lernen deine Kräfte zu beherrschen. Bis dahin passen die Wächter und der Sonnenstein auf dich auf. Du bist für niemanden eine Gefahr und wirst es auch nie sein! Das weiß ich gewiss!«

»Meinst du das wirklich?« fragte Saira, nachdem sie sich wieder etwas beruhigt hatte.

»Aber ja doch! Da bin ich mir sogar absolut sicher! Du darfst nur nicht an dir zweifeln. Mama, ich und alle anderen wissen, dass du das bestimmt schaffen wirst!« sprach Keh aufmunternd.

Saira sah ihn verlegen an. »Danke«, flüsterte sie dann mit Tränen in den Augen, die Trauer wich jedoch nicht aus ihrem Gesicht. »Da ist noch etwas, was ich euch bisher verschwiegen habe«, sprach sie dann mit gesenktem Blick. Keh sah sie fragend an, bis Saira die richtigen Worte fand. Ihre Mutter hatte sich inzwischen hinzugesellt und nahm sie nun ebenfalls in den Arm. »Wisst ihr, damals auf Turoon, da gab es doch am Schluss sehr heftige Kämpfe«, fuhr Saira schließlich fort. »Ich habe mit meinen Kräften den Tod einiger Bewohner verschuldet...«, erneut brach sie weinend zusammen. Ihre Eltern warfen sich einen erschrockenen Blick zu, warteten dann jedoch geduldig ab, bis sich Saira wieder gefangen hatte.

»Hast du sie denn getötet?« fragte Hri vorsichtig.

Saira schüttelte den Kopf. »Nein, aber ich habe sie kampfunfähig gemacht, worauf sie von den Qails getötet wurden!« Erneut brach sie in Tränen aus. »Ich bin also schuld an ihrem Tod!«

»Nein, Saira! Das bist du nicht! Du hast dich lediglich verteidigt. Dafür, dass andere sie getötet haben, kannst du nichts. Dich trifft in diesem Fall keine Schuld!« sprach Keh beruhigend. Saira wollte ihm jedoch nicht so recht glauben.

»Schau, du hattest doch gar keine Wahl! Du musstest dich verteidigen. Außerdem warst du auf die Hilfe der Qails angewiesen. Dass sie so brutal vorgingen, hatte wahrscheinlich seine Gründe, aber deshalb bist du nicht am Tod deiner Gegner schuld. Sie fielen nicht durch dich, sondern durch andere. Bitte glaube uns, du bist nicht an ihrem Tod schuld! Ganz sicher nicht! Zudem wäre der Sonnenstein niemals bereit gewesen dich in seine Obhut zu nehmen, wenn du absichtlich getötet hättest. Im Gegenteil! Du wärst mit Sicherheit von ihm verstoßen worden!« erklärte Keh beruhigend.

»Nun hör auf, dir Vorwürfe zu machen«, sprach Hri sanft. »Dich trifft wirklich keine Schuld. Glaub mir, wir haben es selbst erlebt. Im Kampf passieren manchmal schlimme Dinge und es schmerzt oft sehr, dass es so weit gekommen ist. Doch du hast dir bei allem, was passiert ist, ein reines Herz bewahrt und sicher nichts Böses getan. Dafür bist du viel zu liebenswürdig und hilfsbereit. Nein, du brauchst dir für nichts die Schuld zu geben. Im Gegenteil, durch dich ist Turoon doch erst gerettet worden! So etwas fordert manchmal große Opfer und viele verlieren ihr Leben. So ist es auch einst vor gar nicht allzu langer Zeit auf unserer Welt geschehen. Doch du trägst dafür keine Schuld, sondern diejenigen, welche die Welt ins Chaos stürzen und das Leid über sie bringen. Sei versichert, du hast nur geholfen, die alte Ordnung wieder herzustellen und dabei sogar viele Leben gerettet, doch niemals auch nur ein einziges Leben genommen!«

»Ist das wirklich so?« fragte Saira unsicher.

»Ja ganz bestimmt!« bestätigte Keh die Worte seiner Partnerin. »Nun mach dir keine Vorwürfe mehr! Du hast keine Schuld auf dich geladen.«

Saira schenkte ihren Eltern einen dankbaren Blick aus ihren tränenerfüllten Augen und drückte sie dann beide herzlich.

»Und nun Schluss mit den Tränen!« brummte Hri mit gespielter Empörung und strich ihrer Tochter zärtlich über die Augen.

Besuch von Turoon

Am nächsten Tag fiel Saira der Unterricht bei den Wächtern des Lichts schon viel leichter. Allmählich lernte sie nun auch die Wächter besser kennen, die sich reichlich Mühe gaben, ihr die Zeit der Ausbildung so angenehm wie möglich zu machen. Mit viel Geduld und Verständnis brachten sie ihr die Beherrschung ihrer gewaltigen magischen Kräfte bei und gaben dem verunsicherten Mädchen wieder Halt und Stärke. Saira lernte schnell und wurde bald schon viel sicherer in der Ausübung ihrer magischen Künste. Doch auch die Achtung, das Verständnis und die Liebe, die ihr von den Eltern und sämtlichen Bewohnern ihres Dorfes zuteil wurde, halfen ihr sich rasch mit der neuen Situation abzufinden.

Eines Abends erschien Emnavuk nach dem Unterricht noch einmal bei Saira und bat sie, zusammen mit ihren Eltern zum Tempel der Lichter zu kommen. Er nannte keine Gründe, sondern meinte nur schmunzelnd dort würde eine Überraschung auf Saira warten. Kurze Zeit später materialisierten die drei Velben zusammen mit Emnavuk direkt neben dem Sonnenstein im Tempel der Lichter. Saira traute ihren Augen nicht. Cherous Geist schwebte über dem Sonnenstein!

»Hallo, Jungflosse! Wir haben uns lange nicht gesehen«, sprach Cherou lächelnd und glitt auf Saira zu.

Saira war völlig verblüfft und brachte erst einmal kein Wort heraus, bis sie ihre Überraschung überwand. Inzwischen hatten sich die vier Wächter des Lichts diskret zurückgezogen und betrachteten die Szene amüsiert aus einiger Entfernung.

»W ... Wie kommst du hierher?« fragte Saira überrascht.

»Der Feuerkristall hat mir zuliebe mit eurem Sonnenstein Kontakt aufgenommen, um es mir zu ermöglichen, dich wieder zu sehen. Ich kann nur kurz bleiben, denn es kostet eine Menge Energie, die Verbindung über diese weite Strecke aufrecht zu erhalten«, erklärte Cherou. »Wie ich sehe, ist es dir wohl gut ergangen, seit du wieder auf deiner Heimatwelt bist.«

»Danke, mir geht es gut!« antwortete Saira noch etwas verwirrt.
»Das freut mich zu hören!« sprach Cherou. Dann wanderte sein
Blick an Saira vorbei. »Sind das deine Eltern, Jungflosse?«
»Oh, ja, entschuldige bitte! Das ist mein Vater Keh und meine Mutter
Hri«, beeilte sich Saira ihre Eltern vorzustellen. Darauf wandte sie
sich ihren Eltern zu. »Mama, Paps, das ist Cherou, mein Mentor und
Freund von Turoon.«

Keh und Hri traten einen Schritt vor und machten eine leichte Verbeugung. »Sei gegrüßt, Cherou!« sprach Keh dann freundlich.

»Ich grüße euch!« antwortete Cherou höflich und deutete ebenfalls eine Verbeugung an. »Ihr könnt stolz auf eure Tochter sein! Ohne
ihren Einsatz gäbe es unsere Welt wohl nicht mehr«, sprach Cherou.

»Auch wir bedanken uns dafür, dass du dich um unsere Tochter
gekümmert und sie beschützt hast!« antwortete Hri. »Dank dir ist
sie wieder heil zu uns zurückgekehrt.«

»Es war mir ein Vergnügen!« versicherte Cherou und wandte sich
dann erneut Saira zu. »So siehst du also in deiner wahren Gestalt
aus«, meinte er schmunzelnd. »Als Lingit-Mädchen hast du mir
besser gefallen!«

Saira bedachte ihn mit einem strafenden Blick. »Du bist immer
noch unmöglich!« schimpfte sie dann in gespieltem Ärger, worauf
ihre Eltern einen amüsierten Blick wechselten. Diese Bemerkung
kam ihnen doch irgendwie bekannt vor.

»Und du siehst immer noch süß aus, wenn du dich ärgerst!« konterte
Cherou grinsend. Nun konnten auch Keh und Hri ein kurzes Auflachen nicht unterdrücken. Saira stemmte in gespielter Empörung die
Arme in die Hüften, winkte dann aber lachend ab, als sie bemerkte,
wie ihr Vater plötzlich sehr interessiert die Decke und die Wände
mit seinen Blicken inspizierte. »Du hast dich überhaupt nicht verändert!« sprach sie amüsiert zu Cherou.

»Du aber schon, zumindest, was deine magischen Kräfte betrifft!«
antwortete Cherou. »Kommst du gut mit ihnen zurecht, oder fällt
es dir schwer sie zu beherrschen?«

»Am Anfang war es beschwerlich für mich, doch inzwischen kann ich sie, dank der Hilfe meiner Lehrmeister, recht gut kontrollieren«, sprach Saira und deutete kurz auf die vier Wächter des Lichts, die daraufhin Cherou zunickten.

»Das freut mich. Ich habe mir nämlich Sorgen gemacht, dass sich unser Geschenk eher zu einer Last für dich entwickelt hat«, sagte Cherou.

»Ist schon in Ordnung!« meinte Saira. »Inzwischen komme ich ganz gut zurecht damit.« Dann hielt sie kurz inne. »Wie steht es um eure Welt?«

»Es ist uns im letzten Augenblick gelungen, eine Katastrophe abzuwenden. Schritt für Schritt geben wir Turoon wieder seine alte Pracht zurück. Allmählich heilen die Wunden der Vergangenheit und Turoon wandelt sich erneut zu dem Paradies, das es einst war!«

»Oh, das ist wundervoll!« freute sich Saira. »Was ist mit den Lingits und den Duumars?«

»Mein Volk führt wieder ein freies, sorgloses Leben, wie wir es zuvor getan haben. Die Duumars haben sich in den Weiten des Ozeans verteilt und führen nun ein sehr zurückgezogenes Leben. Viele von ihnen fürchten noch die Wut ihrer Opfer, obwohl es bisher zu keinen Angriffen auf sie gekommen ist. Sie haben ihre Lektion gelernt. Der Feuerkristall wird weiter über sie wachen und aufpassen, dass es nie wieder eine solche Schreckensherrschaft auf Turoon gibt.« Dann schien Cherou zu lauschen. »Es wird Zeit, ich muss gehen. Die Verbindung wird schwächer.« Er schwebte auf Saira zu. Darauf umarmten sie sich herzlich. »Pass gut auf dich auf, Jungflosse!« sprach Cherou und winkte ein letztes Mal. Dann verblasste sein Abbild, bis es sich schließlich auflöste. Saira winkte unter Tränen bis er verschwunden war. Danach wurde sie von ihren Eltern in die Mitte genommen und getröstet. Etwas später brachte sie Emnavuk wieder zu ihrer Hütte zurück.

Als Saira sich kurze Zeit darauf zum Schlafen niedergelegt hatte, ging ihr die heutige Begegnung nicht so schnell aus dem Sinn. Erneut entsann sie sich an die schwere Zeit, die sie auf Turoon erlebt hatte. Doch schließlich wischte sie die Erinnerungen mit einer energischen Handbewegung fort. Es war vorbei! Sie hatte es geschafft von dort zu entkommen! Sie war wieder zu Hause und führte hier nun ihr gewohntes Leben, nur das zählte jetzt noch. Mit diesen beruhigenden Gedanken schlief sie letzlich ein.

Leben

Inzwischen lag Sairas Entführung schon einige Zeit zurück. Obwohl sie nun eine sehr starke Magierin war und ihre gewaltigen Kräfte gut beherrschte, führte sie auf eigenen Wunsch das gleiche einfach Leben, wie vor ihrer Entführung. Der Rückhalt durch ihre Eltern und all die anderen Bewohner gaben ihr viel Kraft. Natürlich hatten die Erlebnisse auf Turoon sie geprägt und teilweise tiefe Spuren hinterlassen. Doch die Liebe und der Respekt, den sie überall erfuhr, ließen die meisten seelischen Wunden rasch heilen.

Seit längerer Zeit schon war Saira mit Tju, einem von Torems Lehrlingen, befreundet. Nach ihrer Entführung besuchte sie der etwa gleichaltrige Junge noch häufiger und kümmerte sich mit rührender Sorgfalt um Saira. Sie fühlte sich in seiner Nähe sehr wohl, denn er war ein geduldiger und verständnisvoller Zuhörer und unterstütze Saira, wo er nur konnte. Durch seine liebenswerte und zurückhaltende Art fühlte sich Saira nie von ihm bedrängt. Im Gegenteil! Es ging eher eine gewisse Geborgenheit von ihm aus, die für Saira bei der Bewältigung des Erlebten sehr hilfreich war. Auch ihre Eltern verstanden sich gut mit dem Jungen und so wurde er bald schon zu einem Teil ihrer Familie.

Am heutigen Abend kam er wieder zu Besuch. Hri schickte ihn gleich nach hinten, wo er wie üblich etwas schüchtern seinen Kopf durch den Vorhang am Eingang zu Sairas Raum schob. Saira bat ihn neben ihr Platz zu nehmen. Sie hatte es sich gerade auf ihrem Lager bequem gemacht und begrüßte nun den Jungen erfreut. Ein wenig verlegen reichte Tju ihr einige kleine Nüsse, die Saira sehr gerne aß.

»Danke! Du sollst mich doch nicht immer so verwöhnen!« brummte sie scherzhaft und steckte sich gleich die erste Nuss in den Mund.

»Ja ich weiß!« antwortete Tju immer noch verlegen. »Es macht mir aber Spaß, dir etwas Gutes zu tun!«

»Du bist wirklich ein lieber Kerl!« meinte Saira gerührt.

»Wie kommst du beim Unterricht voran?« fragte Tju nach einer kurzen Pause.

»Im Moment mache ich ganz gute Fortschritte. Und wie läuft es bei dir?« fragte Saira.

»Oooch, ganz gut«, raunte Tju.

»Das hört sich aber nicht so überzeugend an«, sprach Saira amüsiert.

Tju drackste ein wenig herum, bevor er mit der Wahrheit heraus rückte. »Wir haben heute ein paar Heiltränke gebraut. Einer davon wäre mir fast um die Ohren geflogen, wenn Torem es nicht im letzten Moment verhindert hätte.«

Saira begann zu kichern, während Tju verlegen den Blick senkte.

»Mach dir nichts draus! Als ich damals den Feuerzauber lernte, habe ich beim ersten Versuch fast Torems geliebten Umhang in Brand gesetzt!« gestand Saira lachend.

»Wirklich?« fragte Tju glucksend.

»Aber ja!« versicherte Saira.

»Mefi hätte neulich fast Torems schönes Teleskop in die Luft gesprengt!« erzählte Tju weiter, worauf Saira noch lauter lachen musste.

So schilderten sie sich verschiedene Anekdoten von ihren Missgeschicken während des Unterrichts bei Torem.

»Oje, ich glaube der arme Torem hatte es wirklich nicht leicht mit uns!« meinte Saira schließlich lachend.

»Allerdings. Er führt manchmal ein recht gefährliches Leben!« gestand Tju glucksend.

In diesem Moment streckte Keh den Kopf durch den Vorhang.

»Oh, hallo Tju!« rief er fröhlich.

»Hallo Keh!« grüßte Tju.

»Hast du in den nächsten Tagen einmal Zeit?« fragte Keh grinsend.

»Äh ... ja« antwortete Tju unsicher. »Was kann ich für dich tun?«

»Na ja, vielleicht könntest du Saira mal zum Schwimmen gehen überreden.« Darauf zog er eine Grimasse und hob sich die Nase zu, so als ob Saira einen unangenehmen Duft verströmen würde.

Saira richtete sich kerzengerade auf, stemmte erst scheinbar empört die Arme in die Hüften und ergriff dann einen ihrer Schuhe. »Paps, du bist unmöglich!« schimpfte sie und hob drohend den Schuh hoch, worauf sich Keh beeilte, aus der Wurfbahn zu kommen. Diesmal konnte sich Tju ein amüsiertes Grinsen nicht verkneifen.

»Lach nicht so frech!« schimpfte Saira in gespieltem Ärger und boxte Tju auf die Schulter! Tatsächlich war sie nach ihrer Entführung nicht mehr schwimmen gegangen, was aber nichts mit mangelnder Reinlichkeit zu tun hatte!

»Aua!« rief Tju übertrieben. »Wofür war das jetzt wieder?« fragte er und setzte eine Unschuldsmiene auf.

»Das weißt du ganz genau!« brummte Saira scheinbar verärgert. »Frecher Kerl!«

»Wenn ich es mir recht überlege, könnten wir wirklich einmal schwimmen gehen«, meinte Tju grinsend.

»Sooo?« antwortete Saira langgezogen und blickte ihn zuerst skeptisch an, konnte sich dann aber ein amüsiertes Lächeln doch nicht verkneifen. »Na gut, vielleicht in den nächsten Tagen«, willigte Saira schließlich halbherzig ein.

Tju sah aus dem Fenster, wo sich die Sonne bereits bedrohlich dem Horizont genähert hatte. »Oh, es ist schon spät. Ich sollte jetzt gehen!«

»Warte, ich begleite dich hinaus!« sprach Saira und erhob sich.

Der Junge verabschiedete sich noch kurz von Keh und Hri und ging dann mit Saira vor die Tür. »Ach komm schon Saira, lass uns doch morgen zusammen schwimmen gehen!« bat Tju draußen nochmals mit Unschuldsmiene.

Saira bedachte ihn zuerst erneut mit einem skeptischen Blick, willigte darauf jedoch schmunzelnd ein, worauf sich Tju fröhlich auf den Heimweg machte. Sie sah ihm lächelnd nach, bis er sich noch einmal umdrehte, eine Grimasse zog und sich grinsend die Nase zu hielt. Saira stemmte wieder die Arme in die Hüften, winkte dann aber lachend ab, wonach Tju ihr noch fröhlich zuzwinkerte. Sie schenkte ihm noch ein strahlendes Lächeln und kehrte danach wieder in die Hütte zurück. Ihren Eltern entging das verträumte Lächeln von Saira durchaus nicht und sie wechselten einen amüsierten Blick. »Ich glaube, wir bekommen bald Familienzuwachs«, flüsterte Keh grinsend, worauf Hri ihn in die Seite knuffte und mit einer energischen Geste zum Schweigen brachte, weil sie befürchtete, Saira könnte sie hören.

Ihre Tochter machte es sich inzwischen wieder auf ihrem Lager bequem. Sie ahnte noch nicht, dass ihre Welt und ihre Gefühle schon bald einer schweren Prüfung unterzogen würden, doch das ist eine andere Geschichte ...

Danksagung

Mein besonderer Dank gilt meiner lieben Frau Monika, denn ohne sie wäre dieses Buch niemals entstanden! Sie hat mich stets dazu ermuntert, dieses Projekt weiter zu führen und stand mir selbst in den dunkelsten Stunden bei. Ihre vielen hilfreichen Ratschläge und die geduldige Korrektur meiner Schreibfehler waren mir oft eine große Hilfe!

Auch meinen Eltern bin ich zu Dank verpflichtet. Sie standen stets hinter meinen Entscheidungen und ließen mir jede Unterstützung zukommen, die möglich war.

Ebenso möchte ich mich bei meiner treuen Kollegin und Freundin Sabine bedanken. Sie half mir, vieles besser zu verstehen und war stets eine gute Zuhörerin und verständnisvolle Hilfe in allen Lagen. Deswegen ist dieses Buch ihr gewidmet!

Der Planet Turoon und seine Bewohner

Turoon ist eine Wasserwelt. Es gibt kein Festland auf diesem Planeten. Er ist vollständig von Wasser umgeben. Zwar existieren durchaus Gebirge, Schluchten und Hochplateaus, aber sie liegen alle unter dem Meeresspiegel. Diese Landschaftsformen führen zu einem komplexen Geflecht aus weitläufigen Strömungen, die den ganzen Ozean durchziehen. Mit Hilfe der häufigen, oft sehr heftigen Stürme, die durch eine enorm hohe Wasserverdunstung an der Meeresoberfläche entstehen, sorgen sie für eine massive Durchmischung der Wasserschichten und damit für reiches Leben in diesem Ozean. Turoons Planetenachse steht nahezu senkrecht, so dass praktisch keine jahreszeitlichen Temperatur- und Wetterschwankungen auftreten. Dieses stabile Klima begünstigt zusätzlich die reichhaltige Flora und Fauna des Meeres.

Im folgenden Kapitel werden einige der höher entwickelten Lebewesen Turoons genauer beschrieben.

Cherou, ein Lingit

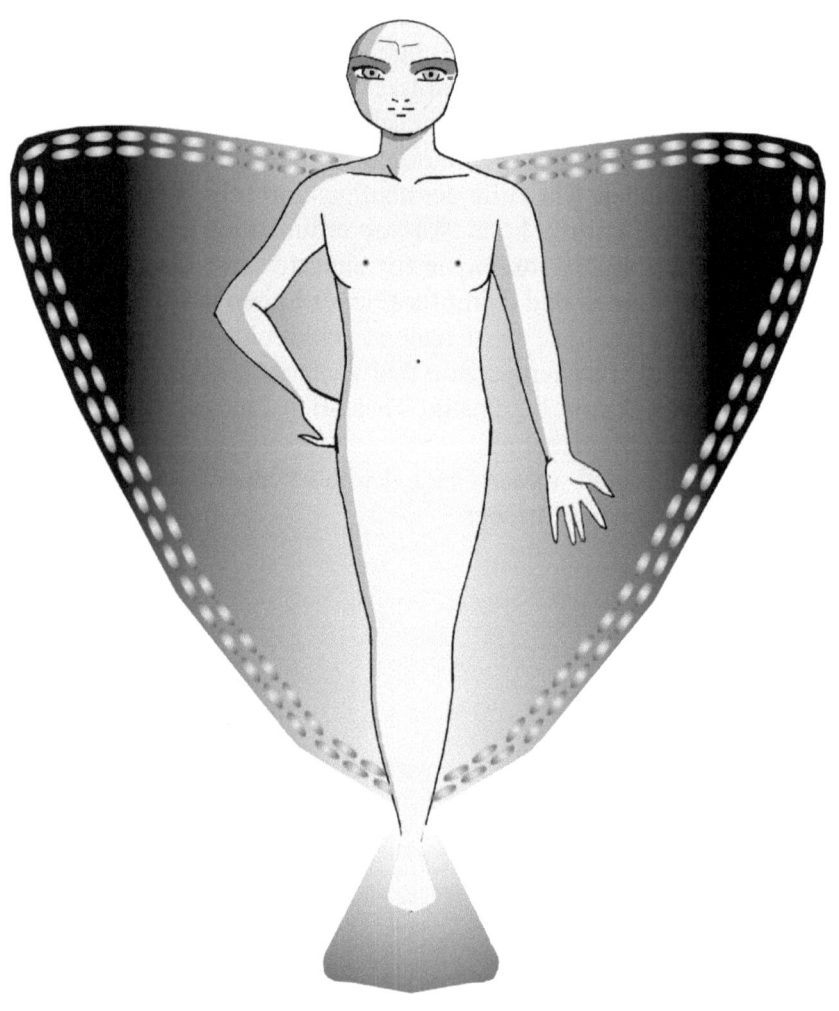

Schon die großen Flügelflossen mit den zahlreichen Leuchtorganen zeigen, dass es sich hier um einen Bewohner der Tiefsee handelt. Lingits besitzen keine Kiemenspalten. Ihre Organe zum Stoffaustausch befinden sich im Inneren des Körpers, weshalb sie auch die gleichen Atembewegungen wie Menschen ausführen. Sie sind elegante und ausdauernde Schwimmer. Ihre Augen sind auch bei äußerst schwachen Lichtverhältnissen noch funktionsfähig. In der absoluten Finsternis der Tiefsee orientieren sich diese Wesen jedoch mit Hilfe eines zweiteiligen Sonarsystems. Zur großräumigen Orientierung benutzen sie kräftige Pfeiflaute, die sie mit ihren Stimmbändern erzeugen. Durch deren Echos erhalten sie ein eher unscharfes „Bild" ihrer Umgebung. Zur Erkennung von Details besitzen sie ein spezielles Organ am Halsansatz, dessen Klicklaute sehr fein dosiert werden können. Deren Echos zeigen zwar einen deutlich kleineren Ausschnitt ihrer Umgebung, dafür ist das empfangene „Bild" um so detailreicher. Obwohl die Lingits ein äußerst sensibles Gehör besitzen, werden die Sonar-Echos vom ganzen Körper aufgenommen. Vor allem die großen Flügelflossen dienen zum Empfang der Echo-Laute. Sie tragen auch empfindliche Strömungs-Sensoren, die ebenfalls der Orientierung dienen. Lingits ernähren sich rein vegetarisch. Sie sind zweigeschlechtlich und leben zum gegenseitigen Schutz in großen Gruppen zusammen. Sie besitzen zahlreiche Fressfeinde, die im Folgenden noch genannt werden.

Saira, als Lingit

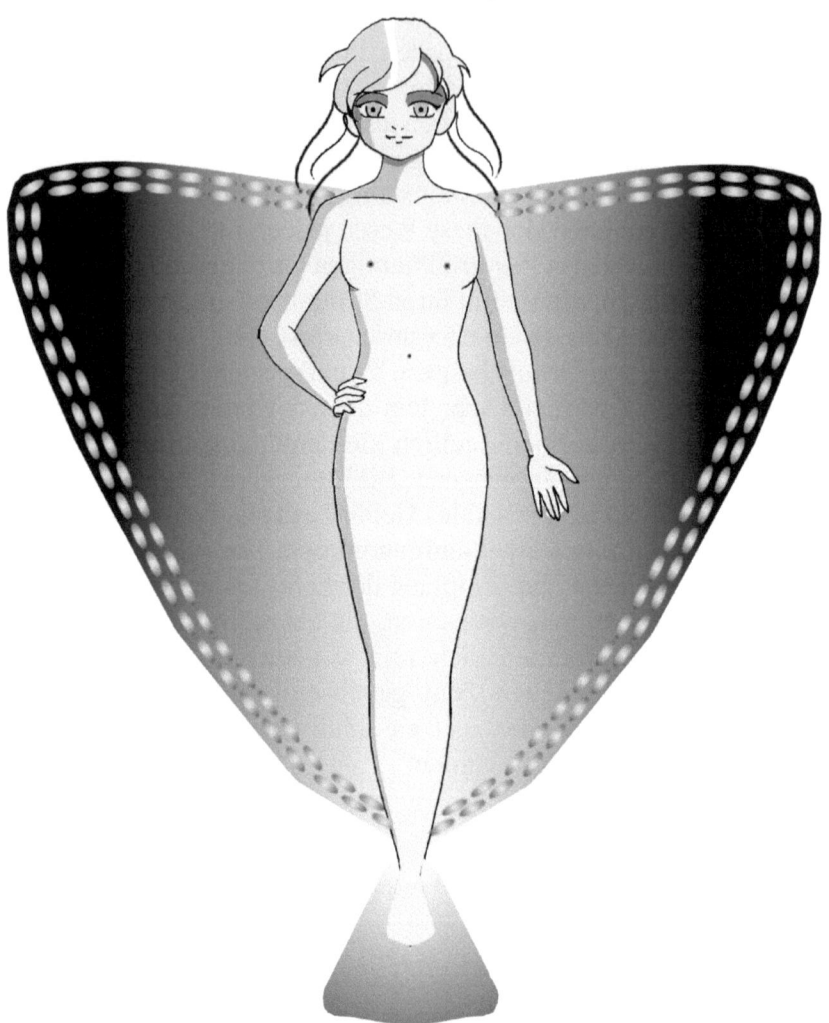

Sie ist die Protagonistin dieser Geschichte. Einst lebte sie als humanoider Landbewohner auf dem Planeten Wuun. Sie wird durch ein magisches Portal nach Turoon entführt und dabei in einen Lingit verwandelt.

Dorgons

Dorgons jagen in der Zwielichtzone des Ozeans, dort, wo die lichtlose Tiefsee beginnt. Ihre riesigen Augen nehmen noch geringste Lichtmengen wahr. Deshalb lassen sie sich auch leicht blenden, was einige ihrer Opfer nutzen, um ihnen zu entkommen. Sie selbst tragen keine Leuchtorgane und sind deswegen kaum zu sehen, obwohl sie etwa fünfmal so groß sind, wie ein Lingit! Sie schwimmen nur langsam, weshalb sie sich auch völlig geräuschlos bewegen. Sie überraschen ihre Opfer und reißen dann ihr riesiges Maul auf, das wie eine Saugfalle wirkt. Sie besitzen kein Sonarsystem. Ihre hochempfindlichen Augen und ihre Strömungssensoren reichen zur Orientierung völlig aus.

Draughs

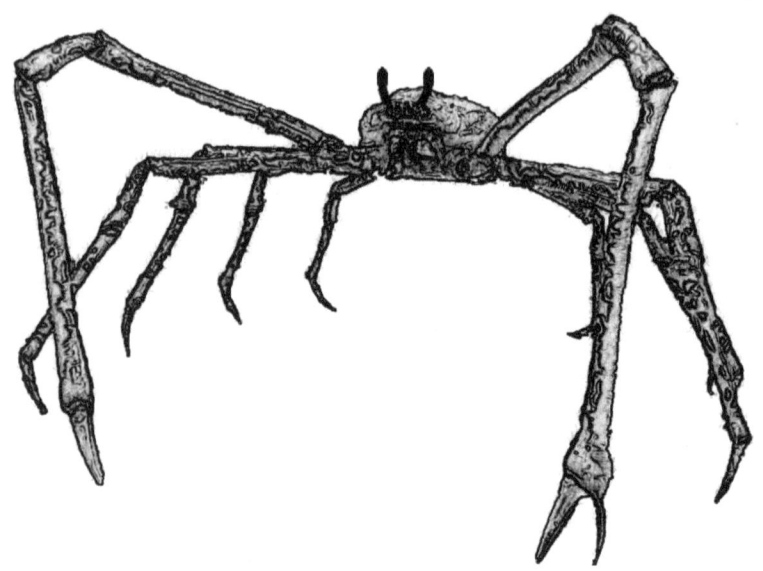

Ihr dreieckiger Körper ist, ebenso wie die Extremitäten, stark gepanzert. Sie besitzen vier Paar Laufbeine. Das vorderste, fünfte Extremitätenpaar, trägt große, kräftige Scheren. Dazu verfügen die Draughs auch noch über starke Kieferwerkzeuge. Die Augen sitzen auf Stielen, die zum Schutz in den Kopfpanzer geklappt werden können. Ihr Körper ist etwa dreimal so groß, wie der eines Lingit. Sie wirken aber durch die langen Extremitäten viel größer.

Draughs sind reine Bodenbewohner. Sie können zwar nicht schwimmen, dafür jedoch sehr schnell und ausdauernd laufen. Sie besitzen das gleiche, zweiteilige Sonarsystem wie die Lingits. Da sie damit viel lautere Töne erzeugen können, die anderen Lebewesen bereits körperliche Schmerzen bereiten, benutzen sie ihren Sonar nicht nur zur Orientierung, sondern auch als Waffe.

Sie sind ziemlich aggressiv und launisch, weshalb sie als Einzelgänger leben. Draughs sind Allesesser.

Durkas

Durkas sehen aus wie ein doppelter Rochen, dessen hinteres Flügel-
paar etwas kleiner ist, als das vordere. Sie leben in den höheren, lichtdurchfluteten Wasserschichten, wo sie entweder im offenen Wasser
oder aus dem Sand des Meeresgrundes Kleinstlebewesen filtern. Sie
schwimmen langsam und gemächlich und können daher schnellen
Jägern nicht entkommen, weshalb sie einen sehr langen, peitschen-
artigen Schwanz besitzen, den sie als wirksame Waffe zur Verteidigung einsetzen. Durkas sind etwa dreimal so groß wie Lingits
und treten oft in größeren Verbänden auf.

Duumars

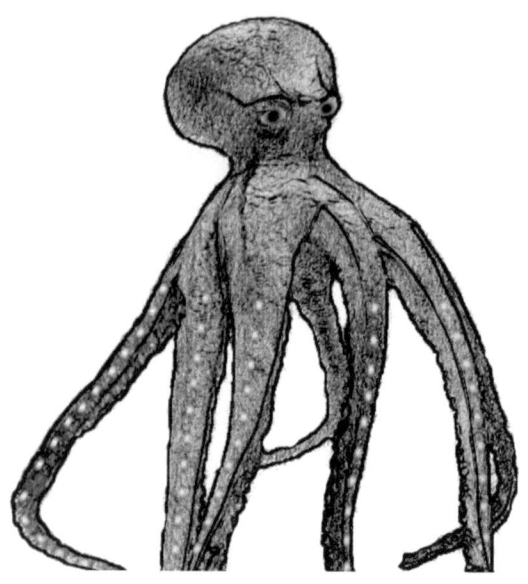

Die Duumars erinnern sehr an Kraken. Ihre Augen sind recht groß und funktionieren auch noch bei schwachen Lichtverhältnissen gut. Sie liegen nahe beieinander, was ihnen ein gutes räumliches Sehen ermöglicht. Ihre acht Arme tragen zahlreiche Leuchtorgane. Sie benutzen keinen Sonar, um sich in absoluter Dunkelheit zu orientieren. Dafür besitzen sie hochsensible Strömungssensoren, die über den ganzen Körper verteilt sind und jede noch so geringe Wasserbewegung wahrnehmen. Aus den erkennbaren Anomalien und Veränderungen der Strömungen können sie ein grobes Bild ihrer näheren Umgebung ermitteln und erkennen so auch die Bewegungen andere Lebewesen in ihrer Nähe. Da ihr Körper nur aus Weichteilen besteht, können sie sich in die engsten Ritzen und Spalten zwängen. Duumars sind etwa fünfmal so groß wie Lingits und leben oft in Gruppen über ein weites Gebiet verteilt. Sie sind Fleischesser.

Dyx

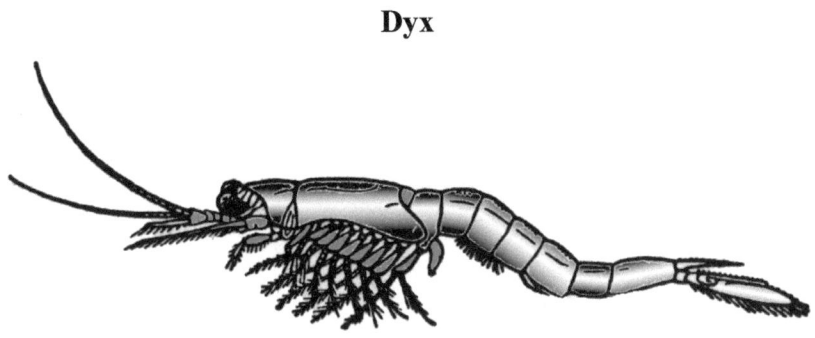

Dyx sind winzige, krebsähnliche Wesen, gerade einmal so groß wie der Finger eines Lingit. Sie treten in riesigen Schwärmen auf und dienen vielen großen Meeresbewohnern als Hauptnahrung. Sie können in den verschiedensten Farben leuchten, was ihre jeweilige Stimmung oder ihren Zustand anzeigt. Dadurch erzeugen sie Nachts das schönste und intensivste Meeresleuchten, das man sich nur vorstellen kann. Sie ernähren sich von Plankton.

Farkans

Obwohl die Farkans sechsmal so groß wie Lingits sind und ihr Körper schwer gepanzert ist, können sie doch schwimmen. Dazu legen sie die Gliedmassen an den Körper an und vergrößern die hinteren drei Segmente ihres Seitenpanzers zu Tragflächen, wie im unteren Bild zu sehen.

Sie besitzen einen Düsenantrieb, dessen Auslass-Öffnungen vorne und hinten zu beiden Seiten des Körpers liegen. Diese Düsen-Öffnungen sind in alle Richtungen drehbar und verleihen diesen Wesen eine enorme Wendigkeit. Sie können damit auch im Wasser schweben, da der Düsenstrahl sehr fein dosiert werden kann. Er wird von mehreren parallel arbeitenden Hohlmuskeln im Körper produziert. Während einige der Muskeln das enthaltene Wasser ausstoßen, saugen andere frisches Wasser an, was einen nahezu kontinuierlichen Wasserstrom erzeugt, der dann, je nach Bedarf, auf die vier Düsenöffnungen verteilt wird. Das Ansaugen des nötigen Wasser geschieht in den Zwischen-räumen einiger Segmente des Panzers. Farkans bewegen sich so wesentlich schneller fort, als ein schwimmender Lingit, erreichen aber aufgrund ihrer hohen Masse und ihres ausladenden Panzers bei weitem nicht die Geschwindigkeit der Meyjoks, die über das gleiche Antriebssystem verfügen. Farkans besitzen kein Sonarsystem. Dafür befindet sich im Schwanzansatz ein Organ, das einerseits schwach elektrische Impulse zur Orientierung an das umgebende Wasser abgibt, andererseits aber auch extrem starke Stromschläge über die Schwanz-spitze abgeben kann. Anhand der Störungen der elektrischen Feld-linien erkennen diese Wesen ihre Umgebung und alles was sich selbst in größerer Entfernung von ihnen bewegt. Dazu ist ihr gesamter Körper mit hochsensiblen Elektro-Sensoren ausgestattet, die feinste Veränderungen im elektrischen Feld, das diese Wesen ständig umgibt, registrieren. Deshalb besitzen die Farkans auch nur acht kleine Punktaugen, die ihnen ein eng begrenztes Bild ihrer Umgebung liefern. Ihre Hauptorientierung erfolgt über ihre elektrischen Sinne. Sie sind Allesesser und jagen auch Wesen, die größer sind, als sie selbst. Neben ihren mächtigen Scheren besitzen sie einen rot leuchtenden Schwanzstachel, der nicht nur starke elektrische Schläge austeilen, sondern auch ein starkes Gift injizieren kann. Der Schwanz ist in alle Richtungen beweglich und sehr kräftig, so dass sie damit auch verheerende Schläge austeilen können. Farkans leben und jagen in kleinen Gruppen. Sie sind überraschend sozial.

Galanx

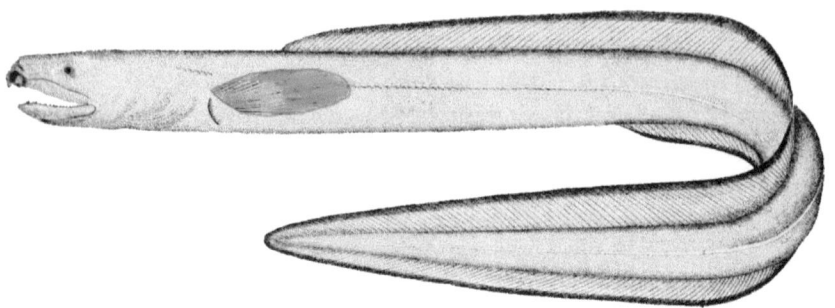

Galanx sind etwa zwanzigmal so groß wie ein Lingit. Ihr seitlich abgeflachter Körper ermöglicht es ihnen, trotz ihrer Größe, noch engste Spalten und Öffnungen zu durchqueren. Ihre kräftigen Kiefer zeigen, dass sie Fleischesser sind. Sie können zwar nicht schnell schwimmen, sind aber aufgrund ihres ausgesprochen biegsamen Körpers sehr wendig und können sich auch noch in kleinen Höhlungen verbergen, wo sie ihren Opfern auflauern. Ihr Sonar ist so kräftig, dass sie damit selbst größere Lebewesen für lange Zeit betäuben können.

Gamburas

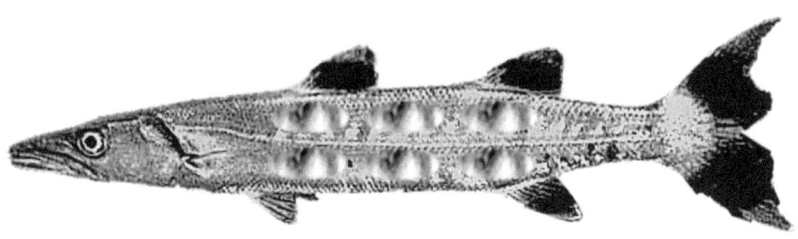

Gamburas sind gefürchtete Jäger, die in riesigen Schwärmen die Meere durchwandern. Sie sind genau so groß wie Lingits, doch ihre schlanken, seitlich stark abgeflachten Körper mit der großen Schwanzflosse zeigen, dass sie sehr schnelle, wendige Räuber sind. Da sie größtenteils in den lichtdurchfluteten oberen Wasserschichten jagen, benötigen sie keinen Sonar. Ihren scharfen Augen entgeht fast nichts. Dazu besitzen sie über den Kopf verteilte hoch sensible Elektro-Sensoren, mit denen sie sogar still sitzende, gut getarnte Lebewesen mühelos aufspüren können. Sie sind ständig auf Wanderschaft und jagen selbst Lebewesen, die um ein Vielfaches größer sind, als sie. Gegen einen Schwarm hungriger Gamburas können auch die riesigen Wras nichts ausrichten und suchen ihr Heil in der Flucht. Ihren Artgenossen gegenüber verhalten sich die Gamburas aber ausgesprochen sozial.

Ganvas

Ganvas ähneln Schwimmkrabben und tatsächlich sind sie in der Lage, mit Hilfe ihres abgeflachten hinteren Extremitätenpaares kurze Strecken schwimmend zurück zu legen. Sie sind kaum größer als die Hand eines Lingits. Ihr stark gepanzerter Körper mit den stacheligen Auswüchsen ist ein wirksamer Schutz gegen ihre zahlreichen Fressfeinde. Leuchtorgane auf dem Körper und den kräftigen Scheren kennzeichnen sie als Tiefseebewohner. Ganvas sind aggressive Einzelgänger. Sie orientieren sich mit Hilfe kurzer Sinneshaare, die über ihren ganzen Körper verteilt sind und feinste Bewegungen des sie umgebenden Wassers registrieren. Die Augen der Ganvas sind äußerst empfindlich. Sie erkennen damit selbst schwächste Lichtimpulse, was es ihnen einerseits ermöglicht, sich rechtzeitig vor Fressfeinden in Sicherheit zu bringen, andererseits hilft es ihnen bei der Jagd auf Kleinlebewesen. Sie sind nämlich Fleischesser, verschmähen aber auch kein Aas, weshalb sie bei der Beseitigung von Kadavern eine wichtige Rolle spielen.

Hingais

Die Hingais besitzen einen ähnlichen Körperbau, wie die Lingits, sind aber nur halb so groß wie diese. Anstatt eines großen Flügelflossen Paares tragen sie ein größeres vorderes und ein kleineres hinteres Flossenpaar, das jeweils von einem Leuchtorgan umrahmt wird. Trotz ihrer geringen Größe sind die Hingais äußerst schnelle und wendige Schwimmer, was bei der Jagd sehr hilfreich ist, denn sie sind Fleischesser. Sie können aus beiden Unterarmen einen langen, spitzen Dornfortsatz ausfahren, der mit Giftdrüsen in Verbindung steht. Das Gift ist so stark, dass es selbst Wesen von der Größe eines Duumars innerhalb kurzer Zeit tötet. Die Hingais gebrauchen diesen Dornfortsatz aber nicht nur zur Jagd, sondern auch zur Verteidigung. Da sie in der Tiefsee leben, orientieren sie sich in der Dunkelheit mit dem gleichen zweiteiligen Sonarsystem wie die Lingits. Auch sie leben zum gegenseitigen Schutz in großen Gruppen zusammen.

Meyjoks

Meyjoks sind die schnellsten Lebewesen auf Turoon. Neben dem üblichen Antrieb durch die große Schwanzflosse besitzen sie den gleichen Düsenantrieb wie die Farkans. Dazu werden große Mengen Wasser über das breite Maul angesaugt und aus den Düsenöffnungen zu beiden Seiten des Schwanzansatzes mit hoher Geschwindigkeit ausgestoßen. Diese röhrenförmigen Düsenöffnungen sind äußerst beweglich, wodurch die Meyjoks selbst bei hohen Geschwindigkeiten sehr manövrierfähig bleiben. Der Wasserstrahl wird von mehreren parallel arbeitenden Hohlmuskeln im Körper produziert. Während einige der Muskeln das enthaltene Wasser ausstoßen, saugen andere frisches Wasser an, wodurch ein nahezu kontinuierlicher Wasserstrom erzeugt wird. Da bei hohen Geschwindigkeiten kein sauberer Stoffaustausch mehr garantiert ist, weil das Wasser zu schnell über die Kiemen strömen würde, liegen diese in verschließbaren Taschen. Sie öffnen sich nur bei Bedarf und saugen eine geringe Menge des Antriebswassers an. Dadurch wird die Strömungsgeschwindigkeit entlang der Kiemen stark vermindert, so dass ein sauberer Stoffaustausch jederzeit gewährleistet ist.
Meyjoks sind fleischessende Nomaden. Wenn sie ein Gebiet abgeweidet haben und die Nahrung knapp wird, ziehen sie mit Hilfe ihres Düsenantriebs zu anderen Futtergründen. Durch die hohe Geschwindigkeit sind die in der Lage, die oft riesigen Entfernungen in kurzer Zeit zurück

zu legen. Sie leben in den oberen, lichtdurchfluteten Wasserschichten und haben sehr gute Augen, denen kaum eine Bewegung entgeht. Dazu besitzen sie über den Kopf verteilte hoch sensible Elektro-Sensoren, mit deren Hilfe sie selbst still sitzende, gut getarnte Lebewesen mühelos aufspüren können. Das macht sie zusammen mit ihrer hohen Geschwindigkeit zu äußerst erfolgreichen Jägern. Meyjoks sind etwa viermal so groß wie Lingits.

Peltais

Peltais sind blinde Fleischesser, die nur mit Hilfe ihres Sonars und ihres hochempfindlichen Gehörs jagen. Dazu vergraben sie sich im Meeresgrund und warten, bis sie ihre Beute über sich hören. Wenn sie diese geortet haben, schießen sie mit sehr großer Beschleunigung nach oben und durchbohren ihre Opfer zielsicher mit ihrem langen, nadelspitzen Oberkiefer. Sollten sie ihre Beute dabei verfehlen, versuchen sie diese mit Hilfe ihres Sonarsystems zu orten und dann zu erlegen. Einige der Lebewesen, die den Peltais als Beute dienen, verwirren diese, indem sie selbst sehr laute Sonarsignale von sich geben, die durch die Reflektionen der Umgebung gestreut werden und damit als Störsignale die Ortung erschweren. So können sie den angreifenden Peltais entkommen. Peltais sind etwa viermal so groß wie Lingits.

Qails

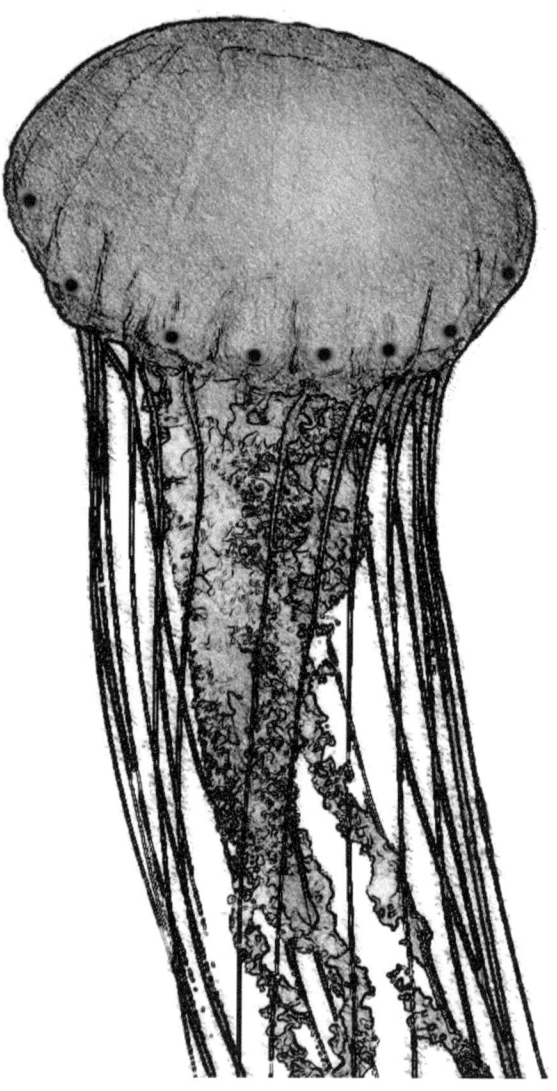

Qails sind die wohl ungewöhnlichsten Lebewesen auf Turoon. Sie sind Energiewandler, was bedeutet, dass sie nahezu jede Art von Energie aufnehmen und in eine andere Form umwandeln können. Deshalb sind sie nicht unbedingt auf organische Nahrung angewiesen, obwohl sie diese durchaus bevorzugen. Ihre zahlreichen Tentakeln besitzen verschiedene Funktionen. Einige von ihnen sind zur Jagd und zur Verteidigung mit hochgiftigen Nesselzellen übersät, deren Gift so stark ist, dass es selbst Duumars innerhalb kürzester Zeit tötet. Qails orientieren sich durchaus nicht nur mit den zahlreichen, im Schirmrand liegenden Augen, sondern sind auch in der Lage Strömungs- und Magnetfeld-Anomalien im sie umgebenden Wasser zu erkennen. Sie können nahezu jede Art von Energie erzeugen, weshalb ihre giftigen Tentakeln längst nicht die einzigen Waffen sind, deren sie sich im Notfall bedienen. Jedoch sind die Qails absolut friedliche und äußerst soziale Lebewesen. Sie leben in großen Schwärmen, wobei sie als Behausung großräumige Höhlen bevorzugen, die ihnen Schutz vor ihren größten Feinden, den Galanx, bieten. Qails sind etwa so groß wie Lingits.

Tister

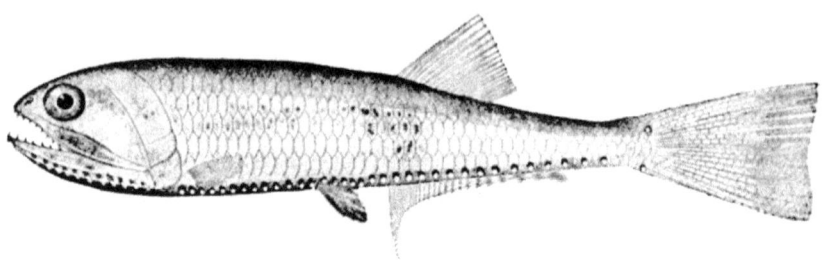

Tister sind kleine Fleischesser, die kaum größer sind, als die Hand eines Lingits. Sie treten in großen Schwärmen auf. Zur Jagd verbergen sich die Mitglieder eines Schwarms zunächst alle im Sand. Nur ein einzelner Wächter schwimmt über ihnen und überwacht die Umgebung. Erkennt er eine potentielle Beute, nähert er sich dieser und beißt ein kleines Stück aus ihr heraus. Ist die Beute geeignet, gibt er ein kurzes Lichtsignal aus seinen bäuchlings liegenden Leuchtorganen ab, worauf der gesamte Schwarm aus dem Sand heraus schießt und die Beute lebendig zerfleischt. Ein einzelner Schwarm ist durchaus in der Lage selbst Wesen von der Größe eines Galanx innerhalb kürzester Zeit bis auf das Skelett abzunagen.

Wras

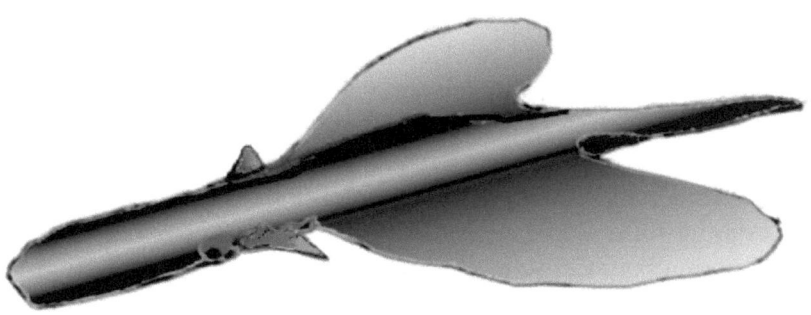

Wras sind die größten Lebewesen auf Turoon. Sie werden bis zu achtzigmal so groß wie ein Lingit! Ihre Hauptnahrung besteht zum größten Teil aus den in riesigen Schwärmen vorkommenden Dyx. Wras sind friedliche Einzelgänger, die ständig auf Wanderschaft sind. Aufgrund ihrer gigantischen Ausmaße kann ihnen nur ein großer Schwarm Gamburas gefährlich werden. Allerdings haben sie auch dagegen eine wirksame Verteidigungswaffe. Neben dem zweiteiligen Sonar, der ihnen hauptsächlich zur Orientierung dient, besitzen sie noch einen so genannten Kampfsonar. Dieser lädt sich zunächst durch eine Folge immer schneller werdender Klicklaute auf. Schließlich wird die gesammelte akustische Energie mit einem einzigen, explosionsartigen Impuls freigesetzt, der entweder eine gerichtete oder kugelförmige Druckwelle erzeugt, die so stark ist, dass sie selbst festes Gestein zu sprengen vermag! Diese gewaltige Waffe setzen die Wras jedoch nur im Notfall ein, wenn ihr eigenes Leben oder das eines anderen Wras in Gefahr ist.

Erklärung des Begriffs „Kavitation"

Kavitation tritt in Flüssigkeiten auf, die mit hoher Geschwindigkeit Gegenstände umströmen. Bei Beschleunigung sinkt der Druck unter den Dampfdruck der Flüssigkeit ab, wodurch Dampfblasen entstehen. Der danach folgende Druckanstieg durch die Verzögerung lässt die Dampfblasen wieder kondensieren. Die damit verbundene plötzliche Volumenänderung verursacht starke Druckstöße, die zu starker Schallabstrahlung führen. Dies geschah früher oft an falsch konstruierten Schiffsschrauben. Bei schneller Rotation entwickelten sich so große Dampfblasen, dass die Schraube darin leer durchdrehte. Die extremen Druckpulse und Schallabstrahlungen hinterließen mit der Zeit oft schwere Schäden an diesen Schiffsschrauben.

Michael Kerawalla wurde 1963 in Indien geboren und migrierte als Kind nach Deutschland. Er ist Diplom-Biologe und hat mehrere Jahre als Organisations-Programmierer gearbeitet. Nach dem Verlust des Arbeitsplatzes folgte er seiner Berufung als Autor und hat im Oktober 2006 seinen ersten Fantasy-Roman mit dem Titel „Stein der Finsternis" veröffentlicht. Im Jahr 2011 folgte sein zweiter Fantasy-Roman mit dem Titel „Turoon".

Michael Kerawalla lebt heute zusammen mit seiner Frau in der Nähe von Stuttgart.

Von Michael Kerawalla sind bisher erschienen:

Wuun-Serie:

Eine Fantasy-Romanreihe über die idyllische Welt Wuun und deren Bewohner, die immer wieder von dunklen Mächten bedroht und von diesen oft genug an den Rand ihrer Existenz gebracht werden.

Titel:
Stein der Finsternis (leider vergriffen)
Turoon

Homoroid-Serie:

Eine dystopische Science-Fiction Romanreihe über ein Mädchen mit künstlicher Intelligenz in einer postapokalyptischen Welt.

Titel:
Timuris Auftrag

Jibby-Serie:

Eine Fantasy-Romanreihe über die Abenteuer einer einstmals misshandelten Elfe und ihrem menschlichen Partner.

Titel:
Die einsame Elfe

Weitere Bände der einzelnen Serien sind in Vorbereitung.

Kurzgeschichten:

Zusammen mit dem Autor Ralf Neubohn sind folgende Kurzgeschichten-Bände erschienen:

Titel:
Im Tal der Autoren
Flammenfeder live von der Gartenschau
Galaabend für die Gartenschau

Tipp: Homoroid-Serie, Band 1: Timuris Auftrag

Der Klimawandel verursachte extreme Wetterphänomene und dadurch großräumige Zerstörungen auf der Erde. Übrig blieben halb zerfallene Städte und Siedlungen, in der zahlreiche Überlebende ein entbehrungsreiches Leben führen, bestimmt von Anarchie und Gewalt. Der große Rest der Menschheit ließ ihren Geist jedoch vom Körper lösen und existiert nun in der Cyberwelt von Hope Of Mankind (HOM) weiter, einem riesigen Computer-Netzwerk. Dessen oberste Intelligenz Cyrus entwickelte ein eigenes Bewusstsein und begann die Geister der Menschen zu versklaven. Nach zahlreichen Hacker-Angriffen von außen sendet Cyrus Timuri, ein Mädchen mit künstlicher Intelligenz aus, um die Angriffe zu stoppen. Doch schon beim ersten Einsatz erkrankt Timuri schwer und wird von den Menschen der Rakanjo-Siedlung gerettet. Zuerst fällt ihr der Umgang mit den Menschen schwer, die sie für Barbaren hält. Doch bald schon wendet sich das Blatt, und Timuri muss sich zwischen den Menschen und Cyrus entscheiden, der seine Macht rasch ausbaut und droht, sämtliche Erdbewohner zu versklaven!

Eine dystopische Geschichte über künstliche Intelligenz, Anarchie, Machtmissbrauch und Menschlichkeit.

Leseprobe:

Nach vielen Tagen hatte sie ihren Körper endlich vollständig unter Kontrolle und konnte ihre Mission starten. Dazu erhielt sie noch eine schlichte Uniform, welche nur den Körper umhüllte, jedoch Kopf, Arme und Beine nicht bedeckte, dazu noch ein Paar metallverstärkte Kurzstiefel. Ihr Gleiter enthielt Nahrung und Wasser für mehrere Tage, sowie die nötigen Geräte für ihre Aufgabe. Dessen künstliche Intelligenz mit Namen Sam kannte den Standort, von wo aus die Cyberattacke stattfand. So machte sich Timuri auf den Weg und flog die angegebenen Koordinaten an. Als sie dort ankam, hatte sich das Wetter massiv verschlechtert. Starker Regen und ein eiskalter Wind hatten schon den Flug erschwert, doch jetzt musste Timuri bei diesem Wetter den Gleiter verlassen, um bei der Relais-Station den Zugriff zu prüfen. Nach kurzer Zeit war sie total durchnässt und fror erbärmlich in ihrer viel zu leichten Kleidung, doch sie schloss trotzdem ein Tablet an die Station an und fand tatsächlich eine Spur zu einer weiteren Relais-Station. So beeilte sich das junge Mädchen zum Gleiter zurückzukehren, nahm sich jedoch kaum Zeit zum Aufwärmen und steuerte schon die nächste Relais-Station an. Dort herrschten die gleichen Klimabedingungen, doch Timuri war nicht bereit besseres Wetter abzuwarten und führte auch dort wieder frierend ihre Prüfung durch, die sie zu einer weiteren Relais-Station leitete. Völlig durchgefroren ging sie auch dort ihrer Aufgabe nach. Bei der nächsten Station hatte sie bereits erhöhte Temperatur und erste Schmerzen im Hals, doch wieder ging sie in die eiskalte Witterung hinaus, machte ihre Tests und kehrte völlig durchgefroren zurück.

»Was ist denn los Sam, warum ist es hier drinnen plötzlich so kalt?«, fragte Timuri mit rauer Stimme und bleichem Gesicht.

»Die Raumtemperatur hat sich nicht verändert, nur deine Körpertemperatur ist stark angestiegen«, erklärte die künstliche Intelligenz.

»Ich fühle mich auch immer schlechter und habe Schmerzen im Hals. Weißt du, woran das liegt?«, fragte sie Sam.

»Dazu kann ich dir leider keine Auskunft geben«, meinte die künstliche Intelligenz.

»Sam, erhöhe die Raumtemperatur. Hier drinnen ist es eindeutig zu kalt!«, befahl Timuri frierend.

Die künstliche Intelligenz befolgte den Befehl und erhöhte die Temperatur im Gleiter.

Trotzdem begann Timuri zu zittern und konnte kaum noch die Steuerung bedienen. Ihre Halsschmerzen nahmen immer weiter zu und sie fühlte sich absolut miserabel.

»Sam, irgendetwas stimmt mit der Temperaturregelung nicht! Ich friere ganz extrem!«, sagte Timuri schnatternd.

»Ich kann die Temperatur nicht weiter erhöhen, sonst überhitzt sich dein Körper«, erwiderte die künstliche Intelligenz.

Inzwischen zitterte das Mädchen so sehr, dass es sich sogar auf die Steuerung übertrug, während sie sich kaum noch konzentrieren konnte. Der Gleiter schüttelte sich, wobei die Flugbahn immer instabiler wurde. Timuri fühlte sich erbärmlich, während der Schwindel in ihrem Kopf rasch zunahm. Sie fror und schwitzte gleichzeitig, ihr Atem ging stoßweise, ihr Hals schien zu verbrennen und ihre Gliedmaßen gehorchten ihr kaum noch.

»Pass auf die Steuerung auf!«, ermahnte sie Sam.

Timuri nahm die Stimme nur noch ganz entfernt wahr, während der Schwindel ihr bereits die Sicht trübte. Sie blinzelte mehrmals krampfhaft, doch sie konnte kaum noch etwas sehen. Ihr war so entsetzlich kalt und sie zitterte am ganzen Körper. Dadurch wurde auch der Gleiter immer heftiger hin und her geworfen. Sie atmete sehr schnell und hatte trotzdem das Gefühl zu ersticken, während ihr Hals einer Flammenhölle glich. Gleichzeitig schwitzte sie stark und der Schweiß lief ihr brennend in die Augen. Schließlich verließen sie die Kräfte. Sie verdrehte stöhnend die Augen, wobei ihr Kreislauf endgültig zusammenbrach. Dann fiel sie vornüber und blieb bewusstlos auf der Steuerkonsole liegen. Sam rief mehrfach ihren Namen, doch sie reagierte nicht mehr, während der Gleiter abkippte und dem Boden entgegenraste. Da sie sehr niedrig flogen, um nicht entdeckt zu werden, konnte die künstliche Intelligenz den Absturz nicht mehr verhindern, doch sie schaffte es im letzten Moment noch, den Aufprall zu mildern, so dass der Gleiter nicht allzu stark beschädigt und Timuri nicht verletzt wurde. Die Sicherheitsautomatik schaltete sämtliche Systeme bis auf die Lebenserhaltung ab. So lag Timuri bewusstlos und mit hohem Fieber in dem beschädigten Gleiter, während draußen das Unwetter mit unverminderter Stärke tobte und der heftige Regen gegen die Wände des Gleiters trommelte. Doch das junge Mädchen nahm es schon längst nicht mehr wahr.

Tipp: Jibby-Serie, Band 1: Die einsame Elfe

Tom, ein junger Mann, der die Natur liebt, findet während einer Wanderung im Wald eine verletzte junge Frau. Doch bald stellt sich heraus, dass sie kein Mensch, sondern eine Elfe ist, die von ihrer Sippe alleine zurückgelassen wurde. Aufgrund ihrer Blessuren kann sie weder fliegen noch laufen. Tom ist zuerst mit der Situation überfordert, doch er will die hilflose Elfe nicht einfach im Stich lassen, weshalb er trotz seiner Verwirrung beschließt, sich vorerst um sie zu kümmern. Nachdem der junge Mann eine Krücke für sie hergestellt hat, machen sich beide gemeinsam auf den Weg zu einer neuen Elfensippe. In den folgenden Tagen erfährt Tom immer mehr von der schrecklichen Vergangenheit der Elfe, von Brutalität, Misshandlung, tiefster Niedertracht, gepaart mit Psychoterror, permanenter Erniedrigung und Ausgrenzung, massivem Liebesentzug und seelischer Grausamkeit, bis hin zum Mordversuch!
Der junge Mann kümmert sich mit viel Gefühl und liebevoller Sorgfalt um sie, versucht ihr auf der Reise den nötigen Halt und die Geborgenheit zu geben, welche die Elfe schon so lange vermisst, gerät dabei aber immer wieder an seine Grenzen.

Die erschütternde Geschichte einer gequälten Seele, die durch die Niedertracht und Grausamkeit ihrer Sippe beinahe den Tod fand, jedoch auch Hoffnung und Rettung durch die Magie und die Liebe eines Menschen erfährt.

Leseprobe:

»Erzähl mir doch bitte einmal genau, was dir passiert ist«, bat Tom vorsichtig. »Natürlich nur, wenn du das auch möchtest.«
Jibby schilderte ihm gerne, was sich ereignet hatte. Sie war sogar dankbar, dass er sich dafür interessierte. So begann sie zu erzählen:
»Als ich am heutigen Morgen erwachte, war ich ganz alleine. Während

ich noch schlief, war meine gesamte Sippe heimlich ohne mich weiter geflogen und hatte mich zurückgelassen. Ich weiß nicht, warum sie das taten. Vielleicht habe ich sie zu sehr verärgert, ihnen zu viele Schwierigkeiten gemacht, oder ich war ihnen zu schusselig, ich weiß es nicht. Jedenfalls waren sie alle weg! Natürlich habe ich erst einmal die nähere Umgebung abgesucht, habe aber niemanden gefunden. Dann habe ich überlegt, in welche Richtung sie geflogen sein könnten und habe mich dorthin auf die Suche gemacht, doch auch dabei blieb ich erfolglos. So bin ich schließlich völlig erschöpft in den Baum gestürzt, wo du mich gefunden hast.«

Tom war erschüttert. »Die haben dich ganz alleine zurückgelassen?«, fragte er ungläubig.

Jibby nickte nur traurig und ihre Augen wurden feucht.

»Das tut mir sehr leid für dich. Wie konnten die nur so gemein zu dir sein?«, fragte Tom betroffen.

»Ich weiß es nicht...«, schluchzte Jibby mit gebrochener Stimme, zog die Beine an und legte leise weinend den Kopf auf die Knie.

Tom rückte etwas näher und nahm sie behutsam in den Arm, was sie sich gerne gefallen ließ. »Jetzt bist du ja nicht mehr alleine«, tröstete Tom sie. »Ich werde auf dich aufpassen.«

Jibby hob etwas den Kopf und sah ihn aus tränenverschleierten Augen an, worauf Tom ihr ein freundliches Lächeln schenkte. Dann bedankte sie sich leise, schluckte mehrmals und rieb sich die Tränen aus dem Gesicht, während Tom ihr zärtlich über den Kopf streichelte. Dabei bemerkte der junge Mann, dass die Elfe ein wenig fröstelte, was nicht weiter verwunderlich war, denn die Sonne begann bereits zu sinken und ein kühler Wind blies durch die Kronen der Bäume.

»Ich sollte besser ein Feuer machen, damit es uns nicht zu kalt wird«, sagte Tom, erhob sich und suchte Holz zusammen. Da meldete sich lautstark sein Magen zu Wort, was Tom daran erinnerte, dass er bis jetzt noch nichts gegessen hatte. Es dauerte nicht lange, dann hatte der junge Mann genug Holz für das Feuer gefunden und häufte es in Jibbys Nähe an einer lichten Stelle des

Waldes auf. Als er längere Zeit nach seinem Sturmfeuerzeug suchte, bot Jibby ihm an, das Feuer zu entzünden. »Das kannst du doch nicht von dort aus, wo du gerade sitzt«, meinte Tom zweifelnd.

»Doch, auf die Entfernung ist das kein Problem«, entgegnete Jibby selbstsicher.

»Wie soll das denn gehen?«, fragte Tom.

Statt einer Antwort wirkte Jibby einen Feuerzauber in dem Holzstapel. Der verursachte jedoch eine haushohe Stichflamme, die einige von Toms Haaren versengte, bevor er sich mit einem raschen Sprung in Sicherheit bringen konnte. Wenige Augenblicke später verlosch die große Flamme und hinterließ einen glühenden Aschehaufen.

»Bist du wahnsinnig? Willst du den ganzen Wald in Brand setzen?«, rief Tom erschrocken.

»Tut mir leid, entschuldige bitte!«, antwortete Jibby fast flehend und nahm unbewusst eine Abwehrhaltung ein, so als ob sie befürchtete geschlagen zu werden.

Tom war über ihre heftige Reaktion sehr verwundert. »Schon gut, ist ja nichts passiert«, meinte er versöhnlich.

Es dauerte einige Augenblicke, bis sich Jibbys Schreckstarre löste und sie ihre Abwehrhaltung aufgab. Trotzdem sah sie Tom ängstlich an. Der ging vor ihr in die Hocke und wollte ihre Wange streicheln, doch sie zuckte zurück.

»Keine Angst, ich tu' dir doch nichts«, sagte Tom behutsam. Dann streckte er nochmals die Hand aus und streichelte ihre Wange, was sie sich diesmal gefallen ließ.

»Bitte verzeih, ich hab meine Magie noch nicht so gut unter Kontrolle«, sagte Jibby ängstlich und zog abermals den Kopf ein.

»Keine Sorge, mir ist nichts passiert und ich bin dir auch nicht böse«, versicherte Tom der verstörten Elfe. »Kein Grund sich zu fürchten!« Dann schenkte er ihr ein aufmunterndes Lächeln.

Jibby entspannte sich etwas. »Bist du mir wirklich nicht böse?«, fragte sie unsicher.

Tom schüttelte den Kopf. »Nein, ganz sicher nicht!«

Jibby richtete sich zögernd wieder auf und schenkte ihm einen dankbaren Blick.

Tom zwinkerte ihr aufmunternd zu und erhob sich. »Ich sammle nur noch geschwind neues Holz.« Als er dann alleine durch den Wald lief, um nach Brennholz zu suchen, sah er noch einmal zu Jibby zurück und wunderte sich, dass sie plötzlich so verängstigt war. Ihre Sippe hatte Jibby wohl nicht gut behandelt, sonst wäre sie wegen ihres Missgeschickes nicht gleich so ängstlich geworden! Wie sich gerade gezeigt hatte, war sie tatsächlich etwas schusselig, doch selbst wenn ihr ab und zu solche Missgeschicke passierten, war das noch lange kein Grund sie alleine zurückzulassen. Wenn Tom sie nicht gefunden hätte, wäre sie jetzt wahrscheinlich schwer verletzt oder sogar tot! Das konnte ihre Sippe doch unmöglich gewollt haben! Tom befürchtete, dass da wohl sicher noch deutlich mehr dahintersteckte. Doch im Moment galt es erst einmal, der verletzten Elfe zu helfen. Alles Weitere würde sich zeigen.